DNA鉴定师手记 4

深渊

小鉴定师大宝◎著

北京日报出版社

图书在版编目（CIP）数据

深渊 / 小鉴定师大宝著 . -- 北京 : 北京日报出版社，2019.12
（DNA 鉴定师手记）
ISBN 978-7-5477-3550-3

Ⅰ . ①深… Ⅱ . ①小… Ⅲ . ①长篇小说－小说集－中国－当代 ②短篇小说－小说集－中国－当代
Ⅳ . ① I247

中国版本图书馆 CIP 数据核字 (2019) 第 250039 号

DNA鉴定师手记4：深渊

出版发行：北京日报出版社
地　　址：北京市东城区东单三条8-16号东方广场东配楼四层
邮　　编：100005
电　　话：发行部：（010）65255876
　　　　　总编室：（010）65252135
印　　刷：河北宝昌佳彩印刷有限公司
经　　销：各地新华书店
版　　次：2019年 12 月第1版
　　　　　2019年 12 月第1次印刷
开　　本：710 毫米 × 1000 毫米　1 / 16
印　　张：16.5
字　　数：269 千字
定　　价：45.00 元

目录

荒诞

引　子

最近我很悲催。无论是单位还是家里。

导致我陷入如此境地的罪魁祸首，是涛哥。

这段时间，这个家伙动辄对我横眉瞪眼、冷嘲热讽，即便是工作上需要我来配合，也是呼来喝去。稍有不如他意，就对我大声呵斥，乃至拳脚相加。他的这种行径，对我的精神和肉体都造成了极大的摧残。

而我，只能低头顺耳、臊眉耷眼、躺平任嘲。

不仅如此，他还笼络了杨姐、小彭作为帮凶，非法组织了“打倒王 × ×”的统一战线，号称要在我背上“踏上一万只脚”，让我“永世不得翻身”。我在单位每天都赔着笑脸，却得不到一丝好脸；任劳任怨，却时常遭遇白眼。

我想曲线救国，走夫人路线，便私下联络了涛嫂，诉说了涛哥对我的种种卑劣行径，不承想涛嫂和他是一丘之貉，转头就把我给卖了，导致涛哥对我更是变本加厉。

我忍不住想仰天长啸，可在抬起头时，无意间瞟见涛哥凌厉的眼神，心里一慌就把长啸憋回了嗓子眼里。忍不住想号啕大哭，可一转头，就看见了小彭气鼓鼓的可爱脸庞，又哭不出来了。想跟杨姐请假，出去避避风头，却遭到杨姐劈头盖脸一顿训斥，非但没有准我假，还给我布置了数量庞大的任务，理由是忙碌起来就不会“伤春悲秋”了。

我不由得默默在心底发出了震耳欲聋的咆哮："苍天啊，你睁开眼看看吧，赶紧把我带走吧！或者也可以降下一道天雷，劈死这个恶毒的人！"

只可惜老天没有睁眼，虽然我们这里这个季节雨多雷多，却没有一道雷如我所愿，有劈死涛哥的迹象。

更让我忍无可忍的是，不知道涛哥下了哪味迷魂药，竟然蛊惑了已经赋闲在家的丁主任，让她也加入了对我的征讨队伍。

这简直是要断了我最后一丝希望啊！要知道，丁主任是鉴定中心的老主任，也是第一任主任。她德高望重，慈眉善目，待人和蔼，深受中心上上下下的敬重。她出生于上世纪五十年代，上世纪七十年代中期进入公安局，七十年代末经过专业培训后成为一名专职法医。2002 年 5 月国家将 DNA 亲子鉴定等项目向第三方鉴定机构开放，2003 年她受老友邀请担任司法鉴定中心主任一职，是中国第一批专业的亲子鉴定师。

目前她已经退休，在家看看书、种种菜、跳跳广场舞，生活很悠闲，唯一的缺点就是啰唆，整天念叨着要抱孙子。

可能有人会问，丁主任虽然曾经是你的最高领导，但已经退休了。俗话说：县官不如现管，现在她还能把你怎么着？再说了，她不是待人很和蔼吗？这说明她是一个讲道理的人，你没有招惹她，她也不会出手对付你吧？

如果你这么认为，那就彻底错了，这个老太太实际上非常不讲道理，尤其是对我。自从我入职中心之后，就生活在水深火热之中。她从来没有给过我好脸，对别人和颜悦色，一转头看见我，脸就拉下来了。而且升职加薪等好事，从来没有我的份，我要是敢去她那里争取，她肯定会一巴掌呼上来。索性在她任职期间，我压根就没有提过这种非分的要求。

她退休之后，我以为从此可以过上自由自在、海阔天空的生活，没想到她又受了涛哥的蛊惑，开始找我事。

她说，她想抱孙子。我说，想抱就去抱呗。她说，你不生，我上哪里抱去。我说，您老人家好不讲理哦，你要抱孙子，关我什么事。她说，你是我儿子，你说关不关你事？

我被这种无理要求气得话都说不出来了，只好换个策略，连使了太极推手和倒打一耙两记绝招："妈呀，亲爱的妈妈呀，你儿子我也想生啊，但是……生孩子，不是需要一个一起努力的小伙伴吗？你儿子我也在努力寻找当中，都心急如焚了呀！”说到这里，我把脸一拉，一手指着自己的脸，一手指着自己的腰，带着哭腔说：“妈，你生我的时候，怎么也不用点心，不说把我生成潘安、宋玉那模样，就算差些意思生成李易峰、吴亦凡那样，我也就认了，但是你睁大眼睛看看眼前这个丑胖子，眼小眉淡，满脸横肉，五短身材，腰臀连自己都分不清，没有小伙伴愿意跟我合作生孩子呀，这真怪不了你儿子啊！”

她怒目圆睁，举起使坏过几十把手术刀、开膛破肚足足有好几百人的巴掌，作势要打我：“你还敢怪我？你偷着庆幸吧，你以为我当时想生你啊，没把你打掉，你就应该感激你伟大的母亲了。要不是因为怀上了你，影响了我进步，你如此能干的母亲早就在警察界叱咤风云，让各路罪犯都闻风丧胆了。”说到这里，她用肃杀的口吻说：“当时是真的想打掉你来着，要不是因为……”我听到这里，不由感觉后脑勺一凉，汗毛一竖，自己当时真是命悬一线啊。连忙追问究竟，丁主任感慨万千：“怀上你的时候，正好赶上一个案子，公社食堂丢了猪油……那时候你真碍事啊……你说你这么像猪，是不是就是因为那时候……”我顾不上反驳她恶毒的人身攻击，连忙把这个故事记下来。

丁主任讲完故事后，看我若有所思，就又提出一个非分要求，要我把这个故事收录在我即将要出版的书里。对此，我当然是斩钉截铁地拒绝：“妈呀，这事儿没得商量，现在的读者可不喜欢看你这种老掉牙的故事，再说了，我现在正在转型要写悬疑，不想再记录什么真实故事了，太闹心……”还没等我说完，她就又举起了巴掌……最后，在她的武力威胁下，我不得不含着眼泪同意收录这个故事，条件是她在一个月之内不催婚。

被镇压之后，我正垂头丧气，但转念一想：反正这口子已经开了，干脆把涛哥那边的事情也解决了吧。

涛哥的事儿其实也很简单。几年前准备写一些我经历的故事的时候，一时兴起，答应了涛哥等人的一点小要求：把他们写在故事里，还分配一个要经常出镜的角色。

本来，事情的主动权在我这里，给不给他们角色，给什么角色都是我说了算。千不该万不该，不该享受了他们提供的帮助，收受了他们的贿赂。

上班迟到，下班早退，工作磨洋工，他们都给我打掩护。涛哥动不动要请我吃大餐——烧烤和啤酒，我一时没管住嘴，丧失了原则，羊肉串撸上了瘾。小彭，经常对我嘘寒问暖，时不时送我点小礼物，我一时丧失了警惕性，飘飘然起来，以为自己脸上的横肉也散发出迷人光芒，人生观、价值观取向有了明显变化，竟然都收了下来。就连杨姐，也经常从他老公那里顺几瓶好酒，来诱惑我，我贪图享乐的欲望也越来越强烈，竟然觉得这酒很好喝！

悔不当初啊！俗话说：吃人嘴短，拿人手软。俗话又说：莫伸手，伸手必被抓。这些最简单的道理，我却忘在了脑后。得意忘形之时，也就是自我毁灭之期。我贪心作怪，私心作怪，终于到了自酿的苦果自己尝的时候了……

我找到涛哥说："吃人嘴短，拿人手软，在我这里从来没有这回事，咱们相处这么久了，你对我脸皮的厚度也应该心里有数了。"

涛哥冷笑一声："你个贱人，早知道你想赖账，你写的那些故事，出版了的三本书，我都进行了认真的研究、科学的分析，哪一个故事有谁的影子，哪一个故事是写你自己的故事，我都了如指掌。你信不信我把你的底细抖落出去？微博、微信、今日头条……我动一动手指，所有的媒体就都被你的消息轰炸了，所有的读者都知道你有多猥琐……"

我哈哈大笑："你觉得我会怕这个？你要是真发出来，正好把我的书炒作一番，我还要感谢你呢。看来你还是严重低估了我的脸皮厚度啊，看来你对我的了解远远不够啊，看来你也黔驴技穷了啊，还害我白担心了一场，以为你真抓住我什么把柄了。"

涛哥神秘一笑："有人喜欢那谁，戒指在口袋里都装了半个月了，正在筹划一场盛大的表白宴，你信不信哥们能把这事儿搅黄了？"

我大叫一声："你竟然这么恶毒！你以为我就这样被你征服？我告诉你，你想错了，哥们真的服了，你说啥就是啥，你的无理要求我统统答应还不行吗？"

涛哥也大叫起来："无理要求？你竟然这样颠倒黑白！你吃着我的羊肉串，喝着我的啤酒，还对我呼来喝去，哥们忍辱负重，就是因为你答应了给我个角色，可这个角色就在第一本里出现了寥寥几次，第二本、第三本一句都没提，你竟然说这是无理要求？是可忍孰不可忍！"

我见涛哥真要炸了，连忙转移话题："可是你给我的那个故事也太平淡了，没谋杀，没破案，没罪犯，没警察，就一个傻男人，耗费了十年时间，才明白自己真傻，录上这么一个故事，不是毁我名声吗？"

涛哥也不再暴怒了，开始讲理了：世界上的所有人，人生都不可能是一帆风顺，不可能不走弯路错路。但这弯路错路不一定是有犯罪，不一定非得要用暴力和血腥来刺激读者的荷尔蒙，讲一点平凡的人，平凡的事，平凡的道理，也挺好的。

我还是在推脱："你又不是我的读者，哪里知道我的读者想看什么？"

涛哥看我还在负隅顽抗，终于把杀手锏使了出来，在我耳边一阵低语。我听完之后说："既然这样，就把这个故事也收进来吧，但如果读者不买账，你要负全部责任啊。"

涛哥没理我，打了一个呼哨，小彭、杨姐、涛嫂全部拥了进来，齐声说："我这里有个故事……"

原来在这里等着我呢？我又被套路了！

索性，在这里就多收录他们提供的素材吧，反正他们在鉴定中心这么多年，满脑子都是一些稀奇古怪的故事。这些故事，都是一些奇事怪事，虽然都是真事，但旁人听闻后，依旧会觉得荒诞。于是就以荒诞为名，串联成一篇。

1. 猪油

现在人们的生活都很幸福，尤其是在饮食方面，可以说极为丰盛，想吃什么就能吃到什么。我这段时间沉迷烘焙，自制了比萨、蛋挞、面包、慕斯等许许多多西式糕点，味道还很不错，还做了牛肉比萨给母亲大人吃，平常极少吃西餐的她都赞不绝口，让我幸福感爆棚。

但这幸福感没持续几分钟。因为亲爱的母亲大人又开始碎叨了，无外乎是一些要我赶紧结婚生子的旧话。看来我的计划失败了：牛肉比萨也没能堵住她的嘴。

母亲大人身为一个老警察、老法医，催婚与一般母亲有所区别。别人家的母亲催婚，手段也就是"晓之以理，动之以情"，我亲爱的母亲大人却是"坦白从宽，抗拒从严"；别人家的母亲催婚也就是唠叨，顶多是哭闹，而我亲爱的母亲大人却是把审讯犯人的那一套用在我这里。最悲催的是，母亲做警察那会，审讯时上点手段是被默许的！后来有规定，警察审讯时不让严刑逼供了，但那会母亲已经转行做法医了。因此，她的审讯手段还停留在那个简单粗暴的阶段。最让我痛苦的是，这些手段在我身上实践了几十年。

你说，我能活这么大，容易吗？从小，别人家是“相亲相爱一家人”，我们家上演的却是“警民一家亲”。

今天也不例外，母亲大人又要在我身上施展她的那一套，刑讯逼供的手段则由于她年老体衰，改成了“掐”。掐一下，说一句：“你怎么就不找媳妇呢？”再掐一下：“你怎么就不给我生孙子呢？”又掐一下：“你怎么就不着急呢？”

我嗷嗷大叫：“妈，你别掐我了，要是实在手痒痒，你还是像以前一样，给我来几巴掌吧，我保证不躲不还手！”

母亲大人却不接受我的好主意，又使劲掐了我一下：“叫你贫！”

这日子没法过了！忍无可忍的我，跳起来跟母亲讲道理。

我摆了一个搔首弄姿的姿势，问：“妈，我美吗？”

母亲大人：“呸！”

我又做了一个点钞票的手势，问：“妈，你说，你儿子我虽然在外貌这方面可能不太突出，但也算是有钱人吧？每个月工资赚不少呢！”

母亲大人：“呸！”

我一本正经起来：“妈，我虽然不帅，也没钱，但我成熟稳重，勤快能干，有爱心，有责任心，有进取心，这些优点你总不能昧着良心否认吧？”

母亲大人：“呸，呸，呸，呸，呸！”

我看见母亲中了我的圈套，就懒洋洋坐下来：“妈，你儿子又穷又丑，又馋又懒，每天混吃等死，怎么找媳妇啊？再说，就算哪个姑娘瞎了眼，愿意做我人生的小伙伴，我也不能害人家不是？”

母亲大人一看又被我套路了，恼羞成怒，扑了过来，张开双手，作势要掐我。我连忙招架，又赶紧告饶，好不容易才把她安抚下来。

母亲又开始碎叨了：“你说你虽然又穷又丑，又馋又懒，但因为馋，倒是学会做一手好菜，搁几十年前，你不做法医，倒是可以做个厨师，那娶媳妇就不会犯愁了……”

我表示不信：“妈你糊涂了啊，厨师娶媳妇怎么会不犯愁呢，只要是又穷又丑，又馋又懒，不管干啥，娶媳妇都犯愁，比如说你儿子我……”

没给我再臭贫的机会，母亲大人讲起了缘由。

上世纪五十年代末到六十年代初，我们国家的农村，有一个人民公社化运动。人民公社，简单来说，就是当时政府的基层组织，跟乡政府类似，下辖生产队。用一句话概括，就是“一乡一社，一村一队”。

在 1958 年之前，农村实行的是“合作社制度”，农民的口粮是分到每家每户的，那个时候人们都有干劲，虽然没有走上小康，但一家人还是能轻松填饱肚子。

而进入人民公社后，口粮就由公社、生产队掌管了，而且每个生产队开了食堂，所有人都统一到食堂吃“大锅饭”，实行完全的平均分配制度。

干多干少一个样，干好干坏一个样，导致人们的生产积极性受挫，最终结果就变成了“一个和尚挑水喝，两个和尚抬水喝，三个和尚没水喝”，粮食产量大幅度降低，很多人都饿着肚子。

那时候，很多农民每天最大的愿望是：吃饱。

这个愿望有点卑微。如果说还有更进一步的愿望，那就是：不光能吃饱，还要有点荤腥。

当然也有例外，这个例外就是生产队食堂的厨师，虽然有规定做饭的时候不许偷吃，但炒菜的时候总要尝尝味道吧。一个生产队少则几十人，多则上百人，如果味道不好引起众怒谁来负责？

于是厨师们堂而皇之地在炒菜做饭的过程中就吃了个腮满肚圆，吃饭时候自己那一份肯定要留下，之后再偷偷带回家给老婆孩子吃。别人都只能吃个半饱，一到晚上肚子就饿得咕咕叫，而厨师全家都能混饱肚子做个甜梦，所以，那个时候的厨师属于相亲市场的热门人选。在人们饿着肚子的时候，爱情显然没有面条重要。

钱三（化名）就是这样一个极受欢迎的厨师。

钱三的感情经历其实颇为坎坷，论长相在小镇上可以排进倒数前三，在他年轻的时候，从没有姑娘正眼瞧过他，曾经他一度以为这辈子只能打光棍了，却不想时势造英雄，成了风云人物。

统一在生产队食堂吃“大锅饭”之后，钱三凭借着自己精湛的手艺（在食材和调料都缺乏的情况下，钱三可以将饭菜做得不逊色于那些调料丰富的饭菜），牢牢占据了生产队食堂大厨中的头把交椅。

从前无人问津的钱三犹如中了头彩，一下子火爆起来，许多大姑娘都向他投去了暧昧的目光。

钱三沉寂已久的内心躁动起来，连忙从这些大姑娘中间挑了一个最漂亮的，然后结婚生子，过上了没羞没臊的幸福生活。

在那个年代，一天两顿饭都能吃饱确实算得上极为幸福的生活，能达到这个标准的，一个上百户人的公社也只有那么寥寥数户，而且绝大部分是厨师。

这里我要解释一下，在我家乡当时确实是一天只吃两顿饭，上午十点一顿，下午五点一顿，吃完就早早爬上床储存体力去了，时间早睡不着，夫妻间自然要做点爱做的事，所以那个年代生育率才会那么高。

母亲大人讲到这里的时候，我打断了她的讲述："妈，你知道的，我从小数学成绩就挺好的。来，我给你算一下。"我掐着手指头："你讲的故事发生在1958 年，那时候你好像刚几岁吧？"

母亲大人白了我一眼："别显摆你那点可怜的数学了，我说是那时候发生的事情了吗？"

然后就接着讲了下去。

过了几年，各个生产队的食堂都开不下去了。那这样钱三是不是就要失业了呢？却不想，由于钱三厨艺高超，被调到公社食堂做厨师，也算是因祸得福。

此后，钱三就在公社食堂扎下了根，一直干到了七十年代末，发生了一件非常奇怪的事情。

要讲这个事情，还要把当时人们的饮食情况再介绍一下。

当时，粮食产量不高，油盐酱醋之类的调料也极为缺乏，平常一般都是杂粮糙米饭配水煮白菜，或者是南瓜汤泡杂粮糙米饭，里面盐和油都会放一点，但是很少。

那时候人们最奢望的就是能捞上满满一勺猪油淋到杂粮糙米饭上，油汪汪的猪油融化在热腾腾的杂粮糙米饭里面，再撒上一些盐末，将之拌匀，几口吞下肚，那真叫一个香！

因此，猪油是当时食堂的最重要资产，也被储存在一个大缸里严加看管，平常半勺油就必须炒一大锅菜，就连厨师都没有机会多吃一口。

事情发生的时间是上世纪七十年代末，四月的一天。南方四月底就会进入初夏，这一年也不例外。

某一天，主管食堂的领导王五（化名）和往常一样上午来开厨房门，顺便检查下粮食和调料，避免有人偷吃，当他来到油缸面前时，整个人犹如被雷劈中一般跳了起来！

原本还剩大半缸的猪油居然只剩下一小半了，足足几十斤的猪油不翼而飞！

这缸猪油是杀年猪的时候提炼的，原本要用足半年，现在才过去了两个月居然就只剩下一小半，显然是被人偷走了！

公社里面居然出现了偷猪油的贼，这可是一件大案件！

公社领导都被惊动了，详细地盘问起食堂的每一个人，而钱三自然是重点怀疑对象。

无他，钱三是掌厨，他的位置靠猪油缸最近，而且炒菜的时候猪油由他控制用量，现在猪油少了几十斤，自然是他的嫌疑最大。

钱三在领导的责问下泪流满面，大喊冤枉，说昨天这缸里还有一大半猪油，今天却不知道为什么突然少了几十斤，昨天他走后厨房的门就被锁住了，钥匙又不在他身上，而且他回去之后就陪老婆上床休息了，这点他两个哥哥钱大钱二都可以替他作证。

钱三还说如果领导不相信的话，可以现在就去他家，包括他两个哥哥的家里都可以去搜查一番，来证明他的清白。

领导们详细询问了其他的厨师，都证实了钱三的说法，昨天猪油缸里确实还有大半缸的猪油，今天一下子就少了这么多，一定是有人在晚上潜入厨房偷走了猪油。

而厨房的门没有任何破坏的痕迹，窗户也是关得严严实实完好无损，那么极有可能是内部作案。

在场所有人的目光都集中到了一个人身上，这个人正是主管厨房的领导王五！

只有王五才有厨房的钥匙，每天上厨下厨都是王五亲自落锁，既然门窗都没有破坏痕迹，那么一定是王五贼喊抓贼！

王五一见周围众人不善的眼神，瞬间跳得比之前发现猪油少了还高，气急败坏道："天地良心，我王五行得正坐得直，绝对不会干这种事情。"

王五不说这话还好，一说反倒让众人更为怀疑，因为王五家里有四个半大小子。俗话说，"半大小子，吃穷老子"，这几个小子正是最能吃的时候，王五家的粮食肯定不够吃，他偷油的动机很充分！

见百般解释都不能消除众人的怀疑，王五也提出让众人去他和他兄弟家里检查，说只有这样才能证明自己的清白。

于是众人分成两个小组，一组去了王五和他的兄弟家，一组去了钱三还有他的大哥二哥家，足足查了半天，可最终一无所获。

既然找不到答案，这样“重大的案件”自然只能让警方出马了。

“几十斤猪油被偷了”，这种事件现在看来不值一提，但在当年可以算得上重大案件了，毕竟在那个年代，没有什么比吃更为重要的了。

于是镇上派出所里，派出了号称“美貌与智慧并存、英雄与侠义的化身（丁主任自诩）”的年轻女民警丁警官，配合老刑侦刘警官（刘警官已经故去多年，所以用的化名，他本人并不姓刘），来侦破这个案件。

当年的丁警官，比现在的小谢还愣头青，遇到这种“为民除害”的事情，自然是义不容辞，接到报警之后就急着要来“发挥主观能动性”。

“发挥主观能动性”是刚入党不久的丁警官的口头禅。

两人来到案发现场，对厨房认真勘查了一番。

厨房是新盖不久的，以前的老厨房有点漏雨，存放食材极为不便，去年十月份集中人力物力修建了这个新厨房。

新厨房是当时少有的红砖盖成，安全性能极好，窗户上为了防盗特意设置了铁栅栏，就连小孩子都没办法通过栅栏之间的间隙爬进来。

门也是用的厚木板，两根粗大的铁链锁住了墙体和门上的铁环，两把足有拳头大的铁将军把门，就算用暴力都极难破坏。

勘查完现场之后，两人又询问了包括钱三在内的所有厨师。

这些人的交待基本上一致，在案发的前一天晚上还做了一顿“大锅饭”，掌厨的还是钱三，其他人切菜的切菜、洗碗的洗碗、煮饭的煮饭，都各自认真干着各自的工作。

在钱三炒菜完毕，大家都凑过来“试了试菜品的味道（实际上就是开小灶，这点大家心照不宣）”。

盛放猪油的大缸距离炒菜的锅子不远，眼角的余光就可以看到，大家确定没有异样，如果有的话，当时就发现了，无需等到第二天上午领导王五来检查。

这么多人同时为钱三作证，应该不假，退一万步讲，就算整个厨房的几个厨师都集体为钱三作伪证，这几十斤油每个人只能分几斤还要承担这么大的风险似乎又有点不值。

随后对王五的询问也验证了厨师们的说法。

王五是主管食堂的领导，但他不参与烹饪的过程，只在每天上午来开门，晚餐后来关门。

偶尔会检查一下储备的粮食和食材，案发那天晚上，恰好他就留意过那口装猪油的大缸，里面确实有满满大半缸猪油，但第二天早上来检查时只剩下一小半也是实实在在的事情，他赌咒发誓自己绝对没有监守自盗。

询问完毕之后，愣头青丁警官嚷嚷肯定是王五偷了猪油，只有他才有这个实施行动的条件和动机。

经验丰富的刘警官却说王五有可能不是罪犯，从他的神态中看不出一丝丝身为罪犯的恐惧感，根据了解到的王五的经历来判断，他不是一个大奸大恶之人，应该做不到面对警员不露一丝痕迹。

厨房门窗都关得好好的，而且门上了两道锁，如果不是唯一有钥匙的王五下手，那是谁偷的？

几十斤重的猪油不算少，不可能藏在身上，要想拿走，别人肯定会看出端倪。但是现在，却一点线索也没有。这猪油，总不会是自己飞走的吧，何况这里算是一个完全的密室。

上世纪七十年代，查案的难度远比现在大得多，当时指纹鉴定技术还不完善，DNA 鉴定技术更是幻想，破案靠的是警员们日积月累下来的经验和善于思考的头脑。

偏偏这两点刚入职的丁警官都不具备，无奈之下她只能将希望寄托在刘警官身上。刘警官有二十多年办案经验，原本这种小案子无需他出马，这次出来纯粹是带新人。

丁警官说，刘警官是她进入这行后真正意义上的第一位老师，几年之后她经过培训转岗成为法医，也是受了刘警官的影响。

此案的案情算得上极为清晰：

遗失的物品就是猪油，其他东西丝毫未动，显然小偷就是冲着猪油而来。

头天关门之前王五还查看了猪油缸，猪油丢失的时间可以确定是从头天下午餐后（五点多钟）到次日上午九点这十四五个小时之中（公社习惯在十点半收工吃上午饭，王五一般九点来开门）。

老鼠之类小动物作案的嫌疑也可以排除，油缸里干干净净的，根本没有任何小动物爬过的痕迹，而且小动物也不可能一晚上吃掉几十斤猪油。

门窗都是锁好的，也没有任何暴力破坏的痕迹，只有可能是开锁进来。

一共两把大锁，钥匙都在王五一个人身上，如果王五不是小偷，那小偷到底是谁？

难道自己判断错误，王五就是真正的小偷？无奈之下，刘警官只能再对现场进行勘查了，这次勘查的重点集中在猪油缸的附近。

这天特别热，昨天还是阴雨绵绵的春天，今天一下子就变成盛夏，南方的天气就是如此，见怪不怪。

不一会儿，刘警官和丁警官额头上就已经渗出了浓密的汗珠。

功夫不负有心人，这次算是有了一个发现，说是新的发现并不合适，早在第一次勘查现场时就已经注意到了，不过这次才真正重视起来：

为了使用方便，猪油缸就放在炒菜的大灶台旁边不远，在灶台的上方有几个孔洞，这几个孔洞都只有半块砖头大小，是平常用来炒菜时通风的，那个年代条件简陋没有抽油烟机，而这里的人炒菜喜欢放辣椒，虽然平常以大白菜南瓜汤为主，很少吃到辣椒，但逢年过节则是必须要用辣椒做菜，打打牙祭。

做过饭的朋友都知道，只要一炒辣椒，那呛人的味道就极重，如果油烟排不出来的话，一厨房的人都会被熏得头晕目眩涕泪横流，所以厨师们就想了这么个办法，在墙上挖一些孔洞，过节做那些油烟味重的菜时，用一台风扇在旁边吹，将油烟从孔洞里面吹出去，厨房里的味道就会淡很多，算是一个土制的抽油烟机。

这些孔洞的位置离猪油缸不远，会不会是有人通过这些孔洞来偷猪油？

孔洞是人工挖掘出来的，大小不一，但最大的也就比拳头大一点，所以人要想爬进来是肯定不可能的，只有可能是利用某样工具来偷取油缸里的猪油。

刘警官仔细查看了下油缸，因为天气突然一下炎热起来，里面的猪油已经变成了黏糊糊半透明的液体状态（可能有一些朋友从来没有关注过猪油，这里科普一下，一到天气冷的时候，提炼出来的猪油冷却后就会变成不透明的白色膏状物质，而在温度上升之后，猪油就会慢慢融化，最后变成和植物油一样的透明黄色液体）。

丁警官顺手拿起放置在灶台上炒菜用的大勺子在猪油缸里搅动几下，半融化状态的猪油随着她的搅动在慢慢地流动，忽然她灵光一闪，想起了小时候经常玩的一个游戏，惊呼道：“难道是虹吸原理！”

刘警官点头表示认同。

所谓虹吸原理就是利用液面高度差的作用力现象，将液体充满一根倒U形的管状结构内后，将开口高的一端置于装满液体的容器中，容器内的液体会持续通过虹吸管从开口低的位置流出，这是小学课本里就有的知识，朋友们应该都知道。

如果有人在墙外偷偷将一根充满水的U形管插入猪油缸中，处于半融化状态的猪油就会顺着管子慢慢流到墙外，几十斤重的猪油轻轻松松就能“偷运”出来，而且这也完美地解释了为什么猪油还剩下小半缸的原因：很有可能是管子不够长，所以只能够“虹吸”几十斤，剩下的猪油够不到就留在了缸里！

刘警官夸了丁警官几句，丁警官喜笑颜开，用她的口头禅来说就是“主观能动性”发挥到了极致，满心欢喜马上就要去抓捕罪犯。

但随即刘警官一句话就让她心情跌落到谷底。

刘警官告诉她，如果是利用“虹吸原理”作案的话，那人人都有作案的条件，要从这么多人中找出罪犯几乎是不可能完成的任务。

话虽如此，两位警官还是带着一线希望来到孔洞的后面，看看是否能找出一些蛛丝马迹。

厨房的背面是一片蒿草地，孔洞后面草地的蒿草有大面积不同程度的倒伏，这恰恰说明了曾经有人躲在这里进行某项秘密活动，看来用“虹吸原理”来偷取猪油的证据也已经找到。

调查进行到这里，基本上可以结案了：小偷不是厨师也不是王五，应该是和厨房不相干的外人，甚至有可能是其他公社的人，晚上潜伏到这里利用“虹吸原理”偷窃了几十斤猪油。

案情已经明了，丁警官的脸色却不由自主地黯淡了下来，这附近所有村民都可能是偷油的嫌疑犯，总不可能挨家挨户去搜查吧，虽然在当时偷窃几十斤猪油完全够得上犯罪，但为此太过于兴师动众则明显不实际。

丁警官犹豫了下道：“刘队，现在怎么办，是不是把这个情况告诉公社领导，让他们来决定如何处理？”

警方没有权力也没有精力对公社所有住户进行询问，将情况告诉公社领导让他们决定是不是进行下一步的调查，这也是没有办法的办法。

刘警官停留在原地一直没有说话，丁警官以为他答应了，转身准备前往公社办公室。

“且慢！”刘警官突然制止了丁警官的行动道，“小丁，你再仔细看看这里。”

丁警官闻言面露喜色，她知道刘警官必定发现了什么新的线索，连忙顺着其手指的方向看去，那里就是刚才发现的蒿草地，蒿草有大面积不同程度的倒伏，除此之外没有其他不正常的地方。

“还没看出来吗？”刘警官微微皱眉道，“小丁，再仔细看看。”

丁警官知道刘警官在考验自己，略显紧张地又看了一遍，用极不自信的语调道：“蒿草倒伏的面积似乎大了一点，是不是作案的不止一个人？”

“很好，这点说对了！还有呢？”

“还有……”丁警官受到了鼓励，心态平和下来，走进倒伏的蒿草堆仔细地观察了一番，终于看出了不对劲的地方，这次的回答充满了信心也充满了惊讶：“蒿草倒伏的程度不同，倒伏的新旧程度也不同，这说明有人多次躲在这里！”

刘警官终于笑了，道：“没错，这几个月你进步很大，那你再推测一下犯案的经过。”

丁警官终于傻了眼：“刘队，这下我就真猜不出来了，猪油是昨天晚上才被偷的，这里却出现了多次有人躲藏的痕迹，从蒿草倒伏的新旧程度来看，至少有一个月以上，之前为什么会有人躲在这里？厨房里的食材在之前没有被偷过，那个人躲在这里的目的是什么？想闻闻炒菜的油烟味吗？”

“哈哈！”刘警官闻言大笑起来，“小丁你还是太年轻，缺少生活的经验，你有没有发现，在昨天夜里，所谓的‘虹吸偷油’是不可能实现的。”

丁警官惊讶道：“为什么？猪油是液体状的，虹吸原理不是最简单的方式吗？”

“对，你这话说到重点了，虹吸原理一定要是液体，固体就不行，昨天晚上……”

“我明白了！”没等刘警官说完，丁警官就兴奋地喊起来，“一个多小时之前我们第一次来查看时猪油还是半凝固的状态，现在才慢慢变成液体，这都是因为下午温度过高的原因。而昨天还是下雨天，今天上午气温才突然上升，照这猪油融化的速度看，昨天晚上这缸猪油应该是固体！”

兴奋劲头一闪而过，丁警官的情绪犹如过山车一样马上又低沉下来，郁闷道：“如果不是利用‘虹吸原理’的话，怎么从这么小的孔洞里偷油？”

刘警官做了一个用大勺子舀东西的动作，斩钉截铁道：“很简单，用勺子！”

“用勺子？”丁警官惊讶道，“站在这个位置怎么用勺子偷油？油缸又没在孔洞的正下方，勺子又不会拐弯，就算能将整个胳膊伸进来也找不准位置，而且勺子把也没有那么长啊，难道是用的特制的勺子？”

刘警官摇了摇头道：“不对，就是炒菜用的普通勺子。”

丁警官已经完全猜不透刘警官的意思了，只能投降认输。

刘警官笑道：“其实很简单，你的思维还是有点局限，假如罪犯不是站在屋外，而是屋内呢？”

丁警官惊讶道：“您的意思是，罪犯是厨师中的一个？”

刘警官点了点头道：“对，站在屋外倒伏蒿草处的，只是一个接应人，真正的罪犯是站在厨房里的某一位厨师，在每天炒菜的过程中，只有一个人始终站在孔洞的位置，如果我猜测没错的话，他就是偷油的贼！”

数个孔洞全部集中在灶台的上方，只有一个人能始终站在灶台的位置，这个人正是掌勺的厨师，钱三！

丁警官疑惑道：“钱三的嫌疑不是排除了吗？他又没钥匙，怎么可能在半夜进入厨房偷油？”

接下来两人的对话完全击破了丁警官的定式思维。

“猪油不是昨天晚上被偷的，而是之前就被偷走了。”

“怎么可能？王五昨天晚上还检查了猪油缸，确定还有大半缸猪油，今天上午来查看的时候才发现只剩下小半缸，这几十斤猪油怎么可能是之前被偷走的，除了王五之外其他厨师也作证了，难道这些人全部都是同案犯？实际上猪油早就被偷了，而他们早就做好了串供的准备？”

刘警官摇头道：“不对，罪犯很可能只是钱三，他在掌厨时趁人不注意，偷偷用勺子舀走猪油，从孔洞里将勺子伸出去，倒给了等在外面接应的人。”

“刘队，我完全糊涂了，那钱三是怎么瞒过这些人的，他又不会障眼法，难道油缸里面少了几十斤油别人一点都看不出来？”

“春节时那场雪很大啊！”刘警官发出的感慨让丁警官更是糊涂，这猪油失窃案怎么又扯到大雪去了？

“如果在雪堆的中间藏点什么东西，除非雪化了，肯定发现不了。”

这看似牛头不对马嘴的一句话却让丁警官恍然大悟、茅塞顿开，欣喜道：“我明白了！在今天以前猪油一直是凝固的，就像雪堆一样，钱三用勺子挖空了猪油的中间，留住了上面的一层猪油，这样看起来就好像缸里的猪油有大半缸，实际上只剩下了小半缸，中间都是空心的！而今天上午天气突然转暖，气温一上升猪油就慢慢融化，猪油就整个塌陷下去，从大半缸变成了小半缸，结果被王五发现了！”

刘警官点了点头道：“对，就是这样，所以钱三有充分的作案时间，他这几十斤猪油很可能不是一次而是分很多次偷走，只需要一个人在外面接应，每天偷个几勺轻轻松松，偷完之后就被吃了，所以他家里才没有找到被偷走的猪油。外面蒿草的倒伏为什么是一大片，而且有的一看就倒伏很久了，这恰好证明了这一点！”

丁警官脑海里马上出现了一个场景：钱三站在灶台前挥汗如雨的时候，他的老婆孩子避开人群偷偷摸摸躲到孔洞的另外一边，举起手中的碗接住钱三从孔洞里伸出来的几勺子猪油，等开饭的时候再一人打上一碗热腾腾的杂粮糙米饭，偷偷淋上这些猪油大口吞咽，享受着别人做梦都无法品尝到的美食，有了这些高热量的油水就能填饱肚子，这在当时是最幸福的事情！

这样的“享受”我们现在可能无法感受到，但在当时那个十天半个月见不到油水，甚至连吃饱饭都属于奢望的岁月，每天有一碗“油泡饭”吃那真是极致的享受！

接下来要做的事情就很简单了：对钱三和其家人进行审讯，让其认罪伏法。

最终审讯的结果也证明了钱三正是偷油的贼，但他偷油的目的却根本不是丁警官想象的那么简单。

为了证实推测是否正确，刘警官和丁警官又分开询问了一起办厨的几个厨师，他们是否留意到钱三在炒菜的过程中有将大勺子伸出孔洞的动作。

这几十斤油要舀出来，最起码得舀上上百次，次数这么多应该有人看到过。

厨师们证明，钱三确实经常有将勺子伸出孔洞的动作，但钱三洗锅的时候也经常会将洗锅水以同样的动作舀出去，而且当时雾气太重无法看清楚具体情况，所以其他人并没有在意这个举动。

钱三和家人一同被带到公社办公室，见过公社其他人再见钱三和其家人，厨师这个职业的优越性一眼就能看出来。

当时的人们，大多都是精瘦型的，而钱三则满脑油光，其家人也明显比其他人壮实一圈。

当刘警官讲述完自己的推测，钱三面色苍白，汗如雨下，而钱三的妻子却大声喊冤，赌咒发誓说自己和孩子绝对没有偷过猪油，信誓旦旦的样子看起来不像是在狡辩。

钱三和妻子截然不同的表现让刘警官警觉起来，难道钱三的妻子不是共犯？

到底是什么人偷偷在墙外接应钱三，难道是钱三的两个兄弟？

但随后对钱三两个兄弟的审讯也一无所获，看他们无比冤屈的神情应该不会有假，而钱三又咬紧牙关拒不交待，始终不承认自己偷过猪油。

物证已经下肚，人证又只有厨师们似是而非的证明，要想让钱三认罪看来没那么简单。

就在丁警官一筹莫展，眼巴巴地看着刘警官希望他能想出好办法的时候，当天夜里，一个人主动找上留宿在公社的丁警官，让事情的真相大白于天下。

这是一个女人。

女人叫翠花，“芳龄”三十五岁，虽然和别人一样饿得面黄肌瘦，但依旧无法遮掩她的姿色。

有句俗话说：“好事不出门，坏事传千里。”钱三作为偷油犯被审讯的消息已经迅速在公社里传开，人人都知道了钱三偷油的手段，纷纷指责起钱三来。

在愈演愈烈的指责声中，翠花坐立不安，天人交战了一番后，她趁着夜色偷偷找到了丁警官，讲述了自己某次当钱三共犯的经过。

翠花的讲述让丁警官明白了为什么钱三拒不交待真相。

翠花是一个寡妇，丈夫早亡，自己拉扯着两个半大孩子。家里没有壮劳力，生活自然极为不易。两个孩子又是半大小子，经常吃不饱饭。

某一天，有一个人偷偷问她想不想吃猪油泡饭。

如果是别人这样问她，她肯定以为这是在嘲笑她，但这个人，是公社食堂里的大厨钱三，他肯定有办法！

钱三神秘地告诉她，不但有猪油泡饭吃，而且菜她想吃多少吃多少，不过不能白吃。

自己家里什么情况自己一清二楚，没有什么值钱的东西，拿什么换吃的？翠花正在犯难时，看见钱三的目光紧盯着她的身体。无需他再说什么，翠花明白钱三想要什么了。

翠花气坏了，当时就想两个大耳刮子扇上去，挠烂他那张面目可憎的脸，可想到家里两个挨饿的孩子，就鬼使神差地答应了。

第二天到了约定的时间，翠花就按照钱三交代的偷偷带了一个大碗蹲在了厨房外面，也就是蒿草倒伏的地方。

里面炒菜的声音响起，翠花吞了口吐沫，眼睛死死地盯着那几个孔洞。

不久之后，果然有一把炒菜用的大勺子从孔洞里面伸了出来，里面是满满的一勺大白菜！

翠花连忙接过，欣喜万分地等待着下一勺，连续两勺大白菜之后，第三勺是满满一勺子猪油！

翠花激动得差点当场哭出来！这勺猪油足有半斤，两勺大白菜也足有一斤多，终于可以让孩子们吃上一顿饱饭了！

那天的饭，两个孩子吃得极为香甜，看到他们久违的笑容，翠花感觉自己付出点代价也不是不行。

但她内心还是有点忐忑，自己是一个寡妇，万一被别人发现那名声就臭了，冒这么大的风险只换一顿饱饭太不值得。

当钱三下午溜来她家的时候，她说就吃一顿饭，肯定不能够，至少再让孩子们吃两顿饱饭才行。

岂料钱三勃然大怒，说他是看在孩子可怜的分上才接济他们，多的是人排队等着吃他的猪油泡饭，她这次不同意以后也别想有让孩子吃饱饭的机会。

翠花都来不及说话钱三就拂袖而去，明显有恃无恐。

当到了饭点，翠花偷偷靠近上午自己蹲伏的地方远远地看了一眼，果然发现已经有一个女人拿着个大碗蹲在那里。

这个女人虽然同样也挺瘦，但远比自己年轻，也比自己漂亮。

她将要经历什么事情，翠花心知肚明。

翠花将自己的经历讲述完毕，哭诉道："丁警官，我说的都是实话，我只吃过一顿猪油泡饭，从那以后钱三就再也没找过我！”

翠花说自己想了好久，认为偷吃过一碗猪油泡饭问题不大，但万一被别人误会自己和钱三发生过关系，那名声就彻底毁了，所以她才来讲述所有的经过。

有了翠花这个人证，钱三抵赖不过，只能交待出真相。

钱三年轻时因为貌丑被女性排斥，甚至有一次他对一个女人稍稍表露出爱慕之心，这个女人却一口唾在他脸上，说他“癞蛤蟆想吃天鹅肉”。

后来当上了厨师，深受女性欢迎，他喜不自胜，娶了漂亮媳妇，生了大胖小子，生活倒也美满。

但钱三虽然老实，却有人盯上了他。盯上了他的人自然不是看上了他这个人，而是看上了他手里的饭勺。在那人的主动进攻下，钱三没能招架几下就投降了。

有了第一次，自然就会有第二次。有了第一个人，自然会有第二个人。钱三胆子越来越大，甚至开始主动出击……

春节期间公社杀了两头大肥猪，提炼出满满一大缸猪油，猪油凝固后堆放在了缸中。这缸猪油要用半年，每次炒菜只能用小半勺猪油，如果每次多舀很快就会被发现，于是钱三偷偷挖空了猪油缸的中间部分，表层留上厚厚一层猪油，就算别人看到也不会想到中间会少了几十斤。

当时的他没有意识到随着天气炎热猪油会融化，等想到的时候已经晚了，于是事情就这样暴露了。

讲到这里，曾经的丁警官，后来的丁主任，叹了口气，不言语了。

我连忙追问：“后来呢？现在只查到两个人，那猪油可是少了几十斤，肯定不止这两个啊，还有谁也落入过钱三的圈套？”

母亲大人说：“还有谁吃过猪油泡饭，我也不知道。刘警官不让查了。”

听到这里，我明白了：“有些事，装一下糊涂真的要比较真更合适。真要是查出来，毁掉的可就不止一个家庭了。”

母亲大人说：“但当时我很生气，哪有不查案子放过坏人的道理？觉得刘警官工作不认真，敷衍了事，跟他闹了好长时间别扭。后来年纪大了，才明白他的苦心。”

看来，这个刘警官，这起案件，对母后大人的影响非常重大。刘警官，后来也一直是母亲非常敬重的前辈，据说我小时候也见过他，但现在已经没有印象，因为他在十几年前就去世了。

看见母亲沉浸在往事的回忆中，有些沉郁，我赶紧转移话题："妈，虽说你也是几十年的老警察了，但看来你真没破过什么案子，就这样一个简单的案件，你到现在还记得这么清楚。难道你就没经历过什么离奇古怪的案子吗？"

母亲大人瞟了我一眼："不用使激将法，不就是想为你写的那些破故事找素材吗，你如果表现好，我就给你讲讲漫画家老古的事情。"

我赶紧表忠心："妈，中午刚吃的牛肉比萨可还没消化呢，你说我是不是世界上最孝顺的儿子？这表现还不够好吗？"

母亲大人冷笑一声："不给我找儿媳妇，不给我生孙子，做再多好吃的，也无法弥补我这颗受伤的心。要想听故事，还是等哪天你把女朋友领进家门再说吧。"

我又开始给母亲讲道理洗脑："妈，你这话可就不合逻辑了。俗话说，有了媳妇忘了娘，我要是有女朋友，哪里还有心情听你讲这些老古董？再说了，我现在写故事，不也是因为没有女朋友闲着无聊吗？你可不能因果颠倒啊！"

"那正好，我不给你讲，你没东西写，不是正好有时间去找女朋友吗？还不赶紧滚回中心去？"

看来，想要从母亲大人这里挖出东西，还需要好好努力，找到女朋友。我亲爱的女朋友，你到底藏在哪里啊，我找你找得好辛苦！

2. 神牛

有些脑洞大的朋友曾对我提出一个问题，人能做亲子鉴定，那动物能做吗？

答案是肯定的，动物当然也可以做亲子鉴定，只是相对需求极少而已。

我们中心也有给动物做亲子鉴定的项目，到现在为止接待过数百起，总数看起来似乎很多，但放在我们中心成立十五年的历史中，算是少之又少。

和人做亲子鉴定不同，动物暂时只支持血液，不支持毛发、口腔黏膜等检材。

大型动物取样比较困难，如果不是太远的话，我们也会上门。

亲子鉴定做得最多的动物就是牛。

原因是在常见的家畜中，牛价值高，一头大牛现在市价接近两万元，而且相同体型的牛看起来差别不大，容易混淆，往往有些人家牛走失了，发现附近农家有一头牛很像自己家的就会去询问，一言不合很可能闹出矛盾，为了搞清楚牛的所属，只能来做亲子鉴定。

某一天，我们中心接到了一个电话，咨询是否可以给牛做亲子鉴定，得到肯定的答复之后，对方要求我们前往郊区某村取样。

我和涛哥驱车几十公里，来到了市郊某村，村长亲自接待了我们，并和我们说了事情的来龙去脉。

原来，村里有两家专门养牛的农户某甲和某乙，双方因为一头牛的归属产生了激烈的争执。

现在都是机械化的时代，一般都是机器耕种，但有些农户迷信用牛耕地收成会好，而他们自己为了几亩田喂养一头牛又不划算，便催生了“出租耕牛”这门生意。

当然，牛不仅仅只用于耕田，身强体壮的耕牛还可以用来做许多事情，比如拉车拉货等，总之，出租耕牛在某些农村算是一门既轻松又赚钱的好生意。

而产生争执的这两户便是专门养牛出租的。

某甲是养牛的好把式，能够将牛伺候得膘肥体壮，无论耕地拉货效率都高，这几年靠着出租耕牛赚了不少钱，家里还盖起了小洋楼。

某乙也是出租牛的，但他养牛不用心，生意比不上某甲。某乙这人不在牛身上下功夫，在自己身上找原因，而是将自己生意不好的原因归咎于某甲和他“恶性竞争”。

他不但经常在背后诋毁某甲，甚至还编造“某甲的老婆和村里某某光棍有染”的新闻，为的就是想让某甲家里不安生，无心照顾耕牛而让自己在生意上占上风。

领教了某乙的恶毒后，某甲便不再和他往来。村里大多都是明眼人，见某乙人品低劣，也不再去他家租牛。某乙的生意更差了。

某一天，某甲惊讶地发现，自己家里的一头小牛犊不见了。他找遍了全村，最后在某乙家的牛栏里发现了这头牛犊。

但某乙却死不承认，说自己最近在市集上买了三头小牛，某甲所说的那头就是其中之一。

而且，他还出示了票据，这次一共买了三头小牛，牛栏里确实也只有三头小牛，数量完全吻合。

某甲养了这么多年牛，对牛非常熟悉，何况是自己从出生看到长大的小牛，他咬定某乙牛栏里的就是自己家丢失的那头！

两人闹得不可开交，甚至持械相斗，村长不得不出面说和。

不过两家的矛盾积蓄已久，光凭村长的调解无法解决，于是有人给村长出了一个主意，找人来给牛做一个亲子鉴定，这样就能确定谁在说假话。

我和涛哥便在这种情况下来到了村中。

最后的结果和村里人预料的一样，经过取样鉴定，确定小牛犊和某甲家中的一头母牛有亲子关系。

不过即使有确切的证据，某乙也依旧大闹不休，死不承认自己偷牛，甚至说出“鉴定中心和某甲串通一气来害他，假如我们胆敢踏入村子一步，就让我们好看”之类的狠话。

听到某甲在电话里转述了某乙的言论后，我和涛哥相视苦笑，这两年再也没有去过那个村子，即使有任务也是别的同事去。

不是我们怕事，用杨姐的话来说，我们这个工作有时候确实挺招人记恨的，要学会保护自己，少一事总比多一事要好，对吧。

今天要讲的故事，主角也是一头牛。

某年秋天，我们中心一位同事就接待过一起关于牛的鉴定委托，但这次和以往的都不一样，客户来做鉴定的目的不是为了争夺牛的所有权，而是为了祭奠一头救了十数人性命的“神牛”。

在该市的市郊，有一个屠宰场，客户老刘就在屠宰场工作。

老刘有个响当当的外号，叫“刘一刀”。

杀牛的时候，需要先用绳子把牛的四条腿牢牢捆住，然后把牛绊倒在地，使牛站不起来，再用刀扎入它的心脏，把血放完。

老刘就是那个专门用刀扎入牛心脏的人，而且一刀就够，从来不用第二刀，这就是“刘一刀”这个外号的由来。

技术工种是最吃香的，尤其是老刘这种经验丰富的老手，他的工资在屠宰场数十名员工中排第一。

突然有一天，一个小道消息轰动了屠宰场，老刘居然为了一头牛和老板吵架了，还差点辞职不干！

原来，昨天老刘在杀牛的时候，不知道哪根筋不对，将一头本应该杀掉的牛放掉了。

屠宰场每天的屠宰量都是有定额的，且屠宰的牛都已经过检，杀掉后就能变成钱。如果不杀的话，不但少了一笔不小的收入，而且养着纯粹就是增加支出，没有任何收益。

老板知道后点名批评老刘，并要求将此牛纳入下一批的屠宰计划，老刘拒不接受，说如果一定要杀掉此牛的话，他就辞职。

“刘一刀”的名头可不是白来的，屠宰场可以没有别人，但不能没有老刘。无奈之下，老板只得点头应允刀下留牛。

这事很快成了屠宰场员工茶余饭后的谈资。

老刘是什么人？著名的“刘一刀”啊！死在他手下的牛少说也有四位数，怎么突然善心大发救下了一头牛，甚至还不惜和老板翻脸？

事发当天在场的饲养员小孙说出了原因。

屠宰场随着规模的扩大，早就用上了现代化的工具，现在已经不需要用绳子绑住牛的腿了，都是自动的，只需要将牛驱赶进专门的通道，牛一走过去，就会被卡住，然后被电击晕。

当然，最后那一刀还是少不了。

小孙作为饲养员，负责驱赶牛进通道，负责最后那一刀的，自然是老刘。

昨天，老刘又和往常一样站在传送带的尽头，等着被电晕的牛传送过来。

前面几头牛屠宰得都很顺利，老刘甚至还想抽上一根烟，又想起前天刚刚摸出香烟就被罚款五十块，他忙摁下了心中的瘾头。

一共才十几头牛要杀，再坚持一会儿就完事了，还是忍一忍吧。老刘这样想着，握紧了手中的尖刀，等着下一头牛的到来。

突然，传送带的起点处传来了吆喝声：“进去，快点滚进去。”

随着吆喝声响起的，还有鞭子的抽打声和牛的干号声。

老刘走过去一看，原来是一头牛起了倔性子，小孙想尽了办法，不管在通道中放置牛爱吃的草料还是全力抽打它，它都不愿意走进通道，四肢如同钉子一样紧紧钉在地上。

见老刘来了，小孙忙道：“刘师傅，这家伙真倔，你来想想办法。”

老刘却没有接茬，站在一旁看了会儿道：“小孙，昨天晚上叫得欢的就是它吧？”

小孙今年也三十好几了，不过在年近五旬的老刘面前他确实只能算小辈。

小孙点头道：“是的，就是这个倔东西，昨天叫了一宿，害得我整夜都没有睡好。”

老刘沉思了片刻，摆手道：“小孙，放了它。”

“放了它？”小孙一愣道，“这怎么成，我……”

老刘道：“放心，这事记在我身上，不会扣你工资。”

见小孙还在犹豫，老刘沉声道：“小孙，你仔细想想，它昨天晚上叫了一宿，今天又不愿意进这通道，这说明什么？这说明它有灵啊！灵牛，不能杀！”

见老刘满脸凝重，小孙咬牙道：“好吧，就听您的。”

老刘点了点头，一把拉住牛绳。

说也奇怪，原本无论如何不愿意挪动半分的牛，这下却乖乖地跟着刘一刀走出了屠宰室，连哼都没哼一声。

自那以后，被老刘救下的牛就成了屠宰场里一道独特的风景线。

这头牛是典型的肉牛，模样憨厚，毛色黄中泛白，整天吃吃喝喝不走动导致体型越来越胖，大家给它取了一个非常形象的名字——大白。

老刘把它拴在了临时牛棚里（临时牛棚，临时关押第二天要屠宰的牛的地方，一般是空着的），每天给它喂点草料，大白也非常乖，整天趴在那里咀嚼着，偶尔起身走动一下，只有当老刘露面的时候会叫唤几声。

大家都调笑说，老刘前世肯定是将军，这牛则是老刘骑的骏马，今世不慎转世成了牛，还是不忘旧情，来认主了。

随着时间的推移，大家也都习惯了大白的存在，就连偶尔来牛场巡视的老板也会拿上一把草料喂大白，当然，嘴里还是会絮叨着：“看这身胚，起码值两万块啊，太亏了……”

如果事情这样发展下去，或许大白会一直陪着老刘，直到老刘从屠宰场退休的那一天。

但天有不测风云，牛有旦夕祸福。

某一天夜里，出大事了！

老刘正在宿舍睡觉，突然听到外面传来了大白的吼叫声。

大白一直很乖，晚上也很安静，今天怎么突然一下狂躁起来？

几个工友都被吵醒了，有工友嘀咕道："这肉牛就不该养这么久，估计当初阉得不干净，发情了。"

老刘狠狠地瞪了他一眼，披上衣服冲出了门。

才冲出房门，老刘就被眼前的一切惊呆了！

不远处的临时牛棚居然浓烟滚滚，火苗如同恶魔的舌头一样舔食着一切！

临时牛棚当时是空着的，起火不至于烧死肉牛，但关键是这牛棚旁边就是员工宿舍，而且两者中间堆满了草料，火势极易蔓延过来。一旦火苗蔓延，这木头架子搭成的宿舍肯定保不住，睡在里面的十几名员工就危险了！

老刘连忙大声呼喊："起火了！"

十来名员工衣衫不整地跑出了宿舍，都被眼前的恐怖景象惊呆了。呆立片刻后，有的想办法去救火，有的急着打火警电话，现场一片忙乱。

而此时的老刘，一颗心都系在了大白的身上，但可惜临时牛棚已经被大火全部吞没，只能看到火光中大白那隐约的身影。

老刘哭叫着将一桶水从头顶淋下，想冲进火堆中救大白，却被同事紧紧抱住。

火势如此之大，老刘冲进去可以说自寻死路……

当时正是秋天，风干物燥，老刘和同事还在拉扯间，风一吹，火势便顺着草料堆蔓延到了员工宿舍。

就在众目睽睽之下，宿舍哗啦一声坍塌在地。

十多分钟后，火警赶到，终于奋力将大火扑灭，但临时牛棚和宿舍已经彻底化成了灰烬。

而大白，也倒在了灰烬之中。

消防员听老刘等讲述了经过之后都啧啧称奇，说老刘他们运气好，遇到了一头神牛，假如不是大白的示警，就刚才火势蔓延的速度，他们即便不死也要去掉半条命。

劫后余生的众人都暗自庆幸，但可惜，大白永远都回不来了。

大白死后，老刘辞去了屠宰场的工作，他说自己这条命是大白给的，所以，这辈子不会再杀牛了。

回家之后，老刘终日郁郁寡欢，一种强烈的孤独感挥之不去，于是，他决定寻找和大白有血缘关系的母牛，将之当做家人一样喂养。

这既算是对大白的报恩，同样也是一种祭奠。

大白本就是母肉牛生下的牛犊养大，但养牛场中母肉牛那么多，究竟哪头才是大白的母亲？

为了找到答案，老刘决定做亲子鉴定。

大白死后被埋在了屠宰场附近，老刘翻土取了样，和疑似母亲的几头母牛检样一同送到了我同事手中，经过鉴定之后，终于找到了大白的亲生母亲。

老刘花重金买下母牛，将其接到了家中，浮躁不安的心这才平静下来。

听说现在母牛在老刘家生活很好，还下了两头小牛犊，长得都和大白一样的壮硕。

希望这一家三口能在老刘的照料下幸福地生活下去，以慰大白在天之灵。

3. 蚊子

这个故事不是我亲身经历，而是在一次聚会的时候，一个朋友说给我听的。

这位朋友供职于兄弟单位，和我年纪差不多、身高差不多，体型却完全相反，十分精瘦。

他开着一辆他父亲淘汰下来的尼桑，天天嚷嚷着换车却从来不见行动，所以我们调侃地叫他车哥。

车哥供职的单位距离我们中心很远，平常见面的机会不多，不过他这人喜欢交朋友，每过个把月就会开着车穿越整个城市来到我们中心，约上我和涛哥一起去坡子街或者江边吃顿烧烤。

车哥最擅长的事情是侃大山，夜宵摊是他的主场，餐桌是他的舞台，每次聚会都是大家看他一个人表演。

因为他们中心挂靠在某三甲医院，所以业务量很大，遇到的稀奇古怪的事情自然也不少，他每次都添油加醋讲出来，哄得我和涛哥一愣一愣的，不过有些太过于夸张，我们也会识破他在吹牛皮，便一笑而过。

我和涛哥经常笑着说，可能是因为车哥太喜欢吹牛，在自己单位大家抬头不见低头见，吹不起来，所以就每个月找我们来吹一次，放纵一下自己的嘴巴，满足一下自己的吹牛瘾。

不过话说回来，虽然车哥经常满嘴跑火车，但做人还是非常靠谱的，值得深交。

记得去年的一天，也是一个炎热的夏日，车哥早早下班开车来到我们中心，约上我和涛哥去河边吃牛蛙。

美味的大盆口味牛蛙一上来，我们三个吃货就甩开腮帮子拼命吃，吃的时候自然少不了聊聊八卦。

和寻常饭局不同，我们最好的下酒菜就是各自遇到的故事。

车哥两瓶啤酒下肚，又鼓起腮帮子吹了起来，他凑到我和涛哥耳边道："兄弟，最近我做了一个亲子鉴定，你知道检材是什么吗？"

我和涛哥被他吊起了好奇心，凑趣地问他是什么。

车哥神神秘秘地压低了声音，在我们耳边说了两个字。

我和涛哥瞬间瞠目结舌，道："怎么可能？"

我俩对视了一眼，心想估计这哥们又在吹牛皮了，没想到车哥接下来一句话打消了我们的怀疑。

车哥说："如果我说的是假话，就让我找不到老婆！"

这是一个年过三十的单身汉所能想到的最恶毒的誓言了，由不得我不信。

于是我们按捺下好奇心，听车哥将这个故事从头道来。

某一天，车哥接待了一个自己前来做亲子鉴定的客户，男性，身高普通、模样普通，最显眼的就是发际线高，秃顶比较严重，远看足有四十多岁，近看却只在三十左右。

这次鉴定并没有什么出奇的地方，正常地走流程，正常地提供检材，正常地出结果。

拿走结果之后，这个客户也没有过多的言语，只是低头沉默着出了大门，当然车哥知道他回去肯定少不了一场风波，因为鉴定结果是排除。

不过这种情况车哥见得太多太多，他没时间多想，很快就把这件事抛之脑后了。

当时的车哥根本没有想到，这个客户能将那稍稍秃顶的脑门深深印在他脑海里，估计这辈子都无法忘记。

数月后，这个客户又出现了。

连续两天时间，他一次又一次给车哥打电话，保守估计两天内给车哥打了二三十个电话，询问特殊检材如何取样。

车哥本来就忙，这样频繁接电话郁闷得脑袋都冒烟了，但客户有需要，他不得不给予配合。

在这二三十个电话中，车哥将他所有能想到的取样办法都做了详细介绍，才让这哥们消停下来。

单纯的车哥以为事情已经结束了，没想到只是个开始。

大概一周之后，这哥们又开始电话轰炸车哥，问还有没有其他更加特殊的办法，一天打的电话次数就超过上次两天之和！

车哥终于忍不住了，说："哥们你究竟是怎么了，我已经把取样的方法说得不能再详细了，图文并茂的，还给你拍了照片，就连给新员工培训的时候都没这么用心，你老人家怎么还来问我，我实在没有其他办法了。"

哪知道那哥们在电话一头号啕大哭起来，哭得那叫一个伤心。

车哥麻着脑袋听客户哭完，终于知道了一些内情。

客户叫做小包（化名），和妻子小紫（化名）是大学同学，那个时候的小包头顶上还郁郁葱葱的，没有一丝一毫秃顶的迹象。

大学时代的恋爱都是纯洁的，两人如胶似漆你侬我侬，相亲相爱四年之后，毕业了。

毕业之后的小包在父母的安排下进了一家事业单位，小紫则进了一个美容机构做销售。

两年时间过去，小包还是那个小包，但小紫却不是那个小紫了。

美容机构的常客大多是比较有钱的，俗话称之为"富婆"，这些富婆的生活都非常上档次，小紫与这些富婆接触多了，就开始对这些富婆的生活向往起来，发誓自己也要过这样的生活。

从此之后，小紫的衣服从普通品牌上升到没有四位数不买，包包也从以前的几百块一个上升到奢侈品牌。

小紫的工资比小包要高，于是出现了小包的工资用来做生活费，小紫的工资用来买奢侈品的状况。

小包的父母早就知道小紫的存在，原本并不反对两人在一起，但后来得知这个情况之后提出让小包和小紫分手。

父母语重心长地告诉小包，他所在的事业单位工资不高，也没有太大的增长空间，收入不足以负担起小紫的奢侈生活，小紫现在收入还可以维持住自己的高消费，可万一哪一天她失业了，两人就会产生矛盾，长痛不如短痛，趁早分手对两人都好。

陷入感情漩涡中的小包怎么可能听进去这些话，寻死觅活地坚决要和小紫在一起，而且还做出了一件让父母郁闷至极的事情。

他偷拿了户口簿，和小紫办理了结婚证，先斩后奏！

父母没有办法，只能捏着鼻子认了小紫这个儿媳。

婚后的小紫对公婆非常尊重，平日里嘘寒问暖，节日送各种礼物，公婆这才稍稍放下心来，安慰自己之前或许是多虑了。

结果这种日子只过了不到半年，又一个让小包父母郁闷至极的事情来了！

小包居然辞掉了事业单位旱涝保收的工作，卖掉婚房套取一百多万元现金出来开美容院（房子是婚前小包父母全款买的，写的小包一个人的名字）！

父母都给气糊涂了，大骂小包不孝。

小包却无动于衷，还提出了一个更过分的要求：父母必须再给他凑五十万元，不然前期投入的那一百多万就打水漂了。

小包父母气不打一处来，他们知道肯定是小紫出的馊主意，不然小包绝对不会辞职卖房来开什么美容院。

小紫却笑嘻嘻看着公婆说："爸妈放心，我有把握能赚到大钱，你们就等着过好日子吧。"

已经到了这个地步，父母也没辙了，在亲自上门查看过那个已经开始装修的美容院之后，终于咬紧牙关丢给小紫五十万元。

结果正如大家所料，年轻的小紫和小包没有经验，光靠一腔热血毫无用处，美容院亏了个血本无归。

或许是操心太多，小包额头的黑发逐渐脱离，不到三十就变成了一个"地中海"。

美容院没开成，自己变成了秃顶，真是一个极度的讽刺。

美容院最后转让出去收回了几十万元，按理说拿回这几十万元要么付个首付买套房，夫妻俩老老实实上班，要么存着不乱用，做好东山再起的准备。

但小紫却反其道而行之，居然拿着钱去旅游购物！

小包也曾阻止过，不过小紫说自己心态很差，如果不出去散散心就会得抑郁症，花点钱总比得抑郁症要好。

小包无言以对。

区区几十万元哪里经得起小紫大手大脚的挥霍，不到半年就花得一干二净。

父母一直到小包伸手找他们要钱才知道这回事，当即气得几乎吐血，这次他们不再犹豫，要求小包必须和小紫马上离婚！

小包一句话让父母又如同泄了气的皮球软了下去——

小紫怀孕了。

“不孝有三，无后为大。”

小包的父母盼孙子盼了许多年，终于看到了黎明前的曙光，他们没有办法在这个时候逼小包和小紫离婚，只能和小紫约法三章。

大意是小紫怀孕期间他们会适当补贴一些钱，但主要还是靠小包去赚，而且等孩子出生之后他们只负担孩子的生活费，等小孩断奶之后，他们来照顾孩子，小紫必须出去工作赚钱。

就这样，小包重新找了份工作养家，一家人相安无事等到了孩子的出生。

这期间，小紫倒是安分了许多，当然，怀孕和哺乳期间她也没什么心思和时间去娱乐消费。

但小包却不安分了。

在一次体检中，他看到了孩子的血型，发现和自己以及小紫都对不上，也就是说，他和小紫生不出这种血型的孩子！

小包大吃一惊，越看孩子越觉得和自己没有相似之处，想起小紫怀孕之前长时间去旅游，他不得不怀疑小紫出轨了！

于是他取了孩子的检材，到车哥供职的单位做了鉴定，果然证实了他的猜测。

回去之后小包大发雷霆，质问小紫为什么如此欺骗他，居然拿着钱出去和野男人鬼混，还生了一个野种！

没想到小紫居然号啕大哭，说根本不是小包说的那样，她从来没有欺骗过小包，自己也是受害者！

她说自己确实认识了几个驴友，但却没有任何密切接触，如果孩子不是小包的话，那只有一个可能：她有一次夜归的时候，被强奸了！

算算时间的话，孩子很有可能是那个强奸犯的孩子！

小包傻眼了。

小紫说得绘声绘色，时间、地点、人物、事件各要素都有，由不得他不信。

说完之后，小紫继续号啕大哭，说自己已经是这个样子了，如果小包不要她，干脆死了算了。

说罢，抱着孩子作势就要跳楼。

小包内心对小紫还是有很深感情的，连忙上前阻拦，这一拦，就再也不忍心提离婚了，他想着反正强奸犯不可能来认孩子，就算是自己抱养了一个吧，毕竟年迈的父母再也承受不住打击了。

但事情远远没有小包想象的这么简单，重新接受了小紫之后，小紫并没有将这件事化为感激，反而变了性子，催着小包找公婆要钱，说养孩子花销太大了，公婆给的那几千元远远不够。

小包一个月上班有大几千，父母也资助了大几千，加起来有一万多元，房租也是父母出的，不用他们花一分钱，怎么可能不够？

小包留了一个心眼，仔细地关注起小紫的动静，果然有了重大发现。

小紫经常会借着带孩子出去逛商场的由头，和一个陌生男子在咖啡厅、茶楼等地会面，而且这个男子对孩子特别热情。

小包不得不怀疑小紫撒谎了，孩子的父亲很有可能并不是小紫口中那个连长相都看不清的强奸犯，而是这个和小紫频繁见面的男子！

因为小紫只和这个男子在公共场合见面，抓不到两人出轨的证据，小包便想着偷偷取这个男子的检材做亲子鉴定，这样就能确定小紫是不是在说谎了。

但可惜他跟踪了男子很多天，却找不到任何办法取得男子的检材。

男子非常警觉，他拔不到头发，取不到血液。

男子不抽烟，没有烟头；不嚼口香糖，取不到唾液残留。

他更无法进入男子的家中，拿不到男子常用的牙刷、口杯。

总之，所有办法都用尽了，依旧取不到男子的检材，没有检材，就没办法证明他和妻子有一腿。

于是，他只能电话骚扰车哥，希望能获得车哥的帮助。

车哥听到这里，半晌无语，对于小包这样的博爱精神真的无法理解，不过眼下最重要的还是帮小包想到取样的办法。

但可惜两人商议了好久，依旧找不到一个合适的办法，小包只得郁闷地挂断了电话。

之后的一段时间，小包再也没有打电话过来，车哥事情一忙就将这件事情忘记了。

直到有一天，小包突然出现在了车哥眼前，递给了他一份检材，眼神中满含期待道："车医生，这个应该可以用吧？"

车哥一看那检材，嘴巴张大半晌合不拢……

"这……这是什么意思？"车哥看着纸巾包着的物件，瞠目结舌。

居然是几只蚊子！

几只蚊子躺在纸巾中间，其中有一只腿部还在微微抖动，显然还未死透。

"兄弟，你拿蚊子来做啥鉴定啊？"车哥哭笑不得。

"蚊子肚里有血！那个男人的血！"小包激动道，"我费了九牛二虎之力搞到的，你看行不行？"

还可以这样？车哥脑袋死机了，这是他从业多年来第一次遇到如此怪异的检材。

不过他也听明白了，小包利用蚊子吸了那个男人的血，然后想利用血来做鉴定。

职业素养让他没时间多想，马上将蚊子送到了实验室。

奇迹出现了，居然真的从蚊子肚里取到了血液，并顺利提取到了人体DNA！

这次小包没有时间等待，加钱做了加急鉴定，下午结果就出来了，匹配！孩子果然是那个男人的！

在等待结果的时间里，车哥从小包嘴里听到了利用蚊子取样的整个过程。

原来，小包在和车哥通完话之后，又尝试了多种办法，始终弄不到男子的检材，他郁闷了很多天，连班都没有心思上。

几天前，他在午休的时候被蚊子咬了，伸手一个巴掌过去，手掌上落下了一点血红。

看着那个血点，小包突发奇想，是不是可以用蚊子取血做鉴定？

男子家住的位置他知道，因为天气太热，那男子习惯晚上睡觉不关窗户，纱窗上也因为搭了一根网线而留有缝隙，虽然人进不去，但蚊子完全可以进去！

于是他找到了一个专门研究蚊子的实验室，咨询了专家，专家说可以尝试一下，还提供了几只饲养了一段时间原本用来做实验的蚊子。

就在那天凌晨，他按照专家交代的办法将几只蚊子偷偷送进男子的卧室，等待一段时间又用某种方式将蚊子收回，之后便马不停蹄赶到了鉴定中心，赶在中心开门的第一时间将蚊子送到车哥手中。

原本他也是抱着试试看的态度，没想到居然成功了！

那天的夜宵摊上，当车哥说起这个情节的时候，眉飞色舞，口沫四溅，而我和涛哥则听得目瞪口呆。

当时我们只有一个想法：这哥们喝了点酒又开始吹牛了。

蚊子又不会听人话，怎么可能按照预定的剧本飞进别人的屋子吸饱血之后再飞出来？

就算那哥们习惯开窗，也会挂个蚊帐或者点个蚊香啥的吧，区区几只小蚊子能突破重重障碍完成取血的任务吗？

退一万步讲，就算以上两点都不用考虑，血到蚊子肚里也完全被污染了吧，想要提取DNA 不是极为困难的事情吗？

没想到车哥嘴角一咧，从兜里掏出了手机，调出一段微信对话给我们看。

在对话里，车哥提了许多疑问，对方一一做了回答。

对于我和涛哥最为疑惑的三点里面都有解答。

通常用来做实验的蚊子有两种，一种叫淡色库蚊，这种蚊子就是我们家中常见的，一般是夜间活动。

另外一种叫白纹伊蚊，也就是我们俗称的花蚊子，这种蚊子活跃在野外，并且白天最活跃。

而小包拿来做鉴定的那几只蚊子正是白纹伊蚊。

白纹伊蚊的攻击性非常强，只要闻到人体的气味就会冲过去叮咬，嘴里分泌的物质可以麻醉伤口附近的皮肤，不会引起人的注意。

因为习惯在白天活动，这种蚊子的趋光性也很强，假如在窗外有一丝亮光的话，“吃饱喝足”的它们就会原路返回寻找光源。

在实验室饲养的白纹伊蚊还有一个“特异功能”，它的耐药性特别强，普通驱蚊药或者蚊香对它无法造成致命的伤害，即使男子家中点着蚊香，也可以顺利存活。

所以，小包所说的用蚊子取血完全有可能做到，而且白纹伊蚊要将肚里的血液完全消化需要两天时间，从蚊子咬完人到小包将其交给车哥只间隔了几个小时，从血液中提取到 DNA 样本并不是什么奇怪的事情。

据车哥介绍，这个朋友就是一个专门研究蚊子的，他们实验室养了许多蚊子，对蚊子的习性一清二楚。

居然有专门研究蚊子的实验室？

我和涛哥事后查了资料，还真有这么一回事。

全世界各地都有许多专门研究蚊子、苍蝇、蟑螂等害虫的实验室，我国也有不少。这种机构一般叫做“病媒生物防控所”。

为什么要研究蚊子这类害虫？

因为我们平常生活中会长期使用杀虫剂，但是像蚊子、苍蝇、蟑螂等常见害虫会产生耐药性，外部环境中的蚊子耐药程度究竟如何，需要拿活体蚊子进行实验。

科研人员研究它们的生长繁殖规律，研究它们的习性和对病毒的传播方式，从而更加有效地防止蚊子传播传染疾病。

比如“登革热”这种疾病就是蚊子传播的，研究蚊子并针对它，可以减少登革热发生的概率。

而饲养的蚊子，也会按照耐药性分为许多类，来测试蚊子对药物的抵抗能力，以便找出更好的防治办法。专家提供给小包的那几只，很有可能就是其中耐药性比较强的。

车哥所在的鉴定中心挂靠在三甲医院，能认识这种专业人才并不奇怪。

不过我们最佩服的就是小包，能想到用蚊子取血样而且还付诸了行动，实在太厉害了！

匪夷所思的检材终于找到了，我们接下来自然关心小包事件的后续。车哥说自己了解的并不多，只知道不久之后两人就离婚了，再后来车哥也就与小包没有联系了。这样的结局是在情理之中，按照小紫已经严重扭曲的金钱观来看，两人确实是无法再走下去了。

4. 瘾

瘾，是人类逃避痛苦的避风港。

人类只要活着，就会有压力，就会有痛苦，自然而然就会找一些能让自己愉快的事物，时间长了，依赖的程度深了，也就成了瘾。人类的瘾千奇百怪，坏的瘾如毒瘾、烟瘾等，有益的瘾如运动瘾、阅读瘾等，比较花钱的有购物瘾、旅游瘾等等。

今天，就要讲一个比较少见的瘾，一个导致自己丧命的瘾。先感谢本故事的提供者小谢。

去年的中秋佳节，小谢调查过一个案子，这个案子就发生在距离我们省城不远的一个小村子。

这个小村子我去过一次，位置在一座高山上，到省城的直线距离只有几十公里，但如果开车的话需要绕上很远的路，当时尚是实习司机的我将车速控制在四十公里以下，走了三个多小时才平安到达，那一道道陡坡和急弯让我欲仙欲死。

越是偏僻的地方就越是迷信，越是迷信的地方就越会出一些乱七八糟的事情，这是小谢对这个案件的总结。

中秋节这一天，警方接到了报案，说村子里有一个远近闻名的“赤脚大仙”杀人了！

小谢闻讯和毛警官一同赶过去，案发现场已经被先到一步的警员控制起来了。

还在现场外围，就听到里面传来一男一女号哭的声音。

小谢和毛警官走近一看，是一对上了年纪的夫妻，他们两个扑倒在一个白布覆盖的少女身上，号啕大哭，嘴里心肝宝贝直叫唤。

旁边还有一位年轻男子一边强忍着悲痛，一边劝说着那对夫妻，要他们节哀顺变，不要哭坏了身子。

小谢看出来这个年轻男子是知情人，而且做事很有条理，便先对他进行了询问。

男子很详细地说了事情的来龙去脉。

原来躺在地上的少女正是号啕大哭的那对中年夫妻的女儿，而他则是女孩的未婚夫小军（化名）。

少女姓倪，双名芸芸（化名），再过两个月就是她的二十岁生日。

农村的女孩结婚往往很早，二十岁左右就抱娃的比比皆是，倪家已经和小军家定了亲，只等倪芸芸过二十岁生日的那天就大宴宾客、喜结连理。

生日宴和婚宴一起办是这边农村常见的习俗，取双喜临门之意，却万万没想到双喜未至，大祸却临。

在这中秋佳节之际，准新娘倪芸芸香消玉殒。而导致倪芸芸死亡的凶手，则是一个在村里备受尊敬的“赤脚大仙”，大仙姓吕，所有人都称呼他为“吕大仙”，而他的本名吕大贵（化名）少有人知道。

一说起赤脚大仙，或许很多朋友都会想起《西游记》里的那个神仙。

吕大贵这个“赤脚大仙”外号的由来，却是和他的职业有关。

除了扮演大仙“驱邪”之外，吕大贵还懂得一些医术，在从事大仙这个职业之前，是一个赤脚医生。那个时候他还只能混个温饱，一直到他走上跳大神这条“康庄大道”，命运才彻底改变。

吕大贵将自己粗浅的医术用迷信的外衣包装起来，迷惑了许多村民，也让他自己赚了个盆满钵满。

据村民们回忆，吕大贵这个人，做事挺有分寸的，也确实有点本事，一般他接应下来的事情基本都可以做到，比如谁家有个头痛脑热的毛病，找他跳跳大神，然后再吃点他开的“灵丹妙药”，通常都会恢复，甚至还有请他跳一次大神顽疾就完全康复的。

如果他做不到的，便不会收取费用，还会劝病人去大医院看病，只不过是借口说自己道行有限，无法祛除邪气，唯一办法就是去医院看看医生，走走偏方说不定能有转机。

虽然他将去医院看病说成走偏方，但一个靠迷信糊口的人能劝病人去医院看病，吕大贵也算是比较有底线的神棍了。

正因为这个原因，“赤脚大仙”吕大贵在十里八乡的风评挺好，却万万没想到这次居然害死了一个风华正茂的倪芸芸！

倪芸芸长得挺水灵的，虽然算不上大美女，却也称得上俊俏，二十岁正是如花似玉的年龄，父亲是包工头，家境很不错，除了一个妹妹之外没有兄弟，这样的条件按理说足以引起绝大多数年轻男子的追求，但奇怪的是倪芸芸的追求者却极少。

不仅仅因为倪芸芸从小娇生惯养，性格比较差，最主要是因为她患有癫痫。

癫痫就是我们俗称的“羊痫风”，正常的时候和普通人完全一样，只要一发病就会躺倒在地，两眼翻白，口吐白沫，四肢不断地抽搐，模样极为吓人。

而且“羊痫风”有遗传的可能，虽然倪芸芸祖上没有“羊痫风”的病史，但许多人不敢冒这个险，万一从倪芸芸这一代开始遗传，找谁说理去？

不过倪芸芸很幸运，她青梅竹马的邻居哥哥小军不嫌弃她，不但一直守护着她，还决定在她二十岁那年娶她，要照顾她一辈子。

小军高高大大，性格又温和，人也忠厚老实，村子里很多大姑娘都喜欢他，但小军拒绝了很多女孩，一心要娶倪芸芸，用他自己的话来说，就是从小到大照顾芸芸成为了一种习惯，他要将这个习惯延续一辈子。

“羊痫风”病人发作的周期不一定，有的一天发作几次，有的几天发作一次，倪芸芸“羊痫风”病症较轻，发作的周期也很奇怪，没有固定的时间，有时候几天发作一次，有时候一两个月才发作一次，而且每次都是因为她情绪波动引起。

所以家人包括小军都很顺着她，不管有理无理的要求都尽量满足她，倪芸芸的病情也始终控制得不错。

一直到临近中秋，她的症状却越来越明显，发病次数也越来越频繁，甚至一天发作四五次！

再过两个月就是婚期，这样下去绝对不行，万一在婚礼现场发病，不但结不成婚，还会导致两家成为笑柄！

父母一商量，就想给芸芸做一场法事，驱驱邪气，主持法事的最佳人选自然是“赤脚大仙”吕大贵。

父母找到吕大贵，一通恭维和请求之后，吕大贵装模作样地掐指一算，说芸芸小时候中了邪气，现在邪气还在她的身体里，如果要根治这个毛病，只有一个办法，借用神力。

先借来神力之后，再用神力对芸芸的身体进行刺激，就可以减少芸芸发病的次数，时间一长就可以根治。

要想获得能救治芸芸的神力，就需要他来主持一场大型的法事，做法事的时间不长，半天足矣，不过要准备的法器很多，花费也比较大。

倪父当即表示钱没有问题，吕大贵便满口答应下来。

父母回家之后将这个“好消息”告诉女儿芸芸，谁知道芸芸却拼死不从，情绪波动之下甚至当场就发起了病来。

这种情况反倒更坚定了父母要请“赤脚大仙”做法事的决心。

父母在吕大贵的唆使下，暗中让芸芸吃了点安眠药，让她能配合其“求取神力”并进行治疗。

法事的过程比较复杂，法器也准备了很多，足足花了一个小时的时间吕大贵才“请”来了神力，并对倪芸芸进行了第一次治疗。

第一次治疗之后，倪芸芸还没有醒来，吕大贵交代倪母将求取神力的法器藏好，免得被芸芸看见受到刺激又“羊痫风”发作，并约好隔天再来。

倪父倪母千恩万谢地送走吕大贵，还给他塞了一个大红包。

过了一天，吕大贵如约前来，对躺在床上已经被父母偷偷喂了安眠药的芸芸继续用“神力”刺激，重复着前天的动作。

临走的时候吕大贵自然又收取了一个大红包。

又过了两天，也就是案发的这天，吕大贵却没有如约赶来。眼看就要错过良辰吉时，夫妻俩心急如焚。而且安眠药的时效是有限的，吕大贵再不过来芸芸就醒了，等她醒来看到床前的法坛和法器估计又会发病。

夫妻俩一商量，觉得求取神力的过程已经看过两次，完全可以照葫芦画瓢来一次，如果顺利的话不但今天的“法事”可以完成，甚至以后可以谢绝吕大贵自己来做法事，那么就不用给吕大贵红包，能省下一大笔钱！

倪父是那种说干就干的性格，不然也不会在大部分村民都在土里刨食的时候出去闯荡做包工头。于是夫妻俩按照吕大贵此前的方法做了法事，按下了法器上的一个小按钮。奇迹出现了，倪父这个没有道法根底的人居然也求取到了“神力”，欢喜无限的倪父连忙将法器的一头按在了芸芸身上……

整个过程和吕大贵求取神力并治疗芸芸的情况一模一样，倪父还沾沾自喜自己有慧根，学到了“道法”。

安眠药的时间过去了许久，芸芸却没有和往常一样醒来，夫妻俩很是奇怪，走近一看吓得魂飞魄散！

芸芸瞳孔放大呼吸全无，心脏已经停止了跳动！

夫妻俩这才惊觉自己的女儿很有可能已经死了！他们哭天喊地的声音惊动了住在隔壁的准女婿小军，等小军赶过来的时候，芸芸已经彻底香消玉殒。

小军询问芸芸死亡的原因，夫妻俩说是“赤脚大仙”的法器害死了芸芸！

于是小军除了打 110 报警之外，还给“赤脚大仙”吕大贵打电话，但吕大贵却始终没有接听。

几个小时之后，小谢和毛警官便赶到了现场。

听完小军的讲述，小谢和毛警官对视了一眼，迅速做出了判断！

杀害芸芸的凶手很可能不是众人怀疑的“赤脚大仙”吕大贵，而是芸芸的亲生父亲！

秘密，就藏在那个神秘的“法器”身上。

于是小谢和毛警官兵分两路，一个对“法器”进行详细调查，另外一个带队去追查消失的吕大贵。

小谢负责的是调查法器，她在倪父的引导下，到了里屋看到了那台神秘的“法器”。法器全身裹着橡胶，只露出一个黑黝黝的金属头，圆乎乎的，摸上去手感极好，除此之外还有两根突出的金属条，露出橡胶两厘米左右，不知道有何作用。

法器形状有如一个巨大的黑色菠萝蜜，不过周身是略显粗糙的橡胶。

小谢戴上手套，环抱起整个“法器”，发现这个法器颇有分量，足有十几公斤重。

为了知道这个“法器”的作用，小谢示意倪父按照之前“做法”的方式再来一次，倪父却不敢上前，说这个法器害死了他的女儿，他再也不敢上前触碰。

小谢只能亲自上前，让倪父在旁边指点。

倪父先是让小谢抱着几十斤的法器绕着香炉转了几个圈，口中念念有词，小谢按照他的要求去做，几圈转了下来已经累得气喘吁吁。

之后就是诸如画符、燃香、念词之类的程序。

进行到最后，倪父让小谢做了一个动作，才让小谢恍然大悟，明白了倪芸芸死亡的真相！

这个动作非常简单一点都不复杂，倪父只是拿出一个插线板，让小谢将那两根金属条插进去！

小谢瞬间明白了，芸芸的死亡原因是电击，凶手，正是她的亲生父亲！

但为什么吕大贵会制造出这个致命的“法器”？

吕大贵约定了今天上午过来却消失不见，是故意而为吗？

难道吕大贵早就知道这个“法器”会电死芸芸，故意做了这个局让倪父入瓮充当凶手？

看来一切要等毛警官抓捕到吕大贵才有答案。

癫痫是一种顽疾，也有可能导致患者突然死亡，为了确定倪芸芸的死因，小谢叫来了法医。

一个多小时之后，法医赶到了现场，通过对倪芸芸遗体的检测，确定死因正是“电击伤”（触电一般分三种：“电击伤”“电热灼伤”“闪电损伤”，一般家中常用的稳压电源会造成“电击伤”，而高压电则会造成灼伤，闪电则会造成“闪电损伤”）。

小谢暗中布置了一番将倪父控制了起来，在真相未明之前，先对倪父冷处理，虽然导致倪芸芸死亡的直接责任人是倪父，但其中另有阴谋也说不定。

这个时候，毛警官打来电话，说已经抓到了“赤脚大仙”吕大贵，正在赶回村子的路上。

小谢一边询问其他当事人，一边焦急地等待毛警官的到来。

历来办事干净利落的毛警官，这次却罕见地拖拉了许久，小谢足足等了两个小时毛警官才姗姗来迟。

跟着毛警官一同过来的是两名中年男子，当先的一位五短身材，国字脸，披着一件金色镶边的道袍，嘴角挂着几缕胡须，居然真有几分仙风道骨。

不用说这位正是远近闻名的“赤脚大仙”吕大贵。

另外一个高高瘦瘦的，剃着个小平头，腮帮子深陷下去，颧骨高耸，仿佛一只饿了许久的猴子。

小谢原以为这个人是吕大贵的助手，但看打扮又不像，他穿着一套脏兮兮的工作服，手上、脸上、衣服上到处都是黑漆漆的油点，一看就知道是工作中被毛警官抓了壮丁。

毛警官向小谢讲述了吕大贵交待的情况，也让小谢明白了眼前这个神秘人物的身份。

毛警官抓捕吕大贵的过程并没有费多大力气，或者换句话说，是吕大贵在家里等着毛警官上门。

吕大贵的家就在隔壁村，原本想着出了这么大一件事，吕大贵很有可能已经逃了，没想到当毛警官赶到的时候，他却坐在堂屋里等着。

看见毛警官进门，吕大贵居然如释重负地吐了一口气，感叹毛警官终于来了。

毛警官质问吕大贵为什么制作神秘法器害死了倪芸芸，吕大贵大喊冤枉，将来龙去脉说了个通透。

前文曾经提到过，吕大贵以前是一个赤脚医生，有一定的医学知识，能混到现在这个模样，除了会包装自己之外，最重要的一点是他懂得活学活用自己那些粗浅的医学知识。当村民们来找他“驱邪”时，跳大神是“假”，暗中准备一些治疗病症的药物让患者服下才是真。

这种做法往往会收到奇效，甚至比单纯地去医院诊治要好得快。

这并不全是迷信，而是有一些科学道理的。人一旦得病，精神就极容易萎靡，一点小问题往往久治不愈。但如果这个人比较迷信，请个人来做法之后，他内心就会产生一个“邪气已除”的心理暗示，精神状态就会好很多，再配合药物治疗，自然会康复得很快。

当然，这样做也有一个坏处，诊疗费比起去医院看病要贵上许多，不过对于病人的家属来说，只要病人能去除“邪气”，花多少钱都愿意。

每次帮一个病人去除“邪气”之后，吕大贵总能收到一个大红包，而且还会得到病人家属诸多的恭维，时间一久，吕大贵就以为自己真是“神通广大、包治百病”的赤脚大仙，盲目自信起来。

以前他有许多疑难的病症都不敢接，就算接完之后也不收钱，而是说自己“法力不够，无力驱邪”，劝病人家属将其送到医院去诊治，治不好病人也收不到多少钱，还不如不要这点钱换个好名声。

这本是无奈之举，却不想受到了更多人的赞誉。

但这些赞誉并不是吕大贵所想要的，他想要的是真金白银，于是他在空闲时间，认真研究起医术，买了许多专业书籍来看。

通读了一些医书后，没有经历过专业培训的他自以为掌握了治疗许多疑难杂症的小窍门，就想着将这些手段用到实际中。

倪芸芸，就是他的实验对象之一。

“羊痫风”是一种常见的顽疾，一旦自己掌握了治疗这种病的办法，财源必定会滚滚而来。

吕大贵早就想一试身手，恰好倪芸芸的病给了他这个机会，于是他让倪芸芸的父母出钱，自己亲自去购置了一套设备，这套设备的作用是能够产生电流，既能刺激人的躯体又不至于电击过强而对人体造成损害（小谢后来咨询过专业的医生，确认电击疗法在临床上确实能对癫痫起到一定的作用）。

前两次都比较顺利，在吕大贵的预想中，就算无法根治倪芸芸的癫痫也不至于对她造成什么损害，而且自己每“施法”一次就可以获得一个红包，这是一笔稳赚不赔的买卖。

今天上午原本是约好来继续“施法”电击倪芸芸的，却被另外一户人家临时喊过去做法事，那家给的钱多，吕大贵就想着先做完那家再过来，反正安眠药的时间还够。

却不想被一些琐事拖住了，等到吕大贵忙完准备过来的时候，熟人打电话告诉他倪芸芸死了，而且是他的“法器”导致倪芸芸死亡的！

吕大贵心知不妙，法器的原理他一清二楚，倪芸芸很有可能被电死了，他胆战心惊地回到家中，电话也不敢接，只等着警察上门来抓他。

吕大贵自认为倪芸芸的死和他无关，因为法器不是他制作的，倪芸芸也不是他动手电死的。

毛警官询问他法器从何而来，吕大贵交待是委托一个朋友制作的，这个朋友正是小谢眼前这位小平头。

于是毛警官带上吕大贵，一同赶往小平头工作的地方，将蹲在地上给一台电动摩托车修电瓶的小平头抓获并一同押送至案发现场。

小平头看到那个黑不溜秋的法器，浑身就颤抖起来，他哭着告诉毛警官和小谢，自己对电工本就是半吊子，不过看在吕大贵给钱多的分上，就给他鼓捣出一个电击器。

这个电击器的原理很简单，就是通过一个简陋的降压设备将220度的电压降低到人体能够承受的程度，鼓捣出来之后在自家的狗身上试了，电完之后那条狗依旧活蹦乱跳吃嘛嘛香。

小平头说电击器肯定没问题，一定是倪芸芸自己身体有隐疾突发性死亡。

这种说法被小谢当场驳斥，法医的鉴定结果就在她手里，已经确定了死因是电击导致的心脏骤停。

小平头哑口无言，看着那个黝黑的“法器”神情恍惚，他万万没想到自己为了赚点外快做出来的东西居然成为了杀人凶器！

之后这台“法器”也被送到专业的电工处，经过专业人员的检测，是里面裸露的金属丝导致了短路，“法器”里又没有类似于我们家中常见的保险丝之类的安全措施，导致电压过强，直接电死了昏睡中的倪芸芸。

至此，真相终于大白，整个案件的经过让小谢无限唏嘘，父母的迷信和无知最终导致了女儿的死亡，而直接责任人正是倪父，不知道他以后如何面对自己。

“居然亲手电死了自己的女儿，背负着杀女标签的倪父，必将痛苦终生！”

小谢说到这里的时候，故意拉了一个尾音，示意故事已经讲述完毕，让我给她来点掌声。

我哈哈笑道：“谢大人，您就别卖关子了，我每天处理的亲子鉴定事件随便拉一个出来就比你讲的精彩，如果这个案子这么简单，你绝对不会当故事一样说给我听。”

小谢在电话那头笑道：“好吧，我就懒得逗你这个病人了，之所以我会将这个当故事讲给你听，是因为后来出现了一个突发性的事件……”

就在毛警官和小谢将后续事宜安排妥当，准备收队返回省城之后，一个女孩突然出现了。

这个女孩失魂落魄地冲了进来，一下子扑在倪芸芸的尸体面前，号啕大哭，双手使劲锤击着自己胸口，几乎晕死过去。

此时倪父倪母已经被其他警员先行一步带到公安局配合调查，留守在尸体旁的小军一见女孩，立即冲上前去，扶起她哭叫道：“婷婷，节哀顺变，你姐姐已经去了，你一定要坚强，现在你就是叔叔阿姨唯一的精神支柱！”

原来她就是倪芸芸在省城读大学的亲妹妹倪婷婷（化名），看样子是接到姐姐死亡的消息从学校赶回来的。

倪婷婷一边哭着一边追问姐姐的死因，小军将情况对倪婷婷讲述了一个大概。

当小军说道倪芸芸的死因是倪父倪母请“赤脚大仙”做法，被“法器”电击致死后，倪婷婷说出的一句话让所有人都呆立当场。

倪婷婷尖叫道：“发什么神经，我姐姐根本就没有‘羊痫风’，为什么要电击她？”

小谢瞬间意识到不对，倪婷婷虽然在外地读书，但那应该是在考上大学之后的事情，之前一定是在本地念书，和姐姐相处的时间很多，按理说她不可能不知道姐姐从小就患有“羊痫风”，这么说一定有蹊跷！

小谢连忙追问倪婷婷为什么这么说。

倪婷婷哭叫道：“姐姐的‘羊痫风’都是装的，她其实根本就没有病！”

倪婷婷一边号啕大哭，一边将让所有人都震惊的真相说了出来。

原来倪芸芸从小就娇生惯养，养成了好吃懒做的性子，年岁渐长之后，父母也会让她去做一点家务，每到这个时候，就是倪芸芸最难熬的时候，在她的想法中，自己是一个公主，怎么能做那些“下人”才能做的事情？

每次交代她做一件小事，比如让她叠一下自己的被子，她都要抗拒半天，直到父亲朝她吹胡子瞪眼睛才会勉强去做。

有一次母亲不在家，父亲做好饭让她们姐妹俩吃完之后，接了一个电话要马上出门，那天妹妹倪婷婷正好感冒了，不能沾冷水，父亲便交代倪芸芸去洗碗，倪芸芸拼死不从，她最讨厌的就是那些油腻腻的东西，平常连看到都觉得恶心，更何况要她用自己白嫩的小手去触碰那些肮脏的油污？

父亲当时急着要出门，就吼了她两句，没想到她居然应声倒在地上眼睛翻白，牙关紧闭，全身抽搐，父亲吓坏了，连忙将她送到村里的小诊所，医生说这很可能是癫痫，目前没有特效药，最好是顺着病人，不要刺激她。

自那以后，所有人都对倪芸芸特别忍让，生怕一不小心刺激到她导致癫痫发作。

一直到几年之后的某一天，倪芸芸找母亲要一条花裙子，说学校门口的店里就有，某某朋友穿着很好看，她也想要。

母亲随口说了句：“这个月已经买了两件了，等下个月再买。”结果就刺激到了倪芸芸，她倒在地上全身抽搐。

母亲吓得面色苍白，忙说马上就去给她买，说罢飞奔出门。

母亲前脚出门，芸芸后脚就爬了起来，若无其事地坐在沙发上吃着水果，这一幕被睡懒觉刚起床的妹妹婷婷看了个真切，她好奇地问姐姐为什么刚才“病情”那么严重现在一点事情都没有。

芸芸一脸得色地告诉妹妹，其实自己根本就没病，这只是一个让爸爸妈妈答应她要求的手段，这一招还是她在小诊所学到的。

有一天，她在小诊所附近玩，正好看到一个人口吐白沫四肢抽搐被送进去，她好奇地跟进去，听到医生说这种病受不了刺激，最好顺着病人，他想做什么就让他做什么。

芸芸听在耳里记在心里，想着自己如果也像这个人一样发病，说不定父母也会什么事情都顺着自己。

于是她便尝试了一次，果然效果极好！

自那以后，芸芸装“羊痫风”就上瘾了，一不高兴就要装上那么几次。

小时候的婷婷觉得姐姐这样挺有趣，而且每次姐姐得到好处都会给她分点，所以她一直不说。长大之后她意识到这种行为很不好，就几次三番劝说姐姐不要再玩这样的“游戏”。但芸芸此时装病已经有瘾，虽然名声有点不好，但相比自己能获得的好处来说名声不算什么，更何况有小军这样体贴的男友照顾自己，她甚至觉得自己就是林黛玉，因为有病才美丽，如果哪一天自己“病”好了，说不定小军哥哥就不会再照顾自己了。

所以无论妹妹如何劝说，她依旧我行我素。

结果在她结婚前的两个月，发生了上述的悲剧事件。

难怪一般癫痫病人发作的时间都有一定的规律，而芸芸却没有一点规律。

难怪临近结婚前发作的次数明显偏多，一定是筹备的婚事中有很多小事情没有让她满意，所以增加了“发病”的次数。

整个事件，在婷婷的痛哭和众人的目瞪口呆中结束了，不知道尚在公安局的倪父倪母听闻之后会作何感想。

装病上瘾，最后居然连自己的命都丢了，这样也算是一桩奇事了。

5. 打假

情妇反腐的事情多有发生，但妻子反腐的事情就比较少见了。这是因为丈夫与妻子的关系不同于那种露水关系，之间有更深的羁绊，或是感情，或是利益，或两者都有。但我却遇到过一次“妻子打假”的事情。

记得事发那天预约的客户特别多，午饭时间我还在接待客户，正想着快点带客户走完流程好去吃饭，却接到了小谢的电话。

因为要给客户拿资料，等手机铃声响了十几次才接起电话，小谢如我所料抬高声调道："忙啥呢，接个电话这么慢！"

我看了一眼沙发上正看报告模板的客户，小声道："在接待客户。"

小谢哦了一声道："那算了，我给杨姐打电话。"

我忙道："没事，马上忙完了。"

"要多久？"

我估算了一下时间道："最多半小时。"

"那行，你忙完就来局里，记得带上你吃饭的家伙。"

我应了一声，挂断了电话，内心隐隐有些激动。

小谢让我带着"吃饭家伙"去局里，十有八九是让我协助办案，这就意味着又有故事听了。

我加快速度，带客户走完流程之后，午饭都没来得及吃，就屁颠屁颠拎着取样工具赶到了公安局。

刚一到公安局，小谢就递给我一份澳洲龙虾海鲜饭说道："知道你肯定来不及吃中饭，来，给你点的，趁热吃。"

我捧着热气腾腾香味四溢的澳龙海鲜饭，激动得热泪盈眶。

澳龙海鲜饭虽然好吃，但价格太贵，平常我自己都舍不得点，还是小谢对我好！

正闭眼陶醉间，耳边又传来了小谢的声音："喂，我说你吃面就吃面，闭着眼睛发什么癫？"

吃什么面？不是海鲜饭吗？

我睁开眼睛，澳龙海鲜饭不见了，眼前只有一杯搁着半根火腿肠的方便面，还是杂牌子的。

原来之前的一切都是幻觉。

小谢嘴里啃着另外半根火腿肠，皱眉道："还愣着干什么？快点吃啊，吃完好干活！"

罢了，小谢自己吃的也是方便面，何况她还将唯一的一根火腿肠掰了一半给我，够看得起我了。

三口两口将方便面塞进肚里，我便急着问小谢叫我来的原因。

小谢给我倒了杯水，不慌不忙地讲起了详情。

随着小谢的讲述，我的思绪回到了数小时前。

上午，110 接到报案，报警人是一位中年妇女，她说自家隔壁邻居的小两口闹矛盾，丈夫用酒瓶子将妻子的头打破了，而且还发疯一样将刚满周岁的儿子扔出了门外。

中年女子再三强调，男邻居很可能发疯了，因为他确确实实将刚满周岁的孩子像扔垃圾一样扔在了垃圾桶里，孩子在垃圾桶里大哭，他却只顾着进屋追打妻子，连看都不看一眼。

居然发生了这种事情，实在太恶劣了！

因为对方是一名成年男子，而且可能手持凶器，为了保险出动了三名警员，领头的是有十数年警龄的孙警官。

数分钟后，孙警官等人赶到了现场，果然看到一名中年妇女抱着一名周岁左右的孩子站在走廊上。

孩子不停地哭着，头上湿漉漉的，还沾染了几颗脏兮兮的饭粒，一看就是从垃圾桶里抱出来的。

警员们上前询问，中年妇女指着一扇虚掩着的房门道："警察同志，就是这家，他们还在闹，你们快想想办法，不然会出人命！"

门没有关严实，警员们马上冲了进去，发现屋子里一名年轻男子正疯狂捶打着一名年轻女子，女子被打得鼻青脸肿，却依旧嘴硬说着"谁叫你先骗我""这都是你自找的"之类的话。

警员们马上制止两人，询问为何事争吵。

这个时候，非常奇怪的一幕发生了。

从男子追打女子的情况以及两人的对话来看，应该是女子做了什么见不得光的事情，这种情况下男子应该主动交待情况才对，但奇怪的是，男子一见警察就僵持在了原地，愣住了，什么话都没说，而女子却在一旁冷笑，似乎有恃无恐。

男子愣了片刻，看着警察满脸堆笑道："警察同志，我们两个只是闹了点小矛盾，怎么劳驾您几位出动了？"

孙警官一边查看女子身上的伤势一边严肃道："小矛盾？小矛盾闹成这样？是不是矛盾再大一点就要拿刀砍人了？！"

男子赔笑道："真的只是一点小事，我一时冲动动手了，打人是我不对……”

话音未落，男子扑通一下跪在女子面前，恳求道：“老婆，对不起，我一时冲动打了你，对不起，我该死！”

说罢，居然“啪啪啪”扇起自己耳光来。

警员们都懵了，一分钟前还恨不得打死自己的老婆，现在却跪地道歉还自己扇自己耳光，这人莫非真有神经病不成？

孙警官却不吃这套，他打开门，将站在门外偷瞄屋内的中年妇女拉了进来，指着她手上的孩子道：“你们夫妻俩吵架就算了，居然将孩子丢到垃圾桶里，我当警察十几年了，什么妖魔鬼怪没有见过？别想扯几句假话来糊弄我，我警告你，最好老老实实交待什么情况，不然后果自负！”

男子一脸便秘的表情，吞吞吐吐说不出话来，倒是一旁的女子撩了撩头发，毫不在意道：“警察同志，要了解情况问我就行，他是个没卵蛋的男人，脸皮薄，不好意思说。”

男子一听女子这话脸色立马变了，急道：“你少说两句行不？！”

看他那龇牙咧嘴的模样，估计如果不是警察在场，说不定又会上去动手。

孙警官使了个眼色，其余两名警员会意，一把上前将男子按住，孙警官将女子单独带到了书房，关上房门详细询问起来。

孙警官从警十几年了，非常有经验，其实他刚看到两人争吵的时候就猜到和出轨有关，而且从男子的行动可以推测，孩子很有可能不是他的，不然他不至于迁怒到孩子，还故意将孩子丢到垃圾桶里。

果然，女子的第一句话就证实了孙警官的猜测。

女子说：“我给我老公戴了绿帽子，孩子不是他的。”

原来，女子叫做小翠（化名），和男子小刚（化名）结婚两年多了。

小翠长得漂亮，追求者众多，原本看不上小刚，但小刚嘴皮子利索，又懂得关心人，小翠在小刚的疯狂追求下沦陷了。

热恋了一段时间，两人结婚了，但婚后因为一些琐事导致感情不和，经常争吵，小翠一怒之下和别人发生了关系，怀上了孩子。

小翠说她和其他几个追求者发生关系都没有戴套，目的就是尽快怀上他们其中之一的孩子，来报复老公小刚。

当然小刚一直被蒙在鼓里，直到今天两人再次发生严重口角，小翠愤怒之下故意告诉小刚孩子不是他的，目的当然是为了气小刚。

小刚一开始还不相信，小翠便翻出手机里的开房记录，而且翻出了出轨对象的照片，果然其中一人和孩子非常相像。

小刚这才相信，怒火万丈的他对小翠追打起来，还将怒气发泄到孩子身上，甚至抄起孩子丢到走廊的垃圾桶。

这一幕恰好被邻居大妈看到，她救起孩子后立即报警，当然她报警的时候小翠夫妻俩正在房间里争吵，没有发觉。

小翠的讲述让孙警官很是无语，不但出轨出得理直气壮，还故意将出轨生子的事情告诉丈夫，这个操作也太神奇了。

孙警官叹息道："再大的矛盾都可以协商解决的，为什么要用出轨生子来报复你丈夫呢？"

小翠冷笑道："谁叫他一直骗我，都是他自找的！"

孙警官随口问道："他怎么骗你的？"

小翠先是一愣，仿佛意识到什么，神色突然变得慌张起来，道："这……没有……他没有骗我……是我自己……不对……是我自己……"

孙警官马上意识到不对，追问小翠到底小刚是如何骗她的，但小翠已经从刚才义愤填膺的模样变得惊慌失措，吞吞吐吐半天说不出一句完整的话来。

追问到后来，小翠甚至改口推翻了自己所说的一切，她赌咒发誓说其实孩子就是小刚的，只是一时情急才说了假话。

职业的敏锐感让孙警官意识到这个事情并不像他表面所见的那么简单，于是，他临时做出决定，将小翠一家子带到公安局，对小翠和小刚分开询问，一定要找到其中的问题所在。

而到了公安局之后，夫妻俩都统一了口径，坚称孩子就是他们自己的，之前所说的一切只是气愤之下说的胡话，他们现在已经知道自己错了，希望警察叔叔们批评教育一通后就放他们回去。

他们越是这样就越显得怪异，为了知道孩子究竟是不是小刚的，孙警官让小谢给我打了电话，召唤我过来取样做亲子鉴定。

当时的我万万没有想到，这个只是看起来有点奇怪的夫妻争吵事件，居然牵扯出了一桩不小的案子。

方便面吃完后，小谢将我交给了孙警官，这个事情由孙警官负责，小谢只是例行打电话通知我。

和孙警官也是老相识了，稍稍寒暄了两句，他便带着我来到审讯室。

审讯室里，一个约莫二十多岁的女子正坐立不安地等着我们，不用孙警官介绍，我也知道这名女子正是小翠。

以往协助办理案子的时候，警官们都不会刻意介绍我的身份，所以我每次都是取完样就走，许多审讯的对象都以为我只是来取血做个体检之类。

而这次却大不一样，我刚一进审讯室大门，孙警官就煞有介事地将我介绍了一番，并再三强调了我亲子鉴定师的身份。

看到这里朋友们肯定觉得奇怪，我来的目的不是要给孩子和小刚做亲子鉴定吗，孙警官带我来单独见小翠是什么道理？

这当然是孙警官故意所为，之前发生的种种异状证明小刚和小翠在共同隐瞒着什么，而两人比起来，小翠显然比小刚好对付，所以孙警官带我来见小翠并公布我的身份，目的就是让小翠内心充满紧迫感，这样更容易攻破她的心理防线。

为了配合好孙警官，我施展出浑身解数给小翠上了一堂亲子鉴定科普课，说得头头是道，力求增加小翠的心理紧张感。

因为我知道时间很紧迫，毕竟小翠和小刚是合法的夫妻，两人之间发生不愉快是很正常的事情，假如小翠始终强调只是普通争吵，不主动站出来举报小刚的话，孙警官没有理由将他们长时间留在公安局。

所以，一定要在最短时间内发现问题所在。

我的努力没有白费，花费了十数分钟时间，让小翠完全理解了亲子鉴定的原理。

而这个时候，孙警官恰到好处地旁敲侧击，说小翠现在如果交待真相就没什么问题，但如果等亲子鉴定结果出来之后再交待的话，就麻烦了。

在我和孙警官的紧密配合下，小翠紧绷的神经终于崩溃了，她哭着道："孙警官，我坦白，之前我确实撒谎了，一开始我说的才是真的，那孩子确确实实不是我老公的……"

在小翠向孙警官交待详情的时候，我识趣地退出了审讯室的大门，在其他警员的陪同下去另外一个审讯室取得了小刚的检材，并返回中心做检测。

虽然我很想留在现场参与讯问，但纪律就是纪律，孙警官没有明确表态希望我留下配合，我也就没有理由继续留在那里。

不过也没有关系，改天我请小谢吃个西餐，她自然会将真相详细告诉我的。

数小时之后，鉴定结果出来了，果然是排除，孩子不是小刚的。

我迫不及待给小谢打了个电话告诉她结果，在我想来讯问应该早就结束了，小谢完全可以将实情告诉我。

但我没有想到的是，小谢断然拒绝了我的要求，让我等等再说。

这一等，就等了个天荒地老海枯石烂。

之后的日子里，我多次询问小谢此事后续如何，她始终闭口不言，就算我用十顿西餐来换都不答应。

半年时间过去，我已经忘了这件事了。

突然有一天，小谢神神秘秘地对我说："你还记得小翠吗？"

"小翠是谁？上酸菜的那个吗？"

"上酸菜那个叫翠花，我是说小翠，她丈夫叫小刚，你做过亲子鉴定的。"

小谢这么一说，我脑海中的形象马上立体起来，一个二十出头的漂亮女孩浮现在我眼前。

"我的姑奶奶，你终于肯把实情告诉我了。"我感慨万分。

小谢笑道："不是我不肯说，是因为小刚涉及一个刑事案件，这半年多来我们一直在追查这个案件，所以不方便和你说，现在破案了，可以告诉你了。"

"刑事案件？"我心中的八卦之血立马沸腾起来，急道，"你快说说。"

小谢点了点头，一口将手中的奶茶喝下去一大半，清了清嗓子，说起了后续的故事。

在我走后，小翠一五一十将自己的经历详细告知了孙警官。

原来，小翠出身于一个小康人家，上面还有两个哥哥，从小娇生惯养的她唯一爱好就是打扮自己，然后出去喝酒泡吧。

因为沉迷泡吧荒废了学业，小翠高中没有毕业就辍学了，严格说来，她只有初中学历。

虽然文化程度不高，但小翠长得挺漂亮，追求者众多，小刚就是其中之一。

因为追求者众多，导致小翠自视甚高，对于未来另一半的要求也水涨船高，不但要帅气，要有钱，还要懂浪漫，更要有时间陪她泡吧，简而言之，"潘驴邓小闲"这五个条件一个都不能少。

而小刚距离小翠的要求有很大的差距，在追求小翠的那一群人中，他最多算得上中档。

但小刚后来者居上，讨得了小翠的欢心，因为他有一点是绝大部分人做不到的：逢年过节必定给小翠送一件非常高档的礼物，比如珠宝、首饰、名表之类，每一样都在万元以上，一年十几个节日，加上生日、初识纪念日等，光送礼物就得花几十万。

小翠还清楚地记得，她的第一次就是在收到一个价值数万元的大钻戒之后，心甘情愿献给小刚的。

在和小刚的接触中，小翠发现小刚不是富二代，工资收入也不高，买那么多奢侈品估计花掉了他大半的收入，甚至还有可能在外面借钱。

小翠被彻底感动了。

于是小翠拒绝了其他人的追求，选择了小刚，并和他走入了婚姻的殿堂。

婚后，小刚依旧没有停止给小翠送礼物，价值也没有减少，都是大几千甚至几万的奢侈品。但奇怪的是，小刚的工资还是只有几千一个月，也没有见他找父母要钱。

直到有一天，小翠将一块不小心摔坏的高档手表送到专卖店去修理，才发现其中的奥妙。

将手表送到店里的时候，小翠被店员嘲讽了一番："假表都送来维修，搞笑吧！你还要脸不要？"

小翠惊呆了，面红耳赤的她连忙回家翻出之前小刚送给她的所有奢侈品，一一拿到专卖店给店员看，结果被一一验证是假货！

这下小翠才知道，原来自己被小刚骗了！

两年多来她接受的礼物看似价值百万，实际上都是假的，可能最多值个几千块！

小翠一边埋怨自己愚蠢一边咒骂小刚，等小刚回家她更是大发雷霆。

小刚倒是没有辩解，老老实实承认了自己的所作所为，并且亲自带着小翠去各种专卖店，让小翠自己挑选正品，光那一次就消费了二十几万元。

因为小刚的认错态度良好，小翠原谅了他，继续和他将日子过了下去。

原本这样下去两人之间的矛盾会慢慢平息，直到有一天，小翠在酒吧偶遇一个人，她曾经的追求者之一——大刘（化名）。

大刘是一个正儿八经的富二代，不管他是不是真心喜欢小翠，但他确实曾经追求过。

那次见面，大刘还带着自己的女友，一个年龄比小翠略小，但样貌却不如小翠的女孩。

大刘将女孩介绍给了小翠认识，女孩带着炫耀的口吻说两人马上要结婚了，大刘给她买了豪车，还买了大房子，让小翠到时候来参加他们的婚礼，顺便去他们的豪宅玩几天。

小翠被刺激得怒火中烧，在她看来，女孩纯粹就是在向自己示威，那人拥有的一切原本应该是她的。

越想越气的小翠连带恨起小刚来，因为如果不是小刚用假奢侈品迷了她的眼，她本可以成为阔太太的。

危险的种子一旦埋下，很快就会生根发芽。

之后小翠只要去泡吧，即使没有看到大刘和女友，也会将那些姿色不如自己却倚靠在男人怀里的女孩想象成攀上富二代的幸运儿。

自己本来有这机会却被小刚葬送了，她越想越气，越气越失去理智，终于有一天，她做出了一个惊人的决定：

要生一个别人的孩子给小刚！

既然你之前用假货骗了我，那么我就生个假儿子来报复你！

就这样，小翠和酒吧里许多男人勾搭上，一勾搭上必然发生关系，而且从不做保护措施，目的就是为了怀上孩子。

之后的故事，大家都知道了。

小翠讲述出真相之后，孙警官在惊叹她另类的复仇手法之余，也意识到她还隐瞒了什么。

因为单纯这些经历即使说出来最多牵涉道德层面，实际没有大问题，但小翠和小刚两人一开始都坚决否认，很可能还有更深层次的原因。

孙警官想起小翠提到的一点：

小刚家境非常普通，工资也很低，但在小翠发现送给她的是假货之后，却舍得花上二十几万带她去买真货，这说明小刚很有可能还有其他来钱的门路！

于是孙警官再次带人赶到了小刚的家中，果然在家中一个暗格里搜出了许多假货：珠宝、手表、包包等奢侈品琳琅满目应有尽有！

原来小刚不仅仅只是购买假货，还涉嫌销售假货！

难怪他那么有钱，能带着小翠去专卖店买上二十几万元的正品赔礼道歉！

而小翠之所以一开始向孙警官坦白，之后又选择隐瞒，就是因为她一开始并没有意识到会将小刚售假一事暴露，直到孙警官质问她小刚骗了她什么时，她才意识到这点，不过已经晚了。

之后无论她说什么都是欲盖弥彰，躲不过孙警官的火眼金睛。

顺着小刚这条线索，警官们花费了数月时间，粉碎了一个制假售假的犯罪团伙，破获了一起价值上千万元的制假售假大案！

不过这都是后话，就不详细说明了。

小刚最后交待，他其实一开始并没有售假，就是因为认识了小翠，喜欢上了小翠，被迫购买假货去满足小翠。

这小刚也是个有心人，假货买多了，竟然琢磨透了其中的门路，于是走上了售假这条犯罪道路，最终锒铛入狱。

走上售假这条犯罪道路是因为小翠，案发入狱也是因为小翠，不知道小刚内心深处作何感想？

而小翠，有一句话用在这里特别贴切：毁于虚荣心的女性，比毁于爱情的还要多。当然，小翠所谓的“爱情”，也被自己的虚荣心给毁掉了，算不算因祸得福？

6. 家

郑重声明：此故事为本人同事涛哥提供，本人誓死不从，为此还遭受了肉体上的攻击，精神上的虐待。文中所表达的观点，什么“扶弟狂魔”，什么“扶娘家狂魔”，均不代表本人观点。如文章引起诸位看官不适，本人概不负责。但是涛哥会负责，有事就去找涛哥，没事找事也要找涛哥，烦死他，看他还有心情、时间、精力跟我斗不。

尤郁（化名）最近特别烦，烦恼的原因只有一个，父母不支持他和女朋友结婚。

尤郁性格内向，平日里对父母也颇为顺从，而这一次破天荒地和父母吵了起来，一气之下躲到了朋友家里。

尤郁的朋友熊迪（化名），和尤郁从小一起长大，关系莫逆。熊迪性格开朗，擅长交际，是学校里的风云人物。尤郁除了学习好之外，性格非常低调。两个性格迥异的人，却成了最好的朋友，干什么都在一起。

一直到读大学，两人分开两地。虽然在不同的地方读大学，两个人的兄弟感情一点都没有变少，每逢寒暑假必然是天天混在一起，这种情况一直持续到尤郁找到女朋友。

尤郁喜欢画画，在大一的时候就进了学校一个绘画社团。没想到低调了十几年的尤郁在绘画社却非常受欢迎，尤其是受到女性成员的欢迎。这是因为尤郁相貌英俊，性格温柔，再加上画也画得好。经常有女生主动找他说话，跟他套近乎。

但是，这种情况却受到了社团副主席的嫉妒。副主席自诩是社团的“团草”，女生们应该围着他转，现在都去了尤郁那边，这让他如何受得了？尤其有几个是他早已经瞄上的目标，见了尤郁之后就不再理他了，更让他怒不可遏。

于是副主席就准备找机会搞一下尤郁。

大学的生活丰富多彩，尤其这种娱乐性质的绘画社团，经常会组织一些外出采风的活动，实际上就是男男女女一起郊游，玩腻了才会绘画。

社团的惯例是男生帮女生背东西，以显示男生的绅士风度。有一次外出活动时，副主席特别针对尤郁，让他拿上最重的东西，压得尤郁走路都喘不过气来。见此他还想将一些杂物再加到尤郁身上。

这时，一个女生跳了出来，指责副主席欺负人，并抢过尤郁身上所有的杂物扔在地上，说这样欺负人她看不下去，大不了退出这个什么狗屁绘画社。

其他的同伴也都纷纷指责副主席，副主席见犯了众怒，赶紧过来道歉，说自己没有注意尤郁这么累云云。虽然这次活动勉强进行了下去，但是尤郁的心思都没有放在活动上，因为接下来，那个女生在活动中撩了尤郁一把。

这个女生姓吴，叫吴晴（化名）。

吴晴相貌普通，身材一般，从加入社团开始，就一直往尤郁身边凑。无奈她自身条件不够出众，而且尤郁身边也老有女生围着，俩人一直没有熟络起来。

这一次社团的副主席生事，可算让吴晴逮着机会了。

奇怪的是，之前那么多漂亮女生，尤郁都熟视无睹，偏偏其貌不扬的吴晴，却让尤郁春心萌动。

或许，是吴晴这种强势的性格吸引了他。

小时候，尤郁有一次放学遇到小混混，逼着他要零花钱，是熊迪出头赶跑了小混混，两人遂成了一辈子的好朋友。这次，吴晴搭救了他，让他脱离副主席的魔爪。这种感觉，尤郁实在难以忘怀。

于是，在吴晴撩他的时候，他就顺水推舟。两人走在了一起。

恋爱后的两人，如胶似漆，蜜里调油，尤郁就连跟熊迪聊天都顾不上了，即便是偶尔和熊迪联系，话题也基本上都围绕着吴晴转。

熊迪很是为自己的好哥们找到了女朋友高兴，但高兴之余他又有一些担忧，因为尤郁的话语里透露出来的信息显示，这个吴晴性格过于强势了。

吴晴说两人在一起后，就应该不分彼此，生活费也要统筹安排。于是每个月尤郁的生活费一到手，就全部交给吴晴，自己身上不留一分钱，两个人的开支全部由吴晴支配。当然从两人的生活状态来看，吴晴的生活费比尤郁还要多，毕竟吴晴家境也还算可以。

尤其有一次尤郁和熊迪视频聊天，两个人正在说一个正事：熊迪的爷爷去世，熊迪作为长孙要全程戴孝，而尤郁的叔叔是从事殡葬行业的，所以两人在说一些注意事项，毕竟尤郁从叔叔那里还是了解到一点东西。

两个人正讨论这事时，吴晴来了，要尤郁陪她和弟弟去吃饭（当时两人已经在学校外面租房同居了，吴晴的弟弟正好过来玩），尤郁告诉吴晴自己在和熊迪商量正事，要他们稍微等一会。没想到吴晴却当场发飙了，说尤郁一点都不尊重她的家人，自己的弟弟来了，未来姐夫一点都不热情还要在网上聊天，等尤郁严肃地告诉她熊迪的爷爷过世了，吴晴却丢了一句让熊迪永生难忘的话：“别人的爷爷死了关我们什么事，难道就因为这个让我弟弟饿肚子？”

熊迪马上关闭了视频，让坐在电脑对面的尤郁无比尴尬。

除了这件事情之外，吴晴的强势还表现在其他很多方面，可以说，也只有尤郁才能忍受得了吴晴。

熊迪因为吴晴的关系，和尤郁联系得比以前少了很多，当然见了面两个人的关系还是和以前一样亲如兄弟，只是都知道吴晴的性子，尽量在联系的时候避开吴晴。

毕业之后，一件事情让吴晴和尤郁的父母闹翻了。

尤郁的家里虽然不富裕，但父母都是大学里的老师，有一定的关系。毕业之后，尤郁的父亲就给其在老家找了一份不错的工作。

尤郁便找吴晴商量说一起回他老家所在的城市，自己工资高，福利待遇又好，就算吴晴不找工作，也可以养得起，谁知道吴晴马上爆炸了，说尤郁一点都不在乎她的感受，女孩子一般都离不开家里，而且她还有个弟弟要照顾，坚决不同意和尤郁一起回他的老家（当时吴晴的父母扩大了铺面，忙不开，吴晴的弟弟是个娇生惯养的孩子，上初中了生活还不能自理，平日里起居几乎都是已经毕业了的吴晴照顾）。

尤郁想到自己的父母有退休金，生活安逸，自己不回去也无所谓，但吴晴的弟弟却是需要吴晴来照顾，于是决定陪着吴晴，而不回自己老家的城市。

于是尤郁便告诉父亲自己的决定。父亲不同意，打了多次电话劝他。后来父亲亲自到学校找他，尤郁故意躲起来不见，气得父亲大骂“发生子（南方某地骂人的方言）！”

父母知道尤郁的性子，这样拒绝回老家工作，只有一个可能，自己那个性格强势的未来儿媳在后面使坏，自然便对吴晴产生了敌意。

之后尤郁在吴晴的城市留了下来，找了一份工作。工作并不是很如意，经常加班到很晚，累得跟狗一样，报酬也不高。但尤郁依旧很开心，因为他觉得只要能陪在吴晴身边，这一切都是值得的。

几年后，尤郁由于工作努力，倒是混出了个样子，收入也高了不少。但是，依旧像是在学校一样，尤郁的工资卡还是在吴晴那里，每天吴晴只给他二十元零花钱，也就中午买个盒饭有点宽裕，再想买包烟就紧张了。

这时两人年龄也不小了，到结婚的时候了，尤郁就带着吴晴回了一次家。

这次上门，吴晴破天荒地出了一次血，给未来的公公带了一条烟，给婆婆买了一些水果，加起来费用竟然破百了。这是这么多年来，女友第一次给自己的父母带上心意，而且还是大出血。之前无论父母生日还是过节，上门最多就是打个招呼，吃完饭就走，漂亮话都不会说两句，更别说买东西了。见吴晴这次这样“贤惠”，尤郁很是感动。一来是觉得吴晴这次的变化是一个好的开始，二是感觉吴晴是为自己而改变，看来她还是很爱自己的。

因此在父母面前，尤郁喜不自胜，不停地夸吴晴贤惠、会持家、对他好，保证结婚以后一定会孝敬父母。

尤郁的父母是极其有涵养的人，知道自己儿子的性子已经没办法改变，为了儿子未来着想，只能忍下这口气，询问两人结婚的打算和要求。

尤郁父母的意思是出二十万元首付，帮尤郁买一套房子；给女方父母六万元彩礼，可以不返回；另外再给两万元，吴晴可以用来买金银首饰，也可以用来去蜜月旅游，任由她安排。

至于办酒席的话，如果在男方家里办，所有费用归尤郁父母负责，彩礼各自收各自亲戚的。如果在女方家里办，尤郁父母补贴三万元，所有礼金全部由女方收取。

整个过程父母没有说任何一句关于尤郁收入方面的话，因为他们知道，尤郁的钱全部在吴晴手上，就吴晴这性子，肯定是肉包子打狗有去无回了。

尤郁的父母收入虽然不低，但也只是工薪阶层，这样的条件，几乎算是倾尽所有，诚意满满了。

但是，吴晴却一条都不同意！

她提出了自己的想法：

第一，房子必须由尤郁父母出全款（当年本地一百平方米的房子大概六十万元左右）。

第二，彩礼按照她们老家的习俗，二十万元（是吴晴父母老家的习俗，而不是她们现在居住当地的习俗，因为当地的习俗五六万是正常的，而让人无语的是，吴晴的父母离开老家已经几十年了）。

第三，在女方家办酒席，尤郁父母可以不出钱，但是要买一部车，不能低于二十万元，至于礼金，当然是女方全收了。

第四，婚后生了小孩，尤郁父母可以不来照顾，但是每个月要给 3 千元的营养费，一直给到小孩子读小学。

第五，（没错，还有第五！）如果以后尤郁的父母生病，不管是什么病，他们夫妻最多花一万元，多了的要尤郁父母自负！

当时这最离谱的第五点提出来，从来没有和吴晴生过气的尤郁第一次急红了脸，他虽然爱吴晴，但对父母的感情也很深，对这一点他完全无法同意。争执之后，吴晴抹去了第五点，但是前面四点一定要答应，没得商量！

尤郁眼见吴晴难得地收回了一个决定，将求助的目光看向父母，当然他心里也知道，这是为难父母，加起来要一百多万元，父母哪里拿得出来。

尤郁的父母听完许晴的条件，一直没有说话，等尤郁好不容易劝说吴晴抹去第五点，用求助的眼神看着他们老两口的时候，尤郁的母亲扯住脾气略暴躁的丈夫，说话了："你俩的意思爸妈明白了，这样吧，我们考虑一下，这个婚，暂时不急。"

老两口子没有发火，吴晴倒是发飙了，指着尤郁的鼻子指桑骂槐道："你们不就是嫌弃我爸妈没有文化，只是个摆摊的，总之这个婚必须要结，而且必须按照我的要求来！"

说罢，招呼都不和尤郁父母打一声，直接摔门出去了，留下了一脸尴尬的尤郁。

吴晴一走，压抑许久的父亲瞬间暴怒了，坚决不同意两人的婚事，并表示如果尤郁一定要和吴晴结婚，他们老两口就一起去寻死。

在这种情况下，尤郁没有任何办法，只能去求助自己最好的兄弟熊迪。

熊迪听完尤郁转述的这些话，用不可置信的眼神看着尤郁，问道："你的想法呢？你还是想和吴晴结婚？"

尤郁说道："当然啊，我不和吴晴结婚和谁结婚啊？她现在提这些条件，可能有点过分，但是结婚之后，成一家人了，她就不会再这样斤斤计较了。对我来说，父母的钱，也是我的钱，老婆的钱，还是我的钱，现在只不过是从左手换到右手，没啥区别。现在把吴晴安抚好了，我们以后生活才能更幸福啊。"

熊迪听完尤郁的回答，目瞪口呆，久久无法言语……

尤郁这种态度，熊迪也没法多说，只能这么说："你真的是太天真了，自己看着办吧。"

之后在尤郁的强烈要求下，熊迪还是陪着他一起去了父母家，原本商量好了是劝说尤郁的父母接受一部分条件，但是真正到了尤郁家里，熊迪又和尤郁的父母一起反过来劝说尤郁不要和吴晴结婚。

尤郁坚决不同意，在他看来，自己的女友没错，父母也没错，只是条件没谈拢而已，条件谈拢就好。他坚持要和吴晴结婚，并表示如果父母没钱，自己再去打一份工都要赚足买房和买车的钱。

最终结果还是不欢而散，尤郁又和吴晴一起回到了工作的城市。

就这样又是半年多时间过去，结婚的条件还没有谈好，吴晴却怀孕了。

之前已经打过两次胎的吴晴，这一次不敢再打了，决定把小孩生下来。于是又挺着个肚子，继续去尤郁家交涉。

这次虽然吴晴没有带任何礼物，但是那个微微凸显的肚子，对尤郁父母来说，就是最好的礼物。

为了孙子，尤郁父母终于妥协了，拿出所有积蓄四十万元，再从外面找熟人借四十万元，一共八十万元，六十万元买房，十万元买车，十万元做彩礼，并承诺三年之后，换一部二十万元的车，于是，这婚就算是结了。

虽然饱经磨难，但尤郁终于结婚了，有老婆了，有孩子了，也就有家了。

很不幸的是，吴晴心里的"家人"，却没有尤郁，至于尤郁的父母，自然就更不用提了。

上文说了，吴晴有一个还在读高中的弟弟，娇生惯养，脾气怪异。吴晴虽然给尤郁舍不得花钱，但是对这个弟弟却极为舍得。

可怜的尤郁身上几乎没有超过二十元的时候，这个读高中、天天中午回家吃饭的弟弟，身上的零用钱则是尤郁的好多倍。

可怜的尤郁还在用几百元的杂牌手机时，弟弟就在用当时最好的苹果手机。

可怜的尤郁身上穿的衣服从来不超过一百元，而弟弟则全是名牌。

弟弟用的这些钱，都来自姐姐吴晴。

婚后不久，吴晴生了个大胖小子，将两家人都高兴坏了，尤其是尤郁的父母，虽然背了四十万的债，至少迎来了朝思暮想的孙子。

但爷爷奶奶还没将孙子抱热乎，吴晴就谈起了条件，什么奶粉钱尿片钱玩具钱衣服钱巴巴一大堆，总之没有大几千一个月下不来，做爷爷奶奶的负担一半：三千元！

爷爷奶奶一咬牙，认了。

孩子在爷爷奶奶怀里哭了，吴晴笑了。

之后的生活还算安稳，随着吴晴辞去了工作专职带孩子，对钱看得更加紧了，而这时候，吴晴的弟弟又因为没考上大学，出去打工又嫌累，一天到晚只知道在外面鬼混。

弟弟没有工作，之后又交了一个"鬼五十七"（当地方言，不学好的意思）的女朋友，所有的开支都从姐姐这里支取。

如果你们问为什么弟弟不找自己的父母？我只想反问一句：吴晴这貔貅的性格是从谁那里继承过来的？

弟弟花钱越来越多，而且还以和朋友做生意为由，数次从姐姐这里拿走大额的钞票，前前后后几十万元是有的，当然结果自然是石沉大海。

等弟弟学会开车，又以练车为由从姐夫尤郁那里借车来耍，当然他还是个“有素质的孩子”，懂得有借有还的道理。

每次把油用完了，弟弟就将车交给姐夫，姐夫将油加满，弟弟又“借”车出去耍，极为规律。

而可怜的尤郁连加油的钱，都是妻子看在弟弟要开车的分上，才配额供给的。

尤郁也对小舅子这种肆无忌惮的行为看不下去了。

之前吴晴的行为还可以解释成为家庭着想，就算自己的钱被管得死死的都毫无怨言，但这种拿自己家里的钱贴给小舅子的做法，他无法忍受，和妻子吵了几架，这小舅子知道姐夫因为他花钱和姐姐吵架，居然找了个机会，叫了两三个小痞子，将尤郁拳打脚踢了一顿！

事后吴晴既没有要弟弟给尤郁道歉，也没有减少给弟弟的用度，极度的气愤让鬼迷心窍的尤郁也慢慢地清醒过来。

半年后的一天，尤郁下了班，坐着公交车回来，顺道在菜市场买了点菜给妻子和儿子做饭，吴晴难得地给他倒了杯水，说了声：“老公辛苦了。”

尤郁很是奇怪，道：“今天怎么了，太阳打西边出来了？”

吴晴嘿嘿一笑道：“没什么，就是觉得你天天上班这么久，回来还要做饭，很辛苦，所以觉得要谢谢你。”

尤郁和吴晴相处这么久，知道吴晴的性格，正色道：“说吧，肯定是有什么事情，说出来我能做到的一定做到。”

吴晴难得地有点不好意思，道：“那个，咱爸妈在我们结婚之前不是说好了吗，嗯，就是那个，换车的事……”

尤郁恍然大悟，原来妻子打的这个主意，当时为了让挺着大肚子的吴晴同意结婚，老两口除了拿出八十万元外，还同意在三年之后买一辆二十万元的车，现在三年时间到了，吴晴就打起车的主意来了。

尤郁内心中有点气愤，道：“爸妈的情况你又不是不知道，那借的四十万还只还了不到二十万，你现在让他们从哪里再找二十万出来买车？而且当时没有说要他们出那养宝宝的一个月三千元，三年下来也有十好几万了。”

吴晴立即变了脸，道：“这我可不管，总之他们当初答应的就必须要做到，说话不算话他们不怕天打五雷轰吗？”

这样恶毒的语言让尤郁突然心中暴怒，郁积许久的怨气一下爆发出来，他将手头锅铲一扔，生平第一次朝吴晴扬起了手！

吴晴立即爆发了，大声道："好啊，你居然还想打我，老娘这么多年跟着你，过过一天好日子吗？结婚前你们就嫌弃我爸妈没有正式工作，结婚后又嫌弃我弟弟不去上班，我们吴家的人就这么好欺负？尤郁我告诉你，这次要是你爸妈不给我弟弟买车，我就跟你离婚！"

尤郁听了这话，如同被一桶冷水从头淋到脚，满腔的怒火消失得无影无踪，只剩下极度的悲哀。

原来妻子之所以提这个要求，并不是想为自己的小家添置一台新车，而纯粹是为了他的弟弟！

一直因为爱情走火入魔的尤郁，第一次怀疑起来，到底自己在妻子眼里处于什么样的位置？到底这个延续了三年的三口之家，在妻子眼里算不算得上真正的家？

如果说这个事情只能算是让尤郁怀疑起自己的认知，那么一年多之后的另外一个事件就真正让他从鬼迷心窍中彻底清醒过来。

一年多以后，一个噩耗从家里传来。

尤郁的父亲得了癌症，而且是晚期，母亲告诉尤郁，父亲没有什么要求，就想看看宝宝。

尤郁听到这个消息几乎疯掉，立即请了长假准备带上老婆孩子回去探望父亲，谁知道吴晴却不同意，说宝宝年纪小，不能接触病人，坚决不和尤郁一起回去。

尤郁苦苦哀求妻子一定要带着宝宝和他回去一趟，因为父亲现在的状况，不知道能撑多久，带上宝宝回去，满足下老人最后的愿望。

吴晴不理尤郁，径直回到卧室，砰的一声带上门，无论尤郁如何哀求，就是不同意，良久，从门缝里塞出几百元，意思很明显：拿着钱回去看你父亲，我们娘俩是不会去的，你就死了这条心吧。

尤郁失魂落魄地回到老家医院，看到了病床上消瘦得不成人形的父亲。

父亲虽然精神极度萎靡不振，但看到尤郁一进来，眼神里马上充满着期待，对着尤郁道："儿你回啦，乖孙呢，让我抱抱……"

尤郁满腔的苦闷和内疚无处发泄，又不敢在父亲面前失态，挣扎着走出病房，扑倒在医院休息室已经泣不成声的母亲怀里，号啕大哭！那一瞬间，仿佛要将这一辈子所受的痛苦和委屈，全部爆发出来。

心态稍微平静之后，医生告诉尤郁，如果想要延续父亲的生命，就必须动一次大型的手术，手术费加上之后的治疗费总计大概三十多万元，但有可能也就延续一两年的生命，当然，如果不动手术的话，最多也就几个月的生命。

尤郁和母亲，此刻唯一的心思就是筹钱，因为相对于钱来说，父亲的性命高于一切。但之前为了筹集结婚的钱，可以说朋友亲戚都借遍了，到现在还有二十多万元没还，已经不好意思再去借了。

现在唯一的办法就是让吴晴拿钱，这些年尤郁的工资不低，每年都有十数万，婚前一直没有什么开销，婚后有了孩子花销大点，但爷爷奶奶负担了一部分，每年实际都有结余。

唯一大的开销就是房子装修和养小舅子的钱，即使如此，四五十万元的结余应该还是有的。

尤郁马上给妻子打电话，告诉妻子父亲要动手术，需要三十万元，让妻子拿钱出来。而且在电话里面说明了，这三十万元只是垫付，等手术完成，会报销一部分，到时候报销的部分会全部交还给妻子。

给妻子打电话之前，尤郁就有一种不祥的预感，电话打过去之后，妻子一句话就让这个预感成为了现实。

“三十万？你开玩笑吧，怎么不去抢？他生病关我什么事，又不是我爸。最多三千，多了没有！”说罢直接挂断了电话。

尤郁接完电话当场哈哈大笑起来，笑完又哭，哭完又笑，几乎疯掉。

耗费十年时间，他终于看明白了，他所挚爱的妻子，心里根本没有把他和他的父母当做家人，他妻子的心里，只有自己的娘家！

尤郁第二天回去，跪在妻子面前，想让妻子拿钱出来，妻子就是不同意，最多只同意拿一万元，尤郁没有办法，跑到公司筹了几万元，又找了中介，将老家的房子卖掉了，但老家的房子不值钱，钱还是不够，这时候已经在尤郁结婚的时候借给了尤郁父母五万元的熊迪站了出来，借给了尤郁十万元。

钱终于凑齐了，准备动手术了，但悲催的是：

人，没了。

尤郁的父亲，或许是听到了儿媳不孝的消息，又或许是见不到自己的孙儿，再或许是不想加重妻子和孩子的负担，总之，他一个月之内病情恶化，充满遗憾地离开了人间。

尤郁经历了人生中最痛苦的几天，整个人像行尸走肉一样，在亲朋好友的帮助下，草草地举办了一个小型的葬礼，送走了父亲。

整个葬礼，吴晴居然一直没有出现，原因就是孩子还小，不能见这种场面，而她要带孩子，不方便前来。

唯一出现在葬礼现场的，是吴晴的父亲，匆匆赶来，匆匆鞠了个躬，又匆匆赶了回去，连和尤郁母亲简单的寒暄都没有，整个过程不超过十分钟。

葬礼结束，尤郁失魂落魄精疲力竭地回到家，尚且来不及喝一杯热茶，妻子吴晴就满脸堆笑地靠了过来。

尤郁看着妻子，虽然她笑着，但却觉得如此的陌生。

接下来妻子的一句话，让尤郁多年的感情，在下一刻，就如同白垩纪瞬间灭绝的恐龙一般彻底蒸发。

她说："老公啊，你们这次不是准备了三十万元没花吗，是不是可以买车了？"

尤郁诡异地冲妻子笑了笑，到了这个时候，已经无需再说什么了。

几天后，在熊迪的陪同下，尤郁向法院递交了离婚申请。

尤郁没有任何的要求，自请净身出户，离开这个实际上根本不存在的家庭，对他来说就是解脱了。

当然悲催的是，就算他要求分割财产，也不一定能拿到多少，因为当时婚前买的房子和车子，都只写了吴晴一个人的名字，而尤郁的工资卡里到底有多少钱，是不是全部被吴晴转移走了，他一点都不知道。

尤郁只希望尽快离开这个家，离开这个他一直用心经营，而本该和他一起风雨同舟的妻子却视为外物的莫须有的"家"。

整个事件就这样结束了，这个事件没有曲折，没有离奇，只有冷漠和悲哀。

熊迪正好也是涛哥的朋友。因为尤郁在离婚之后，得了抑郁症，无法从自责中清醒过来，熊迪便拜托涛哥给尤郁做心理辅导。

现在的尤郁，走出了内心的魔咒，组建了新的家庭。妻子对尤郁非常好，对尤郁的母亲也非常孝顺，让尤郁真正体会到了家庭的幸福。

对于这件事情，涛哥感触颇多，一定要我把这段话加上：男人真苦，中国男人更苦。中国的男性，已经沦为赚钱工具、社会符号、家庭背景色。在婚恋市场上，女性对男性的评价体系是一个非常完善的物化体系，从高到低依次是：钻石王老五、潜力股、路人。在女性看来，男性对女性的最重要功能就是提供物质基础，男性对家庭的最主要功能也是提供物质基础。能提供优厚物质条件的，就是钻石王老五；未来有可能提供的，就是潜力股；希望比较渺茫的，就是路人（路人其实可以用一个网络流行词汇代替，是哪一个大家自行想象）。至于男性除钱权之外的魅力，以及基于这种魅力的被爱需求，谁在乎？

这个故事是以男方视角讲述的，其中应该有不少情绪化的东西，可以算是片面之词，但是依旧说明了男性在社会、家庭中的尴尬位置。或许，把婚恋称之为市场，就是一种错误。

对这段感慨，涛哥本来挺自鸣得意的，谁知不久后，却被涛嫂狠狠收拾了一顿，还睡了好几天沙发。原因就是他一再要求我收录这一篇污蔑女性同胞的故事。我心底颇有些幸灾乐祸。当然，表面上我跟他是一伙的，一起痛斥了涛嫂的粗暴行径，还把我的办公室借给他补觉。这肯定不是因为我心虚，怕他知道是谁在私底下告了密。

谁知道，涛嫂竟然背着涛哥对我提出了一个非分要求，让我很是为难，答应了吧，对不起涛哥，对不起我们俩的塑料友谊，不答应吧……管他呢，为什么不答应？

于是，我把涛嫂对这个故事的看法也收录了。

涛嫂的看法：对男性的物化，始作俑者恰恰是男性自己。男性对自己的评价，远比女性对其的物化更严重。但凡事业上有点成就，就自命不凡；受点挫折，就自怨自艾。受女性欢迎，就归因为自己有钱有权；女性不愿搭理他，就抱怨女性物质爱钱。剥去物质的外衣后，他们自己都不知道自己有什么魅力，更何况别人？

至于男性在家庭中所扮演角色的淡化，又怪得了谁？是谁自以为赚钱就劳苦功高，就完成任务了，回家之后往沙发上一瘫，万事不操心？家里无论大小事都不愿意费心，都觉得无所谓，都可以将就下去，即便在伴侣的坚持下做一点家务，也是敷衍了事，还摆出一副这是体贴老婆、听老婆话的姿态，谁稀罕你做啊！

口口声声说家庭需要经营，心心念念说要做个好男人、好丈夫，可到底有哪些实际行动呢？除了赚钱之外，掰着指头能数得出来吗？想在家庭里扮演重要角色，努力了吗？付出了吗？争取了吗？以为女性在家里的重要位置是因为她们每天好吃懒做就得到的吗？

族规

引　子

家族，这个词汇对于中国人来说，有着特殊的含义。

中国的传统社会，被称为家族社会。在传统社会里，无论是士农工商哪一个阶层，家族都始终贯穿其中。

传统的中国家族，组织极其严密，以族谱、族田、族长、族规、祠堂等，承担了极大的社会责任，成为构成中国传统社会的最基础的细胞。

传统的族长非常有权威，族规甚至具有法律的特征。比如说浸猪笼，男女有不正当关系被抓包，族长就会站出来担当审判者的角色，男的就会被乱棒打死，女的就会被放进猪笼扔入河中淹死。而这种私刑大多时候不会被官府所责难。

十九世纪中叶之后，中国传统家族社会开始瓦解。中华人民共和国成立之后，传统家族具有的功能几乎全部消失。到了现在，家族对人们的生活几乎没有什么大的影响了。

但是，在一些偏远地区，家族仍扮演着重要角色，家族在一些人心中依旧有很重要的位置。

因此，也就有一些人，以家族之名为恶。

1. 肉糜

今天要讲的故事，跟家族有关系。

这个故事也是第一件我真正意义上全程参与的案件。这个案件直到现在我们议论起来，依旧找不到合适的词句去形容它，因为它侦破的过程太过于跌宕起伏。

事件发生在数年前的一个夜晚。

忙了一整天的我，四仰八叉地躺在床上打着呼噜，在梦中吃着美味的海鲜。

正当我与一只螃蟹大战三百回合时，手机铃声不合时宜地响了起来。

睡眼惺忪的我拿起手机，看了下时间，凌晨一点。但我却不敢有丝毫的抱怨，办公手机我晚上是关机的，只有私人手机会打开，这个时候来电话，必然是有很重要的事情。

果不其然，是杨姐的电话。

“小王，有紧急任务，半个小时之内赶到中心整理好工具箱，一个小时之后会有人开车来接你！”

我瞬间睡意全无，迅速从床上翻身下来，套上衣裤就往外面狂奔。

我住的地方离中心很近，就算打不到车跑步前往也用不了二十分钟，杨姐要我半个小时内赶到，这时间掐得真准。还好出门遇上一辆出租车，我提前赶到了中心，此时我一看时间：凌晨一点二十！

我一边整理东西一边猜测什么任务如此紧急，居然在凌晨通知我出外勤。在我的印象中，这种情况只出现过寥寥几次，无一例外都是出了重大事件，难道这次又出现了大案子？

等到接我的人赶到，我更是吃了一惊，居然是张警官！

除了张警官之外，驾驶位上也坐着一个我非常熟悉的人，是从县城调到市局不久的毛警官。

张警官是刑侦大队的副队长，他可是一个神龙见首不见尾的人物，只负责大案要案，一般案子都是小谢等人出面处理，这次居然惊动了他，还有毛警官随行，看来这次的事情绝不简单！

我和两位警官打了声招呼，表示东西都准备齐全，毛警官没有二话，等我上车之后就是一路狂奔。

一路上张警官只是问了问丁主任的近况，却丝毫没有提我们此次的任务。面对张警官我还是有点发憷的，不敢像对小谢那样东打听西打听。

车开到半路，一辆警车响着警笛“呜呀呜呀”从我们后面追了过来，插到我们车前才慢下来。我正好奇谁这么招摇，却看见满脸严肃的张警官突然噗嗤一笑道："这鬼丫头，越来越张狂了。"

张警官嘴里的鬼丫头自然就是小谢，想必杨姐也坐在小谢的那辆车上。

是什么案件居然同时惊动了三位警官？此时的我越来越好奇了，心里自然泛起强烈的兴奋感。

但数小时后，我的兴奋感就完全被强烈的恐惧感取代了。

一个多小时的行驶之后，我们从高速下了省道，又从省道下了县道，最后拐到了一条黄泥小路上，当时农村已经在大面积修路，但这条路却依旧还是黄泥遍地。一路上漆黑一片，没有一丝灯光，只有小路两旁稻田里偶尔传来青蛙的叫声。

两部警车一前一后以时速不超过三十公里的速度缓缓行驶着，即便是彪悍的小谢也不敢在这样的路上飙车。走了好久，终于看到前面的河边有一丝亮光。

这个时候前面已经没有路了，两辆警车前后停下，前车上下来了三个人，除了小谢、杨姐之外还有一个熟人，公安局新来不久的法医小汤。

可能是因为专业较为类似、有共同语言的原因，我和小汤一见如故，很快就成了朋友。这次一见面就上去开玩笑："怎么刚来就成了挑大梁的啦，这么大案子就你一个法医啊？"小汤说其他几个都去外地学习了，留下他一个人值班，我这才恍然，看来这次张警官这么急叫杨姐和我一起过来也是因为人手欠缺的原因。

指引我们过来的那束亮光，是一盏巨大的探照灯，在灯光的附近，围着一群人。

我看了看时间，凌晨三点。这个时候这个地点，围着一群人，我脑海里自然而然浮现出四个大字：案发现场！

这时候，灯光下的人群骚动了一下，几个人影走了过来，走近一看，也同样身着警服。

为首的那个热情地迎上来和张警官握手道："老张，辛苦了，这个时候还麻烦你们过来。"

张警官也客气了几句，向我和杨姐介绍了下，原来这几个是县里面的警官，和张警官握手的那个，正是县局的领导刘队（化名）。

之后，刘队向我们讲述了案件的过程。

就在昨天夜里，住在附近的一个农民甲某打电话报案，说自己在电鱼[1]的时候，在河里浅滩处发现了一个密封的铁罐子，一时手贱，就打开看了一下，发现里面居然是一坨坨肉块，拿手电筒照着仔细一看，发现肉块中间还夹杂着一些毛发。这毛发不像是猪牛羊家禽之类的，倒是和人的头发非常相似。

甲某当场就吓得魂飞魄散，撒腿就往家里跑。

甲某回到家冷静下来之后，才想起自己电鱼的工具还丢在河边。万一，这真是人的肢体，警察查下来，发现现场有自己的电鱼工具，说不定会把自己当成犯罪嫌疑人，回去拿工具，又没那个胆子，于是就报了警。警方马上赶到，在甲某的带领下来到现场，检查了那个罐子，初步可以判断是人体毛发，至于肉块是不是人肉，还需要进一步鉴定。

发现的铁罐子只有一个，而且比较小，是装不下一具尸体的，应该还有一些肉块被抛到了其他地方。这样恶毒的犯罪手法极其少见，为了尽快了解尸体的详细信息，需要进行 DNA 取样鉴定，于是县局领导决定将此事上报，希望市局提供协助。

当时市局的几个法医正好去了外地学习交流，留下值班的小汤又经验不足，张警官觉得事不宜迟，提出申请调派一直保持合作的杨姐配合调查。

于是我和杨姐便以出外勤的身份来配合取样，因此，我们有机会从一开始就亲历这个不可思议的案件。

刘局介绍完情况，带着我们进入现场。

距离发现罐子的时间已经过去几个小时，不少周围的村民都闻讯赶过来看热闹，所以现场围了一人群人，事发地点被隔离带隔开，一个警员和一个农民模样的中年人正等在那里。

现场是一个小河滩，水虽然不深但很浑浊，刘局所描述的那个铁罐子正是在河滩处被发现的。

甲某打开铁罐子发现人类的毛发后，惊惧之下直接将之扔到了河里，没有盖上盖子，因此里面的肉块大部分都被倾倒在河水里，警方赶过来后，只捞起其中一部分，其他都被水冲走了无法找到。

---

① 电鱼：用一种特殊的设备，一个电瓶配上两个电击器，打开之后放到水里，可以电晕河里的鱼，无论大小。鱼电晕之后自然会浮上来，只需要捡起放到鱼篓里即可。这是一种极其不道德的捕鱼手段，已经明令禁止了。

我和杨姐走近铁罐子仔细观察，这个铁罐子大概直径只有十厘米，高度有二十厘米左右，罐口和罐底有焊接痕迹，显然是用某种中空的铁管子改成的。

用手电仔细一照，罐子里面是一些被水泡着的肉块。

杨姐戴上手套拿上探查杆在铁罐子里面稍微拨动了一下，便看了一些黑色的发丝，从长短、粗细和柔韧度来推测，是人体毛发无疑，而且很有可能属于一个成年男性。

我们在检查铁罐的同时，小谢也在盘问农民甲某，和之前刘局介绍的基本一致，不同的是，小谢问得更为细致并且详细做了记录。

经过一个多小时的盘问和取样后，天色渐渐泛白，围观的人也越来越多，这个时候，又来了一群身穿统一服装的人，无需介绍我们就知道他们是来干吗的，因为他们的制服胸前都绣着几个字“××× 打捞公司”。

这是一个专业的打捞队，他们过来，自然是要在河里探查是否还有类似的铁罐。

探查工作一直持续到下午，果然在河底又发现了两个类似的铁罐，长短不一，但明显都是同样材质的管子焊接而成。

铁罐打开之后，满满的两罐子肉块，而且在其中一个罐子里面发现了指骨，可以确定这是人的尸块。

肉块很小，无法拼接成型，但从发现的罐子大小和仅存的指骨来看，显然还有其他铁罐没有找到，又或者是犯罪嫌疑人将其余部分采用其他方式毁尸灭迹。

之后我和杨姐带着检样和小汤一同回到了市局，陪同小汤一同对检样进行检测。

检测结果要在几天之后才能出来。这几天我虽然在忙着自己的工作，但还是时不时想起这个案件。

几天之后，检测结果出来了。正常情况下，我们检测的结果主要是要知道尸体的一些详细信息，如年龄、性别等等。但这次检测的结果让我们大吃一惊。

因为我们从尸体中检测出了两种完全不同的 DNA！

也就是说，这个案件，受害者不是一个人，而是两个人。在这三个小小的铁罐子里，有着两个人的尸块！

杨姐马上拨通了张警官电话，告诉了他这个惊人的消息，张警官在电话那头木然了半天才回话："原以为我们找到了受害者，看来事情没有我们想象的那么简单啊。"

听张警官的意思是已经知道了受害者的身份，我们不禁佩服他的神速。但显然张警官也没有预料到还有第二个受害者。这个案子，果然不简单。

当天中午，杨姐又接到了张警官的电话，要我们再次前往案发地点。

我好奇道："怎么，又发现了新的抛尸地点？"但转念一想不应该啊，已经过去几天了，前往外地学习的市局法医应该也回来了，就算要检测新的尸体DNA也轮不到我们，那这次又是什么情况？

杨姐苦笑了一下："老张这次估计有的忙了，他的意思是很可能发生了案中案，需要我们去协助调查。"

我听完很是好奇，一个案件发现了两个受害者就已经够惊人了，居然还可能发生了案中案！

赶到郊县公安局的时候已经是晚上了，小谢在等着我们。

我和杨姐一边吃着简单的工作餐，一边听着小谢讲述这几天的调查情况。

在我们返回省城的当天，在河的下游又打捞出六个材质相同、大小不一的铁罐，打开之后，里面也是尸块。

加上之前发现的三个，一共发现了九个铁罐。按照体积计算，显然是一个成年人被分尸之后装在九个铁罐里再抛尸，奇怪的是里面除了尸块之外几乎没有骨头，也就是说，这九个罐子里，除了发现过一根指骨之外，再没有任何其他骨骼。

既然罐子里没有骨头，说明这个罪犯是将骨头和肉分别抛离。罪犯如此大费周折，究竟是为了什么？

随后警员们展开了地毯式调查，因为DNA的鉴定结果当时还没有出来，所以警方的调查重点集中在近期有没有人员失踪一事上。

首先要确定案发的大致区域。

目前发现的抛尸地点有两个：一个是首次发现三个铁罐的河边浅滩，距离小路有数百米。而另外一个发现六个铁罐的地方，却距离小路很远，河旁边都是水田，通往河堤的小路也都是那种很窄的软泥田沿，最多一个人通过。因为田沿很软，又弯弯曲曲，根本无法行驶包括独轮车在内的任何载物工具。

这条小河很浅，有的地方还有较大的落差，就连农村采莲蓬常用的木盆都无法使用，更别说舟船了。

如果说前三个铁罐子可以用摩托车或者独轮车等工具载着带到小路尽头，再步行数百米抛尸，那么后面发现的六个铁罐则完全不可能用任何工具载着前往，只可能是两种情况：

第一，有可能是嫌疑人分数次，每次带着一两个铁罐步行前往抛尸。

第二，也有可能是嫌疑人担着担子，将六个总重近一百公斤的铁罐一次性担着到目的地抛尸。

无论哪种情况，都说明了一个可能：犯罪现场很可能离抛尸地点不远，也就是说，犯罪现场就在附近的村子里！

以相距大概两公里的两个抛尸地点为圆心，周围十余公里都属于同一个村子，这个村子的名字叫做——季水村（化名）。

季水村有两个小冲子[①]，抛尸的地点就在两个小冲子的中间位置，两个小冲子都不大，其中一个冲子大概有一百多户人家，另外一个稍大一点有将近两百户人家。

这两个小冲子，属于同一个村子不同的宗族，一个小冲子叫季家冲，另外一个人数稍多点的小冲子叫李家冲，显然这个村子的村民大部分是姓季或者姓李的。

两个小冲子合计三百余户，很多年轻人都在外打工，长期居住人口在一千人左右。

犯罪现场应该就在这个村子的范围内，因为没有足够的时间和警力对所有区域进行仔细搜查，所以警方决定先确定受害者的身份。

经过仔细盘查，最终确定了两个近期失踪的人口。

这两个都是季家冲的人，其中之一季乙（化名）是家人主动来报警告知。

季乙三十五岁，在一个星期前外出办事，之后就再没有和家人联系，家人一直打不通季乙的手机，原本就比较担忧，听到发现不明尸体的消息后更是惶恐不安，情急之下只能报案。

另外一个季丙（化名）二十一岁，离家之前和母亲说是要出去玩几天，过几天就回来。季丙从小就是一个乖孩子，几乎没有和别人红过脸，所以母亲从

① 冲子：这是当地的一个叫法，一般同宗聚居的地方为一个冲子，也有叫湾或者屋的，比如说魏家冲、杨家湾、赵家屋等。

来没有想过孩子会跟别人发生矛盾，更别说会发生凶杀案件了，一直到警员上门盘查，粗心大意的母亲才想起要给儿子打一个电话，这电话一拨出去就吓得母亲瘫倒在地，儿子的手机居然关机了！

母亲当场号啕大哭，左邻右舍闻声出动，有关系好的就过来安慰，越是这样越是让母亲觉得孩子遇到了不测，现场一片混乱。

警方将调查的重点集中在两个失踪人口上，尤其觉得季丙失踪的现象极为可疑，因为季丙母亲一边哭着一边大声诅咒："杀千刀的 ×××，如果是你害了我儿子，我和你没完！"

警方详细询问了季丙母亲，才知道她嘴里说的 ××× 是季丙的后妈。

在季丙母亲的口中，季丙父亲是一个浪荡子，长相英俊，十几年前外出打工见识了花花世界后乐不思蜀，和城里一个离异女人混到了一起，抛弃了家里的黄脸婆和年幼的儿子，导致季丙早早退学，在家里帮母亲务农，这也是他二十出头了也没有一技之长，还在老家混着没有出去闯荡的原因。

季丙长大之后和父亲联系上了，偶尔也会去城里找父亲。父亲这几年身体不太好，玩乐的心也收敛了不少，对自己唯一的儿子也比之前看重许多，只要季丙一去城里就会好吃好喝地招待，还会给他一些零花钱，所以季丙一有时间就会去父亲那里住几天。他的母亲知道这个情况后，想着孩子的父亲之前再无德也是亲生父亲，也就听之任之。

不过季丙有一次回来说"阿姨"打了他，母亲问他什么情况，他才告诉母亲说城里的阿姨看到父亲给他钱了，不但找他要回了钱还打了他一巴掌。母亲气愤不已，自那以后就不让他再去找父亲，这次季丙说出去玩几天应该是去找父亲了，或许和那恶女人发生了大矛盾后发生人命案子也说不定。

但是，这样的说辞明显和之前掌握的情况匹配不上，就算两个人真发生了矛盾导致人命案出现，季丙的后妈也没必要费尽周折来到这么一个小村子里抛尸啊，但是第二天发生的一个情况让警方不得不重点对季丙进行调查。

这个情况就是，两个失踪人口之一的季乙回来了！

季乙回家后才知道自己被列为命案的受害者，连忙打电话告诉了警方自己失踪的理由，这理由让警方哭笑不得。

原来前段时间一个亲戚送了季乙老婆一罐高档奶粉，老婆舍不得喝，将之存放起来，准备等过年的时候再喝。有一天季乙嘴馋，偷尝了一点，觉得滋味蛮不错，作为一个平时喝杯开水都要加点白糖的饕餮客，他每天尝一点，居然不泡水将一罐子奶粉偷吃光了。

吃完之后季乙才觉得后悔，生怕老婆骂他，找了个借口跑到城里准备买一罐补上，一问才知道这奶粉居然要三百多块钱一罐。

带少了钱的他就到工地打了几天短工赚够钱买了一罐回来，因为走得匆忙没有带充电器，手机用了两天就没电了，家里人自然打不通他的电话。

已经找到了一个失踪人口，那么剩下的季丙自然就是调查重点。

警方按照季丙母亲提供的信息，在城里找到了季丙的父亲，却惊讶地发现季丙正在父亲和后妈的陪同下逛街买衣服。

原来季丙的母亲所说的后妈对他不好的情况并不存在，实际上后妈对他很好，只是因为母亲嫉妒所以找种种理由阻止他来找父亲和后妈，他不想天天听母亲念叨要他早点回家，就将手机关机了。

难怪一开始母亲明知道季丙来“有矛盾的”后妈家里却一点都不担心，因为她明显知道季丙在后妈家里只会受到优待而不会有任何危险。

两个失踪人口都找到了，按常理来说小谢等人会有挫败感，实际上这种情况他们早就习以为常。在很多时候，警方查案子就是这样去一条条立论，再一条条根据调查的情况推翻自己立论的过程。旁人看来或许极其无趣又有挫败感，但就是需要警官们这样一次次枯燥无味地排除种种可能情况才能最终去接近案件的真相。

不过这一次的调查不同，虽然没有发现真正的受害者，却得知了一个极其重要的信息！

这个信息也让我们此案的主角之一浮出了水面！

当时赶到省城寻找季丙的正是张警官。

季丙告诉张警官，自己这次来找父亲和后妈的原因，不仅仅是因为农活忙完之后在家里太过无聊，最重要的原因是自己的一个朋友，失踪了！

张警官吃了一惊，季丙所说的朋友，必定是同村的人，但当时调查了整个村子近三百户，却只发现季乙和季丙这两个“失踪人口”，其他不在家的要么在外地务工，要么在外地读书，上门调查的时候户主都一一电话联系过，确定没有遗漏，怎么可能又出现了一个失踪人口？这个失踪的到底是谁？

张警官自然不会放过这个疑点，详细询问季丙知道什么情况。季丙说他的朋友就是季家冲里同宗的一个亲戚，叫做季雷（化名）。季雷比他大几岁，腿脚有点不方便，所以也一直没有出去务工，天天待在家里。

季雷从小就将他当自己弟弟看，每次只要农活一忙完，他就去找季雷玩耍，两个人亲如兄弟，就在十几天之前，季雷却消失了。

季丙几次询问季雷的父母，却被告知季雷已经外出务工，或许要过年才能回来。但季丙却觉得很奇怪，之前季雷一直因为腿脚不方便没有外出务工，怎么现在突然连招呼都不打一声就出去了。而且就算季雷外出，也不可能不带手机，更不可能不和他联系，所以在他看来，季雷应该是莫名其妙就失踪了！

听完季丙的描述，张警官在脑海里浮现出昨天小谢去询问这户人家之后回来汇报的一个情况：

这户人家家里住着一对上了年纪的父母，当小谢盘问家中是否有人联系不上时，父母嘴上说没有却明显有点紧张，而且母亲的眼神不停地朝里屋看，小谢找了个借口说上个厕所，拐到里屋后发现，有个十几岁的女孩子坐在里面，侧着身子无法看清整个样貌，也没有其他异样，只是肚子微微有点隆起。

如果是平时，小谢肯定会再细致盘查，但当时任务很紧，所以小谢就把这事先放在一边，去询问失踪人口的情况，只是在回来之后把这个可疑之处汇报给了张警官。

张警官思索了片刻，对季丙道："你所说的季雷，是不是住在村里那栋加厚土坯瓦房，他父母五十岁左右，家里还有一个十几岁的女孩子？"

季丙连忙道："对对，那就是季雷家，老夫妻是他的父母，那个女孩子是他的妹妹季雨（化名）。"

张警官冷不丁道："季雨怀孕了？"

季丙大吃一惊道："怎么可能？她还没结婚啊！"

张警官的这句话问得很有火候。警方在查案的时候，很普通的对话，实际上包含了很多层意思，尤其是张警官这样的老刑侦，更是能从这些对话中知道很多信息。比如张警官和季丙的这几句简单的对话，表面上只是确定季雷的家庭和季雷的妹妹怀孕季丙知不知道，实际上还包含了更深的含义：

张警官不能确定季丙所说的全部是真话，换句话说，他同时也在怀疑季丙和这个案子有关。所以他要确定很多信息，季雨肚子微微隆起，是不是怀孕？季丙是不是喜欢季雨？甚至想远一点，季雨的年纪不大，如果没有结婚但肚子大了，和季丙有没有关系？这一点从季丙回答问题的动作细节和面部表情就可以看出来。张警官感觉季丙所说的确实是真话，这样也就可以暂时排除他在这个案子中的嫌疑，可以将其所说的情况作为案件的重要线索之一，那么他所说的季雷失踪一事确实有可能。

此时疑问就来了，为什么季雷的父母会隐瞒季雷失踪一事，难道季雷真的出去务工了，只是因为某种特殊原因无法和季丙联系？

看来这些疑问必须要再次询问季雷父母才能知道，于是留守县局的小谢，接到张警官通知之后再次赶往季雷家。

小谢来到季雷家中时却发现大门紧锁，只有门旁狗窝里一只圆滚滚毛茸茸的小狗冲她汪汪叫着。

小谢走上前去拍了几下门，喊了几声，没有任何人答应，那只小胖狗倒是越叫越起劲，一边叫着一边向她冲了过来。小胖狗冲过来之后却㞞了，围着小谢转起圈，短尾巴使劲地摇着。

小谢作为一个警员，不能放过任何一个可疑的地点，因为现在嫌疑的目标直接指向了季雷家，所以肯定要进行周密的调查。

季水村这几年因为有一个矿泉水企业入驻富裕了不少，但案发的当时还是属于我们省城下辖经济水平较差的几个村子之一，而季雷家明显属于在村子里也很贫穷的人家，住的是土坯房。

土坯和红砖不一样，红砖是烧制而成，以黏土为主要原料，经搅拌具可塑性，用机械挤压成砖坯，经风干后送入窑内，在上千摄氏度的高温下煅烧即成砖，现在大部分的地方建筑房子，包括城里不少小区用的都是红砖。

农村的土坯，则是用稀泥掺着稻草拌匀，捣软后用模具成型，不经过高温煅烧，晾干后直接用于建房。

土坯一般呈长方体状，体积都很大，在红砖的十倍以上，虽然坚硬度和美观度比起红砖来说差得很远，但土坯也有它的优势：一方面自然是价格便宜，几乎没有成本，所有材料都本地取材，只需要花费一点人工即可；另外一方面是土坯的大小厚度可以自己控制，很多人家都会垒上双层墙壁，足足有一米多厚，起到冬暖夏凉的效果，住在这样的土坯房，完全可以不用空调。

小谢围着土坯房转了一个圈，仔细观察了一番，这栋土坯房颇大，足有两三百平方米，墙壁也明显是两层土坯，厚度超过一米，为了建这栋房子季雷家人应该花了不少的力气。

屋子前面是一个小院子，用铁丝束起来的木栅栏挡着，木栅栏只有一米多高，显然不是用来防人的，很可能是用来圈养家禽的。但小谢转悠了一圈，却没有发现任何家禽的踪迹，这在家家户户都会养几只鸡鸭的农村里很是少见。

屋后有一个小小的池塘，池塘是死水，很浑浊，散发着一股农家院独有的异味，池塘上面浮着一些丢弃的塑料袋，还有一些食物残渣的痕迹。看来这季雷一家子也不是什么讲究的人家。

屋子窗户很少，除了前面开了几扇窗户之外，其他三面墙就没有开一扇窗户，只是用工具捅了几个小通风口。当然这一点在农村也极为常见，因为房间很多，绝大部分房子都是杂物间，真正利用起来的也只有通风透光最好的那几间，开太多窗户确实没有必要。

小谢查看完四周，来到了季雷的邻居家，询问季雷的家人到底去哪里了。

邻居告诉小谢，季雷的父母昨天就带着女儿走亲戚去了，具体哪个亲戚不知道，好像目的地是县城。

这个情况非常可疑，前天刚刚到季雷家盘查失踪人口，第二天季雷的父母就带着女儿离开家走亲戚，也未免太巧合了。

小谢道了声谢，走到僻静处拿起手机打了一个电话，之后又回来继续询问季雷家的情况。

季雷家总共有四口人，包括季雷的父母和兄妹俩，按照邻居的说法，两个孩子都比较孝顺听话，可惜的是季雷小时候爬树摔下来将脚摔伤，一直没有完全复原，走路始终一瘸一拐的，所以直到二十多岁还没有出去务工，也没有姑娘看上他。别人家介绍的那些略有缺陷的女孩他又看不上，所以婚姻大事一直拖到今天也没解决。

邻居讲述这个情况的时候，一脸惋惜道："孩子是一个好孩子，长得也标标致致，可惜性格轴了点，我给他介绍了两个，他都不同意，还挑，搞不好一辈子都找不到合适的。"

小谢好奇道："季雷腿脚不方便为什么还是出去务工了？"

邻居也疑惑道："我也觉得挺奇怪，不过他只是走路不方便，并不影响他做事，可能是去做一些轻便的活计吧。"

"那您知道季雷什么时候走的，去哪里务工了吗？"

“好像是半个月之前吧，具体去哪里我没有详细问。”

小谢之后又走访了几户人家，回答的基本和季雷邻居相同，没有得到更有价值的信息。

回到公安局之后，小谢理了一下思路。按照调查的情况，确认季雷是在十几天前离家务工的，之前他一直在家，突然出去务工，最好的朋友也联系不上，就已经颇为奇怪，而且按照常理，他是一个残疾人，父母之一也应该陪着他，送他前往务工处才是，但调查的结果都证实那段时间季雷的父母从没有离开过家，很显然季雷是一个人前往外地务工的。

看来这个季雷的突然消失，很有问题，其家人应该知道内情。

这个时候，小谢的手机铃声响起，里面传来了毛警官的声音：“小谢，目标人物找到，我们已经在路上，二十分钟后到公安局，你准备两个询问室，我们分开进行询问。”

小谢心中一喜，几个小时之前她从邻居那里得知季雷父母带着季雨前往县城寻找亲戚之后，当时拨打的那个电话就是告诉毛警官情况，毛警官接到电话马上安排，并配合县局警员对季雷父母和季雨可能前往的地点进行调查，首要的目标是季雷在县城唯一的亲戚——他的嫡亲舅舅家，如果季雷家人到县城走亲戚的话，一定是去舅舅家里。

毛警官赶到舅舅家里，却扑了个空，季雷的舅舅告诉毛警官，最近和姐姐姐夫一家很少见面，只是偶尔打几个电话，这几天姐姐姐夫就没有和他联系过，更别说来他家里了，就连季雷外出务工的事情他也不知道。

这个时候，另外一组调查人员那里传来了好消息：季雷的父母和妹妹季雨都在县城的医院里！

原来当时小谢和毛警官通电话时就讨论了一番，并征求了张警官的意见，判断季雷的父母很可能不是去县城走亲戚，而是另有目的，联想到季雷妹妹季雨疑似怀孕的情况，张警官判断这其中有直接的联系！

在张警官的预测中，季雷的父母很有可能带着季雨前往医院打胎，便建议毛警官安排两组人员，一组光明正大去季雷的舅舅家明访，另外一组着便衣前往县城的一些医院暗查。这样的话万一季雷的舅舅和姐姐姐夫串通，也可以在季雷的舅舅向姐姐姐夫预警之前，将季雷的家人找到。

果然不出张警官所料，季雷的父母带着季雨此次前往县城，目的就是打掉季雨肚子里的孩子！

警方找到三人的时候，院方已经排上了手术时间，再晚去半天，打胎的手术就会进行。

季雨未婚先孕，季雷离奇失踪，父母却说季雷前往外地务工，警方盘查之后的第二天就带着季雨到医院打胎，这里面必定隐藏着案件侦破的关键！

二十分钟之后，一辆警车停在了县局的停车场，从车上下来五个人，除了毛警官和县局一位警员外，还有小谢已经见过一面的季雷父母和他的妹妹。

季雷的父母看了小谢一眼，眼神里流露出来的是小谢非常熟悉的那种紧张感，在第一次盘查失踪人口时，正是这种紧张感引起了小谢的怀疑。

而季雨的情况更加奇怪，挺着大肚子的她，眼神涣散，嘴巴微微张着，嘴角还有口水流下来，看神情不像是一个正常人。

毛警官让随行警员领着三人先进公安局，冲小谢打了声招呼，低语道："夫妻俩始终不交待季雷的情况，只说他前往外地务工，具体位置不知道，联系方式也没有，我的初步判断是，季雷应该就是受害者，他的父母，有很大的作案嫌疑！现在我们对两人分开询问，我负责询问男方，女方由你负责。"

"至于季雨……"毛警官沉吟了一下道，"你也看到了，她的情况应该是精神有问题，我们先询问了季雷的父母再说。"

警方对于嫌疑人，一般都是单独询问，主要是防止相互串供。

小谢点了点头，走进了一间询问室，季雷的母亲正惶恐不安地坐在那里。

小谢冲季母笑道："阿姨，不要紧张，我们叫您来，只是想知道季雷的下落。"

季母闻言更是紧张，嘴角都哆嗦了起来，喃喃道："警官，我真的什么都不知道，我儿子半个月之前离家出走，说是要外出务工，我们最开始没有同意，但他后来就自己走了，什么信息也没有留下，手机也一直打不通，他之前也有过这种情况，一般最多个把月就自己回来了，当时您来我家的时候我们就没有告诉您，想着他应该过段时间就会回来。"

小谢继续道："季雨呢，为什么会怀孕？"

季母一听马上号啕大哭道："我怎么那么命苦啊，雷儿联系不上，雨儿没有结婚就怀了孽种，可怜我的雨儿，本来脑子就不好使，现在还被那个杀千刀的糟蹋了，如果找到这个人，我一定要将他千刀万剐！"

小谢听出了季母话语中的破绽，立马道："季雨怀孕了为什么不报警？你所说的孽种是什么意思？孩子的父亲是谁你们早就知道对不对？"

季母闻言脸色苍白，汗如雨下，无论小谢再如何询问，始终不发一言。小谢心里有数了，这个季母，至少对季雨肚里孩子是谁的一事是知情的。

之后小谢和毛警官将询问的情况告知了张警官，并联合县局的领导开了一个电话会议，都一致认定受害者很可能就是季雷，季雷的父母是重大嫌疑人，而季雨未婚怀孕一事，显然和季雷失踪一案有着极大的关系！

而这个时候，我和杨姐配合小汤对尸体 DNA 鉴定的结果也出来了，鉴定的结果证明尸体的年龄、性别等方面都和季雷吻合，唯一诡异的就是居然还发现了另外一个人的 DNA！

这也让原本以为找到了受害者的案件进一步扑朔迷离起来。

当天中午，张警官再次拨通了杨姐的电话，要求我们继续协助办案，这次的目的，是做回我们的老本行——调查季雨肚子里孩子的亲生父亲到底是谁！

2. 傻女婿

这些就是在我们回公安局配合小汤做尸样 DNA 鉴定的这两天，小谢等人查案的过程和掌握的所有情况。

情况介绍完，小谢和我们商议了一会，之后便带着我和杨姐来到询问室，见到了季父和季母。

季父季母大概五十岁左右年纪，典型的南方农民打扮，两个人都正襟危坐在询问桌的对面。季父和我们对视了一眼之后，眼睛就极不自然地看向了别处；季母低下头，手指拽着衣角不自觉地搓揉着，显示出了内心极度的紧张。

小谢介绍道："季叔季婶，这是市公安局的两位同志，这次过来是了解情况的，问什么你们就回答什么，实话实说就行。"

季父季母点点头，眼神里依旧有掩饰不住的紧张。

杨姐笑着道："我们是市局档案室的，这次过来只是为了将这次发生的情况记录归档，二位无需紧张，你们只需要将这次季雷失踪和季雨怀孕的情况如实告诉我们就行。"

杨姐转过头来对我道："小王，去给两位倒杯水。"

我应了一声，起身去倒了两杯水递给了季父季母，道："二位喝口水，慢慢说，不着急。"

季父端起杯子喝了一口，和季母对视了一眼，叹了口气，缓缓地将他知道的情况和盘托出。

季雷的失踪，是在半个月之前。

在失踪之前，季雷数次和父母提出要出去务工，但只要他一提出这个想法父母就决然反对。

因为季雷之前出去务工的次数不少，但每次都做不长久，无非就是因为他文化水平不高，又是一个跛子，脑力劳动做不了，体力劳动没法做，任何一份工作最多做上一个月就会被辞退，很多时候因为工作强度大还会导致身体不适，治病花的钱比起打工赚的钱都多，所以父母干脆就禁止他外出务工。

再加上家里只有两个孩子，妹妹季雨先天性智力发育不健全，所以父母对季雷非常看重，说即使养他一辈子也没关系，只需要他和妹妹季雨都平平安安就行。

季雷表面上同意父母的决定，暗中却做好了准备，半个月前季雷突然离家出走，只带走了一些随身衣物和少量的现金。这不是季雷第一次不告而别，之前也多次发生这种情况，但往往不到一个月就回来，所以季父季母虽然担心，但却没有太顾得上，因为当时的他们发现了一个更为头痛的事情：季雨怀孕了！

季雨是一个先天性智力发育不健全的孩子，在父母和哥哥的万般呵护下才长到十七岁，相比某些智力有缺陷的儿童从小被父母嫌弃的情况来说，季雨已经算是很幸福了。

在族长的安排下，季雨定了一个娃娃亲，等满十八岁之后就举办婚礼，虽然男方也有点智力缺陷，但家境不错，总比让季雨一个女孩子孤苦伶仃一辈子强得多。

再过上半年多季雨就年满十八岁了，可以与对方结婚了。

在农村十八岁结婚的女孩子很多，虽然没有到法定结婚年龄，都是先举办婚宴过几年再去领结婚证，往往在领证的时候小孩子都可以打酱油了。

就在这节骨眼上，季雨的肚子居然明显大了起来，可把父母愁坏了。

可以肯定，季雨肚里的孩子不是婚约对象的，因为两个人虽然也见过几次面，但都有父母的陪伴，而且两个人都有智力缺陷，玩过家家还有可能，发生关系则决然不可能。

眼看再过半年就要举办婚礼了，在这个节骨眼上如果季雨怀孕一事被对方知晓，婚事必然告吹，丑闻传扬出去再找一个就更难了，父母不想让季雨后半生孤苦伶仃，最好的办法就是在旁人知晓之前将孩子打掉，因此他们顾不上去考虑是什么人让季雨怀孕，更没有办法明目张胆去寻找罪魁祸首。

所以季雷的失踪，父母无暇关注，而一心处理女儿怀孕一事。

恰好这个时候，遇上了警方到季家调查失踪人口，小谢借口上厕所偷偷溜到季雨房间见过季雨的一幕也被他们看在眼里。

等小谢走后，夫妻俩一商量，觉得不能再拖了，必须趁着季雨怀孕的事情还没有传出去，马上解决。

于是夫妻俩带着季雨偷偷来到县城一所医院，决定打掉孩子，就在这个时候，却被警方便衣候个正着。

季父季母讲述完毕之后，相互对视了一眼，居然当场冲杨姐跪了下来，哭哭啼啼道："大领导，雨儿的命好苦，求求你放过雨儿，不要将她怀孕的消息告诉村里人，让她将孩子打掉吧，不然她以后没办法做人啊，我们给您磕头了！"

说着就以迅雷不及掩耳之势"砰！砰！"几个响头磕了下去，显然是将杨姐这个"大领导"当成了救命稻草。

杨姐连忙起身道："两位的情况我知道了，我也只是一个管档案的，没有办法做主，这样吧，我马上汇报给市局领导，具体如何等领导的通知。"

我和小谢连忙上前一左一右扶起两夫妻，小谢朝我使了个眼色道："两位同志，季雨就在隔壁，我来陪大叔大婶，你们去隔壁看看季雨的情况再汇报给领导吧。"

我和杨姐会意，应了一声离开了询问室，我顺手将桌子上夫妻俩喝完水剩下的两个空杯子带了出来。

季雨就在不远的另外一间询问室里，我们一进门，就看到县局的一位女警员正陪着季雨坐在那里，絮叨着什么。

见我们进来，女警员连忙起身，对杨姐低语道："杨主任，这姑娘智商就是一个几岁的孩子，很好哄，我刚刚和她说好了，给她打一针，肚子就会舒服，会变漂亮很多，她的哥哥就会喜欢她。”

杨姐警觉道：“哥哥？”

“是的，她很喜欢她的哥哥，说哥哥夸自己漂亮可爱，还想要更漂亮点。”

杨姐应了一声道：“麻烦了，接下来的交给我们吧。”

女警员客气了一声，转身出了询问室。

我一边准备取样工具一边端详着季雨，季雨个子不高，长相普通，但皮肤白皙异常，显然是长期在家很少外出导致。

看到我的时候，她咧嘴一笑，傻兮兮道：“哥哥，嘿嘿，哥哥。”

杨姐不由莞尔，习惯性推了推眼镜走上前去，柔声道：“雨儿妹妹，我们是过来给你打针的，打完针之后你肚子会变得舒服，人也会变得更漂亮，你的哥哥也会更喜欢你。”

季雨一听笑容更甚，看着我道：“哥哥，喜欢我，哥哥。”

我一个单身狗难得听到这样直白的表达，尴尬异常，可惜的是，对方是一个智力不健全的女孩子。

杨姐笑道：“雨儿妹妹，你最喜欢的哥哥呢？”

季雨马上哇地哭出声来：“哥哥不见了，哥哥不见了！”

“哥哥怎么不见的？”

“哥哥不见了！哥哥不见了！”无论杨姐如何询问，季雨总是反反复复说这句话。

我和杨姐看到这个场景，心中慢慢认同了之前小谢对于此案的一些看法，至于真相如何，还需要我们进一步配合他们进行调查。

杨姐又安抚了几句，让季雨止住了哭。

季雨很乖，我们顺利地取了样，和守在门外的女警员打了个招呼，来到了放置行李的办公室。

一小段时间之后，我和杨姐披上胸前绣着 ×× 亲子鉴定中心标志的白大褂又回到了季父季母所在的询问室。

走进询问室之后，小谢笑着问道：“杨姐，都忙完了？”

杨姐笑道：“忙完了，可以开始了。”

我和杨姐又坐在了之前的位子上，季父季母不知道我们葫芦里卖什么药，眼神惊疑不定。

小谢收起笑容，正色道：“季叔季婶，我现在重新向你们介绍一下，这两位是市 ×× 司法亲子鉴定中心的杨主任和王医生，这次请他们过来，是为了鉴定季雨肚子里孩子的父亲是谁！至于什么是亲子鉴定，我刚才和你们解释过了。”小谢顿了顿，继续说道：“现在，你们应该明白我说的是什么意思了吧。”

两夫妻面色立变，汗如雨下。

小谢继续下了一道猛药：“请他们二位过来还有另外一个目的，前段时间发现的尸体 DNA 鉴定结果也出来了，现在只需要和季叔您比对一下，就知道他是不是您的儿子季雷！而且……”

小谢看着已经面色发黑的两夫妻，一字一顿道：“我们还会将尸体的 DNA 和刚刚取样的季雨孩子的 DNA 进行比对，我们怀疑，导致季雨怀孕的正是季雷！”

季母听完小谢斩钉截铁的语言，扑的一声，瘫软在地。

季父还要说什么，小谢打断他的话道：“季叔，你可以不配合，但是你刚才喝水的杯子已经被王医生拿走了，上面有你的口腔黏膜细胞，能提取到你的 DNA，最晚明天鉴定结果就会出来。你现在交待和明天结果出来再交待的性质完全不一样！我建议你还是现在交待，争取宽大处理为好！”

季父的心理防线也终于崩溃，交待了他所知道事情的真相。

而这整个过程，是我们和小谢之前就商议好的，给季父季母设置的一个陷阱。

早在询问之前，警方就猜测季雨怀孕一事和季雷的失踪有着密切的关系，甚至很有可能，季雨肚子里的孩子，就是季雷的！

警方怀疑，季雷二十多岁没有找到媳妇，有着压抑不住的性冲动，最终对自己的妹妹下手，而季雨对“哥哥”的喜爱也间接证明了这一点。

整个事件的真相很有可能是：季雷和季雨发生了关系导致季雨怀孕，被父母发现了，父母大发雷霆，对季雷大打出手，最终失手打死了季雷，为了逃避责任，父母将季雷的尸体处理后抛到村里的季水河中，对外就假称季雷外出务工没有回来。

在警方发现尸体并进行调查之后，夫妻俩怕季雨怀孕一事被警方得知，联想到季雷失踪一事上，所以在第二天就惶恐不安地带着季雨前往县城小医院打掉孩子。

因为这一切都是猜测，无法用强制手段逼迫季父季母进行正式的司法鉴定，所以小谢采用了这么一个方式，让我和杨姐换一个身份对两人进行询问，希望找出破绽，最重要的是获得季父喝水的水杯，而这种水杯是我随身携带的，比一般的杯子更容易获得喝水者遗留的口腔 DNA。

季雨则好办很多，毕竟一个智力如同几岁孩子的小女孩很是好哄，而且从和季雨的对话中，我们也核实了季雨确实对哥哥有着莫名的好感，这就更加证实了小谢之前的推测。

至于为何尸体中会有两个人的 DNA，可能是季父季母在作案过程中被某个人发现，最终也兽性大发将这个人一同杀害了吧。

不管如何，先用这个方法击破季父季母的心理防线，让其说出真相，才是眼前我们侦破此案最迫切要做的。

季父季母心理防线完全崩溃了，终于交待了他们所隐瞒的真相，和警方的猜测有共同点，也有颇多不同之处。

对于季雨肚里孩子的父亲这一点，季父季母几乎可以断定就是季雷，虽然没有明确见过季雷对季雨施暴的场景，但种种迹象证明孩子的父亲就是季雷。

第一，季雨对季雷的感情很深，季雨天天挂在嘴边的不是“爸爸”“妈妈”，而是“哥哥”。

第二，季雨的怀孕时间是可以计算到的，在季雨怀孕的那段时间，季父季母没有出过门，几乎每天都在家里，白天是不可能有人侵犯季雨的，只可能是晚上。而季雨的房间和季雷在同一侧，如果季雨被他人潜入侵犯，一定会有声音，只要有声音住在隔壁的季雷不可能听不到，唯一的解释就是季雷本人就是施暴者，加之他是季雨最亲近最喜欢的人，季雨配合他做任何事情都有可能。

第三，曾经有一天晚上，季母在上厕所的时候，隐隐约约听到已经入睡的季雨发出奇怪的哼声，上完厕所之后季母站在季雨门口瞄了一眼，看到了季雷从季雨房间回自己房间的背影，当时季母以为是季雨在说梦话，儿子季雷查看之后又回自己房间了。

季雷对妹妹十分关心，这种情况很常见，现在回想起来，那种奇怪的哼声很有可能是季雷在对妹妹施暴！

第四，这一点也是最关键的一点，季父季母曾经在季雷的房间里面发现过避孕套！

当时季雷解释这是在外面务工的时候的工友的，他收拾行李误捡到包里带回来了。在季雨怀孕之后，季父季母回想起来，很可能是季雷买来和季雨发生关系所用，被发现后没敢再买，导致了季雨怀孕。

提起这个事件，两夫妻甚至有点自责，说如果没有发现避孕套就好了，说不定季雨就不会怀孕，让在座的我们面面相觑。

半个月之前，季父季母要外出几天，走之前交待季雷照顾好季雨。等他们夫妻一回来，却发现季雷突然联系不上。季父季母知道季雷的性子，以为他又偷偷跑出去务工了，想着最多个把月也就会回来，没有太担心，只是对于季雷丢下智力不健全的妹妹偷偷外出颇有些埋怨。

但就在这个时候，季雨出现了妊娠反应，季父季母大吃一惊，联想起之前的种种异状，几乎可以断定导致季雨怀孕的施暴者就是季雷！

当时的季父季母还只是猜测季雷失踪的原因是他发现了妹妹怀孕，害怕他们夫妻俩一回来就会暴露，于是偷偷跑出去以务工为借口，逃脱责罚。

但他们万万没想到的是，十余天之后，小河边传来了命案！

这个消息传到季父季母的耳朵里，两夫妻几乎崩溃，不仅仅是季雷失踪一事可以和命案扯上关系，更重要的是犯罪手段！

这种手段，夫妻俩唯一能想到的，就是那个还没有和季雨成家的女婿！

于是，这个命案的第一嫌疑人，终于浮出了水面！

命案第一嫌疑人，男，二十四岁，姓李名涛（化名），季水村李家冲人。

李涛和季雨一样，智商只有几岁儿童水平，相对于季雨来说强上许多的是：李涛家境不错，父母舍得培养，李涛在成年之后可以自食其力。

因为智力不高的原因，李涛从事的都是很简单的工作，种地、搬砖、挖地基等等，一直到二十岁之后，终于找了一份稳定的工作。

李涛的大伯是县城的厨师，年纪大了回村养老，待了一段时间又闲不住，便决定发挥余热，接一些村里宴席掌厨的工作，村子里只要有红白喜事，几乎都由他掌厨，名声在外。

而侄子李涛，也被这个大伯带在身边，教会了他剁肉、烹煮、熬汤等基本技能，只要有红白喜事的地方，就会有这伯侄俩的身影。

季父季母对李涛很是熟悉，对这个孩子的印象不错，所以在族长三年前季雨还没满十六岁就做媒定娃娃亲的时候，夫妻俩没有多做考虑，马上答应了。

智力发育不健全的季雨要找到一个对象很难，这个李涛虽然智力也不正常，却有稳定的收入，算是一个不错的人选。

之后李涛的父母带着李涛前来走动过不少次，季雨和李涛相互之间的感觉还挺不错，而且相对于傻兮兮的季雨来说，在社会上历练了多年的李涛明显懂事许多，接人待物都很有条理，这让季父季母颇为欣慰。

双方父母商议后，决定等季雨满十八岁就结婚，早一点抱孙子，趁着几位老人身体还硬朗，可以帮着带带小孩。

但就在这个节骨眼上，发生了季雨怀孕、季雷失踪、河边发现尸体的种种突发状况。

季父季母将这几件事情联系起来，惊讶地发现，季雷的失踪，极有可能和自己的这个女婿有关！

季父季母随后和季雨的对话也证实：就在那段时间李涛来过一次，还和季雷吵了一架！不过季雨讲不清具体的情况，只知道说李涛讨厌，打哥哥！

在季父季母的猜测中，自己离家的那几天，李涛来找季雨玩，发现季雨被季雷"欺负"，最终发生争执，李涛将季雷打死。

李涛智商虽然不高，但还是有能力独立对一件事情进行判断的，最终为了逃避责任，他将季雷烹煮分尸并抛尸。

而且，这个案件所有的手段，包括骨肉剥离、碎尸、烹煮，都是李涛能够实现的，就连那个焊接的铁罐，也是农村办红白喜事时所用的烹饪工具！

当时夫妻俩的第一反应，就是前去报案抓住李涛，为季雷报仇，但随后想到李涛是一个智障人士，犯罪无法判刑，而且女儿在这个事件中参与的情况到底有多少也不知道。

夫妻俩改变了主意，心想如果季雷真的被打死了，那么就剩下唯一一个女儿了，一定要为她考虑，于是准备以此为借口，要挟李涛家人，婚后转移一部分家产给季雨，这样也可以保证季雨下半辈子有依靠，而首先要解决的就是将季雨肚里的孩子打掉，免得李涛家人悔婚。

就在夫妻俩决定打掉季雨肚里的孩子，等警方查案的风声过后，再去找李涛家人对质的时候，被警方察觉到了，也导致了这个计划胎死腹中。

夫妻俩交待的情况和警方判断的颇有出入，不但没有涉及第二个受害者，而且对于犯罪嫌疑人的判定完全不一样，这一点当然有可能是夫妻俩在继续隐瞒真相逃脱罪责。

夫妻俩事发后的表现也很让人奇怪，自己的儿子很可能被人杀害抛尸，夫妻俩第一反应不是报警找出凶手而是想着帮可能的凶手隐瞒，虽然用智障人士无法判刑和以此为借口来替女儿要财产来当做隐瞒的理由，但未免也太没有人情味了。

小谢在将情况汇报给张警官后，张警官做了两个安排，第一个安排就是让小谢亲自去一趟季雷家，看有没有什么发现，碎尸这样大的动作需要很多工具，很难在野外进行，而如果嫌疑人是季父季母的话，季家有可能就是分尸现场，必然有许多残留的痕迹。

第二个安排就是让毛警官带队去李涛家，调查李涛在案发期间的动向，以李涛的智商，即使知道如何毁尸灭迹，也不可能做到毫无痕迹，警方怀疑即使真如季父季母所说是李涛下手，也必然有一个帮凶。

张警官做完安排之后，杨姐提出她先带着检材回中心鉴定，我可以留下来随小谢一同前往季家调查现场，如果在现场发现什么可疑的物体（如毛发、血迹）等，也可以取样回去做 DNA 鉴定比对。

小谢本就有这个想法，欣然同意。

于是我们兵分两路，一路由小谢带队，季母随行，前往季家调查屋里的情况；另外一队则由毛警官带队，季父随行，前往李涛家对质。

季雨则暂时留在县局由专人陪同，等待调查结束。

在前往季家的路上，我们询问了一些季雷兄妹以往的经历和村里的情况，季母几乎有问必答，对于我们前往她家调查一事并不显得如何紧张，这样的情况也让他们交待的真相可信度高了许多。

我是第一次前往季家，小谢却是轻车熟路，警车直接停在季家的土坯屋前面。

车刚刚停稳，小谢所说的那只圆滚滚的小土狗就从角落里窜了出来，开始还汪汪直叫唤，看到季母下车之后，便撒丫子跑了过来，小脑袋在季母的裤腿上蹭来蹭去，短尾巴摇个不停，煞是可爱。

季母看到小狗难得地露出了笑容，蹲下身子用手抚摸着小狗的脊背，小狗的尾巴摇得更欢了。

我想起了一事，似有意似无意道："季婶，这小狗挺可爱的，刚出生不久吧。”

季母忙应道：“小黄是刚抱过来的，才两个多月。”

我环顾了一下四周，就和小谢之前介绍的场景一样，土坯屋占地面积颇大，足有三百平方米，铁丝缠绕的木栅栏在屋前围了一圈，是南方最常见的农户人家模样。

按常理这样的农户人家必然会在家中养一些家禽，而不会让这么好的条件白白浪费，我好奇道：“您这院子不小啊，怎么不养几只鸡鸭鹅之类的。”

季母闻言颇有些伤感：“我们之前一直养了一些鸡，但是几个月前雷儿说他闻不得这些鸡的味道，就都卖给别人家了。”

“那他之前有没有这样的情况？”

“那倒没有，之前家里一直养着一些鸡鸭，也不见他有什么不舒服的，就是几个月前才那样。”

我和小谢对视了一眼，点了点头，这个情况比较特殊，不容忽略。

季母上前打开房门，一股湿气包裹着霉味迎面扑来，这种土坯房，只要有两天不开门窗，基本都会有这种怪味。

我和小谢进到屋内，将所有的房间都搜索了一遍。

整个屋子呈长方形，中间是堂屋，左右两侧各有大小不等四个房间，合计一共九个房间。按照季母的描述，堂屋左侧的一个卧室是他们夫妻俩居住，其他三个房间一间是厨房，另外两个是杂物间，堂屋右侧则是季雷季雨兄妹居住。四个房间呈田字形排列，前面的两间带窗子的住着季雷季雨两兄妹，后面的两间为半空置状态，之前是养猪的猪圈，现在也废弃不用，只是堆放着一些木材。

我和小谢对整个屋子进行了详细调查，尤其重点关注了季雷兄妹的房间，里面的摆设和普通的农户人家一样，基本都是一些老旧的木质家具，一看就是村里手艺人自己打造，用的木料都是真材实料的好木头。

两个房间各有一个衣柜，里面放着兄妹俩的一些衣服，其中季雷衣柜里很杂乱，而且当季的衣物基本没有，显然是他离家出走时带走了。这个小细节让季父季母失手杀害季雷的可能性又降低许多。一对从小没有接受过教育的农民夫妇，如果失手将儿子打死，只会极度的懊悔和自责，很难注意到这些细节。

兄妹俩睡的床也是自制的木质大床，非常厚实的木头，用棕垫[①]垫得很高，睡起来一定很舒服，因为季水村后就是树林，不缺木头，所以这里家家户户的床都做得很大很厚实，也算是当地一个特色。

屋子里其他的摆设都比较简陋，一些电器如电视机、洗衣机等都比较陈旧，显示着季家算不上赤贫却比较窘迫，或许这也是季父季母想要要挟李涛家的原因之一。

屋后的左边是一片菜园，右边是一个小池塘，菜园里种了一些蔬菜，小池塘面积不大，没有用来养鱼鸭之类，水也是浑浊的泥绿色，漂浮着一些垃圾，屋后的塘沿上撒落着一些食物残渣，散发着一股难闻的气味。

我和小谢来来回回走了几圈，没有发现什么异样，屋里屋外也没有发现分割尸体的道具和作案痕迹，之后我们带走了屋子里的几把刀锤等工具，经过检验上面也没有附着任何可疑的人体 DNA，初步可以断定这里并不是案发现场。

最终我们只找到了一些季雷遗留下来的东西，我挑选了几样可能残留季雷 DNA 的物品让县局一名警员以最快速度开车送到省城，交给杨姐去进行比对，核实受害者的身份。

除此之外，没有找到任何其他可疑的东西。

此次对季家的调查，算得上一无所获，因为现场没有任何疑似受害者季雷遗落的血迹和人体组织，间接证明了季父季母并不是杀害季雷的凶手。

季父季母怀疑女婿李涛是杀人凶手的重要原因，除了李涛的职业外，重点提到了李涛曾经和季雷发生过争执，争执的现场就在季家，季雨是目击者。

当季父季母问起来的时候，季雨曾经说过：“李涛讨厌，打哥哥！”季雨一个智商不健全的孩子，不可能说假话，如果季父季母所说的都是事实，那么这里就是案发的第一现场，为什么现场没有任何两人争执的痕迹？

难道李涛发现季雷侵犯季雨，只是在这里稍微动了一下手，而之后又将季雷叫到另外一个无人之处实施了犯罪，并毁尸灭迹？

李涛一个智商低于常人的年轻人，行事能做到如此严密吗？

我和小谢心里隐隐有些担忧，李涛是杀人凶手一事，似乎也有点牵强。

很快，毛警官那里调查的结果也传了过来，证实了我们的担忧：李涛的杀

---

① 棕垫：即南方农村采用常见的棕树上的棕衣制成的“棕床垫”，柔韧度高，结实耐用。

人嫌疑，基本可以排除。

毛警官告诉我们，他和县局同事带着季父赶到李涛家后，李涛的父母和李涛三人都在家中。

毛警官开门见山将季父猜测的事情真相告诉了李涛父母，这对年逾五十的老夫妻哭天喊地地叫起冤来，对季父大声开骂，说自己瞎了眼，让儿子娶季雨就已经是看在族长的面子上，不然自己一个懂事的儿子怎么会去娶季家弱智的女儿。

在李涛的父母看来，自己的孩子只是有点呆，算不上弱智，能娶季雨是季家高攀了，这句话某种程度上也是事实，在之后和李涛的交流中，我们发现这个小伙子只是智商低于常人，接人待物还是挺有条理，比起季雨整天只会迷迷糊糊地傻笑要好很多。

季父当然也不示弱，直言李涛也是天生的智障，比季雨好不了多少，李涛父母这话说出来让人心寒。

三人相互指责，吵了个不亦乐乎，李涛呆呆傻傻地站在一边，看着父母和季父争执有点手足无措，很想上前劝解又不知道如何开口的模样。

毛警官和县局同事冷眼旁观，观察着几人的一举一动。

这也是警方查案的细节之一，有时候真相没有出现，会让有矛盾的当事人对质，在双方的言语和动作中可以判断谁在说假话，甚至有可能在争执中找出案件的真相。

仔细观察之后，毛警官发现三人越吵越凶，不似作假，便开口制止了双方，让同事带着哆哆嗦嗦的李涛去另外一个房间，等下再询问。

等李涛走后，毛警官对李涛父母道："二位既然认定李涛不会是凶手，说说理由。"

李涛父母的第一句话就让毛警官觉得事有蹊跷，李涛父母说："那一天，是我们夫妻俩去季家的，去季家的原因，是因为季雷来喊我们老两口过去，根本就没有叫涛涛。"

季雷喊李涛的父母过去却没有叫李涛？毛警官闻言看向季父，按照季父的猜测，是李涛去找季雨玩，正好遇到季雷侵犯妹妹的一幕，李涛怒火中烧将季雷杀害，这和李涛父母说的完全不符。

季父正准备继续争执，毛警官止住了他，冲李涛父母道："你们继续说。"

于是，李涛父母一同回忆当天发生的情况。

当天上午，季雷主动到了李涛家，叫李涛的父母去他家一趟，说有事情麻烦他们。

再有几个月李涛就要和季雨成亲，李涛父母以为是去季家商量结婚一事，于是欣然前往。

等到了季家，李涛父母才发现季父季母都已经外出，并不在家，只有季雷和妹妹季雨待在家里，便好奇地问季雷叫他们过来有什么事情。

季雷颇有点不好意思道："我和朋友约好了要去外地务工，下午就要动身，爸妈又不在家，我是想请叔叔阿姨帮帮忙，带季雨几天，本想直接送季雨去二位家里，但她性子倔，不想出门，我只能先请二位过来接下她，看能劝动她不。"

李涛父母虽然奇怪季雷一个跛子怎么突然要外出务工，但还是同意了，毕竟两个孩子已经订婚，季雨算是他们家半个人，他们帮忙照顾几天也没有什么不合适的。

于是三个人一起劝说季雨去李涛家，但是季雨却始终不同意，拉着季雷就是哭，季雷一生气，推了季雨一把，说还这样任性哥哥不再喜欢你了！季雨马上哇的一声哭出来，说哥哥坏，欺负她！

这时候，从门外冲过来一个人影，一拳就打在了季雷身上，季雷是个跛子重心不稳，这大力的一拳打得他一个踉跄倒在地上。

人影冲到季雨身边，怒气冲冲道："小雨，别怕，我来保护你！"

屋内的人这才惊讶地发现冲进来打季雷的人居然是李涛。

原来在父母跟着季雷走后，李涛也尾随着一同到了季家，刚进门就看到了季雷推季雨、季雨哭着说哥哥欺负她的这一幕。

"她是我媳妇，我要保护她！"这是李涛的信条。不但欺负我的女人，还让她哭，管你是什么大舅哥，打了再说！

于是思维简单的李涛怒火中烧，直接一拳将季雷打翻在地。

这个时候季雨马上又担心起躺在地下的哥哥来，哭叫道："李涛讨厌，打哥哥！"季雨骤然的情绪变化让李涛一愣一愣的。

李涛父母看到这个情况哭笑不得，连忙扶起季雷道歉不已，说自己的傻儿子一根筋，看到有人欺负媳妇就打，也不认人，要季雷别见怪。

季雷自然不会和李涛生气，但这么一闹腾，接季雨去李涛家待几天的事情也就搁置下来，李涛父母的意思是季雷不急着这几天走，等过几天季父季母回来再说。

季雷看着一旁拉着他衣角一把鼻涕一把泪的妹妹没有办法，只能就此作罢。

李涛的父母说完当时的情况之后，大声辩解道："当时我们带着涛涛直接就回来了，进屋出屋的时候都和季家的邻居季四（化名）打过招呼，他在自家院里坐着，看着我们进出季家的，回来路上还遇到了季二婶、李三叔（化名），他们都可以作证！"

毛警官眼观四路耳听八方，当李涛父母提到有人可以作证的时候，从一旁季父的眼神中看出了稍纵即逝的尴尬之色。

毛警官喝问季父道："你是不是还有什么没有交待清楚的！"

季父被毛警官一喝，吓得腿都软了，颤抖道："毛警官，季四确实和我提过这事，他眼神不好，我以为他看错了所以没有在意，不是故意要隐瞒您。"

毛警官瞪了他一眼，和另外一个警官商议了下，自己进入里屋单独询问李涛，另外一位警官则去询问李涛父母提到的那些村民。

之后这些人的说辞，都证实了李涛父母所说的情况属实。

虽然无法完全洗清李涛凶手的嫌疑（毕竟还存在这些人串供的可能，甚至有可能是李涛后来再找到季雷将他杀死，不过这种可能性太小，几乎可以忽略不计），但也将李涛是凶手的可能性降到最低。

也就是说，这次我们调查的结果，不但没有找到季雷遇害的证据，反倒证明了季父季母和李涛很可能都不是犯罪嫌疑人！

犯罪嫌疑人究竟是谁？

调查陷入了困境，我们会商后决定暂时缓缓，静候杨姐的鉴定结果再安排下一步的动作。

3. 消失的焖罐

这一天我睡得特别不好，做了一晚上的梦，糜烂的尸体、黝黑的铁罐、季家的土坯屋、季雨傻兮兮的笑容，这些片段在我脑海里盘旋了一整夜，那种梦魇过度的感觉比失眠更加难受。

第二天一早，我好不容易摆脱梦魇浅睡了一会，该死的手机铃声就响个不停，迷迷糊糊接通手机，就听见小谢的大声咆哮：“猪头，还在睡，快起床！鉴定结果出来了，我们在会议室等你！”

我闻言打了个激灵，瞬间睡意全无，喊了一声毛警官，发现睡在隔壁铺的毛警官早就不见了人影，看来一大早就去公安局了。

我看了看时间，还不到八点，这个时间点鉴定结果就出来了，显然杨姐也熬了一夜，和他们这敬业程度比起来，我极为汗颜。

花了不到十分钟就从宾馆跑到了公安局，路上还接了数次小谢催促的电话，这女人平日里镇定自若，对待犯人大多时候都和颜悦色，只有催我的时候就像催命一样，真是让我无奈。

我来到公安局会议室，不仅小谢和毛警官在，刘队等几个县局参与此案调查的警官也都在场，就连前两天刚回去的张警官也连夜赶了过来，围着小会议桌坐了满满一圈。

小谢见我到了，冲一旁的刘队和张警官点了下头道：“刘队、张队，我就开始了。”

张刘二位领导回应了一声，小谢便用她特有的清脆声音讲述起来。

昨天杨姐回城之后，连夜加班加点对所有提取的检材进行加急鉴定并详细比对。

比对的最终结果，居然是一个事前谁都没有料到的极古怪的情况！

鉴定的检材多达七份：河边铁罐里尸块中发现的两份不一样的 DNA，其中一份怀疑是季雷的，暂且称呼这份 DNA 为受害人甲；另外一份查不到真实身份的，暂且称之为受害人乙。

至于另外五份，一份是季雨的，一份是季雨孩子的，一份是季父的，一份是季母的，最后一份是杨姐走后我们在季家现场采集的季雷本人使用的物品，安排专人送至了省城。

这几份检材进行交叉比对后，结果极为惊人！

首先，受害人甲检样和季雷遗留物品上采样的 DNA 进行比对之后，证实了受害人甲正是季雷本人。

从第二个结果开始，诡异的情况出现了！

受害人甲季雷和季父季母的比对结果，居然是排除！

也就是说，季雷和季父季母排除了亲子关系！季雷并不是季父季母的亲生儿子！但这并不说明季雷和季父季母没有亲缘关系，因为再次比对之后，发现季雷和季父季母都有亲缘关系，尤其和季父的匹配度极高。

也就是说，季雷虽然不是季父季母亲生，但却是季父季母的血亲，而且和季父的亲缘关系近于和季母的亲缘关系！

第三个结果更为诡异！

季雨肚子里孩子的父亲，并不是季雷，而是受害人乙！

也就是说导致季雨怀孕的不是季雷，而是另有其人！这个人和季雷一同被杀，甚至被一同抛尸！

之后为了核实季雨的身份，避免出现季雷一样的状况，将季雨的检材也和季父季母进行了比对，确定是匹配，这也证明了季雨确实是季父季母亲生。

小谢将这样的结果一公布出来，在座的所有人都面面相觑，张警官和刘队两位经验丰富的老刑侦也沉默无语，看来整个事件终于发展到了所有人都无法预料的地步了！

用几句话概括：季雷确定是受害人之一；季雨是季父季母的亲生女儿，但季雷不是季父季母的亲生儿子，却和季父季母有亲缘关系；季雨肚里孩子的父亲不是哥哥季雷，而是另外一个一同被抛尸的受害人。

这就是鉴定的结果。

随之有很多疑问出现了：季雷和季父季母到底是什么关系，为什么季父季母要隐瞒这层关系？

季雨是怎么和另外一个受害人发生关系的？这个受害人到底是谁？

最重要的是：案件的真正凶手，杀害季雷和另外一个受害人的，到底是谁？他为什么要杀害季雷和另外一个受害人并且毁尸灭迹？

当时的我彻底迷糊了，无论如何设想，也没想到会是这样的结果！

与会众人安静了片刻，瞬间便如同炸开了锅，纷纷和邻座同事窃窃私语讨论这个奇怪的案子，看来这些见多识广的警官们也很少遇到这种古怪的情况。

刘队敲了敲桌子，咳嗽了两声，众人安静了下来。

刘队看着一旁的张警官道：“老张，我们小地方办的案子不多，比不过你们见多识广，接下来怎么办，你来安排吧，我们全力配合。”

张警官和刘队客气了两句，点了点头，终于发话了："案子的具体情况如何，在座的各位都是亲历者，应该无需我多说。我凌晨四点得到鉴定中心杨主任的通知，就连夜赶了过来，当时还只是知道季雷并非季父季母亲生，后来才陆续得到其他几个鉴定的结果，这个案件，可以说是我遇到的最古怪的案件之一！按照毛警官的判断，凶手并不是季父季母，也不是李涛，我相信毛警官，你的判断应该是对的，那么问题来了，这个凶手到底是谁？犯案的手法如此残忍，他为什么要这么做？"

张警官环视了众人一眼，继续道："我的看法是，目前有三条线索值得我们去调查：第一，重新对季父季母进行审问，搞清楚他们和季雷的关系以及隐瞒季雷真实身份的目的。第二，重新调查村里和村子附近的失踪人口，尤其是和季雷季雨有关系的年轻男性，核对另外一个受害者的身份。第三，之前我们一直忽略了一条重要的线索，就是抛尸容器的来源！既然可以确定这种铁罐子是村里常用的办厨工具，那么我们就去调查铁罐子的来源，顺藤摸瓜！"

张警官不愧是经验丰富的老刑侦，一席话说得我们拨云见日。

会上刘队进行了任务的具体布置，十余名警员分成三组，一组刘队亲自带队去调查村子附近的失踪人口，因为任务烦琐，这组人最多。二组毛警官带队去对季父季母进行审问。第三组小谢和我还有县局的温警官（化名）一同去追查铁罐子的来源。

至于神出鬼没的张警官，他老人家邻县还有案子要办，开完会就匆匆忙忙走了。

任务分配完毕，我和小谢以及温警官简单商议后，直接开着警车到了李涛大伯家中。

李涛的大伯叫李丁（化名），就是那个远近闻名的厨师，负责村子里红白喜事，铁罐子这种本地专用的办厨工具找他一定没错，我和小谢第一时间就想到了他，所以决定先到他家了解情况。

李丁某种程度上可以归为疑似嫌疑人的角色，只是目前没有任何证据证明他和此案件有关，所以我们此次前往也只能询问情况，当然也抱着能查到一些蛛丝马迹的想法。

李丁家就在李涛家不远，上次调查失踪人口的时候是温警官这一组调查的李家冲，对李丁家很是熟悉，直接就驱车过来了。

赶到李丁家之后，让我们稍感意外的是，李涛也正在大伯家，当天天气已经微凉，穿着长袖都有点冷，两伯侄却光着膀子在前院挥汗如雨地剁着猪肉。

见到我们的警车停在院门口，两伯侄好奇地停下动作，李涛站在原地傻愣愣地看着我们，李丁却擦了两把汗，随手套好上衣笑意盈盈地迎了过来。

我和小谢是第一次见到这伯侄俩，长得很像，身高体型也差不多，都是胖胖的挺有喜感。

李丁速度挺快，几步就走到了车前，我们刚下车站定，他就给领头的温警官递上一根烟，满脸堆笑道："温警官，稀客稀客，您贵人事忙，来我们这小地方一定有任务，不知道有什么事情要我配合的，您尽管说，我肯定知无不言言无不尽。"

此人不愧是在县城大饭店干了几十年的主厨，不但没有一点惊慌，而且待人接物极为熟络。

我和小谢对视了一眼，看来和此人打交道要留心一点。

温警官谢绝了李丁递过来的香烟，客气了一声道："我今天过来确实有点事情想询问下，前几天的那个案子你也比较了解了，我们这次过来是想调查下装尸体铁罐子的来源。"

李丁苦笑了下道："实不相瞒，我就知道这事总有一天要扯到我的身上，你们昨天到涛涛家里调查情况，我就预感到你们这几天会来，只是没想到这么快。"

李丁回头冲李涛喊了一声："涛涛，去里屋把焖罐拿一个出来。"

李涛应了一声，正准备回里屋拿焖罐，温警官却制止了李涛的动作，冲李丁笑道："李叔，如果方便的话，我们想自己进屋看看。"

李涛大伯愣了一下，瞬间回过神来，拍了下脑门赔笑道："看我这人，到了家门口也不知道请三位进去坐坐，失礼失礼！"

说罢，招呼我们三人一同走进了庭院。

李丁的房子比起季家要好上很多，虽然面积要小一些，但是一色的红砖厚瓦房，庭院围墙也是砖砌，还上了灰石漆，显得比较气派，看来他在县城当厨师赚了不少钱。

院中有一个砖石搭建起来的石板，上面两个老树剁成的案板，堆放着两大堆去皮去骨的猪肉，刚才两伯侄剁得不亦乐乎的正是此物。

我看着两堆糜烂的猪肉泥，不由自主地想到那几个铁罐子里糜烂的人肉，胃里一阵翻腾。

进到屋里之后，温警官谢绝了李丁要我们喝茶休息的建议，径直来到了堆放办厨工具的杂物房。

这个杂物房单间面积比起季家的要大很多，里面堆放着许多桌椅板凳、盆瓢锅碗，只要是农村办厨的工具应有尽有，盆碗堆满了几个大竹筐，办厨的桌椅板凳也有二十套，堆满了半个房间。

李丁介绍，在农村办红白喜事，都是乡里乡亲的，几乎家家户户都会到场，一般是十几桌不到二十桌，自家的东西肯定不够，都是临时租赁，自己除了办厨之外，还会出租这些宴席上必需的东西，也是一笔额外的收入。

李丁带着我们走到杂物间一角，这里堆放着一堆黑不溜秋的东西，看外形和质地，和案发现场那些堆放尸体的铁罐一般无二。

我们认真检查了一下，铁罐子集中堆在一角，材质都是粗铁管改成，大小有细微的区别，整齐地垒成了一个“品”字形，一共十个左右。

李丁介绍，这种铁罐子叫做“焖罐”，用来烹饪当地的一道特色菜“焖罐肉”。

将鸡肉、鸭肉、猪肉等混合装入“焖罐”中，加上姜蒜等辅料和调味品腌制一小时，在外面包上一层稀泥之后塞到火塘里焖烧，火候一到取出来就是味道鲜美的“焖罐肉”。

而这种“焖罐”来源是一家铁器铺，附近几个有做“焖罐肉”习惯的村子基本上都是从那个铁器铺买“焖罐”。

我们随后又在李丁家的所有房间转悠了一圈，屋后的菜园子也没有放过，却没有发现有问题的地方。

目前还没发现李丁与这个案子有关系。

温警官提出去铁匠铺走一趟，希望能从那里找到线索。

我和小谢对视了一眼，点了点头，小谢走上前去和温警官耳语了几句，将我们两个刚才看到的一个值得怀疑的地方告诉了温警官。

温警官闻言脸色一变，冲一旁满脸堆笑的李丁正色道：“李叔，我敬你是长辈，你却一点都不老实，说，你是不是隐瞒了什么！”

李丁眼神中慌乱的神色一闪即逝，叫起冤来：“温警官，我发誓我没有隐瞒什么，这个案子还是那天看热闹的人回来说起我才知道，真的和我没有任何关系！”

温警官冷笑道：“那你说说，为什么桌椅板凳一共有二十套，铁罐子只剩下十个？还有其他的呢，那十个铁罐子去哪里了？”

李丁脸一下白了，战战兢兢道：“另外的铁罐子在……在竹筐里面……但……但是……”

温警官上前一步喝问道：“但是什么？说！”

李丁被温警官的气势吓得浑身哆嗦，哀嚎道：“温警官，真不是我干的，我对天发誓真不是我干的！”

说罢两腿一软栽倒在地，号啕大哭起来。

一旁原本傻愣愣站着的李涛见状冲上来护着大伯，冲着温警官扬着拳头，大声道：“不许欺负大伯，欺负大伯我就揍你！”

看来这傻子还有几分聪明，知道凭自己打不过人高马大的温警官，只是扬着拳头咧着嘴发出吼声。

温警官没有说话，冷冷地看着李丁。

李丁止住了哭，挣扎着爬了起来，按下了李涛扬着的拳头，摇了摇头仿佛要甩掉脑子里的杂念，冲温警官苦笑道：“既然已经被您发现，我也就没必要隐瞒了，就和您实话实说吧，我保证我说的都是事实！”

李丁带着我们走到另外一个房间，从一堆杂物的里面拖出一个竹筐，打开蒙在竹筐上的黑布，露出了里面的东西。

我们定睛一看，里面也是同样的铁罐，不多不少正好十个！这铁罐无论大小质地都和前面十个一致，所不同的是，这十个里面有九个铁罐明显比之前的十个新得多！

我们盯着李丁，等着他的解释。

李丁叹了口气，说出了隐瞒的原因。

村子办宴席一般不到二十桌，所以他准备的是二十套桌椅，当然铁罐子也按照一桌一道菜的标准准备了二十个。

就在半个多月前，李丁在一次租赁办厨用具的时候发现，铁罐子居然有九个不翼而飞了！

这种情况之前也出现过，因为铁罐子可以卖一点钱，有可能是被村里某个游手好闲的人偷走了，所以李丁只是咒骂了几句，并没有多在意，至于为什么偷走九个他也没有多想，铁罐子分量不轻，小偷一次只能带走九个也正常。

于是李丁只能自认倒霉，又去铁器铺买了九个凑上，但就在数天之后，居然传来有人用铁罐子做容器抛尸的重大案件，而且铁罐子不多不少正好九个！

李丁吓得魂飞魄散，想起自己家里丢失的那九个铁罐，几乎可以肯定就是抛尸的容器！

李丁思前想后，觉得警方迟早有一天会查到自己家里，所以提前做了布置，开始他准备只留九个新铁罐在杂物房，但又怕这个数字引起警方的怀疑，又改将之前剩下的十一个中的十个放在杂物房，希望这样的整数不会引起注意。

至于去重新买十一个新铁罐配上，李丁这节骨眼上哪有那个胆子，而且万一查到了被当成嫌疑犯掩盖事实的手段更是有嘴都说不清。

李丁说完理由，赌咒发誓道："我保证我说的都是真的！我敢对李家的列祖列宗发誓！"

李丁情绪激动，反复强调自己只是不想惹祸上身，想着多一事不如少一事才会隐瞒自己丢失铁罐的事实，绝对不是杀人抛尸的凶手。

但李丁杀人的嫌疑已经存在，不是这简单的几句解释就能够洗清的。

温警官和小谢商议了一下，决定先由他押送李丁回公安局继续审问，顺便带上几只铁罐回公安局让专业人员比对，看材质、新旧程度等细节是否和现场发现的铁罐完全符合。

而小谢和我则前往铁器铺继续进行调查，同时核对李丁的交待是否属实。

据李丁介绍，铁器铺的老板季二（化名），是季家冲人，开铁器铺开了几十年，不但做生意精得很，打铁也是一把好手，年轻的时候凭着打铁的手艺赚了不少的家产，娶了个漂亮媳妇，但后来媳妇跟人跑了，季二就没有再结婚，独自一人辛辛苦苦将儿子拉扯成人。

铁器铺就在村东头不远处，季家冲和李家冲的中间位置，温警官开车将我们送到了路口，放下我和小谢，载着李丁径直上了公路开回县公安局，约好晚上再回来接我们。

我和小谢顺着小路走到了铁器铺，铁器铺不大，不到二十个平方米的铺面堆满了农村常见的铁质用具，犁头、脸盆、大锅等等，只要农户能用得着的铁器应有尽有。

铺子里面一个精瘦的老年男性正坐在里面听着收音机里的花鼓戏，老头一边听一边尖着嗓子“咿咿呀呀”跟着哼：“手拉风箱……呼呼的响……火炉烧得红旺旺……”

作为一个从小被爷爷奶奶两个老戏迷熏陶的我，这一曲“补锅”耳朵都听出茧子来了，不过和这老男人所做的生意倒是契合得挺完美。

只是这老男人故意尖着嗓子扮女声硌得我耳朵极其难受。

小谢几步上前，拍了拍铺门，喊了声：“你好，是季二师傅吧。”

老男人回过头来，看到一身警服的小谢，明显愣了一下，半天才回过神来道：“我就是季二，警官您好，找我有啥事？”

小谢笑了笑道：“我们是公安局的，过来了解一下情况。”

季二连忙关上收音机，抠了抠脑门道：“这个，刚才不是有个警官来过吗？我家里就两个人，除了我之外还有一个小子，在外地打工，刚我还给他打过电话来着。”

看来在我们调查之前刘队带的第一组人已经来过铁匠铺重新做过失踪人口调查了。

小谢忙道：“季师傅，我们俩过来不是调查失踪人口的，是想跟您了解一个情况，我想问下，您和李丁熟不熟？”

季二哦了一声道：“很熟啊，这附近几个村子都在我这里买铁器，哪个不熟？他买的东西多，我经常送东西去他家，熟得不能再熟了。”

“那麻烦问下您，他半个多月前是不是在您这里买过几个办厨用的焖罐。”

“是有这么一回事。”

“那您记得他买了几个吗？”

“几个倒不记得了，反正不少，他骑着摩托车来的，带了一筐子回去，十个八个总有的吧。”

“那其他人呢，有没有在您这里买过焖罐的？”

“那多了去了，本村的邻村的都有，只是和李丁一样一次买一筐子的不多，这个月也就两个。”

说到这里，季二拍了一下脑门道：“我里面有账本，二位稍等，我给你们翻出来看下。”

片刻之后，季二从里面翻出来一个小本本，上面密密麻麻地写着几月几日，某某某买了什么东西，价格多少，记载得清清楚楚。

这是个仔细人。

我和小谢顺着季二的指点往前面翻，看到了最近一个月的两笔大宗焖罐交易，一个自然是李涛的大伯，买了九个，另外一个则是季家村的人，叫季戊（化名），诡异的是，这个季戊也买了九个！

这是怎么回事？

我和小谢对视了一眼，都看出了对方眼神中的疑问，看来一波未平一波又起，李涛大伯的作案嫌疑尚未排除，又来了一个新的嫌疑人季戊！

季二介绍说，季戊也是村里的一个村宴厨师，本来生意很好，但李涛大伯从县城回来之后，他的生意就一天不如一天，只有原来关系和他处得极好的村民办酒宴的时候才会请他，所以他和李涛大伯两人不对付，经常一见面就吵架。

半个多月前的某一天，季戊也和李涛大伯一样，从他这里买走九只焖罐，当时他还觉得挺好奇，怎么两个人不多不少都买了九只，不过后来人命案件一发，他的注意力就和村民一样都关注到命案上去了。

说到这里，季二脸色一变道："对了，九只焖罐，天啊！这两个人不会和那案子有关系吧！"

我和小谢无奈地笑了笑，对这个老农民后知后觉到如此程度表示钦佩不已。

季二哆哆嗦嗦道："季……季戊和李丁，是……是杀人凶手！？"

小谢闻言神色马上严肃起来道："季师傅，我们是在向您调查事情，请不要胡乱猜测，您说这个话是要负法律责任的！"

季二挤出一张难看的笑脸道："警官，我错了，我保证以后不再乱说，您大人不记小人过，放过我吧。"

小谢紧绷着的脸缓和了一下，又询问了季二几句话，除了知道季戊家的地址之后，没有获取到更有价值的信息，于是向季二道了声谢，拉着我离开了铁匠铺，直奔季戊家。

季戊家离铁器铺不远，十多分钟就走到了。

进院门之后，发现一个穿着警服的背影正在和一个年长男子争论着什么。

我和小谢走过去一看，原来是刚来县局不久的年轻警员小马，小马看到我和小谢进门，仿佛遇到了救星道："谢姐，您来了就好，这个户主联系不上家里的两个孩子，又不同意我进屋调查，我给刘队打电话还被骂嘴上无毛办事不牢，我真的不知道怎么办才好。”

小谢笑了笑道：“放心，我来处理吧。”

说罢转头看了下对面的年长男子，四十多岁年纪，一脸横肉，大马金刀地站在自家门口，颇有一夫当关万夫莫开的气势。

门里面一个中年妇女在苦劝：“孩他爸，就让他们进来看看也没什么，家里干干净净有啥见不得光的。”

男子吼了一声道：“妇道人家懂什么，里屋待着去，再叽叽歪歪回头收拾你！”转头看着我和小谢，冷冷道：“来再多人也没用，你们没有搜查令，就无权私闯民宅，你们敢进来我可以去告你们！”

看来这哥们还挺懂法律，是个人才！

小谢冷笑了一声道：“季戊，本来想和和气气问你一些事情，看来没必要了，要搜查令是吧，现在确实没有，但是我一个电话就会下来。”

当然，申请搜查令要走正规程序，不是小谢一个电话能下来的，这样说只是一种攻心的手段。

小谢看着季戊不屑的眼神，声音骤然变得严肃起来：“你不信是吧，很好！我只问你一个问题，你家里的九只焖罐哪里去了！？”

季戊闻言瞬间脸色灰白，颤抖道：“你……你们知道了？”

“当然知道了，如果你不配合，就会成为凶案重点嫌疑人！”小谢顿了顿，冷笑道，“那么我问你，还需要搜查令吗？”

季戊长叹一声道：“既然你们知道了，那我还倔个什么，你们进来吧。”说罢让开了房门，将我们三人一同迎了进去。

一旁的中年妇女听到我们的对话，脸色变了数变，看着季戊欲言又止。

季戊带着我们进到里面的杂物间，这里也和李涛大伯家一样堆满了办厨的工具，或许是因为房间没有窗户光线昏暗的原因，显得特别杂乱，很多桌椅板凳上都蒙上了一层灰。

季戊掀开几张桌面子（农村办厨的桌子都是桌腿和桌面子分离的，方便运输和存放），露出了里面的一个大竹筐，大竹筐里摆满了黑黝黝的焖罐，就着昏暗的光线，可以明显地看出来面上的一部分是新的，下面的一部分是旧的，我们当场数了数，新焖罐不多不少正好九个！

季戊等我们点完数道：“刚才这位马警官说只是来调查失踪人口，我以为还没有查到这个，不想让他进来就是怕被发现焖罐不对惹祸上身，既然你们已经知道了，我也没有什么必要隐瞒了，那人命案子的九个焖罐，确实很可能是我们家的！”

我们还没有说什么，一旁的中年妇女尖叫起来，大声道：“孩他爸！你……你居然……杀人了！”

季戊脸上一阵红一阵青，回头大吼了一声：“臭娘们整天就知道咋咋呼呼的，成事不足败事有余！瞎说什么玩意，我们家这九只焖罐是被偷的，知道吗？别乱扯！”

说罢望着我们三个尴尬不已，将事情的经过说了出来。

原来早在半个多月前，季戊家里也发生了和李丁家一样的事情，某一天季戊来检查杂物间的时候，发现焖罐被偷了！

被偷的数量也正好九只，当然季戊也和李丁一样，没有对这个数字产生什么疑问，只是第二天去季二的铁器铺买了九只焖罐补了回来。

因为他老婆那几天出门，所以这件事情来不及告诉她，不然一告诉她，按照她的性子肯定会去骂街，季戊觉得多一事不如少一事，也就瞒下去了。

不久之后，本以为这只是一件鸡毛蒜皮小事的季戊，居然听到有人说人命案子里面抛尸的容器是九只焖罐！他联想到自家焖罐被盗一事，认定那容器正是自家被盗的那九只！

和李丁一样，季戊想的不是去报案，而是隐瞒，抱着多一事不如少一事的态度，如果我们今天不挑明，他就准备让这个事烂在心里。

我和小谢回忆了一下时间，季戊和李丁家焖罐被盗一事发生的时间很接近，也就是说，很有可能是同一个人（或者几个）偷取了两户人家的焖罐，最终用这个焖罐当成了抛尸的容器。

但现场发现的是九只焖罐，那么这些闷罐到底是不是丢失的这十八个中的呢？如果是的话，到底是季戊家的还是李丁家的呢，又或者是两家的都有？

凶手这样做的目的到底是什么？那剩下的九个焖罐到底在哪里？

4. 奇怪的友谊

我们将季戊这个情况通知了温警官，温警官马上安排了一辆警车来接季戊和焖罐样本回公安局做进一步调查，以确认抛尸现场的九只焖罐到底是谁家的。

交代完小马，让其陪着季戊等警车前来之后，小谢朝我使了个眼色。

我和她配合这么多年，自然懂她的意思，这明显是私底下有什么话要和我说。

我跟着小谢走出了季戊家，到了一个无人处，小谢停了下来不再前行，却半晌不说话。

我好奇地调侃道："谢大人，叫我出来有啥指示？咱们俩孤男寡女躲在一个僻静之处，被你同事看见了可不好。"

小谢朝我呸了一口，没有接上话头，看了看时间，道："应该差不多了。"

我四处环视了一圈，没有其他人啊，小谢这是咋了，回答的牛头不对马嘴的，难道查案查魔怔了？

片刻工夫，小谢的手机响起，接通之后，里面传来了毛警官严肃中略带兴奋的声音："小谢，有新的线索！"

原来小谢所说的差不多了是指毛警官对季父季母的审讯时间，这小谢，整天火急火燎的，看不出对一些细节把握得还挺准。

小谢和毛警官讲电话的时候表情时而愤怒，时而恍然，我在一旁急得团团转。

许久之后小谢终于挂断了电话，看着一旁八卦之火焚身的我，咯咯笑个不停："就没见过哪个大男人有你这么八卦的，县局旁边有个西餐厅，明天请我吃西餐，我就将审讯的结果告诉你。"

面对一个极品八卦男，小谢毫无悬念取得了最终的胜利。

无耻的企图得以满足，小谢讲述起了毛警官对季父季母的审讯结果。

鉴定结果放到了季父季母的眼前，这对老夫妻看到这如山的铁证就傻眼了，季母第一个崩溃，一边哭着一边说："老头子，我就知道瞒不住，还是老实交待吧，再不交待警官们肯定把我们当成真正的杀人凶手了，什么面子里子的，都比不上我们的命重要啊！”

季父脸上肌肉不停抽动，终于长叹一口气，交待了所有的情况。

可以说，大体的发案经过季父季母没有说谎话，唯一隐瞒的就是季雷的真实身份。

季雷的真实身份，不但隐藏了一桩尘封已久的往事，更隐藏了一段让季父季母颜面无存的过去。

在三十年前，季父季母相恋。两个年轻人相互之间产生好感最终有了感情，是一件很寻常的事情，二十岁左右的年纪，也到了农村的适婚年龄，正常情况下亲友都会支持和祝福。

但季父季母这一对却几乎被所有人反对，因为他们是没出五服①的堂兄妹！

但年轻人一旦陷入爱河，不是亲友们说几句话就可以劝说得动的，一开始两个年轻人还只是躲着约会，后来就私奔，最后发展到以死相逼。

几次自杀未遂之后，双方父母没有办法，只能同意他们在一起，季父季母两个年轻人以为自己胜利了，却不想噩梦在婚后接踵而来。

婚后不久季母就怀孕，两个年轻人满心期待等着孩子出生，但生下来之后，却发现是一个畸形儿！

畸形儿在当时的农村是不祥的象征，恰巧那年村里又遭受到了百年不遇的水灾，季父季母被当成罪魁祸首，都说是他们生出了畸形儿才导致上天的惩罚，两人不但承受了巨大的舆论压力，那个畸形儿最终也被绑上石块沉入塘底。即便是这样还不够，两人还数次被当时的族长约谈，族长给了季父季母两个选择：要么离婚，要么就永远不再生小孩。

两个还在狂热爱情中的年轻人最终选择了不再生小孩。

两人虽然被逼不能生孩子，但为了不至于老无所养，便领养了季父大哥的一个孩子，这个孩子正是季雷。

季雷的真正身份，是季父的侄子。因为极亲近的血缘关系，让对亲子鉴定不太了解的季父季母以为可以蒙混过关，没有对警方说实话，却不想在科学的数据下一切谎言都被戳穿。

① 五服：五服指的是自高祖以下的男系后裔及其配偶，包括高祖父、曾祖父、祖父、父亲、自身五代。

这样平静的生活过了数年，某一天，季母发现自己又怀孕了，虽然害怕再生下一个畸形儿，但有一个自己亲生孩子的念头压倒了一切，最终夫妻俩决定偷偷将孩子生下来。

有了第一次的噩梦经历，这一次夫妻俩内心极其忐忑，无数次向天祈福希望生下一个正常孩子。最终上天听到了他们的祈祷，生下来的女儿非常正常，夫妻俩喜笑颜开，也不用担心村里人说三道四了，族长也没有再来过问他们擅自生小孩一事，两人都以为这事会这么过去，幸福的生活会慢慢来临。

但数年之后，残酷的现实告诉他们，他们所祈求的幸福生活离他们还很遥远，因为女儿的智力发育明显异于常人！带到医院诊治后，医生确诊了，孩子是先天性的智力障碍，而这一切，和他们近亲结婚有很大的关系！

这个智力障碍的小孩自然就是季雨。

季雨当时已经好几岁了，养出了感情，不可能遗弃，夫妻俩年纪也大了，不敢冒风险再生一个，万一还是有先天缺陷怎么办？

经历这么多年的波折，夫妻俩终于彻底认命，不再考虑其他，一心想将两个孩子抚养成人。

但天有不测风云人有旦夕祸福，就在季雷慢慢长大，可以帮家里操持家务，季雨也和同村的李涛立了婚约有了依靠的时候，却出了这么一桩天大的命案！

季父季母根据种种状况分析，杀害季雷的很有可能是自己未来的女婿李涛，原本他们想着要为自己的养子报仇，但深思熟虑之后，觉得既然事情已经发生，就得为将来考虑，安排好季雨的下半生才是最重要的。

而且季雷的身份不方便透露，因为一旦透露夫妻俩已经被遗忘的近亲结婚的糗事就又要回到台前，于是他们编造了一段半真半假的话，也让警方得到了一些不完整的信息。

小谢说到这里，我才恍然大悟，为什么季父季母当时知道季雷有可能被李涛杀害却不去报警，而是想着要以此为条件给季雨争夺一些好处，想必与养子季雷比起来，亲生女儿季雨的未来更重要。

至于季父的大哥（季雷的亲生父亲），很多年前就去外省定居，父母离世后两兄弟之间来往得不多，几年难得见上一次面，也几乎没有过问季雷的事情，所以此次季雷失踪季父没有将消息通知自己的大哥。

到这里，季父季母所知道的事情，全部交待完毕，所有的不合理之处都完全契合起来了。我的直觉告诉我，季父季母说的应该不是假话。

小谢介绍完以上情况，没有再言语，而是在思考着什么。

我看着她，内心八卦之火依旧不灭。之前小谢刚接通电话的时候，毛警官说的第一句话过于兴奋导致声音很大被我听到了，毛警官当时说："小谢，有新的线索！"

如果只是小谢说的这些，还够不上让毛警官激动的程度，一定还有什么小谢没有和我言明。

"谢大人，毛警官是不是发现了什么新的线索，说出来我也帮你参考一下。"作为一个协助办案的鉴定师，去问一个警员内幕显然不太合适，但我和小谢的关系让我没有这些顾忌。

出于对我的信任，小谢倒是没有丝毫犹豫："毛警官说的新线索，和季雷有关，季雷不是一个跛子吗？按照季父季母的交待，季雷的腿脚残疾是后天形成的。有一次和朋友玩耍的时候，被人推了一把，从树上摔下来将腿摔断了，因为医疗条件比较差，又舍不得花钱住院，最终导致了腿始终没有完全康复，这可以说改变了季雷的一生！我相信这样的情况无论是谁都会对害他脚跛的人痛恨无比，更别说和其成为最好的朋友了，但这样奇怪的事情居然就发生了！"

我闻言恍然，想起了几天之前小谢提到过的一件事，一个念头涌上心头，脱口而出道："你说的难道是季丙？"

大家应该还记得，案发之后，为了核实受害者的身份对全村三百户进行了第一次失踪人口调查，当时调查到了两个失踪的人员，其中有一个二十一岁的季丙，张警官到了省城调查他的消息，发现平时和母亲生活的季丙，正在省城和父亲、后妈一起逛街。

张警官询问季丙的时候，季丙交待说自己和季雷是很好的朋友，季雷一直将其当弟弟看，而且季雷失踪的事情也是他透露给张警官的，某种程度上说我们现在调查进展到了这个地步，是顺着他提供的线索在进行。

小谢说的和季雷关系最好的朋友，目前我们知道的只有季丙，难道案子调查了这么久，回过来破案的关键还是要落到季丙身上？

小谢看着我的眼神中露出了赞许的神色道："你脑子转得挺快，对，导致季雷从树上摔下来脚跛的人，正是季丙！但季丙却说他和季雷是最好的朋友，这非常奇怪，对于一个害自己终身残疾的人，即使不会痛恨一生，也应该很难维持友谊，除非两个人之间发生了极特殊的事情导致关系恢复，又或者季丙说了假话！”

小谢顿了顿，继续道：“毛警官问过季父季母，季丙和季雷的关系并不如他所说的那么好，只是他们经常外出帮工维持家里生计，在家的时候不多，所以对季雷和季丙的关系并不很确定。而且季雷已经死无对证，季丙说假话的可能性很大，如果季雷只是失踪，还有回来的可能，季丙必然不敢说假话；如果季丙敢放心大胆说假话，那么就只有一个理由——在季雷还下落不明的时候，季丙就肯定季雷已经死了！也就是说，杀害季雷的凶手，很有可能是季丙！”

小谢的推理非常有道理，进公安局只有短短几年的她，从一个被杨姐笑着说“和我儿子一般大”的害羞小女孩变成了一个英姿飒爽的刑侦干探，让我不由刮目相看。

“但是还有一个疑问，也是我刚才犹豫的原因。”小谢皱眉道，“如果凶手是季丙的话，为什么他会给老大（张警官）提供季雷失踪这个线索，这不是搬起石头砸自己的脚吗？”

我和小谢商议了一下，决定给刘队打电话，了解刘队现在对失踪人口调查的进展，综合了解季雷生前结交朋友的情况之后，再对季丙进行突击审讯，一定要搞清楚他和季雷的真实关系！

和刘队通过电话之后得知，他们的失踪人口调查工作也几乎接近尾声，基本可以确认村子里没有其他失踪人口。小马那里也传来消息，季戊家两个孩子之前没人接听的电话也都打通了，确定没有人口失踪。

据刘队说，季丙已经从城里回来，目前正在家中。

到了目前这个局面，季丙家非得去走一遭不可了。

会议上分配任务的时候，刘队这一组除了调查失踪人口之外，还有一个任务：对季雷生前结交朋友的情况进行调查。

在去季丙家之前，除了季雷外，季丙的信息也必须掌握妥当，于是小谢拨通了刘队的电话，拜托刘队对季丙的情况也进行调查。

刘队办事的效率很高，大约一个小时的时间，他就掌握了季丙的情况，并在电话里将调查到的季雷和季丙两人的关系详细告诉了我们。

当刘队询问村里人季雷的情况时，村里人都表示深深的惋惜，在他们眼里，季雷是一个很不错的孩子，小时候很听话也很懂事，如果不是因为脚跛了，至少也会和村里许多同龄的年轻人一样，外出务工赚钱过上比现在好很多的生活。

但季雷的交际圈并不大，一是因为村里和季雷同龄的人基本上都外出务工，在家的本就极少，二是因为季父季母经常外出帮工赚钱，季雷一般在家照顾妹妹的时间比较多，加之脚跛行动不便很少外出走亲访友。因此大部分村里人对季雷的印象还停留在他小时候那个聪明听话的乖孩子形象，唯一提供了有价值线索的就是季雷的几个邻居。

几个邻居提供的线索都差不多，季雷脚跛的时间他们也都还记得，和季父季母提供的消息基本一致，都说是在季雷十五六岁时，断了腿医治不及时导致脚跛，虽然摔伤的现场他们没看见，但当时一致认定肇事者正是同村的小孩季丙。

据邻居们回忆说，季丙母亲和季父季母因为医治季雷的医药费闹腾了很久，也正是因为这个原因救治不及时，导致季雷的腿最终没有完全康复，无法像正常人一样行走，所以季雷家和季丙家关系一直不好，两家大人到现在见了面都不打招呼。

但邻居们也都强调，季丙后来和季雷却走得很近，经常会凑到一起，让他们极其疑惑。

至于季丙的情况，村里人提起来则是恶评连连，和季雷完全相反。

季丙小时候父母就离婚了，只有母亲一个人抚养他，既要操持家务，又要赚钱养家，根本顾不上对他管教，导致他性子顽劣，上学时三天打鱼两天晒网，整日里偷鸡摸狗，村里人对其无不嫌弃。

无法无天的季丙不但大人不喜欢，小孩也讨厌，几乎没有人和他一起玩，越是这样越是让他性格怪异，所以当时所说是他害得季雷摔断了腿，没有任何人怀疑，都纷纷谴责。

奇怪的是季丙当时死不承认自己害得季雷摔断了腿，当众人指责他的时候，一气之下季丙发誓要打死季雷，甚至连续几天在季雷家周围转悠，说要将季雷的另外一条腿也打断，季丙的母亲跪在地上磕头才勉强将他拖了回去。

按理说季雷和季丙应该是一对仇人，所以后来当季雷和他走得很近的时候，邻居们都觉得极为怪异。

听完刘队的讲述，我和小谢都一致觉得季丙身上的疑点不少，看来这一趟去季丙家里应该会有收获。

季丙的家在村西头一个山坡后面，这个位置就和村人对他的印象一样，特别孤僻。

一栋年久失修的土坯房耸立在那里，不但看起来外表很陈旧而且面积比起季家也小了很多，显然家庭情况非常不好。

小谢走上前去敲了敲门，里面传来一个疲惫的女声："×儿（季丙名字），去开下门，看看谁来了。"

一个年轻的男声传来，显得极其不耐烦："没看我忙着呢吗？自己去！"

只听得女人叹了口气，窸窸窣窣一阵轻响过后，门开了，露出一张饱经风霜的面孔，当时看到这张脸的时候，我和小谢有一点失神，据刘队介绍季丙家就只有他和母亲两人，这个女人应该就是季丙的母亲，但那张苍老的面孔，让我们以为见到了季丙的奶奶。

这是一个饱受生活摧残的可怜女人。

核对完身份之后，女人有点失神，疑惑道："警官，我们家已经调查过了啊，我们家就我们娘俩，再没有其他人了。"

小谢忙道："我们不是来查失踪人口的，只是想找您儿子了解下情况。"

女人明显有点紧张，道："我们家季丙刚从城里回来，他能知道什么？"

小谢笑了笑，安抚了下女人，说只是很简单的几个问题，问完就走，女人虽然有点不情愿，还是将我们迎进了门。

进到屋里面，一个年轻男子正低头玩着手机，听到脚步声抬起头来，看到穿着警服的小谢，脸上显露出厌烦的表情道："不是刚调查过吗，又来干什么？真麻烦。"

小谢没有丝毫不耐烦，笑着解释了几句，特意让我陪着季丙母亲去隔壁屋子等着，她单独问季丙几个问题，我明白她的意思，季丙母亲脸上表情太过于关切，如果小谢问的问题敏感的话，她在场确实颇有不便。

陪着忐忑不安的季丙母亲坐在隔壁屋子，看着她坐立不安的模样，我毫不怀疑如果不是我陪着，她必然会跑到隔壁去参与小谢对季丙的询问。

为了消除她心中的紧张，我陪她闲聊了一会，也顺便了解了下季丙的情况，从她的嘴里我听到最多的就是季丙性格其实很好，是个乖孩子，只是他那个没良心的父亲害了他，如果不是他父亲，季丙必然是村里数一数二有出息的孩子云云。结合村人对季丙的评价，我心里不由感叹，季丙如今人见人厌的性格，很可能正是源于眼前这个长相和年龄极不相符的母亲的溺爱。

我见过太多子女性格怪异乖张的情况，和家境无关，纯粹就是源于父母无底限的溺爱。

大约半个小时工夫，小谢在外屋喊了声："王医生，我们走了。"

我应了一声，走出里屋，和小谢对视了一眼，小谢点了点头，想必她需要了解的情况已经都掌握了。

和季丙母亲道了声谢，我们便退了出来，而季丙母亲此刻的注意力全部放在了儿子身上，根本无暇顾及我们，飞快地跑到季丙身边询问着什么。

待我们走出季丙家，只听得里面传来一声季丙的咒骂："死老太婆，你少啰唆点行不，烦死了！"

小谢闻言苦笑了下，和我说起刚才询问的情况。

用小谢的话来说，这季丙，完全就是一个人渣！

刚才小谢向季丙了解情况的时候，季丙居然提出要小谢给他钱，他才会将自己所知道的一切说出来，让小谢哭笑不得。

直到小谢神情严肃起来，告诉季丙如果他不配合调查，就会成为命案重点嫌疑犯的时候，季丙才神情紧张，表示全力配合询问。

季丙交待，他和季雷的关系确实和他之前所交待的一样，一直都很好，就算之前因为季雷断腿一事有过矛盾，那也只是短时间的事情。后来两个人相互之间达成了谅解，依旧经常在一起玩，甚至当季雷忙的时候，他还会去代为照顾季雨，和季雨的关系也不错。当然他母亲和季雷的父母还是有矛盾，季丙强调这一点是大人之间的事情，和他们没有任何关系。

小谢重点问到了季丙害得季雷摔倒一事，季丙交待的却和之前季雷家人包括邻居所说的完全不一样。

季丙强调他根本不是导致季雷摔伤的人，季雷摔伤的时候季丙还只有十一岁，那时候的季雷，算是村里的孩子王，聪明、仗义，很多人都信服他，季丙虽然顽劣，但在季雷面前还是很服气的，所以即使和别人合不来，但季雷和季丙关系却处得不错，只有当季雷在的时候，季丙才会参与到孩子们的游戏当中去。

在事发的当天，季丙和季雷还有村里几个孩子在一起玩耍，村里的孩子们没有什么好游戏，就是爬树、抓鱼、捉迷藏这些因地制宜的小游戏。当时村里头一棵茂密的树上有一个鸟窝，听到鸟叫声，熟门熟路的孩子们就知道里面有小鸟，相约谁先爬上去抓住小鸟谁就赢了，于是几个孩子们纷纷往上爬。

时近黄昏，天色已经暗了下来，树很高树叶又茂密，孩子们爬得不亦乐乎，因为年龄和体力有差距的关系距离拉得比较大，相互之间看得不是很清楚。正当孩子们努力攀爬为抓到那只小鸟较劲的时候，忽然听得头顶传来季雷的声音：“你推我干什么！”随后“哎呀”一声尖叫，一个人从树上摔了下去，孩子们被吓得不轻，纷纷退下来之后，被眼前的状况吓坏了：季雷躺在地上，小腿处有一个恐怖的扭曲，虽然没有流血，但显然骨头已经断了。

等季父季母接到通知赶到现场之后，季雷已经痛得几乎晕过去，季父季母现场核实了情况，并结合季雷本人的交待，认定推他的正是季丙！

而季丙却很委屈，说推人的不是他，当时天色昏暗，他又只顾埋头往上爬，而且距离季雷较远，只听到了季雷的声音。

之后季父季母和他母亲因为赔偿款一事闹腾，他确实有过扬言要打断季雷腿的举动，不过那也是因为他内心极度委屈所致，不过后来季雷主动向他道歉，他也就原谅了季雷。

以上，就是季丙交待的所有情况。

当天的调查基本结束，温警官安排来接我们的车也到了村口，在返回县公安局的路上，小谢和我分析整理了下目前所掌握的情况。

受害人有两个，可以确定其中之一是季雷，另外一个受害人可以确定的只有性别为男，是季雨肚子里孩子的父亲，其他情况不详。

案件发生时间的推测：

根据对尸块腐烂程度的鉴定，可以将死亡时间估算到尸块被发现的半个月之前，也就是说，季雷几乎是失踪就遇害了。

据季二小本子上的记载，季戊和李丁来购买焖罐的时间基本一致，都是同一天，所不同的是一个上午一个下午，而这个时间是在季雷失踪的数天之后。

如果最终的鉴定结果能确定装尸体的焖罐就是这两家丢失的，那么从这一点可以推测，犯罪嫌疑人是在杀害季雷和受害人乙之后，将尸体保存了一段时间，然后再去季戊家或李丁家偷取焖罐，最后分尸并抛尸。

犯罪嫌疑人的推测：

目前警方所怀疑过的犯罪嫌疑人有六个，分别是季父、季母、李涛、李丁、季戊、季丙。

季父季母最后交待的内容和警方掌握的情况一致，基本可以排除嫌疑；李涛杀人的动机和时间也不存在，也可以暂时排除嫌疑；那么剩下来的嫌疑人就是季戊、李丁和季丙三人。季戊和李丁都被温警官安排人接到县局审问了，审问的具体情况我们回到公安局就可以知道。

5. 另一个受害者

我和小谢赶回公安局之后，已经是晚上了。

刚进到公安局刘队的办公室，一股辣椒炒肉的香味就迎面扑来，为了调查案件午饭晚饭都没时间吃的我这时才突然感觉饥肠辘辘，看来神经紧张和精神兴奋之下大脑会强行抑制饥饿感这个传言是真的。

刘队热情地招呼我和小谢享用了一顿辣椒炒肉盖浇饭。我大口吃着，感觉这顿饭比起任何山珍海味都好吃。

小谢一边往口里塞着食物，一边将我们调查到的情况一一汇报给刘队。

刘队沉吟了一会儿，拨打了几个人的电话，我们刚刚将两大份辣椒炒肉盖浇饭送下肚，几个人就陆续进了刘队的办公室，其中有温警官、毛警官，还有刘队小组的另外一个负责人老任。

把饭盆子撤掉，办公桌就成为了会议桌，几个人围着一坐，关于案情的讨论会就开始了，这一个小细节，也让第一次有幸参与这种临时会议的我印象颇为深刻。

这就是警员们的办案效率，只要觉得有需要，无论何时何地，都会在第一时间去调查处理案件。至于休息，案件没有水落石出之前，谁都无心去休息。

这个会议从八点一直持续到晚上十一点，我们对案件讨论得非常细致，几乎每一个可疑的细节都进行了详细分析，并针对这个细节提出了核实和调查的方法。

会议讨论的内容我就不再细说，只将这次会议上总结的情况和发现的疑点讲述给大家听。

当时按照分组，刘队负责的是失踪人口调查，毛警官负责的是季父季母的询问，而我和小谢负责的是装尸容器“焖罐”的调查。在我和小谢这一组有了进展之后，温警官又分出来负责对李丁和季戊家的焖罐进行调查。

到目前为止，获得的情况如下：

季水村有三百余户，当时刘队小组六个人每个人要负责五十余户，时间很紧，所以采用的调查方式是询问和电话确认。

询问家中现有的人员，并对不在家的人员和长期在外地务工的人员进行电话确认，如果遇到电话无法接通的情况，就记下号码，再由某位警员统一核实。虽然并不很科学，但这是当时能想到的最便捷的方法，最终的调查结果也在一天之内结束了，确认除了季雷之外，村里没有其他人在近期失踪。

而毛警官对季父季母询问的结果确定了季雷的真实身份，毛警官基本上可以确认季父季母所说的是真相，不似作伪。

我和小谢调查的结果之前已经说得很详细，就不再总结，只说说温警官之后对焖罐的调查情况。

从季戊和李丁两家带回来的焖罐，专业人员将之同抛尸现场的做了对比，初步可以断定现场的九个焖罐的来源和李丁家的几乎完全一致，也就是说，这九个焖罐来源都是李丁家！

季戊家的九只焖罐虽然并没有在现场发现，不过并不能排除作案的嫌疑，因为根据之前对九只焖罐中尸块总重量和体积的推测，九只焖罐所装的只是一个成年人的肉块重量，季戊家的那九只焖罐或许被用来装另外一半尸体也说不定。

这九只焖罐的下落，暂时也成为一个疑点。

所有的案件线索，目前都指向了两个焦点人物，李丁和季雷的朋友季丙，这两个人之一会不会就是本案的最终犯罪嫌疑人呢？

会议上毛警官还谈到了一个值得注意的情况，在知道季雷的身份之后，毛警官给季雷的亲生父亲打了个电话，告知了季雷的死亡，但季雷的生父却无动于衷，连回来看一眼都不愿意，只说孩子已经托付给了弟弟，那么所有的事情都由弟弟处理，他不会插手。

毛警官还想要询问其他情况，季雷的生父却极不耐烦，简单地说了几句就挂断了电话。

因为季雷生父的态度恶劣，毛警官当时认为他有作案嫌疑，并要求当地的公安局进行调查，但之后传来的消息可以确定季雷的生父在季雷失踪的那段时间没有任何出现在几千里之外季水村的可能，嫌疑可以完全排除。

刘队在会上做了总结，提出目前最重要的，还是要查明受害人乙的真实身份，并找到作案人的动机。

几乎所有案件，犯罪嫌疑人都会有犯罪的动机。

在我们这个案件中，无论李丁还是季丙，目前都没有发现能让他们做出杀害季雷并抛尸这样残忍案件的动机。

案子到这里，可以说到了一个瓶颈，似乎线索很多，嫌疑人也有，但却始终掌握不到确切的证据，更无法找到一个突破口。

会议结束之后，我回到宾馆房间，躺在床上怎么都睡不着，这几天经历过的事情在我脑海中久久盘旋无法消散。

我爬起来又躺下去，躺下去又爬起来，辗转反复无法入睡，这注定是一个不眠之夜。

不单迷雾重重的案件让我烦恼，从中午开始，小谢就显得心事重重，闷闷不乐，平常我和她开玩笑她最多笑骂一声，再将脚搭到我脖子上比划两下，这次却向我翻白眼，一副懒得理你的神情，让我很是郁闷。

长期的郁闷会发展成抑郁症，再这样下去搞不好我会成为自己的客户。

好不容易进入了梦乡，却响起了“拍”门声，这种敲门方式正是小谢独有。

我看了看时间，刚刚凌晨三点，小谢这个时候找我干吗？该不会是……

我稍稍迟疑了一下，门外响起了小谢彪悍的声音：“死猪，别睡了，快开门！”

我连忙裹好睡衣起床打开房门，小谢急匆匆地冲进来，大声道：“快去换好衣服，你的吃饭家伙我帮你收拾，有紧急任务，要马上出发！”

我闻言一惊，这个时候突然有紧急任务一定是案子有了重大发现！要我准备好吃饭的家伙，这个线索一定和亲子鉴定有关系！

我从洗手间换完衣服出来时，小谢已经整理好了取样工具，拉着我三步并作两步地跑到公安局，开上警车一路向季水村方向狂奔。

一路上我想问问到底发生了什么，小谢却说她也只是接到了通知，到了目的地才知道情况。

但小谢还是向我透露了一个重要信息，打电话给她让我们前往会面的不是别人，正是她的顶头上司张警官！

神出鬼没的张警官居然这个时间点出现在季水村，我内心隐约觉得案件离真相不远了。

警车进入季水村后，径直开到了一栋土坯房前，下车之后，便看见旁边不远处还停了一辆车，用灯光照了一下车牌，正是张警官的座驾。

我环顾了一下四周，发现这个地方很熟悉，就着灯光仔细一看，这里不就是季二铁器铺后面的那栋房子吗？难道这栋房子是季二的家？这个案件又和季二扯上了关系？

我正狐疑间，从土坯屋里走出一个熟悉的身影，我定睛一看，正是张警官。

张警官看到我，笑道："小王，张叔就不和你客气了，今天请你过来，是要你配合我们到季二家中进行调查，并取样鉴定。"

我连忙表示义不容辞。

张警官看出了我脸上的困惑，简单地向我和小谢讲述了情况。

张警官简单的讲述，让我明白一个老刑侦的嗅觉是何等的灵敏。

大家应该还记得，我和小谢、温警官三人到季水村进行焖罐的调查，源于张警官在前一次会议上的安排。

在那次会议之后，张警官就离开了县公安局前往了邻县，协助当地公安局处理另外一桩案子，但我们不知道的是，张警官过去还有另外一个目的，这个目的和我们现在调查的这个案子有很大的关系！

早在案件发现的当天，发现现场抛尸的容器是九只焖罐的时候，警员们不但对现场和疑点进行了调查，在幕后还做了很多其他工作，比如当一个案件发生时，会调查之前的一些未破的悬案，找到是不是有共同点。

很多成为悬案的重大案件，往往凶手在隐藏一段时间之后，以为风声过去，会继续犯案。在调查的过程中，张警官敏锐地发现，早在二十多年前，邻县发生的一桩命案和我们现在经历的这个案件有许多共同之处。

于是张警官在当天和我们开完会之后，马上驱车去邻县，除了配合当地警方调查另一件案子之外，更重要的是到当地县局查找悬案的原始档案！

原始档案中详细记载了案发的经过。

在二十多年前，邻县的某村，发生了这么一起案件：

某位村民在一条水渠里发现了一个陶制焖罐，打开看里面是肉，肉已经开始腐烂，人无法食用，村民却舍不得扔掉，准备带回家给自己的狗吃。

结果拿回去细看之后，发现里面居然还混有长长的毛发，从长短粗细来看，是女性头发。村民吓得不轻，连忙报案，当地公安局安排人在发现陶制焖罐的水渠里进行调查，又发现了八个同样的陶制焖罐，里面同样盛满肉块。

最后法医鉴定确定是人肉，也就是说这是一桩杀人抛尸的重大凶杀案，只是当时DNA鉴定的技术并不先进，确定不了太多的信息，只能确定受害者是女性，但当时附近几个村子失踪的人口就只有一个，是一个办村宴的厨师，男性，这个失踪的男性其后也一直没有找到。

最终这个不能确定受害者，不能确定犯罪嫌疑人，又没有任何有价值线索的案子，成为一个悬案。

但里面记载的一些信息，却和我们现在经历的案件有许多相似点：

首先，碎尸抛尸的手段一致，容器里只有肉块和毛发，没有骨头。

其次，抛尸的容器也相似。我们遇到的这个案件用的是铁质焖罐，上述悬案用的是陶制焖罐。

最为诡异的是，就连抛尸的方式也一样，二十年前的案件在水渠上游发现了三个，在下游发现了六个，合计一共九个。这次的案件在小河的中段发现三个，在下游一段发现了六个，合计同样是九个！

可以说这两个相距二十多年的案子，在某种程度上达成了惊人的一致，很可能出自同一人之手！

我听完之后还是疑惑不解，两件案子相似不假，怎么和季二又扯上了关系。

张警官笑道："这一点就是你和小谢的功劳了。"

我神情疑惑地看着小谢，不知道这两人葫芦里卖的什么药。

小谢看着我傻乎乎的神情笑出了声道："你还记得昨天上午我们去季二家的铁器铺询问时，他说过的一句话不？"

我疑惑道："什么话？"

"我们查看了季二的小本本，发现李丁和季戊都在他那里买了九只焖罐，当时他一边回忆一边说的那句话。"

我仔细地回想当时的场景：

季二当时脸色一变，说了一句话："对了，九只焖罐，天啊！这两个人不会和那案子有关系吧！"

我仿佛触及到了什么，但又不敢确定，看着小谢眼神有点犹豫。

小谢道："我再提示一点，季二这个人，我们两个后来分析他是一个仔细人对吧，他不但记得所有铁器的价格，而且还认认真真将每一个人买了什么铁器做了记录，做事非常的仔细认真！"

我脑子里面一转，瞬间醒悟过来，道："我懂了，按照季二如此精细的性格，同一个月内连续两宗同样数量的焖罐交易他没有理由不记得。就算当时真的忘记了，事后听说现场发现九个焖罐肯定也会去查自己的小本本，这一查必然就会想到这个案子和季戊还有李丁购买的九个焖罐有关系。但季二当时的表情，好像是才发现这个案子和九个焖罐有关系，这极不正常！"

小谢点了点头道："对，就是这样，事后我一想也觉得很奇怪，就将这个情况告诉了老大，老大说我提供的消息很重要，马上安排人进行暗中调查，交代我不要告诉任何人，所以后来我也没对你说。"

我闻言恍然，难怪从昨天中午起小谢就心事重重，我和她开玩笑她也没心思回应，原来她心里一直在想着季二这个事情。

张警官笑着告诉我们，这只是季二的一个可疑点，接下来发生的事情才真正促成了这次的紧急行动。

当时正在邻县调查的张警官，听到小谢提供的情报后马上通知了刘队，让刘队安排几个警员在季水村暗中对季二的情况做详细调查，也就是说，当小谢、毛警官、刘队带着三组人进行明面上的案件调查的时候，暗中还有一组人，在昨天下午和晚上对季二进行了详细调查！

最终调查的结果传回张警官耳中，一个情况让他做出了连夜对季二进行审问的决定。

在二十多年前，邻县发现那起抛尸悬案的前不久，季二家也出了一件事：季二的妻子，和一个野男人私奔了！

据个别年长的村民回忆，季二妻子私奔一事在当时闹得沸沸扬扬，因为自从季二妻子私奔之后，就再也没有音讯，所有私奔的情节，基本上都是季二口述，当时季二的岳父岳母还来季二家要季二赔人，季二以妻子出轨为由将岳父岳母乱棍打出。

联想到邻县发现的陶罐抛尸一案，受害者是一个女性，张警官有理由怀疑，此受害者正是季二的妻子，而季二的犯罪嫌疑最大！

如果二十年前抛尸案件的犯罪嫌疑人是季二，那么此次行凶手法完全一样的案件和季二必定逃脱不了关系！

我恍然大悟，这个季二，果然很可能就是凶手！但是张警官叫我来的目的不是亲子鉴定吗？这又和季二有什么关系？

当我将这个疑问提出来的时候，张警官看了看时间道："我刚到不久，还没来得及仔细调查季二家，先进屋吧，调查完再和你们说。"

我和小谢连忙应了一声，跟着张警官进到了土屋中。

季二家的土坯屋不大，比起季雷家的要小很多，但是土坯比较新，建造的时间应该不久，和季雷家一样的是，也是用双层土坯垒成，墙壁特别厚，冬暖夏凉。

屋里只有五间房，一间堂屋（客厅）、一间主卧、一间次卧、一间杂物房，还有一间厨房，和许多农家一样，厕所都在后门外。

除了这栋土坯屋，季二还有一个自建的小铁器铺就在屋子前面不远处，也就是白天我们去过的那一个。据张警官介绍，有两名警员刚才带着季二去调查铁器铺了，等调查完毕就会带季二过来接受询问。

我们在土坯屋里转了一圈，发现房间很干净，衣柜里面的衣服也叠放得很整齐，虽然是一个老鳏夫居住之处，但是整个屋子非常干净整洁。

次卧的床铺暂时没有铺盖，空荡荡的，这里应该是季二儿子的卧室，床头柜摆着两张照片，看长相一张应该是季二儿子，另外一张是年轻的季二和一个陌生的男人，这是一张旧照片，看样子照片中的男子应该是季二的兄弟。

衣柜里收着许许多多季二儿子的衣物，除了常见的衣柜、木床之外，居然发现了一个农村少有的小梳妆台，明显是女人的用物，抽屉里面还有一些女性的用品。

张警官自言自语道："看来村里的流言是真的。"

张警官回过神来，看着犹如好奇宝宝的我和小谢道："有村民说季二的儿子是个风流种子，经常会偷偷带一些不三不四的女人来家里，虽然这些女人没露过面，但是晚上经常会听到女人的声音。"

我和小谢点了点头，季二的儿子二十多岁，风流点也正常。

从后门出去，是一个围墙围起来的小院子，这个小院子就显示出季二家和其他农户人家的不同之处来，别人家都是菜园、池塘，或者是猪圈之类的，而季二家的这个小院子则别有洞天。

左边一侧是一个大型雨棚，雨棚里堆放着许许多多的废铁料，什么废自行车圈、废铁棍、废铁块、废铁板等。

右边一侧是一个农村铁匠铺常见的炼铁炉，看那个风箱和造型，明显还是几十年前的产品，不过用来打造一些普通农家用的工具还是可以的。

炼铁炉的不远处有一口水井和水泥垒成的小水坑，这是打铁铺的必备，从小水坑里面传出的骚气判断，这个季二还在用古老的尿液淬火的方式打铁。

我们四处寻找了一周，屋子不大，所有的墙面、地面、包括屋后的小院子，我们都调查了一圈，没有发现丝毫的凶杀案残留痕迹，也没有发现任何可疑的凶器，包括厨房的几口锅我们也没有放过，依旧没有任何发现。

当然，这些可疑的东西包括铁炉灰等警方会收集起来送到专门的地方进行进一步检测，因为有可能这些凶器都在案发后被清洗过，而尸体的骨骼至今没有发现，也很有可能被丢到铁炉火中焚毁了。

这时候，屋外传来一声呼喊："张队，在里面吗？我们已经调查完毕，现在向您汇报。"

张警官应了一声，门外走进来两个熟悉的警员，和我们点头示意，垂头丧气的季二被夹在中间，看到我和小谢，明显愣了半天，脸上的肌肉抽动着道："二位警官也在啊，您看这叫什么事，我可是个奉公守法的好人，从来没有做过什么伤天害理的事情。"

张警官严肃道："季二，有没有做过伤天害理的事情你自己心里清楚！你最好老实交待！"

季二苦笑着说："张警官，我真的不知道我犯了什么罪。刚才您问的时候我也都将情况交待了，我只是本本分分的一个小农民，你要查的话，应该去查李丁和季戊他们两个啊。"

张警官冷笑道："你是决定抗拒到底了是吧，那好，我先给你讲个故事，你听完看有什么想法？"

说罢，张警官将自己在邻县掌握到的二十多年前的悬案说给了季二听，我和小谢站在一旁，仔细观察着季二的面部表情。

季二从张警官提到二十年前的那桩悬案起，脸部表情就有点不自然，或许平常人看不出来，但作为一个副业心理咨询师的我，明显地看出他内心的紧张，尤其是当张警官将受害者和他妻子联系起来的时候，季二的嘴角有不规则的跳动，这是极度恐惧加紧张的表现，这个时候我可以断定，季二必定和这个案件有很大的关系！

等张警官讲完这个事件，季二半天才回过神来，缓缓道："张警官，我妻子和野男人私奔都是二十多年前的事情了。这二十多年来，我辛辛苦苦供孩子读书，现在他上班出息了，我以后的日子也就轻松了，我没有任何理由去杀害季雷这个跛子啊。他和我无冤无仇，杀了他对我有什么好处？拜托您一定要查清楚！"

张警官背着双手，冷眼看着季二半天不说话，不但季二站在那里瑟瑟发抖，就连我的内心都紧张起来。

季二说的没错，所有的猜测都是捕风捉影，就算季二和二十多年前的那桩官司有关系，就算二十多年前的那个受害人是季二的妻子，就算之前季二向我们透露季戊和李涛大伯家里丢失了焖罐是故意诱导我们，但是最关键的，他没有动机啊！

季雷和家人都和他没有什么矛盾，他为什么会杀害季雷，而且是用这么残忍的手段？

数分钟过去，张警官始终没有答话，空气紧张得仿佛一把可以捏出水来。

我第一次感觉时间是如此难熬。

凌晨的气温很低，季二的额头却滴下了汗珠，但依旧硬撑着不说话。

良久，张警官叹了口气道："你还真是不到黄河心不死！那好吧，我问你一个问题。"

张警官顿了顿，盯着季二的眼睛，一字一句铿锵有力震慑人心地问道："你亲生儿子去哪里了？"

季二瞬间脸色刷白，哆哆嗦嗦道："张……张警官，您……您这话是什么意思？"

张警官忽然笑了起来，不但季二被吓得不轻，连我都感觉后背一阵毛骨悚然。

"两次失踪人口调查，两次当着调查警员的面打电话给你的儿子，嘴里'儿啊儿啊'叫得亲密，其实不是你的亲儿子，而是你的干儿子吧？季二，你玩的这个鬼花样，以为我不知道！如果我没猜错的话，你的亲儿子，现在应该就和季雷的尸身混在一起，躺在那九只焖罐之中！”

季二闻言全身一软，彻底瘫软在地。

我浑身汗毛倒竖，终于明白我这次前来的任务是什么！

原来一直不知道身份的受害人乙，居然很可能是眼前这个季二的亲儿子！想必此次过来，是为了取季二的血样做亲子鉴定！

季二老泪纵横，紧闭双目，嘴角抽动着，双手一松一紧地捏着拳头。

这种情况我见得很多，绝大部分重度抑郁症患者遇到严重打击时也会是这个样子，我看了他的模样，心知他正遭受着巨大的精神压力，心理濒临崩溃，这种情况下怕是再无法让他交待一些更有价值的信息。

果然之后无论张警官如何询问，季二始终一言不发。

张警官见状停止了询问，朝我使了一个眼色，我会意，忙招呼小谢上前，合力扳开季二的拳头，从季二的中指上取了血样。

整个过程季二算不上配合但也没有反抗，或许是沉浸在痛苦的回忆中，整个人显得非常僵硬。

取样完毕之后，张警官和一名警员带着季二回到县局，另一名警员直接带着季二的血样送至省城鉴定中心杨姐手中做加急鉴定。

我和小谢继续留在季二家，张警官告诉我们，市局的专业人员已经在赶来的路上，如果季二是凶手的话，这里很可能是第一凶案现场，等专业人员一到我们就配合其对季二家进行周密调查。

数小时后，市局的专业人员赶到，我们配合他们对季二家和铁器铺的现场做了非常仔细的调查，调查的过程中我也学到了很多东西，对于他们的专业性和做事的严谨态度深感钦佩。

现场调查的过程我就不详细描述了，免得像记流水账一样让大家看得不够爽快，讲几个重点的吧。

季二家是经营铁器的，这无形中加大了案件调查的难度，几乎所有的铁器都可能成为凶器，而打铁炉又可以成为毁尸灭迹的最好工具，但查案人员不厌其烦地用专业的仪器和方法在每一样可能的物品上进行调查，却没有任何发现。

专业人员对季二的土屋和铁器铺进行了进一步的检查，所有的地方没有发现遗留的血迹和人体组织。

后院的土层当中也没有被翻动的痕迹，我们曾经怀疑过的水井也都调查了，里面没有丢弃什么东西。

这次调查的最后，一些可疑的铁器、小物品、铁炉灰的样本，季二儿子遗留下来的一些东西，包括摆在他床头的照片、衣柜里的衣物，还有房间的梳妆柜和一些女性用品等也都被带回了公安局。

对于季二儿子会经常带不三不四的女人回来过夜的这个疑点，我们自然不会放过，或许能从中找到什么线索。

调查又持续了数个小时，等我和小谢回到县公安局，已经是晚上了，整个公安局灯火通明，显然都在加班加点忙着处理案件。

毛警官告诉我和小谢，季二和受害人乙的加急鉴定结果已经第一时间传过来了，确定是匹配。

也就是说，受害人乙可以确定是季二的亲生儿子，鉴于季二的亲生儿子只有一个，应该就是我们在现场看到的次卧床头柜上那张照片上的年轻人。

张警官和刘队正在审讯室对季二进行审问，毛警官要我们在办公室等一等，看看张警官还会不会有什么安排。

在等候的过程中，毛警官也将之前我一直疑惑的一个问题解开了。

我一直很奇怪张警官怎么知道季二联系的不是亲儿子而是干儿子。

原来昨天中午刘队接到通知之后，安排了警员暗中对季二进行调查，在调查的过程中得知一个线索，季二有一个和他学过打铁手艺的干儿子，经常以父子相称，现在在外地务工，针对于这个情况，警员对这个干儿子进行了调查和询问，果然发现了一个特殊的情况。

干儿子交待，平常联系得不太多的干爹季二这几天经常和他联系，短短几天之内就打了几次电话，警员一算时间，其中两次和对季水村进行失踪人口调查的时间完全一致，该警员将这个疑点迅速上报给了张警官。

人口调查的时候不给自己亲儿子打电话却给干儿子打电话，这明显就是掩饰自己亲生儿子的行踪，联系到二十多年前发生的案件和现在这个案件目前掌握的情况，张警官几乎可以断定受害人乙就是季二的亲儿子。

这次亲子鉴定的结果也证实了张警官的猜测。

几个小时过去，趴在办公室桌子上睡了一觉的我，终于听到了一个振奋人心的消息：季二坦白了，他交待了所有行凶的经过和动机！

整个过程让我们对季二这个人深感可怜又可恨，到底季二交待的真相如何，就让我和大家从头开始讲起吧。

和季雷尸身混在一起，躺在那小小焖罐之中的，正是季二的亲儿子——季风（化名）。

季风和季雷是同宗族的兄弟，从小就关系很好，比亲兄弟还亲，知道自己被亲生父母送到了叔叔家抚养的季雷，和父母早早离异的季风同病相怜，读书的时候连吃住都经常在一起。

季雷小时候聪明大胆人又仗义，季风却胆子很小，父亲忙于生意无暇照顾他，正好需要一个人来当保护伞，季雷完美地扮演了这个角色。

就这样季雷季风二人亲如兄弟地过了十来年，却发生了一件导致兄弟关系破裂的事情。

季雷因为个子高大性格又好，自然而然成为了村里的孩子王，这样不免就会遭受一些人的嫉妒。

有一次，一群顽皮孩子一起玩耍，看到了树上鸟窝里有一只雏鸟，其中一个孩子就提出一起爬树，谁先抓到那只雏鸟就算谁厉害，就真正有资格当上村里的孩子王。

提议的这个小孩大家应该都猜到了，正是顽皮捣蛋无法无天的季丙。

季雷这个半大小孩玩心也重，便同意了，一群小孩嘻嘻哈哈往上攀爬，攀爬的过程中，却出了一个事故。

季风虽然身材矮小，爬树却正好方便，蹭蹭蹭几下便爬了上去，眼看快接近鸟窝，却发现有人拉扯自己的衣服，往后一看正是季雷，季雷说让他来抓雏鸟，不然自己就太没面子了。

季风很听季雷的话，于是表示同意，正在这个时候，身后的鸟巢中传来几声雏鸟的鸣叫，加上当时正是黄昏，天色昏暗，树叶被吹得沙沙作响，隐约中仿佛有什么东西在逼近。

胆子小的季风吓了一跳，手上一滑没有抓稳，下意识地就滑向了身后的季雷，季雷大吼一声："你推我干什么！"随即一个把持不住，瞬间便掉了下去，竟然当场摔断了腿。

季风完全没想到只是下意识的动作居然造成了如此严重的后果，整个人完全懵了。

不久之后大人们赶来，季风却听到季雷说自己是被季丙推的，季风感激之余也后怕不已，他知道季雷这样说是为了保护自己，顺便惩罚不服从季雷的季丙。

在季雷成为跛子以后，季风整天自责，说是因为自己季雷才成为这个样子，他一定要想方设法来补偿季雷，弥补自己的过错，就连季雷的妹妹季雨，季风也表示出异常的关心，甚至说出了以后娶她之类的话语。

季二知道这个情况气愤万分，痛骂了季风一顿，在他看来或许哪一天季雷心病发作，就会对自己的儿子做出什么恶毒的事情也说不定，至于让自己健康聪明的儿子去娶一个傻丫头，简直不可思议！

但无论季二如何反对，季风总是我行我素，于是季二只有一个办法，将季风赶出家门外出务工，不许他再待在家里。

不过逢年过节总要回来的，只要一回来季风就往季雷家里跑，气得季二暴跳如雷，自从季雨和李涛订婚之后，季风就整天闷闷不乐，季二心里不安的感觉也越来越强烈。

终于在某一天，季二担心的事情变成了现实！

季二回忆说，季风那天刚从城里回家不久，去了季雷家一趟，返回来就躲在房里哭个不停，季二追问发生了什么事情，季风说他看到了李涛的父母和李涛都去了季雷家，应该是商量季雨的婚事，他心里难受。

季二当时内心还颇为庆幸，认为这样最好，季风断绝了对季雨的念头，也可以疏远和季雷的关系，但他完全没有料到的是，几个小时之后，自己的乖儿子季风，就在和季雷的争执中，被季雷杀害了！

争执的内容他无法得知，当时天色已经很晚，他正在奇怪吃过晚饭就出门的儿子怎么还没回来，忽然接到了儿子的电话，儿子在电话里面说了断断续续的几句话："爸……季雷打我……快救我……"

当状若疯狂的季二赶到现场时，季风已经倒在了血泊之中，奄奄一息，而季雷手里拿着一根带血的铁火钳眼里冒着绿光，傻愣愣地站在那里，季二说自己当时已经疯了，上去抢过铁火钳几下就捅死了因为杀人已经傻掉的季雷。

之后，自知犯了大错的季二趁着夜色将两人的尸体背回了铁匠铺，为了避免被人发现，他决定毁尸灭迹。

他用铁器铺里的工具剁碎尸体。尸体肯定不能留在家里，原本他就考虑好了要用焖罐抛尸，这样密闭的铁器沉到水里也就不会被发现。

但他又怕万一被发现，顺藤摸瓜找到他这里，于是连夜跑到李涛大伯和季戊家里偷取了共十八个焖罐。

农家的房门都是那种木栓子，对于他这个铁匠来说不在话下，偷了焖罐之后，他就将尸体装进了焖罐中，因为焖罐很重，他只能分两次带走，抛尸到了河中。

当时行凶的火钳，季二丢到了炼铁炉中炼化掉了，其他的工具，季二告诉我们，因为这些东西都是新的，被他清洗干净之后，陆陆续续卖给了村里人！

季二告诉张警官，如果要找到这些凶器，有一个途径，去找到他的小本本，再根据卖出去的记录挨家挨户搜寻即可！

这便是当天晚上张警官联合刘队对季二审讯过后，我们所知道的季二交待的事件真相。

我听完之后很好奇，问了张警官一个问题："季二没有承认自己和二十多年前那件案子有联系吗？"

我只记得当时张警官朝我诡异地笑了笑道："小王，张叔今天告诉你一个真理：很多真相都掩盖在谎言中，当犯罪分子以为他能欺骗所有人的时候，其实他恰恰暴露了自己！"

6. 以家族之名

受害者和犯罪嫌疑人终于确定了，当天晚上我终于睡了个好觉，第二天直睡到中午才起来，和小谢一同在公安局接待室用了个午餐，等着张警官的电话。

次日早上张警官交代我和小谢中午十二点在公安局等他，他会带着我和小谢去一个重要的知情人家里，查证一些事情。

十二点一到，张警官的警车准时停在了公安局门口，一分不多一分不少，时间掐得神准。

小谢让张警官坐到了后座，自己坐上了驾驶位开车，刚启动车子她就朝我眨了眨眼睛，又朝后座的张警官努了努嘴巴。

张警官是何等人物，这个小动作一下子就被他发现了，大笑道："你们两个小鬼头又在嘀咕啥，有什么话就直说。”

我闻言不好意思地咧嘴一笑，将心中的疑问讲了出来。

昨天张警官只是简单地说了下季二交待的真相，对于季风和季雷起争执的原因，我和小谢都很是疑惑，如果季雷和季风关系很好的话，不至于生死相搏。

张警官随后给了我们完美的解释：

季雷和季风发生打斗的地点在小河边，距季二家有一里多远，这里也是季雷和季风小时候经常来玩耍的地方。

当季二赶到现场的时候，季雷已经对季风下了重手，季风奄奄一息。当季二抢下季雷手中的凶器捅死季雷之后再去抢救季风，却发现季风已经气息全无，季二是个懂法的人，知道即使季雷是凶手，自己这样的举动也属于故意杀人，被发现必然要承担法律责任，所以才毁尸灭迹。

在季雷和季风争执的时候，季二不在现场，所以他无法确定两个人为什么会动手，但根据季雷行凶的凶器季二可以猜到大致的情况：

凶器是一把打铁专用的火钳，在整个季水村，只有季二家里才有，所以肯定是季风随身携带，结合季风在事发之前和季二所说的，他看到了李涛和李涛父母去季雷家，以为是去商量李涛和季雨的婚事，回家之后就一直闷闷不乐。

季雨虽然智力发育迟缓，但长得漂亮，平时也很乖，还会帮着做做家务，如果不是智商低下，必定有很多人追求。

季雷跛脚之后季风就经常帮着照顾季雨，时间一久就对季雨产生了很深的感情，对于季家将季雨许配给李涛一事，季风一直表示不满。

季二根据儿子当时的表现，猜测很有可能是儿子妒火中烧，想着去和季雷理论，因为怕理论的过程中季雷会对他动手，才带着火钳，结果在理论的过程中引发了争执，或许是触及到了季雷跛脚的伤痛往事，季雷控制不住自己和季风动了手。

季雷自从脚跛之后就一直性格怪异，喜怒无常，这一点警方调查时也得到了村民的证实，所以季二这样的猜测仿佛非常符合常理。

但随后张警官提出的猜测则让我和小谢觉得更加接近真相：

季二在对季雷杀害季风一事的描述过程中，一直忽略了一个情况，那就是季雨有孕在身，之前我们曾经怀疑过是季雷的孩子，但是通过亲子鉴定正是受害者乙也就是季风的孩子。

当然这一点季二始终不知道，但作为当事人的季雷和季风一定知道！

在张警官的猜测中，很可能是季风在帮季雷照顾季雨时，控制不住自己，和季雨发生了关系，导致季雨怀孕，季风看到李涛和李涛父母去季雷家，以为季雨马上要和李涛结婚，就约了季雷到无人的小河边谈判。

在谈判的过程中，季风很可能以季雨已经有了自己的孩子为要挟，逼季家退婚，季雷痛恨季风对自己的妹妹下手，最终怒火中烧，抢过季风手中用来自卫的火钳，捅死了季风，而这一幕，正好被接到电话赶过来的季二所发现。

这种可能性远远超过季二的猜测，而且更加符合常理，二十多年亲如兄弟的感情，也只有这种极端的状况才能导致兄弟反目！

张警官解释完季雷季风生死相搏的动机之后，又向我们讲述了一些昨天晚上季二陆陆续续交待的案件真相。

季二偷盗季戊和李丁两家的焖罐当成装尸体的容器，一方面是为了避免用铁器铺新的焖罐被警方顺藤摸瓜找到，另外一方面也是为了混淆视听，将季戊和李丁两个人变成凶案的嫌疑人，给警方查案制造障碍。

包括他当时故意找出小本本，给我和小谢看，也是为了将案件的视线转移到季戊和李丁身上，他的想法是只要警方重点调查这两家，就可以放松对村里其他人的调查，当然这个其他人也包括他，等风头一过去，他就变卖家产，离开这里，重新开始新的生活。

但是谁知道这个画蛇添足的举动反而让警方发现了端倪。

季二当时抛尸所用的焖罐是李丁家的，季戊家的焖罐包括两个人的骨头都被他丢到熔炉中用高温熔化了，残渣丢弃到了河水里，铁水炼成了新的工具，所以警方才始终找不到。

邻县二十年前发生的案件，季二说他是真的不知情，自己的妻子和野男人私奔之后，他比谁都难过，而且私奔这个事情也不是空穴来风，而是真有其事，季二列举了几个人，都是村里上了年纪的人物，他说这几个人都亲眼看见妻子和野男人有来往，可以替他作证。

至于为什么作案手段如此相似，他承认自己借鉴了那个案子的手法，因为那个案子在二十多年前闹得沸沸扬扬，又是一个悬案，所以他采用了同样的手段，一方面方便抛尸，另外一方面也是希望自己犯的这个案子也成为一桩悬案，讨一个好彩头。

头天晚上张警官和刘队两位领导商议后，做出了安排，一大早刘队就押着季二，带着几组人对季二交待的这些事情去一一求证，包括凶器的去处、季雷和季风动手现场的调查、季二所说自己妻子私奔一事的求证等。

至于张警官则另有安排，去一些知情人家里查证一些事情。

张警官在上午已经查证完毕，因为一些疑问还没解决，还需要带着我和小谢一同前往另外一个地方。

张警官告诉我，现在我们前往的目的地，是季氏宗族族长的家。

在赶往季水村的半路上，刘队查证的结果就已经出来了。季雷和季风动手的现场，是在季二家不远的河岸边，时间已经过去了半个多月，因为河水的冲刷痕迹已不多，但是岸边草地上有一些杂草明显倒伏和挤压的痕迹，还有一些印迹明显的脚印，经过查证脚印是季二的，且是带着重物踩踏的痕迹，和季二所说的背着两人尸体从案发现场回家处理的解释也符合。

季二所说妻子私奔一事，经过向季二提供的几个长者求证之后，也可以确定，季二的妻子确实存在出轨的情况，这几个长者都见过那个野男人，关于出轨的细节都说得绘声绘色，不像是假的。

甚至有一个长者还说他亲眼见过季二的妻子和野男人私奔。

此长者的家就在村头，那天他看见季二的妻子坐着野男人的摩托车离开，他还和其打了一声招呼。季二的妻子说要出去办事，结果下午就听到季二在家里大声咒骂奸夫淫妇不得好死。

这一个情况也让我和小谢觉得季二交待的应该不假，可能真的如同季二所说，他只是借鉴了邻村的那个案子的犯案手法。否则季二的妻子和野男人私奔，肯定不会告诉季二私奔的地点，季二连人都找不到，更别说在那段时间犯下杀人案。

就连季二交待的当时季风被季雷重伤后给他打电话一事，经过对季二手机的查证，也证实有这么一通电话，日期、时间都对得上，可惜的是这通电话没有录音，只有接听记录。

最精彩的是当警员们按照季二的小本本，去查找那些洗干净再卖出去的刀具锅具时，几乎每一个知道情况的人都当场呕吐不休，对季二咒骂不已。居然在不知情的情况下用这样的工具来切菜煮饭，可想而知这些人得知真实情况后内心的恐惧和恶心。

所有的一切似乎都证实了季二所说，到现在为止，几乎可以对此案下定论。

虽然之前的调查走了一些弯路，好在经过警员们的努力，案件的真相终于彻底浮出水面。

我为自己亲身经历了这么一个波澜壮阔的史诗级案件而庆幸，对于警官们短短几天就将案子查个水落石出更是钦佩不已。

我由衷赞叹道："张警官，你们太厉害了，这么快就将案子查了个水落石出，我真心地佩服！"

张警官笑了笑，没有说话。

正在认真开车的小谢却笑了起来，道："如果丁主任在这里的话，听完你这句话必然给你一个栗子吃！"

我闻言一愣："这话怎么说？"

小谢正色道："如果案件这么简单的话，老大带我们去族长家是为了什么？老大上午虽然没有说去哪里，但我猜测肯定是暗中去调查什么特殊的情况，不然也不会在刘队他们已经确认季二所说的所有真相之后，还要我们去族长家求证。"

小谢望向后座的张警官，露出一个迷人的笑脸道："老大做事极其细致谨慎，从来不会无的放矢，必定发现了什么隐藏的重要线索！老大，我猜得对吧？"

千穿万穿马屁不穿，张警官闻言大笑道："你这个古灵精怪的鬼丫头，心里想什么以为我不知道？看在你这个马屁拍得我挺舒服的分上，就将上午调查的情况告诉你们俩吧。"

张警官收起笑容，恢复了严肃的神情。

对张警官非常熟悉的我和小谢都知道，接下来从他嘴里讲出来的，必定是一个极其特殊又重要的情况！

张警官从警几十年，经历的案子非常之多，许多案件中一些看似平常的线索，实际上都大有深意，而季水村发生的这个案子，就有很多看似平常实则古怪的线索！

其中引起张警官特别注意的是一个小线索。

无论是二十年前邻县发生的案件，还是现在季水村发生的案件，现场发现的焖罐都是九个；而且更为奇怪的是，两个案子中的九个焖罐都分成两批来抛尸，一个河段三个，另外一个河段六个。在张警官看来，如果只有一个案件是这样的，那可以算是巧合，但两次都是如此，这其中必然有疑点。

因为要解开这个疑点，张警官一大早驱车赶到了邻县，通过对当地知情人的调查，尤其是到了当地一个主管宗族祭祀的人家里，才得知一个极其重要的信息。

在当地的宗族，流传着一个古老的传说。

在古代，当地宗族对于出轨的女性惩罚极其严重，丈夫有权当场将出轨的妻子杀死，并将其尸体用九个容器分装上，三个丢弃到河流的上游，另外六个丢弃到河流的下游。

九个容器指代着此女的三魂六魄（民间也有三魂七魄的说法），分开丢弃的寓意是该出轨女性的三魂六魄已经被分开，永世不得超生！

鉴于这个特殊的情报，张警官决定带着我和小谢去一趟季水村族长的家中，更加详细了解季氏宗族的情况。

几十分钟之后，我们的警车停到了一个矮墙围成的小院子里，院子里有一栋红砖砌成的新房，这正是季氏宗族族长的家。

族长是一个七十多岁的老人，或许是张警官已经提前通知了他，老人一听到停车的声音，就从门里迎了出来。

这样年纪的族长在每一个宗族里都是宝贝，张警官当然不敢真让族长出门相迎，连忙上前几步虚扶住族长。

两个人客气了几句后，张警官就开门见山，直接说明了来意，询问族长是否季氏祖上也有和邻县一样的古老习俗。族长沉吟一下，从屋里翻出一大沓颇有年代的老书，认真地查找着季氏宗族祖上的记载。

其中的一本书上果然记载着和邻县相同的习俗，而且比之邻县知情人口述的更为详细。

以前的人们认为人身上有三魂六魄，人死后，肉体完全死亡，十二个时辰之后三魂六魄离体，经过一段时间之后再汇聚到一起，到奈何桥喝过孟婆汤之后，投胎重新做人。

但有一个方式可以让三魂六魄分离，永世不得重聚，也就让这个人永世不得投胎重新做人。

具体的步骤就是：

在人死后的十二个时辰之内，趁着三魂六魄尚未离体，将尸体分成九份装入狭小的容器里面，这样就可以将三魂六魄分开禁锢，然后再将代表上半身部位的三魂和代表下半身部位的六魄分开丢弃，此人的三魂六魄就永远无法汇聚，永世不得超生！

这样狠辣的手段，除非深仇大恨否则绝对不会使用，唯一被宗族允许的，就是在女性出轨之后，男方有权对出轨的女性动用这样极端的手段。

当然这样的族规早已被废除，但当时女性地位的低下可见一斑。

这条族规被废除太久，族长如果不是有意去查族内典籍也不知道详情，更不会怀疑到眼前发生的抛尸案件上去。

季二比族长小上一辈，但族长却表示季二很有可能知道这条族规，因为季二的父亲，就是族里负责祭祀的族老！

和族长核实这个信息之后，张警官让我们和族长核实季二的所有信息，他自己则继续翻查着典籍，希望还能找到一些和案子相关的记载。

我和小谢则询问了族长一些季二的情况，族长提供了一条重要线索：当时季雨和李涛两个孩子订婚，是他前去说媒的，但背后提出建议的，正是季二！

当时季二跑到他家中，提出让他去说合季雨和李涛两个孩子，鉴于自己和季二父亲的良好关系，族长不好拒绝，加之他觉得季雨和李涛也比较般配，就出面说合了这桩婚事。

季二当时没有说原因，族长猜测季二正是为了他的儿子季风，当时季风喜欢季雨的流言传得沸沸扬扬，所以季二应该是为了让儿子死心才让他出面去做这个媒。

而季父季母立即就同意了，没有犹豫，因为季风在村里风评不好，村民们传言他喜欢偷偷带不三不四的女人来家里过夜，早日将女儿许配给李涛，也可以让季风死了这条心。

张警官曾经审问过季二，季二说他儿子很乖，绝对不会带不三不四的女人回来过夜，这一点他可以对天发誓。

我和小谢还在继续向族长求证，一旁研究典籍的张警官却脸色一变，和族长窃窃私语了几句，族长闻言先是一愣，瞬间变得紧张起来，道：“我想起来了，确实有这么回事！”

张警官正色道：“麻烦您马上带我们去宗族祭祠一趟！”

族长带着我们前往季水村后山上的宗族祭祠，一路上族长和张警官都阴沉着脸，不知道葫芦里卖的什么药。

我和小谢不好询问，无比好奇亦步亦趋地跟着两人，十数分钟之后，就走到了后山的宗族祭祠。

南方某些地方古老宗族所谓的宗族祭祠，一般是指两个地方，一是宗族的祠堂，这里是盛大节日祭祖的地方；另外一个，一般都位于埋葬宗族族人的墓地，墓地中央有一个半人高的小屋子，类似于土地庙，里面供奉着去世族人的牌位。

所有去世的族人都以这个祭祠为圆心，各有各的埋葬位置，对于血脉看得极重的老式宗族来说，只有真正的族人或者其正妻才有资格埋葬到此地，其他本地的外姓人，包括女性族人的配偶都没有资格埋葬此处。

族长带着我们走到一个地方，指着一个土堆道："就是这里。"

我和小谢好奇地看过去，这里洒满了落叶，地面很平整，看上去和那些还没有埋葬族人的地方差不多。

张警官找到一根树枝，在地面上敲了几下，传出"噗噗"的声音，我老家也是农村的，对这样的声音很是熟悉，这下面应该是新土，最近被翻动过。

张警官朝族长道："季老，不好意思，看来要麻烦您了。"

族长闻言道："没关系，只要能早日破案，我们全力配合。"

说罢族长掏出手机打了个电话："×××，马上安排几个人来后山祭祠，记得让他们带上挖土的工具。"

我和小谢闻言都是一惊，看张警官和族长严肃的表情，这个土层下面必定埋藏着什么惊人的秘密！

很快三个男村民就带着挖土的工具来到了现场，族长交代了几句，三个村民都奋力挖起土来。

随着土层越挖越深，在场的所有人的表情越来越精彩！

数十分钟之后，一个大坑显露了出来，在坑里，我们看到了一个极其骇人又不可思议的场面！

这个坑大概一米见方，在坑底整整齐齐码着九个铁制焖罐，焖罐的旁边堆放着一堆骨头，骨头最上面是一个骷髅头！

而在这堆骨头的旁边，有另外一串骨头，之所以说一串，是因为这些骨头被某种胶制物体勉强拼凑成一个下跪的人形，这串骨头上面也有一个骷髅头，正朝着地下那个骷髅头低垂着，仿佛在道歉赎罪！

我和小谢都从对方的眼里看到了惊骇异常的神色，毫无疑问这九个铁制焖罐就是季戊家丢失的那九个，而这两堆骨头和两个骷髅头，极有可能就是两个受害者季雷和季风！

季二不是交待说铁焖罐熔炼掉了，骨头也被丢到炼铁炉里焚化了，怎么又出现在这里？

张警官再次走到族长身边，和族长耳语了一番，两个人的脸上神色瞬间都变了数遍，显然是又想到了什么了不得的事情。

族长在土坑附近绕了几个圈，犹豫了半晌，指了两个地点，道："二十多年过去了，我也记不太清了，如果我没记错的的话，应该是这两个地方中的一个。"

已经惊呆了的村民听得族长的交代，继续挖掘起族长指出的这两块土地。

这些土地明显比之前的难挖，第一个地点三个人挖了足足一个小时才挖开，没有任何发现，幸运的是挖第二个地点的时候，有了发现！

等到这个土层下面的秘密完全显露出来的时候，我和小谢都惊呆了！

这个土层下面居然也有同样一个土坑，土坑里整齐码放着九个陶制焖罐，焖罐的旁边，以同样的姿势堆放着两堆人的骨头！

和之前不同的是，这两堆骨头一看就过了很多年，远不如之前的那两堆新鲜！

眼前的一切让在场的所有人都被震惊得无法言语，两个大小相近的土坑，每个里面都堆放着九个焖罐，旁边还有两堆明显是人类的骨头，其中一堆好像还跪着在向另外一堆请罪，这到底是怎么回事？！

张警官没有迟疑，对族长道了声歉，请他先带着三位村民离开现场，交代他们暂时不要走漏风声。又掏出手机拨通了刘队的电话，让还在村里带着季二进行真相核实的刘队停下手中所有事情，亲自押送季二到后山祭祠来。

在等候刘队前来的过程中，张警官告诉了我和小谢他发现这个地方隐藏着秘密的原因。

刚才张警官在查看典籍的时候，发现里面有一条古老的记载和之前在邻县某宗族负责祭祀的族老所说一致：

有些古老的宗族对血脉归根看得很重，家里的血亲包括配偶，无论死在何地，都会让这些人的尸体或者骨灰叶落归根，只有这样才会保佑这个家庭的血亲逢凶化吉、兴旺发达。

季二的父亲是主管祭祀的族老，他对这样的仪式应该看得极重，加之其中有逢凶化吉的寓意。就连作案手段都要模仿邻县案子，就是为了讨个“未破悬案”彩头的季二，即使真将亲生儿子季风的肉体丢弃骨头焚化，但是骨灰一定会葬在墓地！

所以张警官询问了族长，是不是最近发现宗族的墓地里面有异样，族长说数天之前确实有村民发现墓地有翻动的迹象，而这个翻动的位置，正是预留给宗族里季二一脉的埋骨之地！

于是张警官决定对此地进行挖掘，果然发现了眼前土坑中极不可思议的一幕！

这个场景让张警官脑中灵光一闪，询问族长在二十多年前季二妻子失踪之后是否也有同样的情况。

族长经过张警官这么一提醒，回忆起来，确实在季二妻子失踪之后不久，就有人发现墓地的土地被翻动过，不过翻动的迹象不明显。这两次地点都是在空地上，并不是成型的坟墓，所以都被忽略了。

联想到邻县二十多年前发生的悬案，张警官怀疑很可能季二就是凶手，他杀害了妻子抛尸之后，也同样将骨头带回来，葬在此地，因为妻子是他的配偶，有入葬墓地的权利！

在对族长回忆出来的地点进行挖掘之后，果然也发现了同样的场景，证实了季二和二十多年前的悬案有密切的关系！

这样就可以确定两个土坑里的那两堆骨头，一堆是季风的，一堆是季二妻子的，至于两个土坑里为什么还各有九个焖罐和一堆跪着的骨头，张警官说这个情况同样出乎他意料之外，也是他让刘队押送季二来现场的原因。

刘队押送着季二抵达现场后，两位领导亲自对季二进行了现场审讯，我有幸目睹了审讯的全过程，也在第一时间知道了这个案件最终的真相！

与其说季二是被押送过来的，不如说是被刘队拖过来的，看到眼前的两个土坑，和之前张警官在土屋审讯时一样，季二习惯性地瘫倒在地，但这一次他的整个神情完全变了，面若死灰。

张警官和刘队四只锐利的眼睛盯着季二。

季二看着土坑里的场景，半天没有说话，忽然从喉咙里发出和乌鸦一样的叫声，整个人浑身哆嗦，又是哭又是笑，状若疯癫，极其骇人。

许久之后，季二终于消停下来，感觉整个人只有进的气，没有出的气。

张警官冷笑道："季二，老实交待吧，不要再耍花样了！"

季二嘴角抽动了几下，叹了口气，缓缓说出了他隐瞒的真相！

一切，要从二十多年前说起。

二十多年前，季二还是一个风华正茂的好青年，自己经营着一个铁器铺，父亲又是宗族主管祭祀的族老，谁都会给他家面子，日子过得极为舒坦。

这个时候，有人介绍他认识了妻子，妻子长得漂亮，做事又勤快，他和妻子几乎是一见钟情，不到一个月两人就结婚了。

婚后的生活很幸福，很快有了一个孩子，就是季风，但生完孩子不久他感觉妻子的精神状态越来越差，整天食欲不振、昏昏欲睡，甚至还几次提到过自杀。

用现在专业的眼光来看这是典型的产后抑郁症，但当时的季二不知道，于是他从邻县请了一个医生来给妻子看病。

几个月之后，妻子的病好了，但是季二的噩梦却来临了。

在治病的过程中，妻子居然和这个赤脚医生产生了感情！

季二开始一直被蒙在鼓里，后来经过村民们提醒才知道，只要自己不在家，这个医生就会以复诊的名义过来看妻子，某一天，季二借故说出去，其实暗中躲在村口，果然几个小时之后赤脚医生就过来了，季二怒气冲冲跑到家里，便看到两个人正在搂搂抱抱，如果不是自己及时赶到估计会当场成其好事。

赤脚医生见势不妙夺路而逃，季二之后将妻子打了一顿狠的，直到妻子保证以后再也不和赤脚医生联系才作罢。

之后的数月妻子果然消停，没有再和这个赤脚医生联系，季二便放松了警惕，但在一天务工后回来，季二却发现妻子连同家中的钱物一同消失不见！

季二到处寻找妻子，却被几个村民告知，妻子被一个男人骑着摩托带走了！

从村民们描述的男人的身材穿着，季二知道这人就是和妻子有私情的赤脚医生，这次妻子带着钱财和随身衣物消失，必定是做好了私奔的准备，不再回来了！

季二怒火中烧，连夜赶到邻县赤脚医生的家中，当时天色已晚，他偷偷地摸进门，让他火冒三丈的是，两个人很可能是刚亲热完，居然相互纠缠着赤身裸体躺在床上！

季二被愤怒冲昏了头脑，将这对狗男女当场杀掉。

出于对妻子的极度怨恨，他就在案发的现场将妻子和赤脚医生的尸体分成九个焖罐装着，按照族中古老仪式的记载，分成三魂六魄进行抛尸，让妻子永世不得超生。

至于妻子的骨骼，他带回来埋在祖坟处，这也是遵从已故父亲的遗愿，不让任何一个血亲和正妻遗落他乡。跪在妻子骨头面前的那堆骨头，就是那个赤脚医生了，他想要其向妻子永远忏悔，而那九个焖罐里面装着的是赤脚医生的尸体。当时抛弃完妻子的尸体之后，天色就已经大亮，他来不及处理盛放赤脚医生尸块的焖罐，就干脆一起带回家，第二天晚上，他跑到自己的族坟处，挖了一个大坑，摆好妻子和赤脚医生的骨头之后，顺便将九个焖罐丢在了这个坑里。

经历了这样的事情，他也对婚姻彻底失去了兴趣，不再接受任何人的说媒，决定和儿子季风相依为命过一生。

但是命运之神却和他开了一个天大的玩笑！

他最爱的儿子季风，早恋了，而且恋爱的对象，居然是一个他万万没有想到的人，同村同族的一个男孩子——季雷！

是的，季风爱上了季雷。从小就性格懦弱的季风，和性格阳光的季雷在一起，时间一长，他喜欢上季雷。而令季二无法理解的是，季雷居然也接受了！

在季二发现这个恐怖的事实之后，为了阻止季风和季雷在一起，想尽了所有的办法，对季风又是打又是骂，但始终没有效果，季风还是经常往季雷家里跑。于是季二只能让季风外出务工，尽最大可能让季风不和季雷见面。

但这个时候季风居然提出要娶季雨，这样就可以名正言顺地生活在季雷家，和季雷永远生活在一起，这让季二差点疯掉，除了拼命将季风赶出家门之外，还拜托族长做媒让季雨和李涛成婚，断掉季风的所有念想。

这个时候季风想出了一个匪夷所思的办法，他让季雨怀上孩子，来个生米煮成熟饭。这个情况被季二知道了，决定约季雷来他家详谈，他要当面打消这两个孩子的想法，彻底地将他们分开！

季雷连夜过来，和季二的交谈中，产生了严重的争执，季雷表示自己一定要和季风在一起，他们的爱情此生不渝！

季二当即内心暴怒，一股邪恶在内心涌动，决定对季雷下死手，他认为季雷和赤脚医生一样，是他命中的恶魔，只有杀了季雷，他的儿子心态才会正常起来，如果任由此事发展下去，季风一定也会和妻子一样离他远去！

于是季二将季雷叫到后院，说单独和他说点话，趁着季雷没有防备，季二用火钳捅死了季雷，季雷的惨叫声传到了里屋，季风跑了出来，看到季雷的惨状心如刀绞，抱着尸身不肯放手。

季二安慰儿子说季雷已经死了，你这个做儿子的总不会因为一个外人和我反目吧，我们一起将季雷毁尸灭迹，父亲带你到外地开始新的生活。

这时候发生了一件让季二后悔一生的事情，季风居然捡起地上带血的火钳，一下捅进自己的胸口，惨笑着对季二道："父亲，做儿子的不能违逆你，就让我和雷哥到阴间去团聚吧！"

季二说到这里号啕大哭，之后的事情无需他交待我们也能猜到，发现儿子当场毙命的季二，只能将两个人一起毁尸灭迹，为了惩罚季雷，他将季雷的尸体烹煮后装成了九个焖罐，分三魂和六魄丢弃到小河中，让其永世不得超生。

而季风的尸块则用焖罐收集起来，和骨头一起埋在了祖坟里。

为了让季雷对死去的儿子道歉，他将季雷的骨头摆成了下跪状，永世忏悔！

为什么当时地面没有遗留血迹，季二交待是因为后院地面当时铺满了废铁板，案发的现场和碎尸的现场都是在铁板上，毁尸灭迹之后他将铁板熔炼了，所以查不到案发现场的任何痕迹。

为什么当时河边有他的脚印，这个很简单，是因为他抛尸的时候担着装焖罐的担子经过那里，当然有踩踏的痕迹，为了让之前交待的真相更真实，他就编造了河边是案发现场的谎言，让警方以为那些脚印是他背尸体回来踩踏的痕迹。

这个案件查到这里，按照我所想的，基本上画上了句号，剩下来就是一些细节的核实。

正在我感叹此案如此跌宕起伏的时候，忽然听得张警官一声长叹："这么多年来，我张某人办的案子很多，不见棺材不掉泪的恶人见得多了，但是从来没有遇到过见到棺材还不掉泪，满口谎言的！”

张警官突然冲着瘫倒在地的季二一声大吼：“季二，你死到临头了还不说实话吗？我问你，这个坑里，躺着的骨头是谁的，跪着的骨头又究竟是谁！？”

张警官的话让我瞬间懵住了。

张警官手指的那个坑就是二十多年前季二埋葬妻子和野男人骨头的土坑，刚才季二不是交待得很清楚吗？堆放在地下的骨头正是他的妻子，跪在他妻子面前的是那个野男人，他的目的，是为了让野男人跪在妻子面前，永世赎罪。

但张警官的话明显对这两堆骨头的真实身份提出了质疑，难道这个案子还有曲折？

我和小谢对视了一眼，都看到了对方眼神中的惊异。

季二听到张警官的这句话，仿佛陷入了最可怕的回忆，整个人蜷缩成了一团，脸色瞬间从灰白变得血红。

真正熟悉审讯犯罪嫌疑人过程的人，就可以看出来这是嫌疑人心理防线崩溃的前兆，张警官作为一个老警察，在这个关键时刻更不会放过对其心理持续施压。

张警官继续厉声道：“季二，无论你如何狡辩，编造种种谎言，真相你永远掩盖不住！现在科学发达，这几堆白骨我们带回去经过 DNA 鉴定就可以确定身份，况且，我们还有一个专家就在现场！”

张警官转头对我道：“小王，辛苦你马上下坑，仔细检查这两堆白骨，看看有什么不对的地方，重点检查下这两堆白骨的性别！”

我闻言没有犹豫就跳下土坑，戴上专用的手套，认真地检查起这两堆白骨，腐烂的尸体我都见过许多次，习以为常，这种埋在土里几十年的白骨对我来说更不算什么。

尸体埋在土里，一般在几年内就会被微生物腐蚀，最后“白骨化”，但骨头埋在土里，则可以历经数百年而不腐。

这两堆骨头不如一号坑的新鲜，但依旧保存完好，我在尽量保持现场完好的前提下，对两堆骨头仔细地检查了一遍。张警官提示要检查性别，我将检查的重点集中在盆骨和颅骨上，果然发现了蹊跷之处！

躺着的盆骨骨盆形状较小，形状似倒置的圆台，而跪着的盆骨骨盆比较宽大，似圆桶，再结合对两个颅骨的观测，可以基本断定，躺着的是一个男人，而跪着的是一个女人（男女骨骼，以盆骨的性别特征最明显，差异最大，区别在于小骨盆的形状，男性小骨盆的形状较小，形状似倒置的圆台，即上大下小，而女性因为要生产的缘故则骨盆较男性宽大，似圆桶）！

刚才季二交待，躺着的是妻子，跪着的是野男人，但眼前的事实证明，他还在撒谎！

我将这个情况告诉了张警官，张警官哈哈一笑，冷眼看着瘫倒在地的季二道："你还有什么要说的？总不会告诉我，是你埋骨的时候搞错了人吧？"

张警官没等季二答话，紧接着说出了一句彻底击溃季二心理防线的话："季二，你可以保持沉默，不过你的兄弟季四（前文提到过，季雷的邻居）已经被请到了公安局，他知道的应该挺多。要是族长知道这事，你季二这一脉，怕是会被逐出宗族，你季二也永远都没有颜面去面对列祖列宗！"

季二听到这句话，如遭雷击，已经接近涣散的眼神居然瞬间恢复了神采，上前几步抱住张警官的腿，哀嚎道："张警官，我都交待，我全部都交待，只求您大发慈悲，不要让族长把我兄弟逐出家族，所有的罪行都是我一人所犯，和我的兄弟没有任何关系！"

季二，这个极度邪恶狡猾的恶棍，终于在张警官抓到他最后心理把柄的情况之下，交待了所有罪恶的过去！而他讲述的所有经过，也让我在许多年后的今天回忆起来，依旧觉得毛骨悚然！

季二开口所说的第一句话，就让我和小谢震惊在当场！

季二说："所有的一切，都是我的错，怪就怪我被心魔纠缠，自己控制不住自己，偏偏喜欢男人！"

是的，季二和儿子季风一样，也是一个同性恋。

季二还很小的时候，就发现自己喜欢男人。

这件事情，如果发生在现在，或许可以得到人们的包容。但是，在几十年前，尤其是在季二的家里，这却是一件大逆不道的事情！

季二的父亲，是族中主管祭祀的。能被族人推举到这个职位，正是因为他以族规为圭臬，一板一眼严格执行，为族人所敬重。

季二自幼受父亲影响，对族规也极为信奉。但是，这同性恋却是族规所不许的！

于是，季二的内心成了原始的强烈的冲动与族规所赋予的道德感的战场！

这种挣扎，这种痛苦，从季二发现自己的性取向之后就一直在折磨着他，成了他的心魔。

后来，季二就像别的男人一样，娶妻，生子，一板一眼遵守着族规。但是，他内心的痛苦从来没有平息过。

直到他终于无可救药地爱上一个男人。

那是邻县的一个村宴厨师。

这个厨师被人介绍到季二家里来购买铁制厨具，和季二因为生意往来越来越熟悉。之后，两个人走到了一起，如胶似漆。

这时，季二才算真正品尝到爱情的滋味。这是他在自己妻子这里从没有得到的。季二以为自己的事情很隐秘，却没想到，还是被妻子发现了端倪。妻子和季二大吵一顿，但这样的丑事妻子也就只能在家里闹闹，不敢将实情告诉任何人。时间一久她就患上了抑郁症。

当时的季二并不知道这是抑郁症，看到妻子整天茶饭不思闷闷不乐日渐消瘦，居然很是高兴，他觉得自己找到了一个和厨师天天相处的最佳借口。

于是他以厨师的祖上是医生，有偏方治疗妻子的“病情”为名，将厨师“请”到了家中，妄图长相厮守。

将厨师请回家的当时，妻子自然是在家闹了个鸡飞狗跳，季二抓住了妻子不敢将家丑外扬这一点，有恃无恐。

但随着时间的推移，季二发现一个很怪异的现象：妻子不但不再和他闹腾，而且病情真的慢慢好转了！

就在季二觉得怪异准备调查的时候，发生了妻子和厨师携带财物私奔一事。

此时的季二终于明白过来：他被自己的两个“妻子”，一同背叛了！

厨师是双性恋，在和季二相处的时候，看上了季二的妻子，对其嘘寒问暖，本就对季二彻底失望的妻子，被厨师乘虚而入，两个人走到一起。之后季二的妻子就怂恿厨师带着她私奔，离开季二重新开始新的生活，两人商议妥当之后，便付诸行动。最终两个人不但私奔成功，而且还将季二家的财物席卷一空。

如果两个人就这样离开，到一个新的地方开始新的生活，事情也就结束了。

但那个厨师，却是一个感情特别细腻的人，在逃走之后，想到和季二毕竟有过感情，这样做太不够情义，又偷偷返回来向季二道歉，希望求得他的原谅。还说可以将自己带走的财物还给季二，只需要季二成全他们。

季二假装同意，跟着厨师回家取财物的时候，用随身携带的凶器将两人杀死。之后发生的事情，和季二之前交待的基本上一致。

唯一不同的是，季二将厨师的骨头堆放在坑里，而让妻子的骨头跪在厨师前面赎罪。

季二说到这里，我才彻底明白，为什么那土坑里面跪着的骨头是一个女子，而躺在地下的骨头是一个男子。

因为在季二心里，真正的爱人是厨师，而他明媒正娶的妻子，则是让他的爱人离开他的罪魁祸首。

而季水村发生的这起案子，季二也隐瞒了很多真相。

季风和季雷相爱不假，季风让季雨怀上孩子为了和季雷长相厮守也不假。

但季风并不是自杀，而是死于季二。

在季风和季雷产生感情的时候，季二自然是全力阻止。在想尽办法始终无法阻止季雷和季风时，却又发生了一件让季二的灵魂都沉沦到罪恶深渊的事情！

当时季二交待住在季雷家附近的亲弟弟季四，帮他看住季雷，只要有季雷的动静就通知他，季四知道自己的侄子季风有同性恋的倾向，认为哥哥是为了不让季风和季雷走得太近，自然同意。

半个多月前的一天，季二得到弟弟的通知，知道季雷准备让李涛父母接季雨回去住，而他这一个跛子居然要离家外出务工的特殊情况，再结合儿子季风近期反常的表现，季二得出一个让自己愤怒到极致的结论——

季雷和季风，要私奔了！

这和二十多年前厨师和妻子的背叛，何其相似！

此时的季二的灵魂已经完全沉沦，他唯一想到的就是最狠毒的一招——处决！

他要“处决”季风这个背叛他的亲人，更要“处决”季雷这个勾引他儿子的人！

于是季二先在家中将季风杀死，又假借季风的名义将季雷约到家中，再将季雷杀死。

季二说到这里的时候，忽然从喉咙里发出鸦鸣般的笑声，让阳光照射下的我们浑身冰冷，毛骨悚然！

这个不可思议的案件，在季二的哀求中结束了，他希望我们帮他保守秘密，哀求族长不要将他和他的兄弟季四逐出宗族。

他说自己可以马上自杀赎罪，但是一定要保住弟弟的族亲身份，否则他无法向九泉之下的父亲交待。

或许这是季二这个恶魔，罪恶的灵魂深处仅存的一丝善念吧。

深渊

引　子

有一种职业叫工人。有一种工人叫矿工。

从中华人民共和国成立之后到改革开放之前的近三十年，是工人的美好时代。那个时代的工人，是国家的领导阶级，吃着公家饭，让被团结对象农民兄弟羡慕不已。那时可谓是工人阶级社会地位最高的时代。

但即便是那个时候，即便是同样吃着公家饭，矿工也不是一种让人羡慕的工作。

矿，是一种好东西，但是，把矿从地底下挖出来的过程，却不那么美好。尤其在生产技术还不那么先进、法律保障还不那么严格的年代，矿工，应该是所有工人工种中死亡率最高的一种。

无论是经常上新闻头条的煤矿工人，还是名声还没那么显著的其他采矿工人，都是在地底下挣命，都是拿命换钱。

在幽暗的地底下，矿工随时面临着风险，或许因为如此，矿工们对于生命，就有那么一点点漠视。

1. 小镇大事

今天要讲述的故事，是发生在矿工中间的故事。

故事发生的地点，是某盛产有色金属的省份。这个省是全国有名的有色金属之乡，在二十余万平方公里的土地上，蕴藏着五十余种有色金属，钨、铋、锑等储量分别占世界储量的 34.8%、37.2% 和 9.3%，铅、锌等储量也居全国前五位。

改革开放之前，这里的有色金属矿都是由国有企业有规模有计划地开采。改革开放之后，这个有色金属之乡也发生了变化，一些贫矿或者开采过后残留的矿山会承包给私人开采。

采矿行业，实际上是一种资本密集型企业，是需要大笔投资、长期投资的，一直以来都是由国家主导的。现在国家放开了一条缝，那些被穷困折磨久了的人们，纷纷投身进来，能筹到钱的就去承包矿井，没辙的就受雇去采矿。

要知道，如果国有企业觉得开采这些贫矿废矿盈不了利，正常情况下，私人老板也不会赚钱。但是私人老板有一些上不了台面的办法，就是把各种成本都省下来。因此，那时所谓的开采，就是拿一个铁锹，钻进洞里去挖，至于安全保护措施什么的，那是一点也没有。这种采矿，自然避免不了发生大大小小的事故。要赚钱就会有牺牲，死人是常有的事。可以说，那时的采矿，真的算是拿命换钱。

虽然明知道这些私人矿井安全隐患很大，但架不住老板开的工资高，井下工作一个月，薪酬超过以前一年的工资，高风险伴随着高工资，诱惑着许多人铤而走险。

这些老板积累了原始财富后，就开始成规模有效率地开采了，也出现了不少现代化企业。几十年发展下来，这个省出现了大大小小三千多家从事有色金属产业的企业，规模比较大的就有六百余家。

而我今天要讲的这个事情，就发生在一个私人矿井林立的贫矿山区。这个矿区属于典型的贫矿区，矿产蕴藏量不大，开采成本却很高，所以这片矿区在改革开放后，被逐步划片承包给了许多有资本的小老板。

起初这里还是一个人迹罕至的山区，私人承包矿井后便逐渐热闹起来。群山中大大小小的私人矿井林立，从业人员包括家属有数万人。几十年后的今天，这里已经从一个人迹罕至的荒山野岭发展成了一个热闹繁华的小镇子。

虽然镇子形成的时间比较短，居民的来源也很复杂，但这小镇比起其他小镇，还是要和睦很多，男人们大多都在矿上工作，女人们大多在家相夫教子，镇子上最大的纠纷也就是传个闲话、拌个嘴之类的，一派世外桃源的景象。

自然，与中国所有的小镇子一样，镇子里也同样有一群长舌妇，她们是镇子里的“新闻工作者”，谁家有个家长里短，会以前所未有的速度传遍全镇。

某一天，这个镇子上发生了一件不大不小的事情：矿工刘聂（化名）一氧化碳中毒了。

刘聂被送到医院后，经过数小时的紧急救治，终于转危为安。如果事情就到此为止，大家唏嘘几天也就忘在脑后了，谁知道后续的发展，却引起了人们更多的热议。

原来，刘聂康复后，居然请了神婆在家里驱邪！

更让人奇怪的是，周围的邻友都支持这个举动，甚至有关系比较近的亲友激动地说：“怎么现在才请？请晚了！”

在即便是农村也可以上网、资讯异常发达的今天，还有人请神婆驱邪确实算是一个爆炸性的新闻。于是小镇上的“新闻工作者”们就四处打听，追根究底。

原来，事情真有点蹊跷。

这段时间刘聂家就像中了邪一样，连出了几件大事：数月前刘聂的兄长刘最（化名）暴毙，这才没多久，刘聂自己又差点因为一氧化碳中毒一命归西。

奇怪的是，刘聂一氧化碳中毒的当天，并没有在房间里找到散发一氧化碳的源头。

刘聂家里，能散发一氧化碳的，只有放在厨房残留火苗的煤炉[①]，但厨房和卧室并不直接连通，中间还隔着客厅，而且厨房的窗户是半掩着的，就算产生了一氧化碳也会散发出去的。

这点也得到发现刘聂一氧化碳中毒的工友们的确认，他们冲进屋里救出刘

---

① 残留火苗的煤炉：这是南方农村的一种习惯，为了烧水方便，家里常年会放置一个不熄火的煤炉，煤炉大小和水桶差不多，由铁皮包裹隔热材料制成，中间有一个孔洞，可以放置三四块煤球，下方有风门通风。使用的时候就打开风门，将烧水的铝壶放在上面，十几分钟水就烧好了，很方便；如果不使用，晚上也不会让它熄灭，会关上风门换上一块新煤，这样即使过一晚上也不会熄灭，只需要第二天早上打开风门又可以继续使用。

这种煤炉不但可以烧水还可以做饭炖汤，很方便，但因为它燃烧不充分的时候会散发很浓的一氧化碳，发生过很多事故，所以稍微注意的人家都会在晚上将煤炉放在一个通风的地方，不会将它放在密封的屋内，刘聂也是这样处理。

聂的时候，唯一有可能引发一氧化碳中毒的煤炉确实在厨房，厨房的窗户开着，根本没有一氧化碳。

有人提出一个猜测：是不是放在厨房的煤炉散发的一氧化碳被风从厨房吹到卧室里，导致刘聂中毒，这个不靠谱的说法几乎被所有人嘲笑。先不说卧室的门关得严严实实密不透风，就算这一氧化碳能透过来，但是厨房到卧室中间还隔着一个客厅，一氧化碳难道会按照事先设计的路线从厨房跑到卧室，难不成这些一氧化碳成了精长了脚？

出现了这种诡异事件，刘聂唯一能想到的原因就是被鬼上身了，于是请了神婆在家里跳大神，希望能驱除家里的邪气。

刘聂的父母自然万般赞成，尤其是刘聂的大哥在数月前暴毙，已经让他们受到了沉重的打击，这次小儿子又差点一命归西，更是被吓得魂不附体。或许，请个神婆来驱邪也让他们心里能得到一些慰藉。

事实证明，鬼神确实管不了人间事，驱邪之后才半个来月，刘聂家里就又发生了一件更邪门的事情。

这天，刘聂心情还不错，刚刚发了工资又难得有两天假期，喜欢唠叨的妻子也到县城逛街去了，晚上会睡在朋友家不回来，他便约了几个工友打麻将。

矿工们的工作虽然又危险又辛苦，但报酬还是比较可观的，月收入基本在一万元以上，因此他们的妻子很少有出去工作的，通常都是在家照顾丈夫孩子。刘聂家也不例外，妻子没有工作，家里的开支全靠刘聂在矿上的收入。按理来说，每个月有一万多块的收入，确实不算少了，但刘聂家最近出了不少事，花了不少钱，再加上丧兄的悲伤，自己出事的后怕，导致他有一段时间没打麻将了。

今天刘聂的手气不错，从中午打到晚上，没几个小时就赢了近一千块，心里暗暗欢喜。但赌场上有一个惯例，输了的人不愿意散场，只想着继续打，要将输了的赢回来，赢钱的即便想走也不好开口散场，只能继续作陪。

眼看已经到了晚上九点，刘聂正在琢磨散场的理由，突然手机响了，是妻子的电话："还在外面打麻将吧，早点回去，儿子在这里待不住，我让阿琴带他先回来了。今天你陪他睡一晚，我明天回来。"

刘聂一听不由心里直乐，这真是瞌睡碰上了枕头，总算有借口可以散场了，于是将情况和牌友们一说，输钱的即使再不情愿，也不可能不让刘聂回家带孩子啊，只能同意。

刘聂乐呵呵地揣着刚赢的钱回到了家中，等了没多久，和妻子一同前往县城的邻居阿琴就带着孩子回来了。

孩子手里拎了个袋子，装满了妻子买的东西，其中居然还有一条烟，显然是给自己买的。刘聂暗暗欢喜，很为自己找了个善解人意的好妻子而庆幸。

当天晚上哄孩子睡着后，刘聂也爬上床休息，睡觉之前他像是患上强迫症一样又去看了一眼煤炉，确定是熄灭的。

自从上次一氧化碳中毒之后，刘聂就格外小心，以前从来不熄灭的煤炉现在晚上都会弄熄，宁愿每天多花十几分钟生火，也不留下任何隐患。

因为打了大半天牌，耗费了不少精力，孩子也难得没有吵闹，当天晚上刘聂睡得很香。

刘聂还做了一个梦，梦中自己长了翅膀，越飞越高，和蓝天白云同舞，然后又从空中钻入了海洋，在水里畅快地和鱼儿一同游着泳。

这种翱翔蓝天和海中遨游的感觉很好，但可惜的是海水淹没了整个身体，时间一久，就感觉有点透不过气来，这个感觉越来越强烈，逐渐地，刘聂的意识模糊了，不久之后便彻底失去了知觉。

等到刘聂醒来，发现自己又莫名其妙躺在医院里，老父亲坐在病床边老泪纵横，看到他醒来大哭道："谢天谢地，我儿终于醒了！"

自己不是好好地在家睡觉吗，怎么又进了医院？

在老父亲的边哭边说中，刘聂终于知道那天晚上自己身上发生的事情。

原来自己又一次一氧化碳中毒！

而且这一次情况更为严重，同自己一起睡的孩子，也中毒了！更严重的是孩子因为年纪小，中毒的症状远比自己更严重，到现在已经过去大半天时间了，还在抢救！

如果不是第二天一早阿琴来喊刘聂和孩子吃早餐，这次刘聂父子就真的一命呜呼了。

为什么一氧化碳中毒的事情两次都发生在自己身上？如果第一次勉强可以用屋内有一个煤炉来解释，那这一次就完全没有理由了。

煤炉已经熄灭，不会再产生一氧化碳，家中所有的房间也没有任何可能会散发一氧化碳，这个导致自己中毒的一氧化碳到底从何而来？

这时，得知消息的妻子和老母亲从门外冲了进来，一左一右抱着刘聂号啕大哭，感叹老天有眼终于让他醒过来了。妻子告诉刘聂，现在孩子还在抢救中，具体情况尚未得知，但是医生在尽最大的努力，要刘聂不要太担心。两次莫名其妙地一氧化碳中毒，两次差点一命归西，而且这一次儿子状况如此严重到现在还生死未卜，刘聂如何能不担心？

但无论他如何思考如何回忆，却依旧理不清任何头绪，这两次一氧化碳中毒实在太诡异了！

就在一家人为孩子的命运忧心忡忡之时，两个穿着警服的人走进了刘聂的病房。

当先的一个介绍说自己姓马，是接到刘聂妻子报案过来的。

这个案件的侦破过程涉及亲子鉴定，这个马警官，正是后来我们抵达县局后，全程接待我们的警官。而我们这个事件主角刘聂一家的精彩表演，也从马警官抵达病房的那一刻起，正式拉开了大幕。

“我看见刘聂的第一眼，直觉就告诉我他有问题。”马警官后来回忆整个事件的时候如是说，“刘聂一看到我，脸上的表情是错愕和恐惧！”

马警官强调道：“那种神情我非常熟悉，每次我们抓到嫌疑人，他们的脸上就会有如此神情，而刘聂妻子报警的目的是想让我们来调查刘聂两次莫名其妙中毒的原因，按照常理来讲，就算事先没有和刘聂商量，那么刘聂的第一反应也应该是疑惑而不是恐惧。后来我向刘聂说明了来意，表示是接到他妻子的报警我们才过来，刘聂脸上的恐惧感才慢慢消散，之后他虽然很配合我们的调查，但在这个过程中自始至终没有和妻子说一句话，看得出来他对妻子报警一事很不满，这种情况也引起了我们的注意。”

但经验老到的马警官把这个疑点埋在心里，表面上若无其事地开始了对刘聂的询问。

马警官按照正式的流程，要求刘聂讲述两次一氧化碳中毒的经过，并详细做了记录。

刘聂讲述的第二次一氧化碳中毒的经过上文已经详细说过了，这里补充下他讲述的第一次一氧化碳中毒的经过。

半个多月前，刘聂准备上床休息，这天妻子带着儿子出远门留他一个人在家。

刘聂并没有多少业余爱好，也就是闲暇时好打个牌，节假日有时会打一个通宵，但如果第二天是工作日，他就会早早散场，保证自己的睡眠时间。毕竟下井工作量很大，也有一定的风险，精力不集中的话，风险会更大，谁也不敢拿自己的性命开玩笑，何况他肩上还挑着一家人吃喝拉撒的重任。因为第二天要下井，所以这天晚上刘聂没有出去打麻将，闲着没事干，就想着早点睡觉。

睡觉之前，刘聂和往常一样检查了煤炉，换了一块新煤，盖上底部的风门，让煤炉里的煤块慢慢燃烧，这样就可以坚持到第二天早上，到时候只要再换一块新煤打开风门火就会很旺，再将妻子包好的饺子下上几十个，吃完就可以浑身暖洋洋地上工了。

刘聂洗漱后，浑身舒坦地爬上了床，定好闹钟就进入了梦乡，不知道时间过去了多久，蒙蒙胧胧中刘聂觉得呼吸越来越不顺畅，脑袋越来越昏沉，后来就失去了知觉。

第二天早上，工友来叫他一同上工，发现无论如何敲门喊人都没有回应，打他手机又在屋里响，却始终无人接听，觉得情况不对劲才破门而入救出了他。

俗话说大难不死必有后福，但刘聂这次大难之后不久又遇到同样的大难，着实蹊跷。

马警官详细做了记录，决定马上去一趟刘聂家，实地调查一下情况，在没有任何一氧化碳源的房间里两次发生一氧化碳中毒的事故，不排除有人蓄意谋杀的可能。

刘聂听到“蓄意谋杀”这四个字，顿时脸色剧变。

马警官又一次把这个疑点记在心里，但表面上依旧不动声色。

马警官提出让刘聂的妻子陪同他去现场查看一番，却被躺在病床上的刘聂拒绝了。

刘聂的理由很充分，说孩子现在还在昏迷中，妻子没办法走开，而且案发时妻子不在家，对警方调查的帮助不大，而他在场的话可以回忆出很多细节，对调查有帮助，因此最好的方式是等他病情缓解，再陪警方一起去查看。至于对现场的保护，因为这两天家人都在县城医院陪自己和孩子，家里铁将军锁门，所有东西都没人搬动，始终会保持原样，不会影响调查。

马警官想到刘聂的孩子还躺在抢救室，这个时候让孩子的母亲回家协助调查也不合适，只要现场无人翻动，等两天也没关系，便答应了。马警官忙表示尊重当事人的意见，言语间透露出因为没有出现人命，如果受害方不追究，警方也就不会重视的意思。

其实，刘聂的表现，已经让马警官心生警惕，他的这些话语，是为了麻痹刘聂。

事实上，马警官询问完了刘聂，马上驱车赶到了小镇，去见了刘聂的邻居阿琴，想从这里了解一些情况。

阿琴告诉马警官，她的丈夫是刘聂的工友，自己也和刘聂妻子走得很近，平日里两家人关系很好。刘聂第二次一氧化碳中毒就是她发现的，当天早上她做好了早餐，想着刘聂的妻子没有回来，一个大男人带着孩子估计只会贪睡不吃早餐，怕饿着孩子，就去叫刘聂和孩子来一起吃，结果无论她如何叫门都无人理会。

因为刘聂家不久前出过一氧化碳中毒的事故，阿琴至今心有余悸，当时的第一个念头就是又发生了同样的情况，连忙叫来丈夫撞开了刘聂家门，果然发现刘聂和孩子双双昏迷在床上。之后她和丈夫赶紧打 120 将刘聂父子送往医院，其间还给刘聂妻子打了电话，刘聂的妻子当晚住在县城，闻讯提前赶到医院等着他们。

从阿琴这里，马警官并没有询问出什么新线索。看来，只能等刘聂出院后再深入调查了。

数天后，刘聂出院了，马警官闻讯赶到了刘聂家，看到神采依旧的刘聂颇为惊异。

一氧化碳中毒是一种很严重的事故，重度的一氧化碳中毒患者就算不死，往往也会出现很多后遗症，轻则肢体麻痹，短时间内大小便失禁，重则导致痴呆、肢体瘫痪。

刘聂遭遇两次重度一氧化碳中毒却依旧活蹦乱跳，着实让人惊叹他顽强的生命力。有人说这或许和他工作的环境有关系，在井下封闭的工作环境待久了，增加了他对有毒气体的抵抗力也说不定。

但刘聂的孩子则情况很不好，据说现在还在昏迷状态，有“脑死亡”的可能。“脑死亡”并不是我们大家熟知的“植物人”，“植物人”脑干功能是正常的，只是由于大脑皮层受到严重损害或处于突然抑制状态而昏迷，病人可以有自主呼吸，心跳和脑干反应也正常，医学史上出现过很多起“植物人”苏醒的案例，但脑死亡则无法自主呼吸，是永久、不可逆性的，比起“植物人”更为严重。

整个刘家愁云惨淡，马警官踏入刘家的第一步就感受到了这种压抑的气氛，只有刘聂，或许是因为他性格坚毅的缘故，在带着马警官调查整个房间的过程中，脸上并没有流露出什么伤痛之色。

刘聂的家只是一座很普通的红砖砌起来的平房，与农村的砖瓦房类似，房子很新，是年前刚刚砌好的，因为防潮和美观的考虑，地基上铺设了三四十厘米高的架空层①。整座房子分为东西两个部分，每个部分都有独立的客厅、主次卧、厨房、卫生间和杂物间。据刘聂介绍，之所以房子盖成这样，是考虑到他们有两兄弟，可以一人住一半，互相不打搅还可以有个照应。

但遗憾的是哥哥刘最数月前因病去世，如果现在还在世的话，说不定和自己一样娶了媳妇住进了新房里。刘聂说到这里一脸黯然，经历了丧兄之痛又两次差点丧命，他内心的苦闷可想而知。

刘聂带着马警官来到卧室查看，这里和厨房隔了厚厚一堵墙，如果要从厨房进入卧室，需要经过前面的客厅。第一次刘聂一氧化碳中毒的时候厨房放置着一个有可能产生一氧化碳的煤炉，但一氧化碳要从厨房飘到卧室不光要经过客厅，还需要穿过两扇门。而且刘聂回忆说，自己平时睡觉习惯关上卧室门，厨房的门当时也是关闭的，所以一氧化碳还能飘进卧室，确实很诡异。

而第二次一氧化碳中毒更不可能是煤炉引起的，因为刘聂清楚地记得自己在睡觉之前用火钳夹出了煤炉里面所有燃烧的煤，丢到了垃圾堆里让它们熄灭。

马警官走到厨房，看到了维持原样的煤炉，里面确实是空的。

平常刘聂家烧水做饭除了用煤炉之外还会用液化气。当时也怀疑过液化气中毒，但是一氧化碳中毒和液化气中毒是不一样的，液化气中主要成分是一些烷烃类有机化合物，一氧化碳的量很低，确切地说，只要不是在密闭空间内开着液化气燃烧，一般是不会中毒的，更不存在致死的可能。当天晚上卧室门是

---

① 架空层：指的是建筑物深基础或坡地建筑吊脚架空部位不回填土石方形成的建筑空间。

农村新房常见的架空层和城市楼房的架空层不一样，城市里楼房的架空层一般都比较高，有的甚至有一层楼高，整个架空层是镂空的，只用几根承重柱加上一两面墙壁支持整栋楼房的重量，这些架空层里面会放一些桌椅板凳或者健身器械，作为小区居民休闲的地方。

而农村的架空层一般高只有十几厘米到半米之间，四周用砖石封闭，里面是空的，目的是为了让地板远离地表，保持室内干燥。

紧闭着的，也不可能在卧室内燃烧液化气，所以不存在液化气中毒的可能。

马警官仔细查看了下房间，里面的陈设比较简陋，家电家具都比较旧，一看就知道是从老房子里搬过来的，还没有来得及添置新东西。

这种先盖房子再慢慢添置家电家具的情况很多，现在农村盖一栋新房花费不低，在有地基的情况下，盖这么一栋大房子也需要二十多万，刘聂属于外来户，地基需要花钱买，盖这房子花费不低，估计这栋房子也花光了刘聂的积蓄，说不定还欠了外债。

这小镇别看不起眼，其消费水平高得令人咋舌，随随便便买一件衣服就是大几百块，很简陋的一个 KTV 唱个歌不带酒水就是五六百，在不少方面其消费水准比省城都要高很多。

幸好刘聂命大福大，两次死里逃生，如果他一命呜呼，妻儿父母在这个地方也很难生存下去。

仔细检查后没有发现任何可疑的地方，马警官决定暂且将这个案件搁置一段时间。

这个案子，目前没有任何头绪，有人“蓄意谋杀”刘聂也只是个猜测，没有任何证据，不排除出现非人为意外的可能。没有更好的方向去调查，不妨先让这件事情沉淀一下。如果说，确实有人要杀刘聂，而且第一次没有达成目的紧接着还第二次出手，这说明凶手要杀刘聂的想法非常强烈，那应该还会有第三次。

因此，马警官把警方暂时搁置案子以及对凶手的推断告诉了刘聂，并郑重其事地交代，家里无论出现什么可疑状况，无论大小，都要马上与警方联系。

马警官一再叮嘱刘聂要小心，但是却奇怪地发现，刘聂明显舒了一口气，神情也变得自然起来。照道理讲，警方调查的这个事件关系到他的生命安全，越是查不到结果他应该越紧张才对，怎么一提出暂时中止调查，他反倒如释重负？

马警官越发感觉到这个事情很不简单，在刘聂身上，一定隐藏着什么不可告人的秘密！

这个秘密，应该与刘聂两次一氧化碳中毒无关。如果案件到此为止，隐藏在刘聂身上的秘密就会一直是秘密，不为别人所知。但显然，事情的发展并没有如刘聂所愿。

马警官是一个经验丰富的老警员，虽然隐隐觉得这件事情没有那么容易就结束，但万万没想到后续进展会那么快那么猛烈！

2. 妻子的秘密

马警官回公安局的当天晚上，收到了一条陌生人发来的短信，里面有一句话："刘聂有问题，具体情况可以问问邻居阿琴。"

马警官心里不由一惊。

马警官吃惊的主要原因是，在前几天询问阿琴的时候，马警官判断阿琴知道的情况并不多，但按照这个短信的说法，阿琴难道与此事牵涉的很深，并且成功瞒过了自己？

无论谁，只要见阿琴一面，就能感觉到她是那种心地善良又热心肠的姑娘。怎么看，她都不是一个心里能藏住很多事的人。

马警官凭着多年办案的经验，还是选择相信自己的判断：阿琴，并没有刻意隐瞒。

那就只有一种可能，阿琴了解一些情况，但是这些情况表面上看来与案情并没有联系，因此阿琴才没有说。

马警官决定连夜询问阿琴。但是在询问阿琴之前，还有一件更重要的事情要做，那就是调查这个短信的来源，这个发短信的人，必然知道详细的内幕！

马警官的深夜来访，显然出乎阿琴的意料，所有的反应都和正常人一样，既疑惑又紧张。

马警官说明了来意后，阿琴才稳住心神，向马警官保证自己之前所说的就是全部情况，如果一定要补充的话，无外乎就是一些平常邻里之间的交往，没什么特别的。

马警官一边听着阿琴的讲述，一边观察她的神情，直觉告诉他阿琴没有说假话，但如果发短信之人不是故意误导他的话，阿琴一定知道什么情况，但这种情况表面上看来与刘聂一氧化碳中毒是没有一点关系的。

于是马警官引导阿琴回忆："在刘聂身上是不是出现过什么奇怪的事情，有让你很疑惑的地方？"

阿琴闻言仿佛想起了什么，声调陡然高了起来："对了，如果一定要说奇怪的话，那就是刘聂对他儿子态度很不对劲，以前像宝贝一样，千依百顺，但是后来却非常冷淡，珊珊很多次在我面前抱怨，前几天我陪她去县城逛街她还说起这个事情，说刘聂对孩子太不负责任，她都想离婚了！”

这个情况果然极其不正常，联想到白天在刘聂家调查的时候，提到昏迷不醒的儿子时，刘聂那种淡然的神情，马警官心知这里面一定有很大的问题！

难道刘聂的秘密跟儿子有关系？

刘聂对儿子的态度前后有异，但这点目前也没办法跟刘聂一氧化碳中毒的事情联系起来。

马警官决定暂时不打草惊蛇，等手机号码的调查结果出来之后，再对发送短信的人进行询问。

经过这次询问，可以确定那条短信所说的内容属实，刘聂确实有问题，阿琴也确实知道一些情况，但阿琴知道的情况太少了，这个发短信的人，必定知道更多的内幕。

手机号码的调查结果也很快出来了，这个号码的拥有者在省城。马警官连夜开车去了省城。第二天一早，马警官就出现在了机主的面前。机主是一个十一二岁年纪的少年，当马警官找到他的时候，他正哭丧着脸待在家里，闷闷不乐。

当马警官突然出现在他面前时，少年居然一点都不惊慌，反而是满脸的惊喜。

少年看着马警官，兴奋道：“警察叔叔您好！您真厉害，我没有报警您都找来了！”

马警官没被少年这句没头没脑的话弄糊涂，开口问道：“你的手机……是不是掉了？”

“对啊对啊，警察叔叔您真厉害，我的手机昨天晚上在放学的路上掉了，您帮我找回来好不好！”

马警官一脸苦笑，果然不出所料，知情人为了不暴露身份，采取了偷手机发信息的手段，着实谨慎至极。

在马警官的询问下，少年详细地说明了手机丢失的情况。

昨天下午放学后，少年和往常一样回家，但想到父母周末都加班，自己这两天在家可以为所欲为，就异常兴奋。

从学校到家里走路大概二十分钟，少年平常都是走路上下学，今天也不例外。

给朋友打了电话约好第二天一起出去玩，少年就随手将手机放在了身后书包的侧面口袋里，一蹦一跳地往家里走去。

手机是过年用压岁钱买的，杂牌子便宜货，所以少年也不是很宝贝，没有和许多同学一样拴根绳子吊在脖子上。

没想到回到家后，发现这丢在大马路上都没人捡的便宜货竟然不见了，少年急匆匆地返回去找，但傍晚时分的大街上行人很多，根本无从找起。

手机再怎么便宜也是自己用压岁钱买的啊，少年心痛不已，想要父母报警，父母嫌麻烦，说几百块钱的手机丢了就丢了，过两天给他买个新的。

虽然父母承诺买新手机，但少年心里还是很不舒服，第二天没有心情应约去找朋友玩，一个人闷闷不乐在家坐着，却不想马警官居然找上门来了。

少年思想单纯，以为马警官神通广大知道自己丢了手机主动找上门来处理，眼睛里满是期待。

马警官让少年带着他从居住的小区走到学校，确定手机可能丢失的位置。

少年自然应允，带着马警官从小区出来之后一路步行到学校，整个路程也就不到二十分钟。

其间经过数个街道，高楼林立、商铺众多，且正值周末，行人如织。

马警官留意了一下，最值得注意的地方是途经的一个长途汽车站，汽车站进进出出的人非常多，少年的手机很可能就是在这个区域被偷的。

偷手机的必定就是那个知情人，目的就是为了给他发短信而不暴露身份。

知情人怎么会出现在省城？他（她）是一直住在这里还是恰好经过这里？给自己发短信是蓄谋已久还是临时起意？他（她）引导自己去调查刘聂到底出于什么样的目的？

这所有的疑问，目前都没有答案。

把少年送回家，马警官直接把车停在路边，开始了沉思。

或许换一个人，会将这个毫无头绪的案子暂时放置，毕竟这个案子的起因只是为了调查刘聂一氧化碳中毒一事，现在没有任何证据证明是有人蓄意谋杀刘聂父子，更重要的是当事人刘聂没有任何调查下去的意愿。

但马警官作为一个老警察，敏锐地感觉到这个案子不简单，其中一定隐藏着很深的内幕。但是这个内幕该如何揭开呢?

马警官觉得自己好像忽略了什么。而自己忽略的细节，正是揭开内幕的关键。

马警官在心底把整个事情捋了一下。

先是刘聂的妻子报警，说丈夫经历两次诡异的一氧化碳中毒，生死未卜，希望警官来调查真相。马警官赶往医院后，当时刘聂从昏迷中苏醒了，但他的儿子还没有脱离生命危险。之后马警官就展开了调查，去了阿琴家里，又去了刘聂家中。之后案情陷入僵局，准备搁置时，突然收到了一条奇怪的短信。再之后就是来省城调查短信的来源。

这就是整件事情的过程。这其中到底有什么疑点自己没有想到呢?

突然，马警官灵光一闪:报警人。

马警官接到报警后去了医院，见到了刘聂的妻子，确实是一个很漂亮的少妇。或许是因为她的漂亮转移了马警官的注意力，再加上两次一氧化碳中毒她都不在家，因此就没有对她进行深入的问询。

但有一点让马警官觉得很奇怪，刘聂的妻子在丈夫昏迷之后第一时间报警，想必是对丈夫、孩子非常关心，但为何几天时间过去了，却没有再露面?即便是因为要照看孩子抽不出时间来见自己，那给自己打个电话询问一下案情的时间总是有的吧?在医院第一次见到刘聂妻子的时候马警官就已经将自己的手机号码告诉了她，照道理讲，如果真的关心丈夫和孩子，总要打个电话询问下情况才对。

但刘聂妻子这么久一直没有打电话询问，完全不符合常理。

难道刘聂的妻子就是发短信的人?

一是因为刘聂妻子知道他的手机号码，二是因为刘聂妻子知道阿琴了解内情。

更重要的是，阿琴说刘聂对儿子不好的时候，提到了刘聂妻子在她面前抱怨说丈夫对孩子不好，她想离婚!

换而言之，不管是有意还是无意，她的行为都在加深阿琴心中“刘聂对儿子不好”一事的印象。

不过刘聂的妻子现在应该还在县城医院陪护孩子，不可能跑到一百多公里之外的省城来偷手机发短信，所以这个知情人应该不是刘聂妻子，而是另有其人。

现在案子已经进入了死胡同，询问一下刘聂的妻子，总比现在束手无策要好得多。

为了不惊动刘聂一家，马警官准备以前期调查结束，需要报案人来公安局走个流程为理由，让刘聂妻子来公安局一趟。

但这个时候，古怪的事情发生了！

马警官给刘聂妻子打电话，显示手机关机，马警官又给刘聂打电话，刘聂接通电话的时候语气还比较淡然，但马警官说出让刘聂的妻子来公安局走流程一事的时候，刘聂明显紧张起来，语调都有点压抑不住的颤抖。

刘聂告诉马警官，儿子被医生确诊为脑死亡，妻子经受不住打击，已经离家出走一整天了，他们找了一天，都没有妻子任何踪迹！

马警官大吃一惊，这么重要的事情，自己居然没有接到通知！

马警官曾对刘聂和其父母再三强调，家里无论发生什么异常情况，一定要第一时间给他打电话，却不想妻子失踪这样重大的事件都不通知他，要说这里面没有蹊跷任谁都无法相信！

马警官强迫自己冷静下来，现在面临的状况，正是考验一个刑侦人员判断力的关键时刻！

短短几个月内，刘聂家经历的大事一件一件在马警官脑海里掠过：

数月前，刘聂的哥哥因病暴毙。

十几天前，刘聂第一次一氧化碳中毒，被工友发现幸免于难。

数天前，刘聂和儿子同时再次一氧化碳中毒，刘聂人难不死，儿子却被医生诊断为脑死亡。

一天前，刘聂的妻子因为承受不住儿子脑死亡的打击，离家出走，音讯全无。

根据和刘聂一家关系很好的邻居阿琴所说，刘聂以前对儿子很好，但后来态度却变得很冷淡。

种种事件串联起来，马警官灵光一现，仿佛一道闪电刺破迷雾，他立即掏出手机拨通了阿琴的电话。

“是马警官啊，您好，请问有什么事情？”电话那头传来阿琴的声音。

“打搅了，没什么大事，您现在说话方便不？”得到肯定的答复后，马警官继续道："就是想问一下，刘聂对待儿子态度的转变，大概在什么时候？"

阿琴思索了一下，犹豫道："挺久了，给我的感觉应该超过一年，之前只要一有时间他就会带着儿子出去玩，但是这一年来就没有见过他单独带儿子，每次一有时间就跑去打麻将，珊珊以前没和我说过，但我能感觉到不对劲，她想和刘聂离婚应该也是忍受这种情况太久了。"

"珊珊失踪了，你知道吗？"马警官冷不丁来了一句。

"什么！怎么可能？"阿琴大吃一惊，语调不似作伪，马警官仿佛从电话里都能看到她目瞪口呆的神情。

"孩子确诊脑死亡，珊珊承受不住打击，离家出走了。"

"天啊！怎么会发生这种事情，可怜的珊珊！马警官，拜托您一定要尽快找到珊珊，我怕她会想不开做傻事！"

"我理解您的心情，但请您不要急，这个事情比较复杂，您最好当做什么都不知道，也不要将我们今天通话的内容告诉任何人，请相信我们警方，一定会将此事查个水落石出！"

马警官再三交代阿琴不要将通话的内容告诉任何人，随后挂断了电话。

现在马警官几乎可以确定，刘聂的妻子就是案情的关键！她一定知道很多内幕！她的失踪，绝不仅仅是因为孩子的夭折，甚至可能是因为知道内幕而有了生命危险！

这个让她感觉到生命危险的内幕究竟是什么？马警官感觉自己心里有些底了。

他马上驱车从省城赶回县城，召集警员开了一个紧急会议，会上安排了一些任务。

会后，马警官径直赶往医院。妻子失踪之后刘聂一家都在医院看护孩子，马警官决定对刘聂妻子失踪的情况做详细的了解，虽然有规定成年人失踪四十八小时之后才能立案，但今天这个事件非同寻常，属于特事特办。

赶到医院之后，恰逢医生让刘聂家人考虑是否继续用呼吸机延续孩子的生命。在这重要的抉择时刻，沉闷的空气让见惯大场面的马警官都感觉喘不过气来。生离死别的场景马警官见过不少，但在现场真正见到一个脑死亡患者，而且要目睹患者的至亲做出最艰难的决定，马警官依旧觉得这是让人窒息的一刻。

这里请允许我科普一下脑死亡：

人脑是由延髓、脑桥、中脑、小脑、间脑和端脑等六个部分组成，延髓、脑桥和中脑合称脑干。人体的呼吸中枢位于脑干，因此脑干功能受损会直接导致呼吸功能停止。人体一些部位的细胞在受到伤害后可以通过再生来恢复功能，而神经细胞则不同，一旦坏死就无法再生。所以，当一个人的脑干遭受无法复原的伤害时，脑干就会永久性完全丧失功能，以致呼吸功能不可逆地丧失。随后，身体的其他器官和组织也会因为没有氧气供应，而逐渐丧失功能。

唯一延续脑死亡患者生命的方式就是使用呼吸机，但脑死亡和植物人不同，植物人还有一线希望苏醒过来，但脑死亡患者却没有任何苏醒的可能。

脑死亡患者最终的命运必定是死亡，唯一的问题就是亲人们愿意用呼吸机将他的生命延续多久。

而今天，刘聂的孩子也站到了死亡的悬崖边，他会不会从悬崖上掉下去，完全取决于他的亲人是否愿意取下挂在他口鼻处延续呼吸的那台仪器！

孩子年纪很小，只有两三岁的样子，小小的身体躺在白净的病床上，一动不动，神态安详，仿佛进入了香甜的梦乡，只有那台接在他口鼻处的机器告诉人们一个残酷的现实：他处于脑死亡状态，永远都无法苏醒，等待他的唯一归宿只有死亡。

病房里沉闷的空气让马警官感觉透不过气，他走出了病房，倚靠在门口的一个角落，点上一支烟深吸一口，这是他的习惯，每次遇到压抑的环境都会抽一支烟来缓解。

刚刚吸了一口，突然意识到这是在医院，抽烟很不合适，马警官连忙撕了一片烟盒纸熄灭烟头，将剩下的半截扔到旁边的垃圾桶里。

马警官所站的位置非常有讲究，这里正好可以避开病房里众人的视线，又可以观察到病房里的动静。

医生已经离去，病房只剩下刘聂和其父母，三人没有说话也没有哭泣，或许是在之前已经把眼泪流干。

良久，马警官听得刘聂沉重地叹了一口气道：“放弃吧！”

这一句话重新激起了三人心中的悲痛，病房里传来了两位老人的号啕大哭，刘聂母亲哭叫着：“不行，宝宝一定还有救，你看他现在只是睡着了，等他睡醒就好了！”

刘聂一把抱住母亲，放声大哭道："妈，医生都说了，脑死亡就是彻底失去了苏醒的希望，只能这样勉强维持着，继续下去，宝宝痛苦，我们也痛苦，就让他这样去吧，只要你们二老身体健康，我会再给你们生一个大胖小子，如果你们急坏了身体，我们这个家就彻底垮了！"

两位老人的哭声越发惨烈，却没有再说任何反对的话，毕竟事实摆在眼前，孩子已经彻底没有苏醒的希望，更现实的情况是，刘聂家并不富裕，每天高昂的维持费用他们根本承担不起，让孩子就这样离开，或许是最好的选择。

躺在病床上的那小小身躯的命运已经注定了，马警官不由得鼻子一酸，或许人世间最无奈的事情莫过于此吧。

接到通知的医生走进了病房，拿出一份协议让刘聂签字，以示接下来的行为征得了家属的同意，或许是这样的情况他们见得太多，始终面无表情。

所有签字确认的手续办理完毕之后，医生要求家属离开房间，刘聂协同父亲将死拽着孩子双手的母亲拉出了病房，三人刚一出门，房门就砰的一声关上了。

刘聂和其父母瘫倒在过道的椅子上，哭得撕心裂肺、肝肠寸断。

房门一关，和孩子就彻底阴阳两隔，白发人送黑发人的悲痛，只有当事人才能感受。

马警官痛心之余，没有忘了自己此行的目的，整个过程他都在仔细观察刘聂三人的表现，三人都表现得非常悲痛，如果是普通人肯定看不出什么端倪，但马警官并不是普通人。

刘聂父母的悲伤似乎是发自内心，毫无伪装的痕迹，但刘聂的神情虽然很伤痛，给他的感觉却似乎做作的成分居多，表演天赋不是每一个人都有的，显然刘聂就不具备这个天赋，他干号了半天，眼里却始终没有一丝泪花。

"如果这个刘聂没有问题，那就把我老马的名字倒过来写！"马警官暗中下定了决心，"这个事情我一定要查个水落石出！"

许久之后，刘聂安顿好父母，终于有空闲和马警官见面，马警官知道接下来刘聂还有很多事情要处理，也就没有多言，开门见山询问刘聂是否知道妻子的去向，并希望他提供妻子所有的情况。

刘聂很是配合，将妻子的情况事无巨细都告知了马警官。

刘聂的妻子姓杨，单名一个珊字。

在第一次见到杨珊的时候，马警官就觉得颇为奇怪，因为杨珊的年纪看起来比刘聂小很多，两个人更像是父女而不像夫妻。今天刘聂亲口确认了杨珊的年龄只有二十三岁，比起三十五岁的刘聂小了整整一轮。

不仅是年龄有差距，外貌上差距更大，杨珊是个典型的美女，而刘聂的模样怎么看都是一个极为普通甚至可以说是略显丑陋的汉子，但从表面来看，用一句俗话可以完美地形容这对夫妻：“一朵鲜花插在牛粪上。”

不过这个世界上美女配丑男的情况多了去了，况且爱情这东西本就不可用常理来推断，只要两个人两情相悦什么都不是问题。

而且刘聂的收入相对来说并不低，虽然性格有点沉闷但是很顾家，许多矿工发了工资就聚众赌博挥霍一空，刘聂只打输赢数较小的麻将，还算是值得托付终身。

杨珊的身世很可怜，从小父母双亡，跟着叔叔婶婶一起生活，但是叔叔婶婶对她不是很好，完全把她当成免费保姆来用，家里几乎所有的家务都让她一人来做，从小学开始，每天她需要提前一个多小时起床，做好一家人的早餐，伺候叔叔一家人吃完之后，才能背着书包走几十分钟的路去上学，中午她一般没饭吃，一直要饿到晚上回来。当然，做晚饭也是她的任务，至于洗碗扫地洗衣服那更是她每天的必修课，唯一不需要她做的就是买菜，因为婶婶怕她昧下买菜钱。

一旦叔叔婶婶有不顺心的事情，就要找她发泄怒火，说她是扫把星，有时候还会狠狠地揍她。父母离世之后，她在这个家里从来没有感受到一点点的温暖。

读完初中之后，杨珊就没有再上学，叔叔婶婶的理由是女孩子读多了书没用，实际原因是怕花钱，九年义务教育没有什么花费，高中每年都要交学费，叔叔婶婶肯定舍不得出。

这样的日子过久了，杨珊也就习惯了，认命了，如果不是发生了一件意外事件，或许她要一直忍气吞声地在叔叔婶婶家住下去。

俗话说，女大十八变，随着年纪逐渐增长，即便是没有漂亮的衣服、昂贵的化妆品，杨珊也焕发出一个青春少女该有的光彩，出落成一名美丽的少女。但是这个时候，有一双贪婪的眼睛盯上了她！

一天，婶婶带着堂弟回娘家，叔叔因为工作没有一起去。晚上，劳累了一天的杨珊在自己的房间进入了梦乡。到了凌晨时分，一个人影悄悄打开了杨珊的房门，摸到了杨珊的床边。

借着窗户里透进来的昏暗月光，人影看见了床上那盖着薄薄被子的玲珑有致的身体，淫笑着扑了上去！

说时迟那时快，只看到刀光一闪，人影“哎哟”惨叫一声，从床上跌落下来。

杨珊披上衣服跳下床铺打开房灯，就看到了缩在墙角抱着胳膊大声惨呼的人影，这个人影不是别人，正是她的叔叔！

杨珊虽然学历不是很高，但也会看电视上网，禽兽亲戚的故事也听了不少，平时叔叔的那种目光意味着什么，她早已心知肚明。因此，她偷偷在自己床边放了一把刀，以防万一。

没想到，这万一还真就发生了。杨珊在半睡半醒之间，仿佛听到了房门开启的声音，一直以来都很警觉的她马上就醒了，于是就有了刚才那一幕。

叔叔的手臂被划伤，并不是很严重，但看到杨珊手里明晃晃的刀，马上做了一个惊人的举动：跪在地上，央求杨珊原谅，说只是他一时的冲动，以后绝对不会发生这样的事情。

毕竟是自己的亲叔叔，毕竟养育了自己十几年，杨珊还能说什么，只能选择原谅。

然而杨珊的忍气吞声并没有让事情就这样过去。

第二天婶婶回来了，看到叔叔手上的伤口，一再追问，叔叔支支吾吾地找了个借口，被婶婶当场识破，再加上杨珊躲躲闪闪的神情，婶婶怎么可能不明白发生了什么事情。

但神奇的是婶婶并没有责怪叔叔，却转过头来臭骂杨珊是狐狸精，说她克死了父母还要勾引叔叔，是一个地地道道的贱货，边说边拿起扫帚对杨珊就是一顿毒打，整个过程中叔叔始终不发一言，只是畏畏缩缩地看着两人。

杨珊积累了多年的怨恨终于爆发了，从房间里摸出划伤叔叔的那把刀，发狠说要砍死婶婶，叔叔婶婶大惊失色，一同前来夺刀，抢夺过程中三人都有受伤，但并不严重。

事情发展到现在，这个家杨珊再也待不下去了。

杨珊径直走出了这个算不上家的家门，再也没有回去过。当时的她真的是山穷水尽，身无分文。幸好有一个很要好的初中同学帮了她一把，接她住到了自己家里，让她度过了最艰难的那一段时间。

同学的家也不是久待之处，从同学父母越来越冷淡的神情里，杨珊知道自己该走了，便跟同学借了几百块钱，自谋生路。

杨珊脑瓜子够用，打听到小镇矿工都很有钱，物价也高，便从外地的批发市场进了一批小商品，大包小包地背着到小镇上摆地摊。

她人长得漂亮，小商品价钱也公道，因此吸引了很多顾客，时间一久，就成为了小镇上的一道美丽的风景。

虽然杨珊没有店面，只有一个彩色油毡布铺好的地摊位，但无论男女老少都喜欢多走几步到她这里来买东西，漂亮女孩子谁都喜欢接近，就算不买东西看一眼也能让心情愉悦。

而刘聂和阿琴，都是杨珊的常客。

阿琴的性格开朗，很快就和杨珊混熟了，时间一久两人就成了无话不谈的朋友。

杨珊当时在小镇上租了一间房子当做落脚之处，为了省钱当然是选择了最便宜的那种，没有厨房，厕所公用，非常不方便。阿琴的老公是矿场勤务人员，经常值夜班，她一个人在家害怕就经常邀请杨珊去家里住，一来二去和邻居刘聂也熟悉了。

杨珊摆摊的时候，刘聂就经常去光顾，买东西是假，看美女才是真。等杨珊经常住到邻居阿琴家后，刘聂更是跑得殷勤，经常会买一些东西送给阿琴，“捎带着”也会给杨珊买一份，这举动傻子都明白刘聂心里想什么。

在阿琴有意的撮合之下，时间一久，两个人就产生了感情。虽然刘聂年龄大点，长得丑点，但在杨珊这里，并不是太严重的缺点。杨珊自幼父母双亡，正需要一个年纪比她大的男人去关心照顾，她更看重他诚恳顾家的性格。

外貌再美也只能欣赏一时，性格合适才能幸福一世。

相处一段时间后，两人结婚了，其间杨珊拒绝了许多追求者，认定了要和刘聂过一辈子，刘聂也很是珍惜这段感情，对妻子关怀备至。

婚后一年多孩子出生，杨珊也就不再摆地摊，一心相夫教子。

刘聂告诉马警官，杨珊是一个真正的好妻子，不但年轻漂亮而且特别贤惠，洗衣做饭，照顾丈夫儿子，孝敬两位老人，是持家的一把好手。她也不像镇上别的女人一样，有空就去打麻将、传闲话，平时除了忙家务，也就是和邻居阿琴亲近一些。

他能娶到这么好的妻子，真是上辈子修来的福，是他无能，让妻子吃了许多苦，这次孩子出事也怪他太不警觉了，妻子离家出走都是他造成的，他非常后悔。

刘聂说到这里时，眼里含着泪水，可以看得出，这些都是他的真心实意，如果是演戏，他反而演不了这么真。

马警官安慰了他几句，告诉他过去的事情都过去了，眼下最迫切的就是要找到杨珊。女人一般都很感性，丧子之痛放在任何人身上都无法承受，何况是杨珊这样一个从小父母双亡的孤儿，可以说孩子是她在这个世界上唯一的血亲，如果不尽快找到她只怕她会做傻事。

马警官询问刘聂杨珊的老家在哪里，除了叔叔婶婶还有什么亲戚。按照常理推断，承受了巨大打击的杨珊很有可能会回老家，就算不去找叔叔婶婶也有可能投奔别的亲戚，或者会回去找那个曾帮她渡过难关的初中同学。

但奇怪的是，刘聂告诉马警官，杨珊没有身份证，属于黑户，他们也没有领结婚证，只办了婚宴，在农村，办了婚宴就相当于正式结婚，所以他也没有太在意。

而且杨珊因为从小被叔叔婶婶虐待，从来不愿意提起家里的事情，所以他们根本不知道杨珊的老家在哪里，只从杨珊的口音判断应该就是这附近的人。

更奇怪的是，那个给了杨珊很大帮助的初中同学，刘聂竟然也毫不知情！

是杨珊始终不愿意跟刘聂透露自己老家的地址，还是刘聂在刻意隐瞒什么？

刘聂之后又忍不住跟马警官说了一些关于妻子的事情，无外乎就是妻子的性格如何温柔，对他如何好，生活如何幸福之类。马警官有意将话题引向孩子，想看看刘聂对孩子的真实态度，但只要一提到孩子，刘聂脸上马上浮现出莫名的痛苦表情，虽然言语中没有明确说出来，但他的意思明显是在指责马警官毫无怜悯之心，怎么会在这种时候还和他聊一些关于孩子的话题。

马警官心知如果刘聂有意隐瞒肯定问不出什么情况，于是及时停止谈话，劝刘聂节哀顺变，办好儿子的后事，寒暄几句之后就离开医院，赶往了小镇。

马警官这次前往小镇是要再次和阿琴见面，想从阿琴这里了解杨珊的情况，和刘聂交待的做一个比对，希望能从中发现什么不寻常之处。

这也是警方办案常用的一种方式，同样的问题询问不同的人，可以从中发现一些对破案有帮助的线索。

当马警官赶到阿琴家中，阿琴正焦急地等着他，相对于刘聂一家心思都放在孩子身上，阿琴显然更担心她的好朋友杨珊。阿琴比杨珊大上几岁，模样虽然不如杨珊俊俏，却也称得上周正。阿琴是那种心地善良又热心肠的姑娘，可以说，任何一个接触过她的人都会喜欢上她的性格，马警官也不例外。

马警官告诉阿琴，她说的越详细对找到杨珊越有帮助，于是阿琴便从刚认识杨珊开始，一直说到几天前陪杨珊去县城玩，那也是她最后一次见到杨珊。

阿琴讲述的内容大致和刘聂讲述的差不多，不同的是阿琴将她如何撮合刘聂的经历，还有她和杨珊闺蜜之间的一些小秘密都说了出来。

这其中有三个小细节引起了马警官的注意：

第一，阿琴说当时她作为中人撮合杨珊和刘聂，是杨珊主动提出来的。

最开始刘聂很自卑，只是默默喜欢杨珊不敢表露出来，因为杨珊又年轻又漂亮，而他已经三十来岁了，长得又有点丑，总觉得配不上杨珊。而且周围的人都这样认为，包括阿琴自己，因此一开始阿琴并没有想到要撮合两人。

直到杨珊主动告诉阿琴她对刘聂感觉不错，阿琴才开始在暗中给刘聂鼓劲，并告诉刘聂如何去讨杨珊开心。刘聂送给她和杨珊一人一份的那些小玩意都是阿琴的建议，事实证明这些建议非常有效，刘聂最终收获了爱情。

第二，当时追求杨珊的人很多，除了刘聂以外，还有一个和她很熟悉的人也在追求杨珊，这个人正是刘聂的大哥刘最！

刘最比刘聂大五岁，按理说早应该结婚生子了，刘最却始终单身一人，原因就是因为他的性格和弟弟刘聂完全不同，如果说刘聂是一个典型的顾家好男人的话，哥哥刘最就是一个不折不扣的败家子。

刘最和弟弟一样也是矿工，每个月工资上万，但他从来留不住钱，所有的钱都用来做一件事：赌博。

领到工资的当天，他一定会进赌场，不输光绝不下场。

输完了就到弟弟或者父母家混吃混喝，这样的男人怎么可能有人愿意嫁给他？

一开始刘最追求杨珊比弟弟刘聂主动许多，但他采取的方式就是只要杨珊一来，他就到阿琴家蹭饭吃，觍着脸皮说一些让旁听的阿琴都起一身鸡皮疙瘩的话，每次发了工资他也会给杨珊买一些东西，无非就是一瓶三块钱的橙汁或者五块钱的饼干之类。

如果一定要在刘最和刘聂之间做个选择，傻子都知道要选择弟弟刘聂。

后来杨珊主动说她对刘聂有好感，阿琴就将这个情况也告知了刘聂的父母。两位老人对自己小儿子终于有了两情相悦的意中人一事笑逐颜开，很有可能事后警告了刘最，自那以后刘最就再也没有来阿琴家给杨珊献殷勤。

第三，阿琴最后一次见到杨珊是数天前一起去县城逛街，县城离小镇不远，她们经常会去商场买一些衣物。

当天逛街杨珊是带着孩子的，逛完街之后杨珊说要去县城的同学家里住，带着孩子不方便，拜托阿琴将孩子送回家交给刘聂，自己只身一人前往了同学家里。

至于这个同学是男是女，具体位置在县城哪里，阿琴也不知情。

如果阿琴所说属实，杨珊当天确实是前往同学家中，那么至少可以证明一点：杨珊的老家就在县城，或者是县城周边，因为读初中的孩子都是选择就近入学，家里必定不会离学校太远。

除此之外，马警官还发现了一个不对劲的地方，之前刘聂的讲述中，杨珊出门的时候是带着孩子的，而且出门之前跟刘聂说了当天不回来，那么杨珊应该是有意带着孩子一同住到同学家，但为何最后又说带着孩子不方便，拜托阿琴将孩子送回家让刘聂照看？

当然这也可以解释为杨珊一开始就做好了先带孩子逛街，晚上再让阿琴送回家给丈夫照看的准备，不过既然有疑点，就一定要重点关注，不放过一切值得怀疑的线索，这也是警方查案必须具备的精神。

结束了和阿琴谈话的马警官又回到了公安局。大家应该还有印象，在赶往医院询问刘聂之前，马警官在公安局开了一个小会，会议上他安排几名警员去做了一些调查，这些调查对案件的侦破非常重要。

马警官一边等待着同事调查的结果，一边分析着案情：

杨珊现在的境况应该非常危险，而这种危险很有可能是来自婆家人，因为她知道婆家一些不可告人的秘密。

杨珊没有娘家人，唯一的孩子被确诊脑死亡。这样一个没有娘家依靠的女孩，她能依靠的力量只有丈夫孩子。但如果夫家对她起了歹念，她能往哪里逃？

马警官想到，让杨珊脱离这种危险处境，只有两个办法：一是找到她，直接将其置于警方的保护之下；二是从源头上掐断这个危险。这个危险的源头从目前掌握的情况来看，应该就是刘聂。

在分析案情的同时，马警官眼前不由得浮现出与杨珊仅有的一次见面的情景：俏丽的面庞上带着悲伤，一副梨花带雨的模样，任何一个男人见了，都会不由得产生一种英雄救美的豪情。

但是，经过这几天的调查，马警官却发现了刘聂和杨珊这一对夫妻背后的种种不和谐：

一个十八岁的漂亮女孩像田螺姑娘一样从天而降，嫁给一个三十岁相貌普通的男人，而且还是这个女孩主动提出喜欢这个男人，拜托闺蜜居中撮合。

嫁给这个男人之后却不透露自己任何的信息，就连老家的地址也不曾告知。

孩子确诊脑死亡之后，不在他身边陪伴最后一程，而是突然消失音讯全无。

如果只是单独一件事还可以理解，这种种不寻常的事情积累到一起，就显得极其诡异。

杨珊现在到底去了哪里？

她的真实身份到底是谁？

3. 兄弟阋墙

马警官焦急地等着同事们的调查结果。

警员们的办事效率很高，没让马警官等多久，就把调查到的所有信息汇总到他的手里。看过这些信息，马警官下了一个命令：

立即传唤刘聂。

马警官有一个预感，刘聂身上隐藏着的大秘密，马上就要揭开了！

刘聂被几个警员带到公安局之后，表情既紧张又疑惑。当时他正在家里处理孩子去世的事情，却突然来了两个警员，让他去一趟公安局。

农村的惯例，小孩子去世是不会办丧事的，火化后寻一个风水好的地方将骨灰盒葬下即可。但整个过程劳心劳力，尤其是几个月前刚刚送走哥哥刘最，一年内第二次送走至亲之人，任谁都难以承受这种非人的痛苦。

刘聂的父母现在还躺在医院。这是因为担心父母伤心过度突然患病，所以刘聂特意让两位老人在医院调养几天，自己独自一人来处理儿子的后事，拳拳孝心溢于言表。

刘聂看到在审讯室里等他的是熟人马警官，紧张的心情略微放松了些，勉强挤出一丝笑容道："马警官，不知道我犯了什么罪，你要把我带到这里来，我刚刚还在处理儿子的丧事。"言下之意死者为大，无论有什么情况马警官也不应该这个时候传唤他。

马警官闻言正色道："刘聂，这次叫你来，只是想问你一个很简单的问题，你老实回答就行。"

刘聂第一次见到马警官如此严肃，心里不由有些惶恐，忐忑道："马警官，您尽管问，只要是我知道的，必定知无不言言无不尽。"

马警官沉默了片刻，只是冷冷地看着刘聂。刘聂的身体不听使唤地哆嗦起来。

经验丰富的警官在询问之前，都会用这样的目光注视犯罪嫌疑人，短时间的沉默和压抑有助于攻破嫌疑人的心理防线。

就在刘聂精神紧张、浑身哆嗦的时候，马警官突然提高声调，大声道："刘聂，你哥哥刘最是怎么死的？"

刘聂闻言打了个寒战，脸色瞬间煞白，哆哆嗦嗦道："马……马警官，您这话……什么意思？我哥他……他是因病去世的啊。"

马警官冷笑道："因病去世的？什么病？什么时候发作的？什么症状？病了多久？你们有没有送到医院救治？哪个医院哪个医生救治的？去世是什么时间？"

马警官猛地拍了一下桌子，厉声道："不准犹豫，马上回答！"

刘聂浑身像筛糠一样抖起来，豆大的汗珠从额头上滴落，战战兢兢道："我……我哥他……是突然去世的……他一整天没上工……我就去叫他……结果发现他一动不动躺在床上……已经完全没有呼吸……所以我们没有送他去医院……只喊了医生来看……不对……没有喊医生来看……我……我……"

"我什么我？到底有没有喊医生来看？"马警官冷声道，"刘聂，马上回答！"

刘聂此时已经进入了一个因为极度紧张而近乎癫狂的状态，指甲掐到肉里掐出血来才让自己稍微镇静一点，哆嗦道：“没……没有叫医生来看……当时我确定他已经死了……就没有叫医生来……”

马警官哈哈一笑，厉声道：“刘聂，看来你不是一个会编故事的人啊，突然发现亲哥哥躺在床上没有了呼吸，任何人的第一反应都应该是打 120 叫急救车或者打 110 报警，绝对不会自己试探没有呼吸就确认哥哥已死，不寻求任何的人帮助！”

马警官顿了一顿，又继续道：“就算你神通广大异于常人，看到哥哥突然死亡还能镇定自若地一个人处理后事，那么我再问你几个问题——为什么亲友们在葬礼的第一天看到的就是你哥哥的骨灰盒？为什么不按照镇上葬礼的正常流程，让你哥哥的遗体躺在棺材里，等上山之前再火化？你哥哥的遗体是在哪家殡仪馆火化的？我已经安排人调查了市里所有的殡仪馆，都没有你哥哥遗体火化的记录，难道你想告诉我，你发现哥哥死了之后就马上独自一人火化了遗体？！”

马警官一字一句地问出了上面几个问题，刘聂心理防线彻底崩溃，瘫倒在地！

刘聂的反应，让马警官确定了自己的判断。

在案件调查的最初，马警官也以为刘聂一氧化碳中毒一事和哥哥的死没有什么关系，只是单纯的时间间隔不久而已。

但在之后的调查过程中发现了种种不寻常的情况，尤其是了解到刘聂在一年前就对自己的小孩漠不关心，严重到导致妻子杨姗想和他离婚，马警官就起了疑心。

在之前召开的紧急会议上，马警官让同事去调查刘聂哥哥刘最的死因，他怀疑刘最并不是因病暴毙，而是和刘聂有很大的关系。几个同事分头进行调查，果然发现刘最的死有很大的疑团。

第一，刘最生前身体很好，除了赌博之外没有其他不良嗜好，当他因病暴毙的消息传出，几乎所有工友都不敢相信是真的，直到葬礼举行才确定刘最确实已经过世。

第二，刘最的葬礼上亲友们看到的是刘最的骨灰盒，没有任何一个人看见过刘最的遗体，这种情况非常不正常。

在农村，成年人过世都会举办葬礼，葬礼的时间一般持续三天以上，有的甚至会持续七天，正常情况下都会为遗体穿上“寿衣”，将之安放于棺材里摆放在灵堂，方便前来吊唁的亲友见上最后一面，然后再火化送上山下葬，绝对不会在葬礼还没举行之前就将遗体火化，就算是炎热的夏天也会租赁一个特制的“冷气棺”放置遗体，等到葬礼的最后一天再火化。

第三，有警员专门去市里所有的殡仪馆调查过，没有刘最火化的记录。刘最户口就在本市，按照规定死亡之后遗体必须在本市火化，绝对不可能送到外市，所以可以确定刘最的遗体不是在殡仪馆火化的，那么结果就只有一个：刘聂私自火化了哥哥刘最的尸体！

这种种不寻常的迹象，再加上之前与阿琴的交谈，得知了刘最同样也是杨珊的追求者之一，马警官对真相有了一个大胆的判断：

刘最的死因不是病死，而是被谋杀！

谋杀者正是他的亲弟弟刘聂！

而谋杀的原因，是因为刘最和弟弟的妻子杨珊发生了关系，生下了小孩，刘聂一直被蒙在鼓里，一直到一年前发现了蛛丝马迹，确认了小孩不是自己的而是哥哥的，产生了强大的恨意，最终杀死了哥哥！

只有这个真相才可以完整地解释众多疑点，因为是蓄意谋杀，刘聂在哥哥死后的第一时间就处理了尸体，被谋杀的尸体和病死的遗体完全不一样，如果不处理掉必定会引起别人的怀疑，所以刘聂才会立即火化了哥哥的遗体。甚至马警官怀疑，刘聂或许根本没有将哥哥的遗体火化，而是用别的方式处理掉了，葬礼上那个骨灰盒就是用来掩人耳目的，实际上里面没有任何东西！

正因为孩子是哥哥刘最的而不是刘聂的，所以刘聂才会在一年前得知真相后完全改变了对孩子的态度，自己哥哥和妻子发生关系生的孩子，反倒让他来抚养，这种屈辱不是常人能忍受的，日积月累下产生杀意是最合理的杀人动机。

刘聂的杀兄罪行，是没有办法瞒过枕边人杨珊的，也许是怕杨珊透露出去，刘聂一不做二不休，又把杨珊给杀死了！

看到瘫倒在地的刘聂，马警官几乎可以确定自己已经找到了事情的真相。

马警官厉声向刘聂说出了自己对真相的猜测，并大声道：“刘聂，坦白从宽抗拒从严，你最好老老实实交待怎么杀害你哥刘最的，我们马上就会安排专家对你和孩子的遗体进行亲子鉴定，鉴定结果一出来，就可以确定你们并非亲生父子，你所有谋杀你哥的怀疑也都可以成立！”

刘聂还在哆哆嗦嗦犹犹豫豫，马警官抛出了一颗最强的炸弹。

马警官沉声道：“刘聂，你现在不但有杀兄的罪名，而且我们怀疑孩子的死和杨珊的失踪都和你有关！孩子是你有意造成一氧化碳中毒事故害死的，杨珊不是失踪，是被你杀了！你的心里不但对你哥有怨念，对妻子杨珊和孩子也都有很深的怨念，是你一手导演了家里一氧化碳中毒的假象，害死了孩子。你用某种方式让屋子里充满了一氧化碳，这种一氧化碳的浓度只会导致一个成年人昏迷，而对你年幼的孩子却是致命的！孩子脑死亡已经达成了你的目的，之后你再谋杀了杨珊，谎称她是因为悲伤过度离家出走。所谓杀父之仇夺妻之恨，你就是这一系列事件的幕后策划者和杀害三个人的真正凶手！”

马警官说完这段话，刘聂眼神中突然闪过一丝异彩，大声嘶吼道：“马警官，我冤枉啊！宝宝的死和我妻子失踪真的和我没有任何关系，而且我妻子现在应该还活着，只是暂时联系不上。”

马警官眼神里露出一丝寒芒，瞬间大笑起来：“刘聂，你说孩子的死和妻子失踪和你没关系，也就是说你哥确实你是杀死的？老实交待吧，否则你的身上将永远背负着三条人命！”

刘聂终于不再抗拒，交待了事情的所有经过。

果然和马警官所猜测的一样，刘最从弟媳杨珊第一天进刘家门，就在打她的主意，而且很多次是明着来，借着到刘聂家蹭饭吃的机会，在杨珊的身上动手动脚。

据刘聂介绍，他原本就对刘最有点意见，因为刘最嗜赌成性，没钱了就找他要，他迫于兄弟情面不好拒绝，总是隔三差五给个一两百生活费，不是他吝啬不舍得多给，而是给多了刘最必定会拿去赌博，他已经无可救药了。

除了好赌之外刘最倒是没有其他不良嗜好，刘聂勉强可以忍受，但他对自己妻子动手动脚这一点却让他忍无可忍。许多次两兄弟都因为这件事情闹得很不愉快，甚至有一次闹到父母那里，刘最被父母狠狠地训斥了一顿，终于收敛了许多。

之后妻子怀孕，刘最只是表现出关心倒没有其他任何过火的举动，刘聂也就慢慢对其消除了隔阂，妻子怀孕了，刘最关心也是正常的，毕竟他是孩子的亲伯伯。

孩子出生之后，刘最居然发生了非常大的变化，他对孩子异常关心，甚至可以说超出了自己这个亲生父亲，除了每个月发工资会给孩子买这买那之外，刘最居然开始学会了存钱。虽然每个月存得不多，其他的还是会拿去赌，但在刘聂看来简直不可思议！

一个人的习惯非常难改，刘最的赌博生涯已经延续了十几年，只要有钱就拿去赌，不输个干净不罢休，这习惯怎么会在侄子出生之后便发生改变？

而且刘最还多次在刘聂面前提起要盖新房子，当时他们住的是矿上分的老式宿舍房，虽然是一人住一套，但格局很差，房间也很小，一个单身汉住还可以，带着老婆孩子就很不方便了。

刘聂早就有这个想法，现在刘最主动提出来也就同意了，于是两兄弟一商量，决定盖一栋大房子，分成完全独立的左右两半，兄弟俩一人一半，又省钱又方便照应。

商量的时候，刘最提出了许多想法，仿佛策划盖这栋房子好久了。刘聂觉得颇为奇怪，按理说刘最单身一人而且是个得过且过的性子，不应该对建房子如此热衷，怎么突然之间就转性子了？改变，一定有原因！于是刘聂便留了个心眼，关心起刘最的一举一动来。

时间一久，果然被他发现了许多不对劲的地方，每个月发工资之后，刘最除了给侄子买东西之外，还会偷偷给弟媳买东西，而且价值不菲。

有时候刘聂与刘最的上工时间是错开的，偶尔会提前下工，经常出现一回来，就发现哥哥在自己家里，每次哥哥都说刚来不久，在家里无聊来逗逗侄子，但刘聂不相信，自己提前下工的次数虽然不多，但不可能每次都这么巧，只要一提前下工就会遇到哥哥来家里逗侄子。

甚至有一次刘聂提前半天下工，回到家里却发现妻子和哥哥刚刚吃完午饭，饭桌上还残留着平常自己都很少吃到的卤味。这个卤味不但自己爱吃，哥哥也很爱吃，看那盘子里仅剩的残渣，明显妻子是特意买给哥哥吃的。

蛛丝马迹发现得越多，刘聂就越是怀疑，终于他下定决心试探一次。某一天，他刚刚上工就假借身体不舒服，请了一天假，匆匆赶回家里。

悄悄地摸到屋子外墙边，找了隐蔽的角落蹲下，刘聂观察和偷听着家里的一举一动，果然没过多久，哥哥就偷偷摸摸地溜进了自己家。

不久后屋里面传来一丝不寻常的响动，紧接着传来妻子熟悉的喘息声！

看见这一幕，刘聂哪里还不明白发生了什么？他脑袋轰的一声炸开了！冲进厨房抄起一把菜刀，就要到卧室砍死这对狗男女！

等冲进卧室一看，哥哥听到动静已经从床上爬了起来，用被子裹着一丝不挂的身体，妻子雪白的肉体无处遮挡，用两个枕头勉强遮挡着，而他一岁多的孩子就躺在一旁的摇篮里，忽闪着大眼睛注视着这一切！

刘聂气得一佛出世二佛升天，挥刀就要当场砍死哥哥，却被见势不妙的哥哥顺手用被子挡住菜刀，妻子也赤身裸体地蹦了起来，两人一同将刘聂制服了。

之后妻子和哥哥跪在地上求刘聂原谅，刘聂不是一个心狠的人，因为一时怒发冲冠举起了菜刀，被制服后就再也砍不下去了，毕竟这两个都是自己在这个世上最亲近的人。

气急败坏的刘聂质问两人为什么做这种无耻的事情，两人都表示是一时糊涂，绝对不会有第二次，刘最再三表示自己以后绝对不会出现这样的情况，如果再对弟媳有非分之想就自断双手。

刘聂对于这个大哥无话可说，内心无比愤怒却又不知如何发泄，只能臭骂一番之后将他赶出家门。

等刘最走后，没等刘聂询问，妻子就抱住刘聂的大腿，哭得梨花带雨，主动坦白了自己和刘最通奸的原因，这个原因让刘聂彻底万念俱灰！

据妻子说，刘最在父母训斥之后，并没有停止对她的骚扰，只是将这些小动作放在了暗处，每次只要一和刘聂错开上工，他就会偷偷跑到家里骚扰自己。一开始只是一些小动作，后面更是直接动手动脚，自己怕被别人发现名声不好就忍住没说，没想到这样反倒助长了刘最的气焰。

某一天，刘最淫心涨到了顶点，强行奸污了自己，自己还是忍住没说，怕说出来之后好不容易组建的这个家庭就毁了，之后尝到甜头的刘最变本加厉，多次强迫自己与其发生关系。

不久杨珊就发现自己怀孕了，根据时间测算，怀孕的那几天没有和刘聂发生关系，孩子应该是刘最的，但当时怀孕一事刘聂已经知晓，自己不敢说出实情，只能将月经周期刻意说迟了几天。

之后孩子出生，刘最从真正的时间推算这个孩子应该是自己的，便以此要挟她，强迫她发生关系，只要她反抗就威胁说要将实情告诉刘聂，她没有办法只能强忍着一直到现在。

哥哥和妻子通奸，孩子居然都不是自己的，人世间最痛苦的事情莫过于此！

刘聂说当时他的脑袋已经晕眩过去，不知道自己是怎么重新清醒过来的，镇定后的第一件事就是去找刘最算账。

但当时妻子拖着他不让他去，生怕他做出什么傻事。

刘最也是个聪明人，知道这样下去不化解矛盾的话很危险，主动向父母坦白了一切，并在父母的陪同下到了刘聂家中，跪在地上数小时请求刘聂原谅，并且当场发誓，建新房钱他出三分之二，刘聂只需要出三分之一，以此作为对刘聂的补偿。

有父母在旁边声泪俱下地说和，刘聂再怎么气愤也没办法发泄，只能忍气吞声接受了刘最的道歉。

之后刘聂再也不待见刘最这个大哥，虽然刘最之后确实收敛了，连话都没有主动和妻子说过，但对刘聂造成的伤害是无法逆转的，他这辈子都没办法原谅。

有父母在，刘聂表面上和刘最维持着一种兄弟关系，实际上内心有深深的怨恨。

筹备盖新房的时候，他想改变主意独自一人建在远处，不想和刘最住在一起，但是父母担心他们一分家就彻底闹翻老死不相往来，强烈要求他们还是按照原计划建在一起，说刘最已经彻底悔过，不会再对弟媳有非分之想，等新房建起来就给刘最说一个媳妇，各自有了自己的家庭就不会再发生这样的事情了。至于孩子，如果刘聂不愿意带的话，他们两老带，反正不能让刘最带，不然这种家里的闹剧传出去，就彻底无法在当地立足，刘聂只能忍气吞声自己带孩子，建新房也按照原计划进行。

而在之后不久，又发生了一件让刘聂愤怒万分的事情，这件事情恰恰和建新房有密切的关系。

事件冷处理后，父母一直积极地找人给刘最说媒。在他们两位老人看来，大儿子是因为三十多岁了还没有女人，才会和小儿媳发生关系，只要给大儿子找一个老婆就好了，孩子无论是刘聂的还是刘最的都不重要，总归都是他们的孙子。接下来最重要的事情就是化解两兄弟之间的矛盾，而化解这个矛盾最好的办法莫过于让大儿子迅速成家。

但之后媒人介绍了不少，刘最却始终没有看上的，因为这些女的要么是二婚带孩子，要么样貌实在太丑，当然正常一点的女孩子也不会看上刘最，毕竟他三十好几了，而且好赌的名声远扬在外。

刘最相亲多次始终没有结果，父母看在眼里急在心里，但刘聂一点都不急，他现在已经将哥哥完全当成陌生人，只要以后不要来骚扰他就行，至于找不找到媳妇甚至是死是活都和他没有任何关系。

不过无论刘聂如何厌烦哥哥，两人还是会有打交道的时候。几个月后，新房开建了，在父母的强烈要求下，两兄弟的房子还是建在了一起，不可避免地需要经常见面商议。

每次刘聂尽量长话短说，他实在不想和这个侵犯妻子的禽兽哥哥多做交流，即使有事情需要商议，也是刘最低声下气主动来找他，他几乎没有主动去找过刘最，只有一件事情刘聂不得不主动去询问刘最。

这件事情就是要钱。

房子面积较大，两兄弟一人一半相当于两套大房子，整体造价不菲，购买地基的十万元已经由父母掏了，这也是两位老人毕生的积蓄，为了帮两个儿子建新房，他们连养老钱都投了进去。

建房的总成本大概二十多万元，按照之前商定的刘最出三分之二，刘聂出三分之一，大概算起来就是刘最出十六万，刘聂出八万左右。当时刘最信誓旦旦拍胸脯说钱没有问题，也算是他对弟弟的一点补偿。

刘聂内心不认可刘最这种说法，但内心郁闷的他总需要一个理由来安慰自己，如果这栋房子大部分钱是刘最出的，他多多少少会觉得舒服一点，虽然有点市侩，却是人之常情。

新房动工的时候需要预付六万元，刘最异常爽快地掏出了四万，刘聂掏了两万，选了个黄道吉日，新房破土动工。

农村建新房的速度比较快，一般一个多月一栋新房就建起来了，刘家兄弟这栋面积稍大，正常情况下两个月内也可以完工，二十多天之后，新房的所有地基、架空层等都已经建好，再继续下一步就需要付第二笔款，但这个时候出现了一个让刘聂措手不及的状况：刘最说自己没钱了。

刘聂质问刘最为什么之前答应得好好的现在却突然变卦，刘最解释说自己一开始确实规划好了，但是计划赶不上变化。

当时这十几万他准备先找老板预支一部分工资，剩下的再找工友们借，付第一笔款的时候找老板预支了三万元工资，加上自己这段时间存下来的一万元正好四万，但之后再找工友们借的时候却没有一个人愿意借给他。

按照他的想法，自己这几年起码输给工友们几十万，找他们其中经常赢钱的借个十万八万还不是轻轻松松的事情，但万万没想到找上门后却被种种理由拒绝，最终没有一个人愿意借钱给他。

刘最央求刘聂先垫付一下，再次信誓旦旦拍胸脯保证这段时间他一定会筹到钱。

刘聂平日里省吃俭用，这么多年来确实存了一些钱，不过刘最之前满口答应现在却突然变卦，让他心里郁闷不已。

但房子已经动工，要停建等钱也不现实，刘聂只能忍气吞声掏了第二笔款。等到房子建好后需要结算第三笔款的时候，刘聂找到刘最，刘最却依旧表示自己身上没钱，别说是十几万了，他一分钱都拿不出来。

这下刘聂怒了，这简直是赔了夫人又折兵啊！如果之前刘最不说出三分之二建房的钱，就算父母再反对，他也不可能同意两兄弟共建一栋房子，现在反倒变成了自己这个受害者需要出绝大部分钱，而侵犯自己妻子的刘最却只出四万就能住进新房，这样的屈辱，换谁都承受不了！

刘聂当即对刘最破口大骂，言语间彻底撕破了脸。

刘最也不是个省油的灯，也与刘聂对骂起来，矛盾瞬间升级，两兄弟完全不顾及兄弟情面，什么难听的话都讲了出来。

如果只是对骂，或许两兄弟动手打一架，打累了也就算了，但之后刘最说的一些话彻底点燃了刘聂心中累积已久的恶念。

当时刘聂一边责骂刘最，一边质问刘最为什么会做出那些禽兽不如的事情，说他这种强奸弟媳的恶行如果让法律来制裁要判死刑！

刘最这个时候却嘎嘎冷笑起来，说刘聂你一点都不像个男人，是你自己无能满足不了杨珊，现在还来说我。

刘最还说自己和杨珊是两情相悦，刘聂才是横亘在中间破坏他和杨珊幸福的人，要不是看在兄弟情面和年迈的父母分上，他才不会忍气吞声请求刘聂原谅，早就带着杨珊双宿双飞了。

刘聂气得睚眦迸裂，说刘最胡说八道，如果不是他色胆包天强奸妻子，最终导致妻子怀上了孩子，妻子绝对不会饱受屈辱却不告诉他实情。

刘最放声大笑，用嘲讽的眼神看着刘聂，说出了一句让刘聂仅存的神智彻底被怒火焚毁的话："杨珊和我睡觉的时候，不知道多享受，你这个无能的屄货占着茅坑不拉屎，要不是看在你是我弟弟的分上，我早就弄死你了！"

自己的禽兽兄长不但强暴了妻子，还让妻子怀上了孩子，给自己戴了一顶天大的绿帽子，现在每天要忍气吞声帮他养孩子，甚至还要出钱给他盖房子。在这样的状况下他还要编造种种谎言来羞辱自己，这样的屈辱让刘聂如何忍受？

刘聂瞬间彻底失去了理智，对刘最大打出手，他平常性格比较温吞很少和人生气，但这种性格的人一旦生起气来往往会不顾一切。

刘聂个子本就比刘最高大，平日里生活作息也比较规律，身体远比经常通宵赌博的刘最要好，打斗中很快便占了上风。但刘最吃了苦头，竟然操起一把锋利的铁凳子要砸刘聂，这种铁凳子棱角特别锐利，一旦砸到要害部位很可能就会一命呜呼！

据刘聂交待，自己本来完全压制了刘最，只想狠狠教训他一顿，出出心中恶气。但刘最当时那种疯狂的模样就是要置他于死地！

刘聂的生命受到了威胁，爆发出了最大的愤怒，从刘最手中夺过铁凳子，狠狠地砸向刘最的脑袋！

等到刘聂从愤怒中清醒过来，刘最已经头破血流倒在地上只有出的气没有进的气了。

筋疲力尽的刘聂瘫倒在旁边，静静地看着从小相亲相爱、现在却躺在地上皮开肉绽鲜血直流的大哥，突然之间觉得他完全像是一个陌生人。

刘最临死之前朝刘聂伸出了手，嘴唇微微张动，不知道是要他叫救护车还是想要说些什么遗言，总之这个刘聂叫了三十多年大哥的人，就在亲弟弟的冷眼注视下，离开了这个世界。

彻底从愤怒中清醒过来的刘聂非常后怕，如果哥哥死去的消息传扬出去，很有可能自己会杀人偿命，刘聂苦苦思索一番后，认为掩盖真相的唯一办法就是和家人串供，说哥哥是因病暴毙而亡，迅速举办葬礼送走哥哥就万事大吉。

于是他独自一人清理完现场之后，径直到了父母的家中，眼前第一要务是要获得父母的原谅。不过这点刘聂一点都不担心，家里就两兄弟，如果父母报警那么唯一结果就是将自己送上刑场，所以他们一定会帮助隐瞒。

果然不出刘聂所料，父母一开始不敢相信刘聂说的是真的，再三确认所说属实后，万分悲痛之余，还是同意了刘聂提出来的计划。事已至此，只能保住活着的这个儿子。

接下来的重点就是要做通杨珊的工作。

刘聂虽然自认为和妻子感情很好，但现在自己是一个杀人犯，不排除妻子知道后会因为恐慌而偷偷去报警。

所以刘聂和父母做了周密的计划，决定先用苦肉计哀求，如果杨珊不同意或者犹豫不决的话，就暂时软禁杨珊，之后再动之以情晓之以理，时间一长不怕妻子不就范。

不想事情异常顺利，虽然很吃惊丈夫杀了哥哥，但杨珊没有反对丈夫提出来的计划，表示只要丈夫以后好好对待她和孩子，过去的事情就不再提了。

一家人达成了共识，于是刘聂偷偷将刘最的尸体运送到父母家里，在杂物间挖了一个深坑埋葬了哥哥。

父母所住的房子是农村的老屋，地板就是泥面，挖掘埋人很方便，而且杂物间几乎不会来人，埋在这里最安全，不会有人发现。

之后刘聂去买了一个骨灰盒，第二天便将哥哥因病突然暴毙的消息传扬得小镇人尽皆知。

两天后葬礼举行，所有来吊唁的亲友看到的就是棺材里那小小的骨灰盒，实际上里面是一些草木灰，而刘最真正的尸体却躺在了父母卧室后面杂物间的地底下。

之后发生的事情上文都提到了，新房装修好后，刘聂就带着妻儿住进了新房，父母原本是要住到旁边属于大儿子那一半的，因为小镇小偷比较多，空房子会有人进去偷东西，而刘最尸体新埋不久痕迹明显怕被人发现，便决定再在老房子住一段时间再搬过来。

但就在几个月之后，却陆续发生了刘聂两次一氧化碳中毒、儿子脑死亡、妻子离家出走等种种厄运事件。

刘聂交待完所有经过之后，强调自己当时和哥哥打斗原本只是过于愤怒并没有置他于死地的想法，之所以最终砸死哥哥是因为自己住手之后哥哥还用铁凳子砸他，他的生命受到了威胁，属于正当防卫。

刘聂也再三表示自己绝对不可能故意害死孩子和妻子。

经历了这么多事件，导致家庭矛盾的哥哥也已经去世，他唯一的想法就是好好和妻子过日子。虽然做不到和最开始那样对孩子无微不至地关心，但是自己也尽到了一个父亲应该尽到的责任，绝对不会故意造成一氧化碳中毒事故害死孩子。至于妻子，自己非常非常爱她，也已经发自内心彻底原谅了她，绝对不会杀死她。

刘聂的讲述，一一印证了马警官之前的许多猜测：

刘聂果然是杀害刘最的凶手，起因正是因为刘最和他的妻子杨珊有私情。

孩子果然不是刘聂亲生，而是杨珊和刘最的儿子，这也就能完美地解释为什么从一年前开始刘聂对孩子的态度完全改变，因为他是从那时候才知道孩子非亲生这个事实。

骨灰盒一事果然是刘聂玩的鬼花样，刘最的尸体现在还躺在他父母家的杂物间地下。

正因为身上背负着命案，所以刘聂才会在马警官第一次前往医院向他了解情况的时候，流露出惊恐害怕的表情，当时刘聂并不知道妻子报警让马警官来调查一氧化碳中毒一事，还以为哥哥的死被警方发现了破绽。

但还是有许多疑点没有解开：

刘聂两次一氧化碳中毒的原因到底是什么？

两次一氧化碳中毒刘聂都死里逃生，为什么偏偏他的“儿子”就出现了脑死亡症状，这到底是巧合还是蓄意？

杨珊的真实身份是什么？她现在人在哪里，究竟是死是活？

这些疑点或许刘聂是真的不知情，当然也有可能他只是交待了一部分真相，还有很多事情依旧在隐瞒。

马警官现在要做的就是收押刘聂，并继续进行调查。把刘聂收押起来后，至少杨珊的处境应该不会那么危险了。

4. 消失的头颅

许多小说里，当主角第一次出现的时候，经常伴随着种种异象，或是电闪雷鸣，或是凤舞龙吟，仿佛不如此不能凸显出主角英明神武器宇轩昂的形象。

在这个事件中，当我这个“主角”兼天字一号跑龙套第一次出现时，也享受到了这种神奇的待遇。

当天小谢接上我和杨姐，赶往县里给刘聂和孩子取样做鉴定，如果鉴定结果确认两人没有父子关系，那么就可以作为证据证明刘聂确实有杀死刘最的动机。

出发的时候还是晴天，没有任何下雨的迹象，走到半路上却下起了瓢泼大雨，更悲催的是我们在经过一条泥泞的乡间小道时，车子一歪，右侧轮胎陷入了一坑烂泥之中。

这条小道平常人迹罕至，很少有车辆经过。我们走这里是为了抄近路，没想到表面上的近路反而布满陷阱。我们三人想尽了所有办法车子始终出不了大坑，束手无策之下，只能是我和小谢步行前往附近村子寻找救援，杨姐则留在车上等候。

当时车上只备了一件雨衣，小谢客气都没客气一声就自己披上了，我没有办法只能跟在她身后冒雨前行。

从陷车处到村子大概两三里路，这估计是我人生中最难走的一段路，当时暴雨倾盆，狂风大作，吹得我几乎控制不住身体。

小谢有雨衣包裹还好一点，悲催的我片刻工夫就全身湿透了，其时风雨交加，电闪雷鸣，让我享受了一次仙侠小说中主角出场的待遇。

还好，一个多小时后我们在村民的帮助下把警车推出了泥坑重新上路，我浑身湿透，单独坐在后座，一边悄悄地拧衣服上的水分，否则全身湿漉漉的太不舒服，一边颇为不满地质问小谢为啥那么自私，连问都不问我就自己套上雨衣。

小谢一句话就呛得我做不得声：“我还不知道你，在女孩子面前最喜欢装绅士，我就算和你客气你不还是会把雨衣让给我，我干脆懒得问你自己穿上，这样不是省事得多？”

这种歪理居然让平日里还算能说会道的我哑口无言，而杨姐则幸灾乐祸地在一旁笑得气都喘不过来。

如果这是一本侦探小说，这段描写肯定埋藏了什么伏笔，但我们这个故事的特点是真实，现实生活中不会发生这么巧合的事情，这段经历只是我们赶往办案地点的一个小插曲而已。

之所以将它描述出来有两个目的，一是想告诉朋友们，警方办案的时候会遇到很多恶劣的状况，为了赶时间需要克服许多困难，只求迅速破案，安稳人心；第二则是我现在回想起来，这个案子接下来的侦破过程中，我们也同样不慎跌入了一个大坑，历经艰辛才从坑中爬出来，找出最终的真相。

我们仨比预定的时间晚了两个多小时抵达县局，马警官早就等得坐立不安，这个案子除了取样鉴定之外还有许多情况要调查求证，如果当天不能取样完毕，那么所有既定的安排都要重新更改时间了。

虽然时间很紧，马警官还是和我客气了几句，问我需不需要去换身衣服，在车里坐了近两个小时内衣已经几乎被体温烘干了，我找马警官要了件外套换上后，就催促赶紧去医院，小小困难还可以克服，不能耽误正事。

医院距公安局不远，十几分钟就赶到了，在停尸间我们见到了因取下呼吸机窒息而亡的孩子。

还好马警官传唤得及时，如果再晚上一天，孩子就会被送到殡仪馆火化，再想取样做亲子鉴定就极其困难了。

小小的身体躺在硕大的停尸床上，显得极不协调。孩子看模样只有两三岁，还没有来得及体会人生的喜怒哀乐就早早离去，着实让人叹息。

虽然这样说对死者不尊重，但孩子的样貌确实略微有些丑陋，一方面是窒息而亡的时候脸部肌肉会有些异变，即使脑死亡患者也会如此；另一方面是这个孩子原本样貌就很普通，据马警官介绍说孩子母亲杨珊长相颇为俏丽，那应该是孩子面相更像父亲的原因。

我和杨姐没有说话，按照既定的流程给孩子取了样，盖上了裹尸布。

不久之后孩子的尸体就会送到殡仪馆火化，从此以后人间不会再有他的身影。

我和杨姐给尸体取样的次数不知凡几，但每次依旧会感叹生命的脆弱，生命脆弱得让人害怕，让人震惊！

一起事故，一次意外，一种疾病，甚至一场风雨，都可能会让一条生命随风而去，面对生命的逝去，亲人和朋友是那样束手无策，那样的悲痛欲绝，在唏嘘叹息之余，我们该更加珍惜生命，好好保护自己。

刚刚走出医院的大门，马警官接到了一个电话，应该是他同事打来的。

马警官拿起手机听了第一句话，脸色就突然变了，大声道：“头不见了，怎么可能！”

头不见了是什么意思？我闻言神色剧变，和小谢对视一眼，瞬间就知道对方心里在想什么，看样子我们都想到一起去了。

马警官挂了电话迅速从停车坪将车开过来，接上我们径直驱车赶往矿山小镇，一路上马警官脸色阴晴不定，明显出现了特殊的状况！

我冲小谢使了个眼色，示意她去问问马警官发生了什么事情，毕竟我和杨姐只是来协助办案的，她作为同事方便询问。

小谢同样很是疑惑，和马警官也是熟识，便主动询问马警官发生了什么突发事件。

马警官稍微思索了一下道："原本是等你们来之后，再一起前往小镇挖掘受害者刘最的尸体，但是你们在路上车子出了事故耽搁了时间，我就安排另外两位警员押送刘聂先行去小镇挖掘尸体，刚才他们传来了消息，尸体已经挖掘出来了，身体部位完好，但是头部却不见了！"

果然是受害者刘最的头不见了！刚才马警官说出那句没头没脑的话时，我和小谢就猜到了这个情况。

马警官继续道："刘聂当时交待说刘最的死因是他用铁制凳子的棱角处砸到了刘最的头，导致刘最失血过多而亡，现在刘最的头不见了，他死亡的原因就很难确定了！"

这果然是个极其蹊跷的事件，受害者致死部位整体都不见了，自然不能确定受害者的死因。

小谢好奇地问道："之前刘聂是不是确认他亲手埋葬的刘最？"

马警官点了点头，表示确定。

虽然小谢和马警官没有明言，但两个人打的哑谜不难猜：

如果刘聂当时是亲手埋葬的刘最，那么刘最头不见了这个情况他不可能不知道，这样就存在两个可能，要么是刘聂故意隐瞒了刘最尸体没头这个情况，要么是有人事后拿走了刘最的头。

而且后者的可能性较大，毕竟刘聂交待真相的时候肯定想到警方事后要去挖掘尸体，他说假话只能加重嫌疑，完全没有必要。

我们赶到现场之后，就看到了被挖掘出来的尸体和在一旁惊疑不定的刘聂本人。

刘聂一见到马警官，不等马警官问话，立即哭诉起来："马警官，我发誓埋葬哥哥的时候他的尸体是完整的，现在头不见了我确实不知道什么原因！”

马警官没有答话，戴上手套仔细查看了下尸体，尸体在地下躺了几个月，已经逐渐白骨化①，只剩下骨头和一些粘连在骨头上的软组织，在脊柱骨最上的位置，有一个断裂处，断裂处很光滑，明显是被利器切断，而且看样子是一刀就直接将颈部砍断，手法很熟练，即使是一个成年男性也很难做到。

尸骨的其他部位保存良好，只有头部不见了。

马警官又询问了负责挖掘的警员，警员告诉马警官，挖掘之前仔细检查了现场，看土层应该短时间内没有人翻动，也就是说，如果尸体头部真的是有人事后割走的，那么必定不是在这数十天内，而是在至少一个月之前甚至更久。

换而言之，如果刘聂没有说假话，那么刘最的尸体在刚埋进土里不久，就被人挖掘出来割走了头部。

那么问题就来了，是谁挖走了刘最的尸体？此人挖走刘最尸体的目的是什么？

马警官回头看了一眼战战兢兢的刘聂，缓缓道：“刘聂，你之前交待这是你父母住的地方，那我问你，这段时间你父母在哪里，为什么尸体被挖掘出来割走头部又埋回去这么大的事情他们居然没有任何察觉？”

刘聂也满脸疑惑道：“事发之后我父母一直待在家里，哪里都没去，他们平日里就不爱走动，只喜欢在家里看看电视，发生了这么大的事情他们更是守在家里不出门，出去买菜啥的也是一个人在家守着一个人出门，就算我房子建好了一起来探视，也只是在我家小坐一下，不到半个小时就回家了。隔壁就是我父母的卧室，和这里只隔了薄薄一堵墙，不可能有人在他们不知情的情况下偷走我哥哥的头，而且我父母会经常来这个房间转悠一下，如果地面有翻动的痕迹他们肯定能看出来。唯一可能就是这段时间我两次一氧化碳中毒在县城住

① 尸体白骨化：尸体软组织经腐败过程逐渐软化、液化，直至完全溶解消失，毛发和指（趾）甲脱落，最后仅剩下骨骼，称为白骨化。

一般放置在棺材中埋于土中的尸体，经过两至三年，软组织变为灰污色，似泥浆状物质，白骨化过程即告完成。如土质干燥，有时需七至八年才会白骨化。大约十年后尸骨才会脱脂干涸，经过三百年以后尸骨才会变得很轻、易碎，甚至千年以后才能风化。这些过程出现所需的时间取决于温度、土壤性质、埋葬深度、棺木厚薄、尸体肥瘦、入殓情况等。

但如果直接将尸体埋入土中，这个白骨化的过程就会加快，上述案件中刘最的尸体白骨化历经几个月已经接近完成。

院，他们来陪护的时候有人偷偷下的手。”

马警官冷笑一声道：“刚才警官的话你没听见吗？这块地面数十天之内没有任何翻动的痕迹，近期绝对不可能有人挖掘尸体偷走头颅，刘聂，你到这时候了还要谎话连篇吗？”

刘聂马上叫屈，说自己绝对没有说假话，亲手埋下哥哥完整的尸体是真，父母在家一直没出门也是真，但为什么刘最的头部会不翼而飞，他完全说不出个所以然来。

马警官又会同小谢等几人将现场再次进行了详细勘查，没有发现其他可疑之处。

至于刘聂杀害刘最的凶器——那把四角铁凳子，据刘聂说清洗完毕就连同一些废品卖给了一个收废品的老头，这样的东西摆在家里他害怕。

之后马警官也安排人追查了那把铁凳子的去向，果然如刘聂所说，收废品老头承认在刘聂家收了这么一把铁凳子，后来他又连同其他废铁一起卖给了废品收购站。最终废品收购站传来的消息是这个铁凳子早就被卖到了钢铁厂，作为废铁回炉重炼了。

现在不但凶器消失，就连尸体的头部也离奇消失，这个案件又出现了极大的变数。

马警官决定前往刘最原来居住的小屋子里进行调查，按照刘聂的交待，那里正是凶案发生的现场，他就是在那里和刘最动的手，并最终杀死了刘最。

在赶往凶案现场之前，我和杨姐按照流程对刘聂进行了取样，整个过程刘聂都比较配合，神情也很淡定，毕竟孩子不是他的已经确定，做个鉴定只不过是作为证据罢了，他不想反抗也根本反抗不了。

刘最的骨头组织我们也带上了一些，也会对其做一个亲子鉴定，确定他和孩子的关系，确保证据更充分。

取样完毕之后，马警官邀请我和杨姐随其前往犯罪现场、也就是刘最旧房子去勘查一下，我和杨姐欣然同意。

刘最的旧房子与其父母家距离不远，开车数分钟就到了。小镇的主干道并不宽，最多能容纳两部并行的车子，道路的两边分散着许多自建的房子，以扇形辐射开来，其中有独栋的楼房或平房，也有连在一起但是相互之间会独立隔开的小套间。这些套间大多都跟小镇的年龄差不多大，都是矿主们花钱修建让矿工居住的，新来的年轻矿工们会几个人住一间，年长的则会获得优待，一个人住一间。最开始刘最刘聂两兄弟就分别住在其中的两个小套间里面，一直到刘聂和杨珊结婚之后，矿场主才给他们置换了一栋独立的小平房，这栋小平房比起套间来空间大上许多而且比较安静，但同样也比较老，年久失修，破破烂烂，这也是刘聂婚后迫切想自建新房的原因。

我们来到一排砖石结构的小套间面前，按照刘聂的指点进入了其中一间。小套间是毛坯状态，没有任何装修，垒建的红砖裸露在外，因为年代很久已经颜色发黑，看起来脏兮兮的。整个套间大概只有三十平方米，一个小客厅，一个卧室，一个厕所，没有厨房，不过住上一个单身男子绰绰有余，比起我读大学时八个大男人住在一间不到四十平方米的寝室要好上许多。

屋里的摆设也很简陋，除了一张桌子、几把椅子、一张光板床铺之外没有任何其他物品，据刘聂介绍说这排套间是矿主花钱自建，他们只有居住的权利，所以刘最死后所有私人物件都拿走烧掉了。因为外人以为刘最是因病暴毙，这个房子近期没人敢住，或许再闲置一段时间后等流言过去就会有新矿工住进来。

刘聂指了指小客厅摆放桌子的位置道："就是在这里发生了争执，当时他整个人都发疯了，拿着凳子要砸我，我是出于自保才抢过凳子打死了他，属于正当防卫。"

马警官无视刘聂最后那句话，走到刘聂所指之处，仔细地查看起地面，我和小谢也好奇地走过去一同查看。

据刘聂交待他用凳子砸到了刘最的脑袋，血流如注，那么地面必定会有残留的血迹。

仔细查看了地面之后，果然发现了残留的血迹。地面没有铺设任何地板，就是普通的土壤，即使时间过去几个月，血迹绝大部分已经渗透到土层里面，但略微发黑的地面还是让我们这些专业人员一眼就能看出来这里曾经流淌过大片的鲜血。

看来刘聂所说的案发现场就在这里，马警官戴上手套取了一些土壤，这些土壤可以拿回公安局检测是否真的包含人体血液，必要的时候可以尝试是否能提取到 DNA 做检测。血液在自然条件下一般要两年以上才会降解，几个月的时间可以尝试提取 DNA。

我们将屋里屋外都仔细查看了一遍，唯一能证明这里是案发现场的就是这摊血迹。

马警官思索了片刻，仿佛想到了什么，走到一旁的墙壁用手敲击起来，墙壁发出“噔噔”的声音，略显清脆。

此举让我略有疑惑，思索片刻之后就明白过来，感叹马警官不愧是经验丰富的老江湖。

马警官冷不丁朝一边的刘聂厉声道：“刘聂，你确定是在这里和刘最发生争吵并大打出手，之后又用凳子砸死了刘最？”

刘聂闻言一惊，脸色苍白故作镇静道：“马警官，确实就是这里。”

马警官冷声道：“那我问你，这套房子的两边还住着矿工吧？墙壁这么薄，又没有任何隔音设备，你和刘最发生争执甚至大打出手，声音这么大他们绝对不可能一点都听不到，如果听到了以他们和你哥的关系不可能不来查看，这点你作何解释？”

听完马警官的质问，刘聂紧张的神色稍稍有所缓和，道：“当时我们两个因为建房的事情休了两天假，其他矿工都在上工，这排房子里除了我们两个没有其他人，所以我们争执没有其他人听到。”

刘聂的回答倒合情合理，这附近除了矿工没有其他住户，白天上工的时间没有听到他们的争执也属正常。

马警官闻言点了点头，似乎接受了刘聂的解释。

到现在为止，刘聂讲述的绝大部分情况都获得了证实，看来案件的真相确实如他所说，是因为建房钱给付不及时的原因诱发了争执，言语中提及了刘最给刘聂戴绿帽一事又加剧了矛盾，最后两兄弟被愤怒冲昏了头脑导致生死相搏。

至于事实是否真的像刘聂所说，他是在生命受到威胁的情况下才抢过刘最手中的铁凳子砸死了刘最这点不得而知。

假如情况属实的话，到底是自卫还是防卫过当，抑或是故意杀人，我作为一个非警务人员无法做出判断。

不过这点也无需我操心，有公正的法律去对他进行审判。

目前唯一的疑点就是刘最的头去哪里了，看样子想要揭开这个谜底，眼前这位因为查案数天没有休息好而满眼血丝的马警官还需要继续辛苦。

马警官和小谢窃窃私语了一番，估计是商量案件接来下如何进行调查，我和杨姐在一旁整理好了取样的材料，做好了回省城做鉴定的准备。

岂料正当我和杨姐这两个编外人员做好了收队准备的时候，小谢将我和杨姐拉到一旁，告诉我们刚才她和马警官发现了一个不对劲的地方，需要马上出去查探一番，要我们稍等一下。

小谢这神神秘秘的模样我们再熟悉不过，必定又发现了重要的线索，我和杨姐当即表示没问题，接下来很可能还会有精彩的场面，肯定不能错过。

当时在场的还有两位之前带着刘聂来指认挖掘刘最尸体的警员，马警官叫走一个，另外一个留在现场看住刘聂。

小谢果然没出去多久，很快就和一名警员返回了现场，略微有点气喘吁吁，脸上满是兴奋的表情，显然是有了不小的收获。

但奇怪的是一起出门的马警官还没有回来，小谢示意马警官还在调查一个重要的情况，应该很快就会返回。

果然半个小时之后马警官就赶了回来。

马警官进门之后看了一眼小谢，小谢向他比了个胜利的手势，马警官点了点头，几步走到刘聂的面前站定，一声不吭瞪着眼睛盯着他，仿佛一个猎人在打量已经到手的猎物。

刘聂不敢和马警官对视，眼神四处游移，紧张的神情谁都可以看出来。

突然间，马警官严厉的声音响了起来：“刘聂，你的谎言还要编到什么时候！”

刘聂被马警官突然发出的质问吓了一跳，战战兢兢道：“马……马警官，您一定要相信我……我说的全是实话……我埋葬大哥的时候头真的还在……”

“我不是问你头的问题！”马警官打断了刘聂的哭诉，厉声道，“这里确定是案发现场，对不对？”

“对……就是这里。”

“案发当时你们先是发生了打斗，打斗的时候你占了上风出了一口恶气，停手之后，刘最却拿起凳子要对你下死手，你为了自保才抢过他手里的凳子砸死了他，对不对？”

“对……当时情况就是这样。”

“你们起争执的时间是白天，工友们都去上工了，所以没有人听到你们争斗的声音，对不对？”

“对……”

“你上次交待情况的时候说得很明确，打死刘最之后迅速清理了现场，马上就去父母家坦白一切，然后再回自己家求得妻子谅解，最后再将尸体运回了父母家掩埋。整个事情是连续完成的，没有中断，掩埋的时候尸体是完整的，对不对？”

“是的……当时尸体确实是完整的……”

马警官冷笑一声道：“那我问你两个问题，第一个，既然你们在这里发生了很久的打斗，打斗完毕之后你用铁凳子砸到了刘最的头部，刘最失血过多才死，那么为何现场只有这么一摊血迹，其他地方却没有任何痕迹？”

马警官没等刘聂答话，又自问自答道：“这一个问题我帮你回答，这是因为刘最在之前和你搏斗的时候并没有受到严重的伤害，没有血迹溅出，而后来被你一下砸到头部致命处，他立即倒地没有其他动作，所以才会只有一摊血迹。”

刘聂错愕地望着马警官，提出了疑问又代替自己这个嫌疑人回答了，不知道马警官葫芦里卖的什么药。

“那好，接下来第二个问题我看你如何回答！”马警官随后抛出另外一个问题。

“你当时交待情况的时候说得很明确，求得父母妻子原谅和搬运掩埋尸体都是连续完成没有中断，从此处到你父母家再到你自己家再返回此处，整个路程距离很短，刚才谢警官已经确认过，他们走路来回只有二十分钟，想必当时事态紧急你的速度不会慢多少，最多半个小时足够（马警官说到这里我才明白刚才小谢朝他比划的手势不是胜利，而是二十分钟）。因为情况紧急，你和父母妻子沟通的时间也不会很久，最多不会超过一个小时，也就是说，你杀了刘最之后一定会在两个小时之内赶回房间处理尸体免得夜长梦多。单身矿工的晚餐都是在食堂吃的，工友们下班回来肯定会叫你哥一起吃饭，发现你哥尸体的概率会成倍增加，你处理尸体的时间必定是在傍晚之前。”

马警官顿了顿道：“这里就存在一个很大的问题，你说埋葬刘最尸体的时候是完整的，那么我问你，你到底是用什么样的方式，从这里将刘最的尸体在所有人毫不知情的情况下运送到你父母家里的？”

这个问题一提出来，刘聂脸色立即变得灰白。

马警官不等他答话，继续道：“从这里到你父母家只有两条路，我刚才走了一遍，发现路边的店铺和行人非常多，就算你当时找到了盛放尸体的容器，在大白天想避开这些人带着一个巨大的容器通过也完全不可能。但是之前调查你哥情况的时候（这里指的是前面警员们来调查刘最葬礼的情况），没有任何人提到过你哥因病暴毙的当天你有过带着巨大物体经过的行为，你更不可能背着满身鲜血的刘最堂而皇之地赶回父母家，这一切只能说明一个问题——刘聂，你一直在说假话隐瞒真相，这里根本不是案发现场！”

刘聂顿时如同一条毒蛇被掐住了七寸，哆哆嗦嗦张大嘴巴想说点什么却说不出来。

马警官再次发出冷笑，突然提高声调，说出了一句让在一旁看好戏的我都彻底惊呆了的话：

“刘聂，现在我怀疑，案发的现场就在你父母家！你们三人联合杀害了刘最，并埋葬尸体意图毁尸灭迹！”

马警官这个不可思议的猜测彻底震惊了我！

刘最和刘聂可是亲兄弟，也都是他们父母的亲儿子，怎么可能父母和小儿子三人一同联合杀害了大儿子？

难道是因为刘最犯了侵犯弟媳的大忌导致父母联合小儿子一同大义灭亲？

所谓虎毒不食子，按理说就算刘最再怎么做错，父母也应该舍不得亲手杀掉自己亲生的大儿子啊，难到其中还有什么隐情不成？

马警官告诉刘聂，如果他拒不交待真相，就会安排警力去逐一核实从套间到他父母家两条必经之路上的所有居民和店铺人员，并且马上安排专业人员对套间和其父母家进行现场详细勘测，找出真正的案发现场并不是难事。

不仅如此，按照规定还必须对尚在医院休养身体的两位老人进行审讯，两位老人已经因为孙子过世而精神濒临崩溃，万一发生什么不测大家都不愿意看到。

事后马警官告诉我们，之所以故意提到要审讯两位精神状态极差的老人，也是一种攻心的方式。据他观察，刘聂对父母非常孝顺，这一点不但在之前的调查中证实了，而且从孩子死后刘聂让父母在医院休养，独自一人处理孩子的后事就可以看出来。提到要审讯他年迈的父母，有助于迫使他交待出真相。

刘聂再也找不到任何借口，且心系父母，心理防线彻底崩溃，只能战战兢兢说出他隐瞒的真相。

刘聂表示在两兄弟争执之前发生的所有事情全部都是真实的，唯一隐瞒的就是动手的地点和当时的情况。

实际案发地点确实如同马警官所说，是在他父母家！

他的父母确实参与到了他与刘最的争斗之中，但却并不是杀害刘最的帮凶。

早在这次动手之前，刘聂就已经因建房费用数次和刘最发生争执，父母看在眼里急在心里，他们知道如果不缓和这两兄弟的矛盾，以后一定会出现兄弟俩反目成仇老死不相往来的状况，这是他们老两口最不愿意看到的。

就在案发的前一天，刘父给两个儿子打电话，约好一起到家里见面，将建房款纠纷一次性解决，当时的老两口自以为从中调解可以解决两兄弟的矛盾，却不想当天却发生了最严重的后果！

两兄弟应约在当天上午赶到父母家，协商建房款一事，老两口也在，一开始刘聂碍于父母在场强忍着怒气，看在父母面子上他提出不要刘最出三分之二的建房款，只需要出一半。

但刘最连这点都不同意，说反正刘聂有钱，先垫付所有建房款，这些钱算他借的，三年之内还清。

刘聂当即勃然大怒，自己的大哥是什么性格的人他再清楚不过，平常除了打麻将舍得出钱其他时候都抠门得要死，零零碎碎借了工友好几万都是父母帮忙还清的，所谓的让他先垫付再还钱纯粹只是借口，这钱只要花出去，就别想从他那里收回来。

不仅如此，刘聂还想到房子建好后要装修、要买家具、要买家电等等，花钱的地方还有很多，只要这次答应了，这个大哥必定会以借钱的理由继续让自己垫付，甚至以后天天会到自己家里来蹭吃蹭喝，总之就没有这个厚脸皮的大哥不好意思做的事情。

此刻的刘聂极为后悔，暗骂自己不该一时心软，答应了和哥哥将房子建在一起的要求，对旁边的父母也产生了一丝怨恨。

刘聂的父母已经年近七十，三十多岁才生下刘最，在普遍二十出头就结婚生子的农村来说，两老是典型的老来得子，所以对刘最极为溺爱，也造就了刘最偏执的性子。

在刘聂这个小儿子的记忆里，从来没有穿过新衣服用过新东西，他穿的用的都是刘最剩下来的，这种状况也导致了刘最占刘聂的便宜形成了习惯。就连在邻居家玩的刘聂得到了一个苹果，刘最也会抢过来塞到自己嘴里，父母顶多稍微斥责两句，久而久之刘聂也就形成了逆来顺受的心理惯性，表面上很顺从哥哥，实际上内心对哥哥一直沉积着怨恨。

讲到这里我多一句嘴，这种情况存在于许许多多有两个同性别孩子的家庭。往往家长为了省钱省事，让小儿子（女儿）去穿大儿子（女儿）穿过的衣服、用大儿子（女儿）用过的东西，这种情况不是不可以，但一定要适当地给小儿子（女儿）购买一些新的衣服和玩具，不然会对孩子心里造成很大的伤害，让他们以为父母只喜欢哥哥（姐姐）而不喜欢我，最终造成心理扭曲。在我接待的客户中，就遇到过许多小时候有上述经历，长大之后心态扭曲甚至和父母兄长反目成仇的。

让刘聂先掏钱垫付，在他看来就是哥哥纯粹想让自己一个人出钱来建这栋房子，此刻的他多么希望父母能站出来说一声："刘最不能这样，你的钱必须你自己出。"

可悲的是父母这个时候还来劝说刘聂，说刘最答应了会还钱就一定会还，万一到时候刘最还不上，他们两老来还这个钱。

刘聂听完内心无比悲凉，父母的积蓄买地基掏空了他是知道的，所谓代刘最还钱无外乎是四处去找亲友筹钱。

但借来的钱终归要还的，父母年老，没有任何经济来源，肯定还不了这个钱，最终还钱的任务还是会落到他们兄弟头上，而刘最绝对不会还钱，也就是说还钱的任务归根结底还会落到自己头上。

最终结果就是自己借出去钱自己来还，让亲戚吃利息的同时还要欠他们人情，世间还有比这更荒谬的事情吗？

刘聂人生中第一次硬气了一把，就是不同意刘最的这个方案，说一人一半是底限，除此之外他不会出任何的费用，如果刘最拿不出钱，那么他宁愿荒废已经建了一大半的新房。

此时刘最闻言却暴怒了，说他这个做弟弟的没有良心，自己忍气吞声将杨珊让给了他，他却不知好歹恩将仇报！

不仅如此，刘最还诅咒起一旁的父母，说如果不是他们先前来劝自己不要和刘聂争老婆，杨珊现在已经和自己幸福地在一起了！

妻子杨珊明明被刘最强暴了，他居然大言不惭说将妻子让给了自己，刘聂如何忍得下这口气，愤怒冲昏了头脑，不顾父母在场当即破口大骂，骂得极为难听。

刘最毫不示弱反骂回去，矛盾立即升级，父母在一旁怎么劝都劝不住，急得如同热锅上的蚂蚁。

刘最的性子本就暴躁，骂了几句觉得不过瘾就换了一种方式发泄自己的愤怒，而这种方式最终断送了他的性命！

三十多年来一直对自己唯唯诺诺的弟弟居然在短短一个月内多次辱骂自己，刘最再也忍不住了，他冲上前去，狠狠地踹了刘聂几脚。

刘聂内心愤怒的小宇宙爆发，冲上前去和刘最扭打成一团，父母见势不妙不顾年迈的身体一人抱着一个来劝架。

当时抱着刘聂的是父亲，抱着刘最的是母亲，估计是母亲力量不足的原因，刘聂已经被父亲死死抱住不好动手，但刘最却挣脱了母亲的束缚，左右开弓狠狠地扇了刘聂十几个大耳光！

一边扇一边嘴里还说着极为难听的话："孬种，你他妈就是一个阳痿的货！老子和杨珊本来就应该是一对，早知道就不应该答应爸妈把她让给你，现在老子好意让她怀上孩子给家里传宗接代，还他妈的要忍受这种委屈，老子长这么大，就没见过你这种给脸不要脸的狗杂种！"

刘最这话骂得极为难听，可以说把自己和父母整个一家人全部骂进去了，而且他出手也颇重，打得刘聂嘴角都渗出了鲜血。

刘父看这模样眼下最重要的是去劝阻既动手又动口的大儿子，于是松开刘聂，和刘母一同死死抱住刘最，抱住之后就往外屋推，想暂时隔开这对失去理智的亲兄弟。

一个男人最痛恨的是两件事：一是给他戴绿帽子，二是说他那方面不行。

现在刘最两件事情占齐全了，刘聂心头的怒火燃到了顶点，瞬间彻底失去了理智！

他眼中冒着绿光，从墙角操起一把锈迹斑斑的铁凳子，从后面追上一边被父母推着往外屋走还一边骂骂咧咧的刘最，朝他的后脑勺狠狠地砸了下去！

刘最来不及躲闪被凳子的棱角砸个正着，立时皮开肉绽鲜血横飞！

刘聂这一下可以说包含了内心三十多年的积怨，丝毫没有手下留情的打算，而刘最也如预料中一样应声倒地，当即不省人事。

刘聂说到这里，喘了几口大气咬牙恨声道：“我这人性子能忍，说我什么都可以，我就当耳边风过去就过去了，但污蔑我不行，还把给我戴绿帽子这种事情说得好像接济我一样，我怎么可能再忍？就算当时不杀他，以后也一定会找机会杀了他！”

刘聂这是破罐子破摔，自知死罪难逃，彻底说出了他内心真实的想法。

他接下来的讲述，也让我们明白为什么会在事后重新伪造一个案发现场。

当时的惨状让老两口吓蒙了，好半天才反应过来，刘母哆哆嗦嗦地让老伴打电话叫救护车，却被刘父止住了，刘父上前探了探刘最的鼻息和脉搏，又查看了下刘最的眼睛，长叹了口气。

他告诉刘母，刘最伤势太重，就算勉强送到医院也必定伤重不治，眼下最重要的是如何处理这件事。

刘母还在催着他打电话，说只要有一线希望就一定要救治刘最，却被刘父一声低吼吓住了：“你疯了！杀人是要偿命的，想守着两个孩子的骨灰过日子吗？”

刘母这才反应过来，如果送刘最到医院治疗，那么死因必定会被查出，站在一旁后怕不已的小儿子一定会被判死刑！

于是三人就眼睁睁地看着血流不止的刘最咽下了最后一口气。

刘最在父母弟弟面前作威作福了一辈子，估计临死前怎么也没想到止是这三人断绝了他最后一丝生还的希望。

确认了刘最的死，三人商量起如何善后，一开始决定火化刘最，对外宣称因病暴毙，再按照农村的习俗举办葬礼，这样就神不知鬼不觉掩盖了这件事情。

后来又考虑到火化尸体动静太大，很可能会被别人发现，于是选择就地掩埋，购买一个骨灰盒弄点草木灰放里面谎称骨灰，反正不会有人去打开验证，不存在任何暴露的风险。

刘聂从愤怒和后怕中清醒过来之后，又提出万一被发现怎么办，最好想个对策。

刘父提出万一被发现就用“自己看不惯大儿子强奸弟媳大义灭亲”的理由

来解释，由他来顶这口锅。

但刘聂提出这样的理由太苍白，孩子已经这么大了，要灭发现的时候早灭了，也不会等到今天，而且一贯孝顺的他也不愿意让年迈的老父亲去顶这口锅。

于是编造出一个刘最先动手危及他的生命，他在生命受到威胁的时候再反击的特殊情况，认为这样的话算是正当防卫，最差的结果也是防卫过当，蹲几年牢狱就出来了。

况且只要行事周密，无人报案，警察绝对不会无聊到来调查刘最的死因，这个后手用上的可能性微乎其微。

三人一致同意这个方案，接下来就需要处理两件事：

第一件事，做通杨珊的工作，让她不要报警。这件事情果然如预料中的轻易达成了，杨珊提出要求只要刘聂以后善待孩子，她就会把发生的事情完全忘掉，刘聂当然表示同意。

第二件事，刘聂的父母每天都待在家里几乎不会出门，万一警方查起来，必定会知道案发的当时三人在一起，而三人在一起这种自卫的借口就很难说通了，于是刘聂取了刘最的一些鲜血，带到刘最的单身套间里泼洒在客厅桌子附近的地面上，伪造成案发现场。

一切都布置好后，刘聂连同妻子父母四人一同在刘最死去的原地挖了一个坑，埋葬了刘最，就地掩埋刘最的目的是为了掩饰地面的血迹，即使事后被警方发现有血迹，反正土层已经翻转，也会被认为是埋葬刘最的时候粘上的。

不仅如此，四人还将房间的布置做了整体更改，那里本是一个饭厅，偶尔会有一些亲友来看父母，万一留他们吃饭可能会发现异样，就改成了杂物间，平日里铁将军把门，好确保万无一失。

以上，便是刘聂交待的所有的真相。

原来刘聂杀害刘最是有意为之，根本不是他之前交待的自卫行为，看样子他这次是罪责难逃了。

我颇为惋惜地看了一眼这个比我大不了几岁的男子，原本收入颇丰又有一个漂亮媳妇生活很幸福的他，却被一个被父母溺爱的大哥所害，变成了如此结局，实在可悲可叹。

但整个讲述中他都没有提到头颅消失不见一事，看来有可能真不知情。

一想到这里，我忽然觉得自己抓住了什么！

这种感觉很熟悉，刘聂刚才交待的情况中一定有可疑的地方，可惜的是灵感一闪即逝。

我看了看小谢，她也正皱眉冥想着什么，难道她也发现了不对劲的地方？

我凑上前去，准备悄声询问小谢是否从刘聂的讲述中发现了什么线索，说不定她的话能提醒我抓住之前一闪而逝的灵感。

在我们协助警方侦破的许多案件中，经常会出现这样的情况，往往一个人的想法不是很完善，但相互之间一交流，就会发现许多原本很难发现的线索。

刚刚凑到小谢跟前还没等我开头询问，马警官又冷不丁地询问了刘聂几个问题，无需小谢提示，我就从马警官提出的几个问题中找到了自己想要的答案。

现在我将马警官提出的这几个问题和刘聂的回答复述如下：

“刘聂，你确定当时是用铁凳子的棱角砸到你哥的后脑勺，一击致死，除此之外没有其他任何严重的伤处？”

“我确定。”

“当时掩埋尸体的时候你的妻子和父母都在场？”

“是的，他们都在，我们四个一起动手挖的坑。”

“掩埋尸体的时候你亲眼看见埋进土里的是刘最完整的尸体？”

“没错，是我亲手将他的尸体丢下坑后掩埋，当时他的尸体确定是完整的。”

“掩埋尸体之后，你确定父母就一直在家里守着尸体，生怕被人偷进房间发现？”

刘聂回答这个问题的时候，略微犹豫了一下，道：“最开始的几天没有，因为要举行我哥的葬礼，灵堂不能设在父母家里而是在外面空地搭建的大棚子，父母不可能整天都守在家中，总要来接待一下亲友，所以每天都有数个小时的时间不在。不过当时买了一把大锁锁上了杂物间的门，钥匙只有两把，分别在我和父亲身上，葬礼之后我们还特意去检查了门锁，没有任何破坏过的痕迹。之后父母就几乎没有离开过家里，出门买东西办事都会留一个在家里看着，就算有急事需要一同外出，最多半小时就会赶回去，就连我们搬新房的时候他们一同过来道贺也只是吃了一顿饭，不到一个小时就回去了。不过之后还有两次长时间离开家里，一次是半个月前我第一次一氧化碳中毒，他们陪着我去医院待了一整天，另外就是这一次了。”

马警官思索了一会儿，又道：

“刘聂，你父亲以前是做什么的？”

“也是矿工，几年前身体不行就没干了。”

“当矿工以前呢？”

“听说当过几年的兵。”

听完刘聂的回答，马警官点了点头道：“这就对了！”

刘聂脸上露出狐疑的表情，显然没有猜到马警官这话的意思。

马警官笑了笑没有说话，招呼了我们和小谢一声，留下另外两名警官处理善后事宜，便收队回了公安局。

直到现在，刘聂虽然交待了杀兄的事情，但对于杨珊的去向，依旧没有交待过多。如此看来，应该是杨珊感觉到危险，自己躲出去了。因为从刘聂第二次一氧化碳中毒到杨珊失踪，她一直在医院照顾孩子，在人多眼杂且到处是监控的医院里，刘聂应该是没有机会杀害杨珊的。

5. 丑闻

回到公安局之后，马警官向我们表示了谢意，并商定回去后出具鉴定结果，虽然刘聂已经认罪，但还是需要掌握充分的证据，亲子鉴定的结果必不可少。

马警官和小谢两个商议了一番之后，确定了下一步的调查方向。

小谢将我和杨姐连夜送回了省城，白天忙了一天，到省城时间已经很晚了，刘聂也已经认罪，鉴定的结果稍晚几个小时出来也没关系，没必要连夜加班做鉴定。

于是我们商定第二天一早做加急鉴定，赶在下班之前出结果。

回来的路上，小谢特意让我开车，自己选择坐在后座和一旁的杨姐窃窃私语，两个人时而神神秘秘地探讨着什么，时而发出欢畅的笑声，对坐在驾驶位兢兢业业开车的我视如无物。

杨姐在工作的时候很严肃认真，平常却开朗幽默，小谢在熟人面前更是典型的人来疯，特喜欢恶作剧，俗话说“三个女人一台戏”，但是这两个女人就完全可以撑得起一场戏来，而且这台戏还当着我的面唱起来了，是可忍孰不可忍！

虽然明知道这两个女人心里憋着坏，我依旧按捺不住好奇心道：“你们两个神神秘秘笑什么？”

小谢闻言更是笑得欢畅：“就知道你这个极品八卦男会忍不住问，我刚才和马警官商量了下，对案情有了一个重要的推测，而杨姐一猜就猜出来了，和高手聊天很开心，你整天傻乎乎的，肯定猜不到是什么。”

我哈哈一笑道：“你以为就你聪明，我要猜到了怎么办？”

“要打赌是吧，我接着。”

“那好，杨姐作证，你输了请客吃海鲜，我输了请客吃西餐。”

“一言为定！”

和小谢达成了口头的协议，我笑道：“你们刚才商量的，应该是刘最的头离奇丢失一事吧。”

小谢还没有答话，一旁的杨姐笑出声来道：“小谢，我有预感，说不定这次打赌你会输。”

小谢嘴上毫不示弱道：“杨姐，让他说，只要他能猜出真相，我请一顿海鲜也心甘情愿。”

我理了下思路，说出了自己的猜测：

刘聂的头离奇丢失，毫无疑问是发生在掩埋尸体一直到今天将尸体挖掘出来为止的这一段时间。

这不到半年的几个月时间，跨度很长，但是大致可以分为三个阶段。

第一个阶段就是尸体掩埋后的数天内，因为要举办刘最的葬礼，所以每天会有数小时的时间父母不在家看着，不过家里有铁将军把门，钥匙只有刘家父子二人有，回去之后新锁也没有任何损坏撬动的痕迹，照道理应该很安全。

第二阶段就是葬礼过后一直到刘聂第一次一氧化碳中毒，这段时间父母至少会留一个人在家守着不离开，即使同时离开也不会超过半小时，当时挖掘尸体的现场我们都看到过，掩埋得很深，半个小时是无法挖出尸体剁下脑袋再埋葬剩下的尸体的。

第三个阶段就是半个月之前刘聂第一次一氧化碳中毒一直到今天，父母因为要照顾刘聂，离开家的时间超过一整天，而这次更是连续数天不在家，头颅丢失最有可能发生在这个阶段。但是在我们刚刚赶到现场的时候，负责挖掘的警员就告诉过我们：“这里的地面没有翻动的痕迹，土层也很紧实，至少在数十天之内没有人挖掘过。”

专业人员的判断肯定是准确的，也就彻底排除了原本最有可能丢失头颅的阶段。

从上述分析可以看出，外人是没有机会挖掘出尸体偷走头颅的，既然外人排除了，那么就只剩下四个人有嫌疑，这四个人自然就是刘聂夫妻和父母四人！

那么我们再逐一分析这四人。

以上我们所有的猜测都是建立在刘聂交待的真相属实的基础上，既然选择相信刘聂，首先就排除了他。

刘聂再三表示自己对刘最头颅消失一事毫不知情，以我心理学的专业知识分析，他的面部表情和种种举动也证明了所言非虚。

然后是刘聂的妻子杨珊，杨珊有一定可能偷走刘最的头颅，她参与了掩埋刘最尸体的整个过程，知道掩埋刘最尸体的位置和深浅，可以在最初葬礼期间父母不在的数小时之内挖掘出尸体，而且没钥匙对她来说不是难事，天天和刘聂在一起的她完全可以趁刘聂不注意偷用下钥匙。

但是，杨珊偷走刘最头颅的动机又是什么？她完全没有这样做的理由。

况且，有一个细节完全排除了她的嫌疑。

我们在挖掘现场查看了尸体颈骨的横切面，非常的光滑，要一刀剁断才会有那样的效果。

杨珊是一个女孩子，要让她连皮肉带骨头一刀剁断头部完全不可能（头颅丢失时尸体刚掩埋几天，还没有白骨化，脖子上的皮肉都在）。

而这个细节，同样也排除了刘聂母亲的嫌疑。

那么现在就只剩下唯一一个可疑的对象——刘聂的父亲。

刚才马警官和刘聂最后几句对话问的正是刘聂父亲的情况，这表明马警官也在怀疑偷走刘最头颅的人就是刘父！

刘父虽然年近七十，但他曾经当过兵，又一直在矿山从事体力工作，完全有能力一刀剁掉刘最的头颅，而且他手里有钥匙，能够随时打开杂物间的门，只要挑个刘母不在的日子就可以从容动手，不用担心任何人发现，甚至有可能刘母会成为他的帮凶。

最重要的是，任何人都不会无缘无故偷走刘最的头颅，而刘父完全有这个动机！

我当时有一丝灵感一闪即逝，后来又在马警官的帮助下抓了回来，就是因为马警官问的第一句话："刘聂，你确定当时是用铁凳子的棱角砸到你哥的后脑勺，一击致死，除此之外没有其他任何严重的伤处？"

这句话单独看没有什么问题，但是如果结合刘聂之前的描述就存在极大的问题！

在刘聂之前编造的"用自卫当做借口为自己脱罪"的理由中，有过这么一段描述：

刘最挣扎着爬起来，操起一把铁凳子要砸刘聂，这种铁凳子棱角特别锐利，一旦砸到要害部位很可能就会一命呜呼，而且刘最当时那种疯狂的模样就是要置他于死地！刘聂的生命受到了威胁，爆发出了最大的愤怒，从刘最手中夺过铁凳子，狠狠地砸向刘最的脑袋！

大家对比这两段话，就可以看到一个明显的矛盾之处：

按照刘聂编造的理由，他是面对着刘最，这一凳子砸下去肯定会砸在前额或者头顶或者太阳穴，绝对没有办法砸到后脑勺！

那么刘父的动机就显而易见了，他在事后也意识到这个矛盾之处，为了让刘聂的谎言更真实，偷偷地割下了刘最的头颅埋到了别处。

刘父所做的一切都是为了应对警官来调查的后手，所以这样处理之后也没有告知刘聂，毕竟警官无缘无故来调查刘最死因的可能性实在太小。

几个月之后尸体白骨化，所有的证据都消失了，刘父也就放下了内心最后的一丝忧虑，但他万万没有想到的是，马警官会在接到一个神秘短信之后，就突然对刘聂进行了调查，召唤刘聂到公安局和到停尸间给孩子取样都没有惊动刘父，整个调查过程他都毫不知情，而且整个案件侦破的过程极为迅速，短短一天的时间刘聂就交待出了所有的真相！

或许躺在医院病床上的刘父，还只是好奇为什么刘聂离开医院去殡仪馆办理手续一整天了，还没有回去吧。

当我说出了自己的猜测，小谢和杨姐的眼神里露出了赞许的目光，显然和她们心中所想的基本吻合。

不过小谢还是提出了疑问：如果我们猜测属实，警方挖掘了刘最尸体后，必定会追查头颅的下落，刘父应该是想好了应对的策略，那么他想出来的借口是什么？刘最的头颅是否被他另外埋葬了？

这些疑问只能等马警官继续调查才能知道结果。

晚上赶到了省城，小谢言而有信请我吃了一顿海鲜，杨姐家里有老公热好了饭菜等她，待遇不是我们这种单身狗能比得上的。

回家之前我和小谢约定，如果马警官那里有进展一定第一时间通知我，毕竟这个案子似乎已经被马警官一层层抽丝剥茧，进行到了最后的阶段，马上就水落石出了，我们无法不去重点关注。

但第二天发生的种种不寻常的事情告诉我们，这件扑朔迷离的案子我们还只揭开了冰山一角，更加不可思议的真相还在等待我们去发现。

我和杨姐一早就赶到中心，将刘聂、刘最和孩子三人的检材进行比对鉴定。

中午时分，小谢的电话先打了过来，告诉了我们一个出乎意料的答案。

马警官上午赶往医院对刘父进行了单独询问，一开始震惊万分的刘父还在用刘聂之前的那一套托词搪塞马警官。

直到马警官播放了刘聂交待真相的录音，刘父才知道结局已经无法挽回，交待了事情发生的整个过程，和刘聂所说的完全一致，但是刘父表示对尸体头颅消失一事毫不知情。

不仅如此，当马警官提到他的孙子还躺在停尸间没有火化，已经取样去和刘最刘聂两兄弟做亲子鉴定来作为证据时，刘父一脸的紧张，主动询问起马警官亲子鉴定的详情。

当马警官向他科普一番之后，他居然浑身颤抖起来，脸色瞬间变得血红！

马警官发现了这个极其怪异之处，追问刘父什么情况，刘父却始终一直闭目不言，摆出一副万念俱灰任由马警官宰割的神情。

于是马警官打电话给小谢，希望我们的鉴定快点出结果。

我和杨姐加班加点，午休结束后结果终于出来了，这个结果让我和杨姐当场震惊！

检材的最终比对结果是：

刘聂，并不是孩子的亲生父亲。

这点我们早有预料，不足为奇。

但诡异的事情出现了！

刘最，居然也不是孩子的亲生父亲！

孩子的亲生父亲到底是谁，这个案子又遇到了无法找到孩子父亲的情况了吗？

并不是这样！

亲缘鉴定中，还有一个鉴定叫做生物半同胞鉴定，用通俗易懂的话来说，就是同父异母关系的鉴定！

在生物半同胞鉴定中，居然确定了刘最刘聂两兄弟和孩子是同父异母的关系！

也就是说，刘聂应该叫自己养了数年的孩子为弟弟，孩子的真正父亲，是现在躺在医院病床上，和马警官对峙拒不开口的刘父！

当我们将这个诡异的鉴定结果拍照传给马警官之后，马警官马上对刘父进行了突击审讯，刘父在亲子鉴定报告的如山铁证之下，终于交待了和儿媳妇杨珊通奸生子的惊人事实！

刘父年近七十，常年的体力劳动让他比一般的老人显得略微壮实，但也就仅此而已。

他苍老且略显丑陋的面容很难让人相信杨珊和他发生关系是两情相悦，所以最开始马警官也怀疑他和刘最一样，强迫了杨珊。

但刘父交待的情况却出乎马警官意料之外。

据刘父回忆，杨珊在嫁入刘家之后的一段日子表现得很正常，甚至可以称得上极为优秀，对丈夫体贴，对公公婆婆也很孝顺，让他感叹小儿子是上辈子当和尚敲碎了九九八十一只木鱼今世才修来了如此福分。

不久之后，却出现了一个意外情况，杨珊偷偷在他的面前哭泣，抱怨说刘聂性无能，她内心很苦闷，又因为对刘聂很有感情舍不得离婚，不知道到底该怎么办。

刘父闻言大为吃惊，这话从儿媳妇嘴里说出来应该不会有假，而且小儿子刘聂这么多年来没有正式地交往过一个女朋友，就连这次也是杨珊先表明态度主动让阿琴从中撮合才最终走到一起，种种迹象证明刘聂确实很有可能是性无能。

刘父旁敲侧击问过刘聂，暗示他如果真的有隐疾就应该去医院诊治，没想到刘聂反应极为强烈，说自己身体好端端的，去医院干什么？还说他这个父亲是咸吃萝卜淡操心，多陪母亲出去转悠散心才是正事。

刘父没有任何办法，只能听之任之，但这件事情也成了他的心病，甚至颇为后悔。

因为之前大儿子刘最就明确表达过对杨珊的爱意，不过在阿琴找到他们老两口说明杨珊喜欢的是刘聂，拜托他们去做刘最工作之后，老两口选择了阻止刘最继续去阿琴家打搅，撮合杨珊和刘聂在一起。

霸道成性的刘最当然不同意，直到刘父提出帮他还完剩下的两万多元欠账，另外再给他两万，刘最才勉强同意，相对于女人来说，赌博才是他的真爱。

现在刘聂不能人道，无疑是弄巧成拙，不但孙子抱不上，而且刘聂和杨珊很有可能离婚，这样就会鸡飞蛋打一场空。

刘父承认自己有过极端的想法，万一刘聂真是性无能，可以让刘最同时娶了杨珊，表面不宣扬，暗中两兄弟共事一妻，反正刘聂和杨珊结婚也没有领证，不算重婚。两兄弟共事一妻在农村虽然罕见但也曾经发生过，何况现在面临小儿子不能人道的特殊情况。

不过这种过于超越伦常的要求实在难以启齿，所以刘父也只是心里想一想，一直没有付诸行动。

直到某一天，发生了一件事情。

当天刘母走亲戚两三天回不来，家里就剩刘父一个，一大清早，刘父还没起床，却听到了敲门声。

刘父披着衣服打开房门，原来是自己的儿媳妇杨珊。

杨珊说家里煤炉熄了，液化气也没了，烧不了热水，送气的要中午才能送来，她习惯早上洗澡，一次不洗就很难受，没办法只能到公公家里来烧点水，借用浴室洗个澡。

杨珊有轻微的洁癖，家里人都知道这点，虽然好奇杨珊为什么不在自己家里引燃煤炉烧热水，但刘父也没有多想，就让媳妇自便，自己又回去补觉去了。

刚迷糊了一会，刘父却发现房间里进来一个人，定睛一看却是杨珊，她浑身上下脱了个精光，只裹着一条浴巾，这让刘父吓了一跳，忙问杨珊干什么。

杨珊说自己忘记带内衣，想先拿一套婆婆的先穿着。刘母的内衣就放在床边的柜子里，刘父连忙让她自己找。

杨珊应了一声，走到了床边，打开柜门，背对着刘父，弯下身子去衣柜下层翻找内衣。杨珊裹着的浴巾并不长，甚至没有完全遮住大腿根，这对许多年没有接触过年轻女性的刘父来说，无疑是极致的诱惑！

刘父被这个场景刺激得口干舌燥热血上涌，脑中残存的道德观让他强忍着内心的欲望不敢有任何动作，但眼睛却舍不得离开这极具诱惑的身体，呼吸也明显急促起来。

这个时候，杨珊更是做出了一个让他彻底失去理智的动作。

杨珊转过身来，松开双手，让唯一掩盖住身体的浴巾滑落，不仅如此，她还爬上了床来，抱住惊慌失措的公公，喃喃道："我受不了了，再这样下去我会疯掉，您就要了我吧，给刘家生个孩子，也算是帮我实现做母亲的愿望。"

刘父描述的场景让所有人都目瞪口呆。

刘父之所以事无巨细把这些让他分外羞耻的细节都描述出来，就是为了告诉马警官，他并没有强奸自己的儿媳妇，而是儿媳妇诱惑了他，原因是刘聂不能人道。当时的刘父可怜儿媳妇一直守着活寡，更重要的是他虽然上了年纪但生理功能正常，无法经受住这样的诱惑，最终做了自己后悔万分的事情。

这种事情有了第一次就会有第二次第三次。

一直到后来杨珊怀孕，才和刘父停止了这种不伦的关系，至于杨珊和刘最之间发生了关系，刘父是很久以后才知道，杨珊解释说是刘最趁她不备强奸了她，她碍于面子才不好意思告诉任何人。

刘父内心略有点醋意，但刘最毕竟是自己的儿子，这种不伦的事情无法去追究，何况自己和杨珊所做的事情更无法被世俗所容忍，只能将所有的秘密都藏下来。

孩子出生后，刘父爱煞了这个名义上的"孙子"，所以他才表示如果刘聂不愿意带孩子他自己来带，这确实是他的真实想法。

直到孩子夭折，刘父的大儿子和真正的"小儿子"在半年之内相继离开，他承受不住打击身体彻底垮了下来。

听完刘父的讲述，见多识广的马警官也被这个极品家庭里面发生的复杂关系所震惊！

年轻漂亮的小儿媳妇，居然和公公还有大哥都发生了不伦的关系，最终还怀上了公公的孩子，着实让人无法理解这个女人的想法。

不过马警官对刘父讲述的情况产生了很深的怀疑，原因恰恰是因为刘父交待得太过于细致，所有的情节好像发生在那些不健康的电影中而不是实际的生活中。

就算杨珊内心饥渴又想给刘家生个孩子，为什么不找刘最而去找刘父？相比起皱纹满面身体老化严重的刘父来，年富力强的刘最明显是一个更合适的对象。

但不管怎样，案子已经到了最后的阶段，刘最被杀一事基本水落石出，只需要再继续进行调查就一定能知道所有的真相！

鉴定结果出来的第二天，小谢又接上我和杨姐一同赶往县公安局。此次前往有两个目的，一是将鉴定的结果原件送给马警官，二是对刘父取样和小孩的检材进行比对，确认他们的父子关系。

虽然之前的生物半同胞鉴定确定了孩子和刘聂兄弟俩同父异母的关系，但依旧无法在法律上明确证明刘父就是孩子的父亲，因为理论上也存在刘父不是刘聂兄弟俩亲生父亲的可能。

法律面前容不得一丝懈怠，鉴定刘父和孩子亲子关系这个流程一定要走。

等我们抵达公安局，马警官便召集了案件处理小组的成员一同开会，当天留在小镇处理善后事宜的两位警官也在其中。

在会议上，马警官通报了目前掌握的全部情况，我们也将亲子鉴定报告递给了所有与会的警员过目。

马警官总结情况如下：

杀害刘最的凶手是刘聂无疑，刘父和刘母当时都在场，通过事后对埋葬刘最的杂物间和刘最所住套间的仔细勘查，确定刘聂交待的应该就是事发的全部经过。

刘聂杀害刘最的根本原因是刘最给他戴了绿帽子，而且他误以为孩子父亲是刘最，最终因为建房款一事激发了矛盾，造成了悲剧。

除了以上两点可以基本确定之外，剩下的情况依旧疑点重重。

刘父和刘最都和杨珊发生了不伦的关系，到底是杨珊自愿的，还是他们强迫的？

杨珊现在到底是死是活，为什么始终没有她的任何音讯？

刘最的头是被什么人割掉的，被丢弃在哪里？

相比较以上的几个疑点，刘聂两次离奇的一氧化碳中毒反倒成为了一件次要的事情，不过经验告诉我们这个特殊情况也不能被忽略，很可能和这个凶杀案有着千丝万缕的联系。

会议最后马警官安排了两个调查的大方向：第一，集中警力调查杨珊失踪一事；第二，鉴于刘父和刘最都说刘聂患有性无能但刘聂却数次矢口否认，带刘聂去医院做彻底检查。

散会之后，马警官招呼我和杨姐去医院给刘父取样，顺带给刘聂做身体检查，确定他是否患有性无能的疾病。

在医院，我们见到了躺在病床上的刘父，一个普通的农村老人模样，身形略显壮实，或许因为年轻时当过兵的原因，看到了跟在马警官身后未着警服的我和杨姐之后，原本毫无神采的眼神变得极为锐利。

马警官走上前去解释了一番，刘父没有发表任何意见，任由我和杨姐施为，取样完毕之后，刘父终于开口说了一句话："马警官，记得我们之间的约定，这是我唯一的请求。"

马警官点了点头，走出了病房门，朝倚靠在门旁一直守着刘父的警员使了个眼色示意他继续认真看守，带着我们离开了住院部，赶往另外一栋大楼，去了解刘聂体检的情况。

在路上，马警官看到了我和杨姐脸上的狐疑，猜到我们在想什么，于是告诉了我们他和刘父之间的约定。

刘父和他的约定只有一条：刘父会全力配合马警官所有的调查，只希望他和儿媳发生关系一事不要告诉尚在另外一间病房精神已经濒临崩溃的刘母。

我好奇地问马警官："那照道理说刘父和您达成了约定，就不会再隐瞒真相了啊。"

马警官尚未回答，杨姐却笑了，道："小王，你平常不是很精明吗，怎么这次也犯傻了？罪犯大都很狡猾的，如果刘父在这个事件中扮演了不光彩的角色，那么他所谓的约定很可能只是缓兵之计，你要真和他讲诚信就落入圈套了。"

马警官笑着点了点头，认同了杨姐的说法，也算是给我上了一课，看来讲诚信也要分人，和恶人讲诚信，不但会导致严重的后果，甚至还很有可能不知不觉中成为恶人的帮凶。

我们一行三人来到了另外一栋大楼的检验科，小谢和另外一名警官正带着刘聂在这里做身体检查，确定他是否真的患有性功能障碍。

为了确认刘聂的身体状况，医生做了多项检查，几个小时后结果出来了。

医院的检验结果上白纸黑字密密麻麻地写着许多分析，用最简单的语言来总结就是：刘聂的性功能完全正常，精子活力完全正常，不存在任何的性功能障碍，更不可能无法生孩子。

这份轻飘飘的鉴定报告告诉我们一个沉重的事实：刘父交待的依旧很有可能不是真相，他所谓的和马警官的约定也很可能是一个陷阱！

马警官马上决定重新审问刘父，一定要从他嘴里撬出隐瞒的真相！

获得旁听许可的我们跟随着马警官又马不停蹄赶往了住院部，想看看那个躺在病床上的老人到底有一张什么样的丑恶嘴脸。

看到重新返回病房的我们，刘父脸上一丝异色一闪而逝，我和杨姐对视了一眼，都看到了对方脸上的了然之色。

虽然我们只是亲子鉴定师，却也经常协助警方办案，犯罪分子见过不少，刘父脸上闪过的异色和故作镇静的模样恰恰说明了他内心有鬼。

马警官更不可能放过这个情况，但他却没有当场发作，而是如同来探视病人的朋友一样，微笑着对刘父道："刘红军（刘父的名字），我们的约定是不是还有效？"

刘红军神色稍稍有些紧张道："当然，只要马警官您有需要，我知无不言言无不尽。"

马警官笑得更是开心，将刘聂的检验报告递给刘红军道："那你看看这个。"

刘红军好奇地接过检验报告，一目十行地扫完之后，脸色瞬间变得苍白，大声道："这怎么可能？！"

刘红军抬头看着马警官，脸上透露出难以置信的神色，拿着检验报告的手也不由颤抖起来："马警官，您这……这是什么意思？"

马警官收回报告，似乎完全无视了刘红军紧张的神情，云淡风清地反问道："你说呢？"

刘红军明白马警官的意思，脸色更显苍白道："马警官，我发誓之前交待的都是事实，没有任何隐瞒，刘聂性无能一事确实是杨珊亲口说的，而且也是她故意引诱我，都怪我自己一时糊涂把持不住。"

马警官闻言一阵冷笑道："除了这件事之外，就没有什么其他要说的吗？"

刘红军犹豫了一下，喃喃道："没……没有了……"

马警官的声音突然变得严厉起来："看来你还是不老实啊，既然你自己不说，那我问你，从刘聂和孩子入院之后一直到确诊孩子脑死亡，整整几天的时间，你作为孩子的父亲，难道就没有和杨珊讨论过任何事情？”

我闻言恍然大悟，这里确实是一个疑点，作为孩子的亲生父母，刘红军和杨珊必定在这期间讨论过关于孩子的事情。

其间刘聂因为要配合警方调查一氧化碳中毒一事回过一次家，医院只剩下刘红军、刘母和杨珊三人，随便找个借口支开刘母就可以创造出两人单独相处的机会。

刘红军脸色大变，沉默了许久终于开口道：“确实有过，我质问过杨珊，明知道刘聂对孩子不是那么上心，为什么领着孩子出门不好好带着，要送回来和刘聂一起住？如果当天孩子没回来，就不会造成这个悲剧。当时我太过于担心孩子的安危，说了几句狠话，现在想起来，也许她的失踪和我当天撂的狠话有关。”

“你说了什么狠话？”

“就是说她不该只顾一个人贪玩，孩子如果有什么三长两短的话，都是她的责任。孩子确诊脑死亡的那天，我和她大吵一架，狠狠骂了她几句，之后她就失踪了。”

“也就是说，杨珊是因为听到你责骂她才离家出走的？”

“可以这么说。”

马警官突然提高了声调，严肃道：“然后你气愤不过，又担心她伤心过度暴露了你和她的不伦关系，和刘聂杀害刘最的事情，于是偷偷跟随她到了一个无人的地方，将她杀害并毁尸灭迹！”

刘红军闻言色变道：“冤枉啊，我真的只是和她吵了一架，骂了她几句，后来她就失踪联系不上，我可以对列祖列宗发誓，说的都是实情！”

当然整个询问的过程远比我上面描述的复杂，不过大体得知的情况就如同上述所说，刘红军一口咬定是杨珊引诱的他，他对杨珊的辱骂或许导致了她离家出走，但绝对没有杀害杨珊。

整个审讯的过程我和杨姐都在旁听，除了一开始刘红军脸上的那丝异色之外，再没有发现其他可疑的表情和举动。

马警官送我们回公安局的路上心事重重，他告诉我们刚才关于刘红军杀害杨珊的询问是在特定环境下对嫌疑人审问的一种手段，只是单纯的猜测，没有任何的证据。

这也让我和杨姐颇为郁闷，这个案子远比我们之前经历的许多案子更为怪异，仿佛就要触及真相，却总是差着那么一步。

马警官告诉我们，已经做好了持久战的准备，因为他有一种直觉，这个案子的真相将远远出乎意料。

回到公安局之后，马警官和小谢商议了一下，约定我们三人马上回省城，我和杨姐自然是回中心出具刘红军和孩子的鉴定结果，而小谢则另有重任。

小谢的任务是，安排警力在省城的各个车站进行调查，看是否能发现杨珊的踪迹。

大家应该还有印象，马警官最初对这个案子产生怀疑是因为一条奇怪的短信，当时马警官决定暂时放置对刘聂一氧化碳中毒一事的调查，而那条短信的内容是提醒马警官去询问阿琴，从阿琴的嘴里得知刘聂对儿子态度不佳杨珊闹离婚一事，最终顺藤摸瓜发掘出了这个重大的案件。

因为发信息的手机是一个住在省城某汽车站附近的小孩丢失的，所以始终无法确定发信息的神秘人物是谁。

综合现在种种情况，马警官怀疑短信就是失踪的杨珊所发，发短信的原因也可以做一个猜测：

杨珊在儿子确诊脑死亡之后，又遭到公公（孩子的亲生父亲）的辱骂，心怀怨恨离家出走，为了报复这个让她留下痛苦回忆的家庭，她乘坐汽车到了省城，就近偷了小孩手机，给马警官发了一条短信。

她知道马警官只要询问阿琴，就必然会对刘聂和孩子之间的关系产生怀疑，继而调查到刘最和刘红军都和她发生过不伦关系，这样刘聂杀害刘最的事情也就瞒不住了，就可以达到她报复刘红军和刘最的目的。

马警官进一步推测杨珊一定是在刘家遭遇了不公正的待遇，很可能刘红军撒了谎，他和刘最一样强奸了杨珊。因为孩子杨珊选择了忍辱负重，孩子去世之后杨珊了无牵挂，不但离开了这个罪恶的家庭，还暗中引导警方去调查所有的真相。至于她自己不愿意出面的原因很简单，因为这并不是一个可以轻易说出口的丑闻，她只有离开才是最好的选择。

如果猜测属实，那么杨珊一定是坐汽车抵达的省城，之后要么留在了省城，要么乘坐汽车离开了省城。

因为杨珊没有身份证，无法购买火车票，只能选择乘坐汽车（案件发生的时候购买汽车票还不需要身份证），所以马警官除了安排人去县城的汽车站调查之外，还委托小谢去省城的几个汽车站进行调查，通过查询录像和对车站工作人员的询问或许可以找到杨珊的踪迹。

就目前的情况来看，只有找到杨珊才能问清楚真相，知道刘红军所言到底是真是假。

辞别马警官之后，小谢没有心思和杨姐说什么悄悄话，一脚将准备坐上驾驶位开车的我踢了下去，自己把好了方向盘。

我在杨姐的笑声中忍气吞声坐到了副驾驶位上，相比凡事谨慎小心的我，小谢开车的速度要快上许多，看样子她是为了快点赶到省城调查杨珊的踪迹，鉴于她是为了工作，这一脚我忍了。

刚出县城不远，小谢的手机就响了起来，接听之后传来了马警官的声音：“小谢，马上到野鸡尾镇（化名）来，有重大发现！”

6. 刻骨的爱恋

野鸡尾镇就在刘聂一家所居住的小镇附近，小谢打开车顶的警灯，猛地一踩油门，冲野鸡尾镇的方向飞驰而去。

半个小时之后我们就抵达了野鸡尾镇，按照马警官给的地址，来到了镇西边一栋破旧的屋子前，这栋屋子一看就是很多年没有人居住，整个房子的半边已经坍塌，另外一半由土墙勉强支撑着，墙上爬满了绿色的藤蔓，仿佛如果不是这些藤蔓在勉强支撑的话，一阵风就可以将这半边屋子也一并吹倒。

等我们靠近这半边屋子，就发现了不寻常的地方。

这栋屋子废弃了至少十年以上，按理说窗户上的玻璃就算没有完全破碎也应该有所残缺，但这半边屋子上的玻璃却是完好无损的，而且看上去比较新，似乎是后来重新装上去的，安装的还是不透明的毛玻璃。

是谁这么无聊会给一栋坍塌了半边的屋子装上新的毛玻璃？

不仅如此，屋子坍塌的一面按理说应该有很多空隙，但这些空隙却被人有意用土砖垒了起来，将半边房子重新垒成了一个封闭的空间。

难道这样破烂的屋子还会有人居住？

我们穿过一扇破烂的木门，进入了屋子的里面，就看到两个警官在屋子里四处勘查着什么，而马警官却直愣愣地盯着一个方向，连我们进来也视若不见。

我好奇地跟随着马警官的目光看向屋子的一角，这里摆着一个木头桌子，桌上面一个灵位，灵位前面除了一个祭祀的香炉之外就是一些祭祀的物件。

而摆在正中间的一样祭品让我大吃一惊，背后冒出丝丝凉意，呆立在当场！

这些物件里有一些果品、一些饭食，南方农家逢年过节祭祀祖先的时候，经常会用这些东西，不足为奇。

但让我毛骨悚然的是，就在这些果品饭食的中间，居然摆放着一个完整的人类颅骨！

当时的我搜刮了脑海中二十多年的记忆，从来没有过祭祀祖先要用人类颅骨的先例，结合马警官严肃的神情，眼前的一切预示着：

这个人类颅骨很可能就是凶杀案中刘最消失不见的头颅！

马警官回头看了看我和杨姐，勉强挤出了一丝笑容道："不好意思，又要麻烦两位了。"

马警官这句话的意思我们心知肚明，看来我和杨姐的任务做了修改，添加了对颅骨进行鉴定，核实其是否属于刘最本人这极为重要的一项。

随后，马警官向我们讲述了如何发现这个重要地点的经过。

一早的会议结束后，在我们前往医院的同时，几位警员也抵达了小镇进行调查，想找出杨珊失踪一事的蛛丝马迹。

当时杨珊离家出走应该是临时起意，不会准备随身物件，很有可能会回家取一些东西。

经过周密的调查，几乎问遍了杨珊家附近的居民，依旧没有杨珊的消息，但却并不是一无所获。

有一个邻居透露了一个特殊的情况。

就在小镇的不远处，有着另外一座几近废弃的小镇，叫野鸡尾镇，那里曾经也是一个矿山，因为挖掘得早，矿产基本采完，到现在已经完全废弃了，只有几个老人还住在当地，他的父母也是其中之一。

两个小镇距离不远，走路也只有不到一个小时，所以他隔三差五经常回去看看父母。

就在前天他回家看望父母的时候，父母告诉他最近有一栋废弃的老房子闹鬼！

这栋屋子距离他们比较远，又是个半塌的屋子，所以平常根本无人注意。

直到某一天，老人无意间从这栋屋子附近路过，才发现原本半边破屋子坍塌露出的几个洞口不知道什么时候被土砖堵上了，窗户也换了新的。

镇子里经常有流浪汉暂时居住，老两口以为这次又来了一个流浪汉，没有过多在意，只是好奇流浪汉为什么不挑那些完全无损的屋子而选择这栋破破烂烂坍塌半边的。

自那以后，老两口就对这栋屋子稍微关注了下，想看看是什么样的流浪汉住在这里。

一直到几天前，老两口发现这半边老房子周围烟雾缭绕，屋子里还有火光闪动，于是鼓起勇气前来敲门，想看看住着的是什么人。

好心的老两口想着如果真有流浪汉，太大的忙帮不上，送给他一两件衣服给点吃食还是可以做到的。

但无论如何敲门却始终无人应答，屋子里闪动的火光和缭绕的烟雾却明确地告诉老两口屋里并不是空无一人。

屋子里没有人的话，难道是鬼？！

这个废弃的矿区之前死过不少人，而且听说这个屋子的屋主也死于一次矿难当中，说不定这火光和烟雾就是死人显灵了！

老两口吓得惊慌失措跑回了家，紧锁大门不敢再出来。第二天附近的几户老人也知道了这个情况，但年老力衰的他们没有一个敢去一探究竟，只是商定以后远离那个区域。

儿子来探视老两口，听父母讲述了经过，回到小镇后，准备过几天休息的时候叫上几个胆大的工友前去一探究竟，正好遇到了几位警官来调查杨珊失踪一事，于是他顺便就将此事告知，希望警官们能代替他们前往小屋查探。

警官们自然不相信神神鬼鬼一说，不过此时任何特殊的情况都不能放过，况且那个废弃的小镇上还有几户居民，为其排忧解难也是警方应尽的职责，于是便立即赶往废弃的小屋进行调查。

当小屋的木门被撬开之后，眼前的一切告诉警官们，发现了极为重要的线索！

马警官接到通知之后，马上给小谢打电话，我们两拨人几乎是前后脚赶到了现场。

不但是头颅骨这个线索极其重要，摆放在供桌上面新鲜的水果和吃食也告诉我们，就在几天前，有人在这里偷偷进行过祭祀！

我扫了一眼供桌上的灵位，这个灵位极其陈旧，至少有十余年以上的历史，上面写着一个完全陌生的名字。

这灵位上的人到底是谁？

如果头颅骨确认是刘最的话，为什么会被摆放在这里作为祭品之一？

将头颅骨放在这里当做祭品的又是谁？

这个诡异的事情，和刘最被杀一案又存在着什么样的联系？

当时的我们都深信这一切的谜底，在不久之后必将揭晓，但任何人都没有料到居然那么快！

马警官向我们介绍完此地发现的经过之后，注意力又集中到破旧木桌中央处的灵位上。

灵位是很普通的木头制成，因为年代久远已经失去了原有的木色，上面刻着一个人的名字——周建国（化名）。

一看这个名字就知道此人十有八九出生于上世纪五六十年代，那个年代出生的人起名很多都是建军建国红军之类。

这是一个很陌生的名字，似乎和我们案件里面任何一个人都没有关系。

如果头颅确定是刘最的话，为什么会出现在这里，祭祀一个似乎和案子毫无关系的人？

我正诧异间，县局的年轻警员小李从门外大步迈了进来，和我们打了声招呼后，对马警官道："马队，人带来了，就在门外面。"

马警官点了点头道："让他们进来吧。"

小李朝外面招呼了一声，一男一女两位老人走了进来，看到屋里有这么多身着制服的警官很是吃惊，转头看到了供桌上的头颅骨，更是惊吓得叫出声来。

马警官走上前去，温言安慰了一番，告诉他们不用惊慌，请他们过来只是想询问一件事情。

刚才马警官告诉我们已经安排人叫报警人的父母过来了，想必就是这两位老人。

有警官们在场，两位老人的惊恐也只是一瞬间，很快便平静下来。

马警官道："大爷大妈，您二位在这镇子里住了多久？"

老大爷回忆道："很多年了，我是这里的第一批矿工，这个矿山开采了快四十年了，我也在这里待了快四十年。矿山废弃之后，我到小镇（刘聂一家居住的小镇）和我儿子一起住了有两年多，但是待久了还是觉得这里清静，就又带着老伴住回来了。"

"这栋屋子的屋主您认识吗？"

"当然认识，就是以前的矿主，矿山转包给私人后就一起转给他了，不过他都去世好多年了，这样的屋子还有好多栋，全部废弃了。"

马警官明白老人领会错了，忙道："我的意思是住在这个屋子的人您还记得吗？"

"那太多了，这是以前的矿工宿舍，在这里住过的人估计有几十个。"

"那您来看看，这个名字是否有印象？"马警官将两位老人带到供桌前，指着灵位给他们看。

"周建国？周建国？"老大爷皱着眉头苦苦思索了起来，似乎这个名字有点熟悉但又一时想不起来。

没等老大爷回话，老大妈忽然大声道："周建国？不就是那个周英俊吗？"

老大爷恍然道："对，对，就是他！"

马警官连忙询问详情，老两口啧啧感叹了一番，说起了他们口中"周英俊"的情况。

事情发生在三十多年前，这个矿山开采几年之后。

"周英俊"本名周建国，是一个外地来的小伙子，老家在更深的深山里，家里只有一个老母亲，因为穷，就来这里当上了矿工。

周建国刚来时不到二十岁，长得很帅气，性格又好，受到许多大姑娘的垂青，大家都调侃叫他"周英俊"，久而久之许多人都忘记了他的真名。

周建国在矿上工作了几年，就把母亲也接了过来。但母亲年岁已高，身体不好，来野鸡尾镇不到一年就离世了，之后他就彻底孑然一身了。

不过他俊朗的外表和憨厚的性格还是获得了不少人家的垂青，都表示只要他同意入赘，就可以将女儿嫁给他。

但这些都被周建国推脱了，他不愿意入赘任何人家，一定要自己赚钱娶媳妇。

那个年代娶媳妇的行情没有现在这么高，只需要男人能赚钱养家糊口，娶亲的时候能准备一些东西不至于很寒酸就可以。

但他越是这样越是有很多大姑娘中意他，围在他身边的女孩子络绎不绝，胆子小的远远地瞟他一眼，胆子大的则天天给他送好吃的。

但是某一天，一个让镇上大姑娘们悲痛欲绝的消息传来，周建国失踪了！

在失踪之前周建国向矿上领导请过长假，说自己要出一趟远门，领导批准之后，周建国背着一个行囊就出门了，但是这次出门之后周建国就再也没有回来。

小镇上的大姑娘们很伤心，其中最漂亮的一个更是整天以泪洗面，她说周建国已经和她私底下有了婚约，这次出去周建国其实是赚大钱去了，赚完大钱回来就会娶她。至于出去多久，怎么样赚大钱，她都不知道，但是她相信周建国说的都是真话，因为他们两人的爱情是刻骨铭心的！

亲友们都劝她说男人心海底针，外地人本来就不靠谱，说不定他已经回了老家，找到了好工作和漂亮媳妇，不准备再回到这里卖苦力了。

女孩子始终不相信亲友们的猜测，偷偷一个人找到周建国的老家，但几乎问遍了所有的人家都没有得到周建国的音讯，都说自从周建国接走母亲后就再也没有回来过。

一直到数月之后的某一天，周建国的尸体在一个很隐蔽的坍塌矿坑里被发现，尸体的状况很是惨烈，身体已经高度腐烂，而且只剩下了半边，显然是挖坑的时候没有设置任何保护措施，导致矿坑坍塌掉入了深坑里面爬不出来，死后被误入此处的野兽啃食。

但人们对他的遭遇都未表示任何同情，因为周建国出现在那个地方，很明显是在“偷矿”！

许多年前，因为开采和勘探手段的落后，会造成有些矿产开采不完全，许多废弃的矿坑里会残留丰富的矿藏，发现之后会请专家去勘察，如果还有价值就会做好安全措施继续开采，如果没有的话就彻底废弃。但往往会有一些人发现矿藏之后偷偷开采，转卖给别人赚取高额的利润，这种行为不但危险而且不被道德容忍。周建国显然就是发现了这里的矿藏，偷偷一人来开采卖钱，却不小心掉入了废弃的矿坑爬不出来。

周建国的尸体被发现之后不久，所有人都以为那个对他一往情深的女孩子会死了这条心，但女孩子却仿佛魔障了，总是觉得周建国的死有蹊跷，要去“查明真相”。

父母没有办法只能逼迫她嫁给当时矿上的一个工友，想着她结婚了会慢慢忘掉周建国，过自己的生活。但没想到女孩死活不同意，最后居然逃婚了，当时父母都以为她只是一时任性，过不了多久就会回来，结果没想到这一别居然就是三十年！

几年前女孩子终于回来了，但是送回来的却是骨灰，这个女孩子不知道什么原因生前一直没有回家，一直到死后才被人将骨灰盒送回来。不过当时她的父亲已经去世，老母亲还在，老母亲大哭一场安葬了她，也算是叶落归根了。

那几个月里，小镇上最帅气的小伙子死于非命，最漂亮的姑娘离家出走，事情闹得沸沸扬扬，所以老两口印象特别深刻。

老两口说完，强调当时“周英俊”在这个宿舍里面住了好几年，灵位上所写的周建国除了他不会是其他人。

马警官和我们对视了一眼，点了点头，看来这个灵位祭祀的就是“周英俊”无疑！

这个时候旁听已久的小谢忽然插了一句嘴道：“大爷，周建国有没有结过婚，有没有后代？”

老大爷摇头表示没有，周建国逃难来的时候还只有十几岁，之后的几年都在矿上工作，他们对他的情况一清二楚，确定周建国没有婚配，更不可能有后代。

小谢继续问道：“那个失踪的女孩子离家出走是在周建国死后多久的事情？”

不了解小谢的人或许会以为她这个时候还在八卦，但我们在场的都知道，小谢提出这个问题，是想确定一个情况：女孩子既然这么喜欢周建国，那么就很有可能会和周建国发生关系，说不定是她肚子里怀有周建国的遗腹子才会逃婚。

屋子里明显是有人在祭祀周建国，如果女孩子怀有遗腹子，很可能就是偷取头颅的人！

但老人的回答却让我们很失望，女孩子离家出走是在发现周建国尸体半年之后，按照时间推算，发现周建国尸体时，尸体已经高度腐烂，至少死了两三个月，发现之后又过了半年多，加起来已经有八九个月了，如果有遗腹子，估计都出生了，根本不可能挺着个大肚子去嫁人或者逃婚。

据老两口回忆，那段时间他们见过女孩子很多次，身材很苗条，根本没有怀孕的迹象，这也说明了不存在任何遗腹子的可能。

老两口讲述完毕，我看着那个供桌上的灵位颇为好奇。

根据他们所说的，周建国在老家是几代单传，并没有太亲厚的亲戚，一个没有亲人没有后代没有妻子的男子，谁会在几十年之后来这里祭祀他呢？

除了以上的情况，老两口还提供了一个比较重要的线索，女孩子的老母亲一年前过世了，但哥哥还在世，如果我们有需要，可以去问问他。

相比起他们老两口，女孩的哥哥应该知道更多的内情。

我们马不停蹄跟随老两口来到失踪女孩的哥哥家，这是个年近六旬的老人，身子骨看起来颇为硬朗。

老人较为沉默寡言，但思路清晰，我们提出问题他总是用最简单的语句回答，但字字都能回答到点子上。

或许正是这种性格，让他也远离了喧嚣的新矿区小镇，选择居住在这个几近废弃的小镇上。

老人回忆起了几年前女孩的骨灰盒被送回来那一幕。

那是三年多前的一个冬天，屋外寒风刺骨、大雪纷飞，他陪着老母亲在家里烤火，老伴在厨房准备饭食。

忽然传来了急促的敲门声，打开门一看，是一个小孩子，这个小孩子他们认识，原本居住在新矿区的小镇上，距离这里走路需要近一个小时，怎么会突然跑到了这里敲他们家的门？

当时他们以为小孩子是贪玩遇到风雪，想临时来避一避，于是连忙将小孩子迎进来，准备招待他吃中饭。

却不想小孩子从随身背着的书包里掏出一样物件，让他们大吃一惊！

此物件居然是一个骨灰盒！

更让他们吃惊的还在后面，小孩子又陆陆续续从书包里掏出一些东西，有许多张照片，还有几页长长的信件。

最醒目的自然就是这些照片，母亲只是扫了一眼，就几乎晕眩过去，原来照片上的人正是她苦苦寻找了近三十年依旧杳无音讯的女儿！

再将那几页信件打开，哥哥也顿时热泪盈眶，这些字迹虽然近三十年没有看到过，但却依旧如此熟悉。

这正是他妹妹的字迹！

在信件里，妹妹诉说了近三十年来对父母兄长的思念，说自己不孝没有尽到做女儿的责任，弥留之际写下了这些文字。如果他们看到这封信和照片，就说明她已经去了另外一个世界，希望哥哥和母亲能原谅她，也希望能叶落归根，将自己的骨灰葬在老家的坟山上。

当他含泪将这封信读完，老母亲早已悲伤得要昏死过去，他强忍着痛苦安慰老母亲，并询问小孩是什么人让他送这些东西来。

小孩子告诉他，是一个戴着帽子和口罩的男性，听声音像是位大哥哥。

他掏出钱来准备感谢小孩，小孩却说钱大哥哥已经给了，他的任务已经完成，要赶回家吃饭。

眼下最重要的事情是要安慰悲痛欲绝的母亲，他也就没有挽留，让老伴送走了小孩。

之后他们偷偷安葬了妹妹的骨灰盒，之所以没有举办葬礼，一方面是不想时间拖得过长让老母亲太过伤心，另外一方面也是因为妹妹离家出走近三十年，一直到死后才回来，传扬出去也不好听。

所以妹妹骨灰盒回来一事除了住在废弃矿区小镇的这几户老邻居之外，没有其他人知道。

听完之后我不由感叹这次运气颇佳，如果这户人家不住在废弃的小镇，之前引我们过来的老两口就不会知道这件事情，我们也就无法知道详细的内情。

马警官当即对老人提出要查看一下照片和那份妹妹写给他的信件，老人没有拒绝，径直走到卧室，从一个箱子里取出保存得完好无损的信件和照片。

看到照片的那一刹那，马警官和小谢还没有反应过来，我和杨姐就浑身打了一个激灵！

小谢看着我和杨姐的模样颇为好奇，连忙问什么情况。

我和杨姐将发现告诉了她，让她和马警官也呆立当场！

作为专业的亲子鉴定人士，这些照片告诉我们，她与整起案件中的一个关键人物，必然有着极为亲近的血缘关系！

这个人，就是杨珊！

相貌是可以遗传的，但是这遗传方式又很复杂。这些照片与之前马警官给我看过的杨珊照片表面上看起来不是很像，但种种细微之处的特征都证明着，她和杨珊有着极为亲近的血缘关系！

一个是弟杀兄的凶杀案，一个是死去几十年的男子突然有人祭拜，两个似乎毫不相关的事件，就在这一瞬间，通过这两个女人的相貌诡异地联系上了！

马警官一直以来都在为之担心的杨珊，被认为是受牵连的无辜者，竟有可能是一切事情的起源！

我清楚地记得，当时马警官的脸色，变了一次又一次，显示出其异常复杂的心情！

7. 复仇

老人的妹妹叫许梨花（化名），原名也与化名一样，是一个很富有时代特色的名字。

许梨花交给母亲的照片有很多张，从年轻的时候一直到临死前各个年龄段的都有，我们推测照片如此多的原因有二：

其一，可能是委托小孩送骨灰盒的那位神秘人物为了让许梨花的母亲和哥哥相信盒里确实是她的骨灰，才放置这么多张。

其二，可能是许梨花生前做了交代，将她各个年龄段的照片送给母亲和哥哥看，让他们能从照片上知道自己人生的经历。

不管原因是什么，这些照片都记录了许梨花三十多年的音容笑貌，外貌特征一目了然，也让身为亲子鉴定师的我和杨姐一眼就看出来她和杨珊极有可能有着亲近的血缘关系。

照片里的许梨花确实很漂亮，背景也各种各样，有照相馆摆拍的，有自拍的，有在街上行走随意拍的，有站在风景名胜处拍的，还有在公园漫步拍的，等等，可惜的是所有照片都是她一人，无法从照片中看出她是否还有亲友。

马警官和小谢却对视了一眼，点了点头，两人脸上浮现出一股欣喜的神色，看这神情显然是有所发现。

我和杨姐还在纳闷，马警官又拿出信件，和小谢凑到一起详细查看，信件一共有四页，洋洋洒洒写了估计有大几千字，看样子许梨花在临终前想将埋藏在心里一辈子的话都说给父母和哥哥听。

马警官和小谢看完之后，脸上的喜色更浓。

小谢将信件递给了我和杨姐，我们仔细看过，信件里不出所料都是许梨花的思念和懊悔，还有一些人生当中的经历，除此之外没有透露出其他信息，她是否还有后代等都丝毫没有提及，无法知道她和杨珊到底是什么关系。

照片和信件里似乎只有许梨花一个人的信息，但马警官和小谢的神情明确地告诉我他们有了重大的发现。

急切想知道答案的我没心思和小谢打哑谜，疑惑地问道："小谢，这不就是她的信件和照片吗，能看出什么？"

或许是有马警官在一旁，小谢罕见地没有调戏我，用手指了指信件中的几处道："你看这些地方。"

我仔细地看过去，信件里的那几处写着老母亲和哥哥的身体情况，两人生了什么病，严重到什么程度许梨花都知道，其中有一处的大意是：

某次母亲重病入院，她内心一直非常挂念，思虑良久准备和母亲相见。她在家做了几样母亲最爱吃的菜，中午准备送过来，但走到医院门口又不敢进来，犹豫了好久又掉头回去了。她说自己一直到死后才敢和母亲相见，实在不孝之至。

看来这许梨花虽然没有出面和母亲和哥哥相见，但实际上一直在暗中关心着他们。

等我看过这些字句，小谢又从照片里选出几张递给我道："再看看这几张照片。"

我翻来覆去查看这几张照片，里面始终只出现了许梨花一个人的身影，再没有其他人物，不同的是这几张照片，要么是在街边，要么是在公园里。

我还在思索小谢将这几张照片和信件的字句指给我看的用意是什么，一旁的马警官已经开口询问起老人来。

马警官道："大爷，信件里所说的您母亲那次重病，是在哪个医院住院？"

老人思索了一下道："就在县人民医院。"

这两句简短的对话让我恍然大悟！

许梨花始终没有联系母亲和哥哥，但却对他们的身体状况知之甚详，得什么病，病情如何都知道得一清二楚，那就说明许梨花一定就在距离不远的地方时刻关注着他们！

尤其是信件里的那段话：在家做好了饭菜，中午准备送过来，但走到医院门口又不敢进去。

这段话的意思非常明显：许梨花一定就住在不远的地方，否则绝对不会说在家做好了饭菜，中午就送过去。

既然现在确定了是县人民医院，那么许梨花当时居住的地方，一定就在县城里面，甚至很有可能就在医院附近！

而照片里面的那些背景则很有可能是许梨花家附近的公园和街景，有了这些照片，就可以顺藤摸瓜很轻松地找到许梨花生前居住之处，到时候找附近的人一打听，许梨花是否有后代就一清二楚了！

我脑海里闪过一个念头，许梨花就住在县城，杨珊又和她有亲缘关系，难道……

这个念头太过重要，我顾不上思索，瞬间脱口而出：“难道阿琴之前所说的，杨珊去县城找同学实际上是去找许梨花？”

话刚说出口我就心知不妙，自己这次犯傻过头了，许梨花早在三年多前就去世了，杨珊半个多月之前怎么可能还去县城找她呢？

我连忙更改了说辞，稍稍掩饰了自己的尴尬：“我的意思是说，如果杨珊和许梨花有亲缘关系的话，那她半个多月之前去县城，会不会是去许梨花居住的地方？”

马警官点了点头道：“小王，你和我想到一起去了，杨珊去县城，确实很有可能是去许梨花居住的地方，而且很有可能是去找一个人！”

我好奇道：“找谁？”

一旁的小谢脸上露出恍然的神色，道：“原来如此，她是去找送骨灰盒的神秘男人！”

我和杨姐也瞬间明白过来，这样一切就说得通了！

委托孩子送骨灰盒的神秘男人很可能就是许梨花的亲属，杨珊去县城也很有可能去找他。

甚至我们可以更深层次发挥联想：

当时猜测刘最头颅是被谁偷取的时候，曾经怀疑过杨珊，但因为头颅是被一刀砍断，杨珊不可能有那个力气，最终排除了她的嫌疑。现在看来，很有可能是这个神秘男人配合杨珊砍下了刘最的头颅，然后带到这个废弃小镇祭祀许梨花的初恋情人周建国！

如果我们猜测属实的话，这个神秘男人和周建国到底是什么关系，他为什么要这么做？

马警官和小谢耳语了几句，两个人分别拨打了一个电话。

在前往小镇调查之前，马警官和小谢就分别安排县局和市局的一些警员去各个车站调查杨珊的动向。

现在两人得到的情况是警员们已经基本调查完毕，车站里所有的监控都查看过，也询问过工作人员，没有任何杨珊的消息。

但马警官和小谢脸上却一点都没有失望的神色，相反还有浓浓的喜色。

既然在车站查不到杨珊的线索，就说明杨珊应该没有离开县城，甚至很有可能就待在许梨花的家中！

眼下最重要的，就是找到许梨花在县城的家！

当天马警官安排了一个警员将我和杨姐送回了省城，让我们加班加点出具鉴定报告核实头颅骨的身份。

他则和小谢分头带上一组警员赶往县城，以县人民医院为圆心，对整个县城全面盘查，一定要查出许梨花居住的地方！

我和杨姐的鉴定报告还没有出来，小谢那边就已经传来了振奋人心的消息：

许梨花居住的地方找到了，果然就在医院附近一个老旧的小区。

更让我和杨姐诧异的是，许梨花家里没有找到杨珊，也没有找到神秘男人，只有一个二十多岁的女孩子，女孩子的名字叫做许思周（化名），正是许梨花的亲生女儿！

当时的马警官、小谢和我们有一样的疑惑，送骨灰盒的不是一个神秘男人吗？怎么男人和杨珊没有找到，却多出了一个许梨花的女儿？

小谢在电话里面详细地讲述了他们寻找许梨花的过程。

当时马警官和小谢带着两组人分头行动，马警官一组调查县城的公园和街景，看看是否有符合照片背景的地方；小谢一组从医院附近的小区开始，拿着许梨花和杨珊的照片询问是否有人见过。

几个小时之后，马警官一组一无所获，但是小谢一组却有了重大的发现！

当小谢拿着照片询问一个老旧小区的门卫老大爷时，老大爷一眼就认出了许梨花，他告知小谢，许梨花并不住在这个小区，但是以前会经常来这里，因为她的女儿就住在这里，不过这几年都没见过她，这也符合许梨花三年多前去世的情况。

老大爷表示杨珊他也见过几次，只是没有打过交道，不知道她和许梨花母女是什么关系。

小谢马上通知马警官，两人一同赶到老大爷所指的许梨花女儿家中，看到许思周的第一眼，小谢就确定了眼前这个女孩子就是许梨花的女儿，因为她们母女实在太像了！

小谢和马警官马上对许思周进行询问，许思周承认自己就是许梨花的女儿，但奇怪的是她表示自己并不认识杨珊。

许思周的嗓音和她漂亮的脸蛋有点不符，略有些沙哑，在她的讲述中，她是一个私生女，从懂事开始就没见过父亲，长大成人之后就一个人生活，和母亲已经很多年没有联系了，而且母亲从来不和她提起以前的事情，也不告诉她爷爷奶奶外公外婆是谁。

她好几年没有和母亲联系，连母亲的死讯都不知道，更不可能认识那个将母亲的骨灰送回老家的神秘男子。

许思周说她从小就没有见过父亲，而且母亲平常对她的态度也很恶劣，她虽然算不上讨厌母亲但也根本谈不上感激。

所以这次小谢告知她母亲的死讯对她也只是略有触动，反正自己习惯了一个人的日子，母亲在与不在对她来说没有什么区别。

许思周的讲述太滴水不漏了，一点破绽都没有，一点信息都没传达出来，把自己摘得一干二净，这进一步证明了她早已经准备好了说辞。

而且，马警官和小谢早知道许思周在撒谎！因为门卫老大爷不会撒谎，他说见过杨珊几次，杨珊出现在这里的目的只能是找许思周，她们两人必定有着联系。

没有从许思周嘴里听到想要的答案，马警官用锐利的眼神审视着她，打量了许久，锐利的眼神让这个女孩漂亮的脸蛋上浮现出异样的神色。

小谢站在一旁都有点尴尬，连忙咳嗽了两声。

马警官仿佛从遐想中清醒过来，走出门外打了个电话。

之后两人又对许思周的小屋进行了调查，这是许思周用工作多年的积蓄购买的一套老房子，只有五十多平方米，里面家具电器都很简陋，看得出来许思周的生活很节俭。房子里所有的摆设和用品都证明着这是一个单身女孩子居住的小屋子，小谢特意仔细搜查了许思周的卧室一番，希望能从这里找到一些蛛丝马迹，但可惜的是也没发现任何可疑之处。

调查持续了两个多小时，除了能确定许思周就是许梨花的女儿之外，没有任何其他收获，小谢失望之余准备收队，但接来下发生的一件事让自诩刑侦神经敏锐的她感叹姜还是老的辣！

在小谢对屋子进行第二遍调查，抱着死马当做活马医的心态希望能找出蛛丝马迹的时候，马警官却坐在一旁，始终不动声色。小谢还以为他是调查累了想休息一下，却万万想不到他是成竹在胸。

马警官接听了一个电话，招呼了一声还在屋里四处转的小谢，小谢愁眉不展地应了一声准备收队。

却不想马警官让她暂停调查，说一个重要的人马上就到。

小谢正好奇什么重要的人物会赶过来，很快这个答案就揭晓了。

数分钟之后，屋子里一前一后进来两个人，当先的是一名县局的警员，手里拿着几样东西，分别是一顶帽子、一副眼镜和一个口罩，而后面的一个陌生人却让小谢吃了一惊，不知道马警官葫芦里卖的什么药。

这是一个半大的小男孩，看年纪也就十三四岁，瞪着眼睛看着屋子里的数人，估计也在好奇怎么警察叔叔会将他找来。

而这个时候，小谢却明显地感觉到身边的许思周在看到小孩的那一刻，身体有了微微的颤抖！

马警官接下来的举动让小谢明白了一切。

马警官俯下身子，和孩子耳语了两句，笑着说："小朋友，记得看这位姐姐的眼睛，不要看其他地方，脑子里想想那天的情况。"

说罢从警员手中接过帽子、眼镜和口罩，对着许思周用完全相反的严厉语气命令道："戴上它！"

许思周接过三样物件，手臂微微有些颤抖，但马警官虎视眈眈的眼神让她无法抗拒，只能将三样物件依次戴上。

当她戴上帽子、眼镜和口罩的那一刹那，按照马警官要求正聚精会神盯着许思周眼睛看的小孩子忽然惊呼出声：“原来是你！大哥哥！”

小谢瞬间明白了，原来这个小男孩正是那天送许梨花骨灰盒的小孩，而委托小孩的神秘人物，居然就是眼前这个自称根本不知道母亲死讯的许思周！

许思周个子比较高，如果穿上男人的衣服、将头发塞到帽子里、戴上眼镜和口罩，再将她原本就沙哑的声音故意压低，很容易就让人误会是一个男人！

刚才马警官盯着许思周看了很久，小谢不明所以，原来是马警官看破了许思周的伪装。

许思周就是送骨灰盒的神秘人物，那么她之前所交待的不知道母亲死讯、不认识杨珊就是彻彻底底的谎言！

被戳穿了谎言的许思周心理防线崩溃，终于交待了她所知道的一切，而这一切，居然和躺在医院病床上苟延残喘的刘红军有着密切的关系。

许思周一边回忆一边讲述着她从母亲那里得知的所有情况，马警官和小谢也跟随着她的记忆回到三十多年前那个寒冷的冬天。

每年的秋冬交替时节是矿工们最喜欢的季节，气候凉爽是干活的好时候，今年也不例外，矿上领导给矿工们布置了任务的同时，也提高了奖励，让大家鼓起劲头在年前冲一冲产量。

在这个关键的时刻，却传来一个不和谐的小音符，被大家戏称为“周英俊”的年轻矿工周建国要请长假，领导对于他在这个时候请假有点不满，但周建国提出来的理由让他无法拒绝。

周建国说自己到小镇很多年了，一直都没有怎么回过老家，而且母亲也去世三年了，按照他们老家的习俗，在母亲去世三年内必须回家祭一次祖，就算母亲的尸骨移不回去的话，也要将母亲的遗留衣物带一两件回去，在老家的坟山上修建一个衣冠冢，算是叶落归根。

对父母的孝心往往被人们当成最重要的品德，领导只能同意，给他批了长假，嘱咐他尽量早点忙完回来，周建国满口答应。

结果这一走之后，周建国就杳无音讯，一直到过年都没有他的消息，所有人都以为周建国回老家之后有了好营生，不愿意再出来卖苦力了。

当时正是刚刚改革开放的时候，甚至有人怀疑周建国这么英俊，是不是某个大户人家的儿子，因为在“文革”中父亲被批斗，他偷偷带着母亲逃出来，现在父亲平反，他又跑回去继承家业了。这个说法得到了不少人赞同。

矿山上最英俊的男人失踪，在小镇造成了不小的轰动。

男人们一改往日的沉默，纷纷八卦起来，已婚妇女们扼腕叹息，那些大姑娘们更是伤心欲绝，许思周的母亲许梨花是最伤心的那一个。

那年的许梨花十九岁，作为小镇上最漂亮的姑娘，不和小镇上最英俊的男人发生一点什么故事似乎不符合常理。

和许多电影里的情节一样，许梨花和周建国之间自然而然就产生了好感，两人暗中交往了两年，感情迅速升温，已经到了非君不嫁非卿不娶的程度。

之所以没有公开关系，是因为许梨花的父母强烈反对。

周建国虽然长得高大英俊，但英俊能当饭吃吗？周建国只是一个临时工，没有编制，养活自己都勉强，结婚后用什么来养活一家人？

更何况周建国是一个外地人，没有父母帮衬，又不愿意入赘，这点在爱慕他的许梨花眼里是优点，极具男人魅力，但在两位老人眼里却是典型的不识好歹。

而且两位老人早就相中了一个男人，想将许梨花许配给他，这个男人大家再熟悉不过，正是刘聂的父亲刘红军。

刘红军当时刚刚从部队复员回家，原本有更好的安排，因为想回家照顾父母便选择就近入职矿山，由于他复员军人的身份，一进矿山就担任了一个领导职务，可谓是前程远大。

当过兵、身体强壮、工资高、有领导职务而且还孝顺，把这样的条件一摆，对三十年前的人们来说，简直是最完美的女婿形象，就算刘红军容貌有点丑陋，但在许梨花的父母看来，根本无关紧要。

于是抱着为女儿以后幸福着想的想法，许梨花的父母强迫性地要求女儿嫁给刘红军。至于与周建国的这点感情纠纷，也只是小事情，结婚过个几年，也许会把周建国长什么样都忘得一干二净。

刘红军当然也很喜欢许梨花，但他不善言辞，只会用火辣辣的眼神表示自己的爱慕，送点小玩意小点心之类，许梨花从来没有接受过，不过刘红军一点都不气恼，因为他比较有底气：许家两位老人已经算是把女儿许配给他了，许梨花已经是自己的妻子了，自己只需要努力赚钱，等着再过两年迎娶许梨花便是。

但是一次偶然的机会，刘红军发现了许梨花和周建国在暗中私会，这让他非常生气。在他看来，这周建国是在勾引自己的老婆。但是刘红军并没有声张，一来他觉得这算是自己的丑闻，不能张扬出去让别人看了笑话，二来他觉得自己有能力把挖自己墙角的周建国击退，他对自己还是很有自信的。

自那以后，刘红军就经常利用职务之便给周建国穿小鞋，想把周建国撵走。但周建国是个老实的性子，一味忍受，在他看来，这些小事情忍忍就过去了，犯不着和刘红军对着来。一来是刘红军非常狡猾，没留下把柄，落人口实，更关键的是，即便是闹到矿上，也无济于事，因为当时有一个矿领导非常赏识刘红军，处处护着他。

情郎受到了欺负，许梨花看在眼里急在心里，如果说之前她对待刘红军的态度是冷淡，那之后就变成了恶劣。

刘红军明显感受到了许梨花态度的变化，更是将愤怒一股脑发泄在周建国身上，对他欺压更甚，越是这样许梨花就越讨厌他，形成了恶性循环。

时间一久这种情况也被许多熟悉的工友们知道，但他们抱着多一事不如少一事的态度只是在暗中八卦，却从没有人仗义执言。

一个是外地来的临时工，一个是本地人又当过兵而且是领导，所有人都知道该怎么选择。

某一天，周建国神神秘秘地告诉许梨花，说自己找到了一个好门路，可以很快赚到大钱，到时候就可以名正言顺地娶许梨花，也不怕她父母反对了。

许梨花自然心花怒放，问是什么方法，周建国不告诉她，只说让她等好消息。

几天之后，周建国就请了长假。之后他就失踪了。

直到几个月后，才有人在一个塌陷的废矿坑里发现了一具尸体，坑里气温较低，尸体虽然已经开始腐烂但保存还算完好，可以看出正是周建国。

周建国的脑袋和身上都有被野兽撕咬的痕迹，很可能死亡之后被野兽啃咬过，不仅如此，根据周建国携带的装备和现场的情况判断，遭遇矿难的当时他正在干着明令禁止的犯罪行径——偷矿！

得知消息的许梨花几乎晕死过去，而刘红军却很开心：周建国一死，就再也没有人和他抢许梨花了！于是他准备好礼物，去找许梨花的父母，希望能把婚期定下来。

许梨花的父母也觉得现在抓紧时间让许梨花结婚是一件好事，可以让她不至于疯疯癫癫还想着那个死去的“周英俊”。

就在刘红军和许梨花父母商量婚礼细节时，却没想到，许梨花在暗中对周建国的死进行调查！

周建国在走之前为了宽许梨花的心，告诉她此行有另外一个人作陪，但塌陷的矿坑里却没有找到其他人的尸体，而且更怪异的是，在废弃矿坑的墙壁上有着许多手工挖掘出来的凹点，形成阶梯状一直延伸到矿坑顶上。

塌陷的矿坑只有不到十米深，最底下的泥土也是软的，掉下去摔个残疾的可能性都不大，更别提摔死了。如果这些凹点在事先就存在的话，那么周建国完全可以攀附着这些凹点爬上矿坑，不至于死在矿坑里，这说明这些凹点是在他掉入塌陷的矿坑之后才被人挖掘出来的，种种迹象证明很有可能另有一人和周建国一同偷矿。

这个人是谁，为什么他会独自一人跑出来，弃周建国于不顾？

许梨花向矿上领导说出了这个情况，却被领导嗤之以鼻，领导说偷矿的肯定只有周建国一个人，他的理由也合情合理。

周建国偷矿时矿坑塌陷，掉了下去，用尽方法也爬不上来，却正好被路过的野兽发现，野兽也跳下矿坑将周建国咬死，周建国脑袋上和身上那些撕咬的痕迹就是证明。

野兽咬死周建国，却发现自己也出不去了，这时有人路过，路人将野兽打死，在矿坑的墙壁上挖掘出凹点爬下矿坑背走了野兽，抱着多一事不如少一事的态度，最终没有处理尸体，也没有通知任何人。

结合现场的情况和被野兽啃咬的痕迹来看，领导的这个猜测似乎很符合实际，再加上当时对偷矿的事情抓得比较严，周建国成为一个反面教材，他的遭遇正好警示一些偷矿的人，至于他的死因是否有蹊跷，除了许梨花之外没有任何人关心。

许梨花只能一个人暗中调查，她没有任何刑侦的经验，不懂得勘查现场，也不懂得检查尸体，只能选择用一个最笨的办法，去找这个和周建国一起偷矿的人。

这个办法就是：周建国逃难来矿山小镇很多年了，这些年他从来没有出去过，认识的只有小镇居民，那么只要知道谁在他失踪的同时失踪过一段时间，就能知道这个和他一起偷矿的人到底是谁。

当时小镇的居民不多，只有几千人，许梨花虽然找不到好办法但脑子却不笨，她不去找大人询问，只问小孩，这些小孩不会撒谎，一粒糖就会将许梨花要了解的情况说个一清二楚。

功夫不负有心人，几天后，许梨花将和周建国同时间失踪的人调查得一清二楚。那段时间正是矿上最忙的时候，一般人要么上工，要么在家休息，几乎没有人出远门，当时除了周建国之外，只有两个人失踪了一段时间，说失踪也不完全准确，他们都有外出的理由，但至少有十几天不在家是确定的。

这两个人，一个是镇子里的矿工赵刚（化名），另外一个是赵刚的亲外甥，也就是刘红军！

如果和周建国一同偷矿的是刘红军和赵刚，那么极有可能对周建国见死不救，甚至有可能是刘红军亲手将周建国杀害！

许梨花前往质问刘红军，刘红军却态度恶劣，说她的父母已经收了礼金，她马上要成为自己的媳妇了居然还胳膊肘往外拐，并振振有词地说自己离家的那十几天是去外地帮助战友处理事情，舅舅赵刚也一同前往，处理完之后就回来了，如果许梨花不信可以去问他的战友。

刘红军还反问许梨花，自己和周建国关系非常恶劣，周建国怎么可能会选择找自己一同去做偷矿这种违法的事情？

从刘红军这里问不出答案，许梨花只能去问赵刚，赵刚一开始也和刘红军所说的一模一样，似乎没有破绽，但当许梨花问起刘红军的战友住在哪里，叫什么名字，他们到底是去处理什么事情，具体的经过是什么，赵刚却吞吞吐吐、断断续续，编造的痕迹非常明显。

许梨花意识到赵刚和刘红军一定在撒谎！

于是她拿出一个物件给赵刚看，马上将赵刚吓得肝胆俱裂！

来找赵刚之前，许梨花就知道他很有可能和刘红军串通撒谎，所以她提前把赵刚的小儿子藏起来了，她拿出来的物件正是孩子手腕上的饰物，赵刚一看就知道许梨花所说不假。

许梨花说自己已经知道赵刚和刘红军就是和周建国一同偷矿的人，如果赵刚不说实话，儿子就危险了，就算将她抓起来，只要她宁死不说，赵刚的儿子不会渴死也会被饿死；如果赵刚说实话，那么不管他做了什么都会原谅他，也会放了孩子，她只会找刘红军一个人算账！

赵刚媳妇之前生的都是女儿，好不容易生了一个儿子，视若珍宝，此刻被许梨花挟持，一瞬间魂飞胆丧，马上全盘交待了整个过程。

原来这一切果然都是刘红军搞的鬼！

事发之前，刘红军发现一个废弃的矿洞里还有余矿，便想着要去偷矿，所谓人无横财不富马无夜草不肥，偷矿一天的收入抵得上上工一个月，自然值得他铤而走险。一个人偷矿，效率低，耗时长，于是刘红军便叫上自己的舅舅赵刚一起去。

但是刘红军提出要叫上周建国一起，就让赵刚有些奇怪了，他知道这两人关系极差，问为什么，刘红军说出了他的理由：

第一，偷矿有风险，万一被人发现，会吃不了兜着走。周建国人实在，不会喝酒后吹牛把这事说出去。第二，周建国是外地人，没有亲朋好友，要是换本地人的话，肯定会跟他们抢矿。第三，刘红军可以保证“不再给周建国穿小鞋，也不再骚扰许梨花”，但条件是周建国要少分矿。

这样一来，这件事情对三个人都有利，周建国可以得到刘红军的承诺，同时也可以分一部分钱财，这也是一笔比平常工资多得多的大数目；而刘红军和赵刚分得大头，远比他们两个人来偷矿赚得更多，这种合情合理又一举三得的事情，想必周建国会同意。

偷矿的时间不能持续太久，有了周建国的加入，就能在短时间赚更多，赵刚的目的也就是想要多赚点钱，能多一个近乎免费的劳动力，何乐而不为呢？

周建国在女友和钱财的双重诱惑之下，同意了刘红军的邀请，三人一同偷偷前往废矿区偷矿。

原本准备按计划偷挖一个月左右，没想到在偷挖的第二天就遇到了废矿坑塌陷的突发事件！

当时三人一同掉下矿坑，虽然高度有近十米，但底下都是软泥没有受严重的伤，不过偷矿一事肯定是无法继续了。

三人一同努力挖出凹槽准备逃出生天，就在刘红军和赵刚爬上地面，周建国准备跟着上来的那一刻，刘红军操起一把大铁铲，用尽全身力气狠狠地拍在周建国脑门上！

周建国惨叫一声，掉下矿坑，没有了声音，赵刚质问刘红军矿还没挖为什么要杀掉周建国，刘红军说如果不杀掉他，说不定偷矿的事情就会泄露出去，这样是最保险的方法。

事情已经发生，后悔也来不及了，赵刚只能和刘红军一起在坑上蹲守了一会，确定周建国已经死亡就各自回了家。

赵刚说出真相后，许梨花失声痛哭，悲伤万分，同时也告诉了赵刚孩子被关押的地方，趁着赵刚去救孩子，许梨花偷偷离开了这个伤心的地方，再也没有回来。

8. 真相

这些事情发生的时候，许思周还没有出生，自然不会知道，她是听许梨花转述的。

她说，许梨花是一个被仇恨毁掉的人。

许思周说，许梨花当初抱着满腔的愤怒，离家出走，想要复仇。

但是，离开家乡之后，却傻眼了。

为什么呢，因为在复仇之前，得先解决一个非常要紧的问题——吃饭。刚刚从矿区里出来，身上没有几块钱，吃饭住宿都成问题。在那个年代，吃饭店要粮票，住宾馆需要介绍信，她哪里有这些？简直走投无路。

至于工作，那就更别提了，正经职业是找不到的，甚至服务员、保洁之类的工作都找不到，因为那时候私营经济是没有那么发达的，没有那么多工作机会。

怎么办？

一个年轻漂亮的姑娘遇到这种境况的时候该怎么办？

结果大多数人都可以想象得到：她失足了。

也许，第一次她只是被逼无奈。

但是，之后她就沉浸在这样迅速来钱的快感中无力自拔了。

她每天接触的都是那些猥琐的男人，那些一见面甜言蜜语、一提裤子斤斤计较的男人。更可恨的是，有些恶毒的男人，看她是孤身一人，提起裤子直接走人，她提一句要钱，就会挨一顿揍。

于是，她愈加堕落了。

如果说，之前她被迫失足时，还想着这只是一时的权宜之计，最终目的是为了复仇，但在这个完全没有阳光照射进来的阴暗角落里，她彻底堕落了。

这么浑浑噩噩地过了几年，许梨花突然想起自己还有仇要报。

也许她一直没有忘记。只是不敢想起而已。

每当想起曾经的美好，只会让她还没有完全麻木的心剧痛。

她无比痛恨现在的自己，恨不得杀死自己。

她越是痛恨现在的自己，就越是痛恨让自己沦落到现在这般境地的那个罪魁祸首——刘红军。

她每天在心底无数次地诅咒，每天都会设想一种把仇人杀死的方式。

想要杀死身强力壮的仇人刘红军，自己一个人没办法办到，需要一个强壮的男人来帮助她。欢场上认识的这些人渣，自然是靠不住的，那只有自己生一个了。

于是，她要了一个孩子。

孩子出生的时候，她很失望：是一个女孩。

那就再生。

还是女孩。

不能再生了，抚养这两个孩子已经很吃力了。

是不是可以把这两个女孩培养成复仇的工具？可以试一下。

以许梨花浅薄的见识，也只能往一个方向努力：把孩子培养成“武林高手”。

于是，在许思周懂事起，许梨花就请来各种各样的“武师”，要把许思周姐妹培养成“武林高手”，以此来手刃仇人。

或许，是因为两个孩子长大后没有如愿变成“武林高手”，或许是因为许梨花也渐渐感到“手刃仇人”的想法不是很靠谱，于是，她设计了一个新的复仇计划，并准备施行。但是这个计划，并不需要许思周。

于是在许思周十几岁的时候，有一天早上醒来，突然发现母亲和妹妹不见了，只留下一封信。

虽然已经过去很久了，但显然这件事给许思周留下了很深的印象，说起这件事来，很多细节她都记得很清楚。

信中说母亲已经带着妹妹离开，留下了一笔钱要她自谋生路，并交代她以后就只能自己照顾自己了，母亲和妹妹要去做一件大事，等做完这件大事三人再相聚，但这件大事快则几年、慢则十几年，要她以后以自己的生活为重心，勿念其他。

许思周大哭一场后，开始了新的生活，一个人生活自然会遭遇很多坎坷，还好她虽然没成为“武林高手”，像电影里面的侠客一样一个打十个，但是从小锻炼的她自保还是绰绰有余，于是漂亮又单身的她才能够安安稳稳地生活到现在。

每年母亲都会来看她几次，聊聊家常，和普通的母女一样，终于不再要求她去复仇，因她没能成为“武林高手”而骂她了，她觉得这才是她最喜欢的母亲。

但是，妹妹却一次也没有回来过。

而她的妹妹许怀建（化名），也就是刘聂的妻子——杨珊！

听到这里，马警官和小谢对视了一眼，杨珊的真正身份水落石出，那么之前刘聂一家发生的种种不寻常的事情，终于能找到答案了！

许思周接着说道，妹妹许怀建比她小两岁，从小也跟着母亲一起奔波。

妹妹是个很善良的人，对于母亲的复仇计划，妹妹一直不是很赞成，她听从母亲的命令去练武，只是为了让母亲高兴。妹妹对母亲很孝顺，对自己也很好。从小两人因为有这样一个母亲，遭了不少罪，也是因为姐妹俩互相扶持，才没有患上心理疾病，没有养成反社会型人格。

可惜这许多年来，她没有再见过妹妹，只要一问母亲关于妹妹的消息，母亲就会告诉她妹妹也很想她，只是现在很忙，没时间和她见面，以后一定会有见面的机会。

许思周很是期待和分离多年的妹妹见面的那一天。

两人再次见面是三年前的某一天。那天，妹妹许怀建出现在她面前，带着母亲的骨灰。两姐妹诉说完相思之苦后，妹妹告诉了她母亲已经去世的消息，并拜托她将骨灰盒和一些母亲的照片和密封的信件送给废矿区小镇某户人家。

不仅如此，许怀建还交代她，让她送骨灰盒的时候不要亲自去，而是去矿山小镇找一个人代送，并购买了男装让她穿上，她从小嗓子就比较沙哑，穿上男装戴上帽子、眼镜和口罩，假扮一个男人毫无问题。

事情进行得非常顺利，她付出的代价就是给小孩的一百元辛苦费。

自那天之后，妹妹一年中总会来看她几次，两姐妹又重新拾起了丢失多年的姐妹之情，但妹妹从来不说自己住在哪里，也不说在做什么大事，许思周知道妹妹在完成母亲的遗愿，便不再询问。

一直到数天前，妹妹突然出现在她面前，告诉她大事已了，现在她要离开这里，这次见面很有可能是近期的最后一次，估计又会有很长时间难得见面了。

两姐妹在一起待了整整三天，无时无刻不在一起，享受着离别之前最后的温馨。三天过后，许思周给了妹妹一笔钱，依依不舍地将她送上了出租车，至于妹妹去了哪里，什么时候才能再和她见面，她根本不知道，也没有妹妹的任何联系方式。

许思周讲述完以上所有的情况，马警官和小谢终于明白了之前许多疑点，整个事情也终于可以连贯起来了。

难怪调查县城和省城的所有汽车站都没有“杨珊”的踪迹，原来她是坐出租车离开这个城市的。

那条短信基本上可以确定就是“杨珊”本人所发，她乘坐出租车直接到了省城，偷取了小孩子的手机给马警官发送了短信，诱使马警官去询问阿琴，最终引出了之后所有的事件，偷窃手机的地点在车站附近，很有可能是个巧合。

围绕在失踪女“杨珊”身上的种种疑点全部捋清，结合许梨花和刘红军之间延续三十多年的矛盾，张警官和小谢终于可以推测出整个事件的真相了：

许怀建，女，时年二十三岁，真实身份是许思周的亲妹妹、许梨花的小女儿，数年前化名杨珊，嫁给新矿山小镇三十岁的矿工刘聂。

后与刘聂年近七十的父亲刘红军生下一子，又和刘聂的亲哥哥刘最发生关系，被刘聂得知后与刘最产生极大矛盾，最终导致弟杀兄的惨案发生。

许怀建与刘红军所生的儿子因为一氧化碳中毒导致脑死亡后，和刘红军产生了争执，负气离家出走，至今没有任何音讯。

之前调查的重点一直都集中在刘红军父子身上，万万没有想到这一切的始作俑者极有可能是许梨花及其女儿许怀建！

这么多年来，许梨花也时刻掌握着刘红军的动向，寻找着报仇的机会。

一直到许怀建十八岁的那一年，许梨花心中谋划已久的计划终于成熟了，她安排许怀建化名成“杨珊”，编造了一个极为可怜的身世接近刘聂一家，并嫁给了年满三十其貌不扬的刘聂。

之后“杨珊”采取种种手段使得刘红军一家内部纠纷四起，最终导致了弟弟刘聂杀死兄长刘最，而刘聂自己则因为故意杀人必然被判处极刑。

在孩子脑死亡之后，“杨珊”对这个家庭再无任何留恋，借着和刘红军吵架的机会，离开了仇人的家庭，寻找自己新的人生。而此时刘聂和父亲刘红军还以为“杨珊”是因为孩子脑死亡负气离家出走，却万万没有想到她是大仇得报功成离去。

为什么“杨珊”会看上刘聂这个样貌丑陋又年纪偏大的矿工，还主动和阿琴提出来喜欢刘聂，要她从中撮合两人？

是因为“杨珊”只有嫁给刘聂，才能实施整个复仇计划！

为什么刘最会对刘聂说出“孬种，你他妈就是一个阳痿的货！老子和杨珊本来就应该是一对”这样难听的话？

“杨珊”以刘聂性无能为借口引诱刘最发生关系，之后又故意被刘聂知道，导致两兄弟之间产生矛盾，最后酿成惨案。

而刘红军后来交待的“杨珊”主动勾引他很可能也是事实，这是一招暗棋，如果刘最和刘聂之间的矛盾没有爆发，那么“杨珊”就会将孩子是自己和公公发生的情况透露给刘聂，让刘聂和刘红军父子之间产生不可调和的矛盾。

整个事情按照“杨珊”的计划完美进行，唯一的缺陷就是刘最死后一家人掩盖了真相，继续平淡地生活。

这不是“杨珊”想要的结果，她的目的是让刘红军家破人亡！

恰好此时出现了两次一氧化碳中毒的特殊情况，“杨珊”抓住这次机会报警，希望警察在调查情况的时候能发现刘聂杀兄的真相。

所以张警官第一次在医院病房中见到刘聂的时候，刘聂才会一脸错愕，对妻子报警充满责怪之意，他是害怕警方调查的时候会发现刘最的死亡不正常。

所以张警官调查刘聂一氧化碳中毒一事的时候刘聂并不是很配合，连“杨珊”失踪这么重要的事情都不汇报给张警官，因为他只希望警官早点结束调查，免得发现他杀兄一事。

不过当时张警官没有发现刘最的死亡不正常一事，这也是人之常情，谁会无缘无故将“弟弟一氧化碳中毒”和“半年前哥哥病逝”这两件似乎风马牛不相及的事件联系起来呢？何况刘最因病去世是小镇上所有人的共识，当时葬礼也办得风风光光的，警方自然无法发现破绽。

于是“杨珊”便给张警官发了一条短信，内容是让他去找阿琴了解情况，阿琴必然会告诉张警官“刘聂一年前开始冷落孩子”一事。

这样就可以顺藤摸瓜发现刘最和刘聂的关系不正常，继而找到最终的真相。

张警官估计如果当时依旧没有发现刘聂杀兄一事，那么“杨珊”必定会再给他发其他信息，引导他去找出真相！

只要刘聂杀兄一事被发现，那么刘聂就会因为故意杀人罪而锒铛入狱甚至被判死刑。刘红军的两个儿子一死，对年近古稀的他打击必定是无比巨大的，他就算不死，余生也肯定生活在极度痛苦之中，这样的结局可谓彻底大仇得报，实在完美之极！

以上的猜测可以完美地解释案件中绝大多数疑点。

但是，只有一点，在人们口中，这个女人，无论她是杨珊，还是许怀建，似乎都那么完美、美丽、善良、贤惠、勤快、聪明……总之，有很多美好的形容词可以用到她的身上。难道，这样一个女人，真的会是这一切的罪魁祸首？难道，这个女人，演技竟然如此高超，可以在所有人面前伪装得如此彻底？

这确实让人难以置信。

现在最重要的，是要将许怀建找到，她应该知道所有的真相。

马警官迅速做出判断，许怀建一定还在省内，说不定就隐藏在附近。因为整个案子到现在还只是调查阶段，虽然刘聂坦白了杀兄的所有经过，但是局外人并不知道，这几天许怀建一定会想方设法了解进展，如果不确定刘红军家破人亡的结局，她绝对不会收手！

正在这个时候，小谢做出了一个极其重要的举动，让马警官对其刮目相看，也让警方在最短的时间将失踪的许怀建找到！

小谢突然走到许思周面前，注视着她的眼睛，严肃道：“许思周，你是不是还有什么没有交待的？”

许思周惊讶道：“谢警官，我所知道的全部都说了，保证没有任何隐瞒！”

小谢冷笑了一声，说出了让许思周胆战心惊的几个字：“你还有一个弟弟吧。”

许思周顿时花容失色，嘴角都不自觉地颤抖起来，这样的表情让小谢心知自己所料果然不差。

小谢一字一句，厉声道："我不仅知道你有一个亲弟弟，还知道你的亲妹妹许怀建，现在就和他在一起！"

许思周闻言如遭重击，彻底瘫倒在地！

马警官后来回忆说，他当时都完全没有反应过来，小谢知道的情况不会比他多，怎么会知道许思周有一个亲弟弟？直到小谢说出她判断的理由，让经验丰富的老刑侦马警官也刮目相看。

原来许思周刚才交待的真相中，有一个细节和之前猜测的情况有很大的出入。

原本马警官调查发短信的号码，发现手机持有者是省城的一个孩子，于是他和小谢猜测发短信的是化名"杨珊"的许怀建，目的是引导马警官去调查刘聂杀兄一事。

但许思周却说妹妹前几天来找自己，因为是长时间离别前的最后相聚，两人整整待了三天，三天后送走了许怀建，就再也没有她的消息。

当时马警官对孩子进行询问的时候，是在杨珊失踪之后的第二天，这一天，杨珊应该和许思周在一起，所处的位置是县城，绝对不会出现在一百公里之外的省城，更不会偷窃孩子的手机发信息！

再结合马警官所描述的当时的情况：一个十岁出头的小孩在警察叔叔来盘问他的时候居然如此镇静，还以帮自己找手机为名让马警官颇为尴尬；而且父母周末都不在家只有他一个人，这么贪玩的年纪还拒绝了朋友的邀请守在家里，仿佛专程等着马警官上门。

小谢突然有了一个大胆的想法，那个孩子在撒谎！他的手机没有被偷，短信就是他发的！

至于孩子的身份，小谢的想法更是大胆。首先，许梨花作为一个十几岁就离家出走报仇无门处处受人欺辱的女子，必然会对自己身为女子手无缚鸡之力这一点心生怨恨，这也能从她很小的时候就强迫两姐妹练习武术锻炼身体看出来，她希望两个女儿有一个好身体，长大了能为她报仇。但是，除此之外还有一个更简单的办法，就是生一个儿子！

现在看许思周的反应，这个猜测显然没错，那个小男孩就是许思周和许怀建两姐妹的亲弟弟，许梨花的小儿子！

他发那条短信，必然是为了配合远在数百里之外的姐姐！

而那栋屋子，就是许梨花的居处！许怀建和许思周分开后，很有可能是去了那里，现在赶过去，极有可能找到凭借一己之力搅得刘聂一家天翻地覆的“杨珊”！

事不宜迟，小谢立即打电话给省局的顶头上司张警官，让他安排人去小孩家中抓捕许怀建，而她则和马警官马不停蹄赶往医院，对刘红军进行最后的审讯！

不久之后，张警官那里传来消息，小谢所猜测的完全正确！

那个小孩叫许忆国，正是许梨花的儿子，两人的弟弟。

小屋子里并没有什么父母存在，只有许怀建和许忆国姐弟两人，而且两人正在清理房间准备将房子转卖，如果再晚去几天，说不定两人拿到钱财之后就会彻底消失不见了！

这个振奋人心的消息也告诉我们，整个事件所有的真相，即将在对刘红军和许怀建的审讯中，彻底揭开。

当天晚上，就在我和杨姐出具的两份鉴定报告发送到马警官手机里的同时，张警官也安排人将许怀建和许忆国两姐弟从省城押送到了县公安局。

而刘红军父子，也早早地被“请”到了公安局，等待的是警方的突击审讯。

除了刘聂的母亲因为身体太过虚弱留在医院养病之外，整个事件中所有的当事人全部到齐。

此次审讯的过程异常精彩，所经历时间也非常漫长，从晚上开始，足足持续到了第二天凌晨。

我尽量简短地描述这次审讯的过程，之前所有已经明确的情况就不再复述，只讲讲一些前文中尚未明确的疑点。

马警官将县公安局大部分警员都留下来加班，并分成五组，分别对五个当事人进行审讯，目的是从这五个当事人嘴里问清楚所有他们知道的情况。分开审讯的方式也是警方最常用的，可以最低程度减少当事人串供的机会，也可以重点对意志薄弱的人进行突击，发现破绽找出真相。

我经历过很多次这种场面，有一定的发言权，可以负责任地说，警员们审讯犯罪嫌疑人的过程是一场没有硝烟的战争，甚至有的时候比起真正的战争更为激烈。

真正的战争无非是事先安排好战术，战场上随机应变，见面了就抄家伙上，狭路相逢勇者胜。

而审讯犯罪嫌疑人不仅需要“武器”，还要有强大的心理与毅力，审讯的过程中严禁刑讯逼供，警官们不仅需要强大的心理能力，更要善于运用手中的合理“武器”——证据，将犯罪分子的心理防线层层击溃，才能得知最后的真相。

当时审讯分成了五组，有三组由县公安局经验丰富的警官们负责，分别对刘聂和许思周、许忆国三人进行审讯，其中刘聂和许思周两人之前已经交待得差不多了，再次审讯的目的是为了更详细地了解事发经过。

三姐弟中最小的弟弟许忆国，马警官和小谢判断他在这个案件中参与的程度不深，后来的审讯结果也告诉我们，他在这个事件中唯一参与的就是帮助姐姐发送了一条短信。这条短信是许怀建主动要求弟弟发的，目的是为了混淆视听，既能引导马警官去调查刘最死因，又可以让马警官发觉不了她的行踪。

马警官第一时间查到号码是弟弟的，这一点在许怀建的预料之中，她交代了弟弟种种应对的方式，所以当天弟弟才特意守在家里，并按照姐姐交代的说辞骗过了马警官。

因为许忆国年纪太小，所说的情况也很符合逻辑，马警官就信以为真，没有对他做进一步调查，加之后来调查刘聂一家牵扯了太多的精力，就将这件事情忽略了。

但没想到结果弄巧成拙，被小谢发现了破绽，猜测到了真相，反倒加快了许怀建落网的速度。

审讯的重点自然是刘红军和许怀建两人，所以马警官和小谢决定不假手他人，亲自对两人进行审讯。

首先审讯的是刘红军。

当时马警官手中的武器，有且只有刘聂和许思周的供词，以及我和杨姐传过来的鉴定结果（可用的鉴定结果一共有两份，一份证明了刘红军和孩子的亲子关系，一份证明了周建国供桌上摆放的就是刘最的头颅骨）。

刘红军杀害周建国一事发生在三十多年前，知道这件事情的除了他本人之外就只剩下他的亲舅舅赵刚和许梨花了。

但赵刚和许梨花已经离世，无法找到人证，只能运用手上极少的“武器”

诱使刘红军交待出真相。

如果换一个人面对这种情况，或许会内心发虚，但马警官却胸有成竹，他已经想好了对付刘红军的办法。

马警官和小谢刚刚走进审讯室，刘红军瞪了两人一眼之后，就不停咳嗽起来，仿佛在告诉两人我一个年近七十的老人，又遭遇了如此变故，你们还忍心这么晚审讯我？

马警官倒是好脾气，走上前去笑着对刘红军道："刘老，这么晚叫您过来，是想让你见见一个老熟人，这个老熟人和你分别几十年了，你看到她一定有很多话要说。"

刘红军警觉地说："我亲友不多，都住在小镇附近，哪里有分别几十年的朋友？"

马警官笑着朝小谢努努嘴，小谢从口袋里掏出几张照片，递给了刘红军，如果我当时在场的话，就能看出来这几张照片中有些是许梨花年轻时候的，有些是许思周的，两母女年轻的时候长得很像，仿佛一个模子中印出来，但许思周的照片经过处理，根本看不出来是最近刚拍的，外人几乎看不出来两人的差别。

刘红军一看到照片，脸色马上变了，故作镇静道："这……这个人感觉有点熟悉，不过我真不记得她是谁了。"

马警官闻言冷笑道："你年轻时候爱慕的对象，差点成为你妻子的女人，怎么可能不记得？我告诉你，许梨花她还活着！"

刘红军闻言一惊，看着马警官张大嘴巴说不出话来。

马警官朝手里的对讲机道："带过来吧。"

刘红军的脸上露出精彩万分的表情，虽然他没有说话，但局外人都能猜测到，此时的他以为年老的许梨花马上就会出现在他面前。

几分钟后，审讯室门开了，露出一张美丽的脸庞，正是许梨花的大女儿许思周。

刘红军看到她的那一瞬间惊讶得跳了起来，完全不似之前咳嗽连连病快快的样子："梨花，真的是你，怎么可能！"

任何不知内情的人都会和他一样惊讶，惊讶的不仅仅是许梨花还活着，而且她居然还那么年轻！

许思周仅仅只是在门口站了片刻，就被警员引领着离开了。

刘红军陷入了极度的震惊之中，“许梨花”的突然出现，完全出乎他的意料，让他根本无法保持之前的镇静。

此时，马警官的目的也就达到了。

对犯罪嫌疑人的审讯其实没有大家想象的那么复杂，更加不会和电影里面一样需要费时费力去设计一个很大的圈套去让嫌疑人说出真相，警方要处理的案子很多，如果每个案件都那样处理的话，一年也难查清几个案子，这简直是拿纳税人的钱开玩笑，现实生活中极少发生。

一般来说，只要采取一些简单手段能让嫌疑人不再保持镇静，心理防线出现裂痕，第一步就大功告成了。

对刘红军审讯的第一步无疑是成功的。

紧接着，马警官又丢了一张照片给刘红军，道：“你再看看这张。”

刘红军颤抖着拿起照片定睛一看，这个人他再熟悉不过，正是他的儿媳杨珊。

刘红军抬起头来，用疑惑的眼神看着马警官。

马警官缓缓道：“她的真名叫许怀建，你刚刚见过的女孩叫许思周，她们是亲姐妹，也是你暗恋对象许梨花的亲生女儿！”

刘红军脸色大变，说出了一句马警官和小谢都没有想到的话：“居然真的是她！”

马警官闻言厉声道：“你这话什么意思？老实交待！”

刘红军闭上眼睛靠在椅子上，脸上的肌肉抖动起来，仿佛陷入了极其痛苦的回忆之中。

马警官见状立即抛出一举击破刘红军心理防线的话：“刘红军，你在三十多年前对周建国所做的事情我们已经知晓，你最好老实交待事情的经过，如果我们能确定杨珊是刘聂杀兄一事的始作俑者的话，或许事出有因能减轻刘聂的刑罚！”

马警官言语中暗示刘聂或许有机会逃脱极刑，就看刘红军配不配合，刘红军一个年近七十的老人为了保住最后一丝血脉，终于将三十多年前发生的事件经过和盘托出。

刘红军交待的具体经过我就不再详细复述，只将重点告诉大家。

刘红军首先解释了自己刚才说的那句话："居然真的是她！"

因为"杨珊"和许梨花的模样差距比较大，他最开始根本没有看出来，这并不奇怪，别说是他，如果不是我和杨姐提醒，就是马警官和小谢都没看出来。

而这一点，也肯定是许梨花选择二女儿"杨珊"而没有选择大女儿许思周来给她报仇的最主要原因。

每个人对初恋都是记忆最深刻的，刘红军也不例外，时间一久，他就发现了"杨珊"和三十多年前暗恋的对象许梨花有某些相似的特征，不过他认为这都是巧合，甚至是自己年老喜欢回忆产生的"幻觉"，"杨珊"不到二十岁，而许梨花失踪都已经三十多年了，怎么可能会有关系。

一直到最近这半年时间家里发生种种极不正常的事情，先是大儿子刘最被杀，之后二儿子刘聂又连续两次一氧化碳中毒差点丧命，他不由得怀疑起身边这位主动献身的儿媳"杨珊"。

但他多次试探之后，"杨珊"没有露出任何的破绽，他只能做出一个选择：赶走"杨珊"。

于是他用"杨珊"照顾孩子不周导致孩子脑死亡为借口，数次打骂"杨珊"，最终将她赶出家门。

是的，之前所有人的猜测都是错误的，杨珊不是自己偷偷溜走，而是刘红军意识到事情不对劲，主动将"杨珊"赶走的。

否则很有可能"杨珊"不会离开这个家庭，她好不容易看到这个家庭濒临破裂的边缘，怎么可能不留在这里看着这个家庭走向灭亡呢？

"杨珊"和母亲处心积虑这么多年，如果不是刘红军逼迫，绝对不会放弃一个在"隔岸观火"的位置看着仇家灭亡的机会！

刘红军所有的猜测，终于在今天得到了证实！"杨珊"就是许梨花的亲生女儿，那么之前发生的一切他都知道原因了。

但刘红军表示自己非常委屈，许梨花一直认为自己杀死了周建国，其实根本没有那回事，周建国是意外死亡的，只是自己排斥周建国的种种事情让许梨花产生了误会。

三十多年前的那件事情，起因和许思周所描述的差不多，但是事件发生的具体经过，和许思周说的有很大的出入。

刘红军回忆说，当时自己一心和舅舅赵刚来赚一笔快钱，就用放弃许梨花这一点来诱惑周建国，并且同意事后给周建国分一小部分财物。当时三人商量妥当就来到了废矿区，没想到刚挖了一天，就出现了矿坑坍塌的突发事件，周建国被砸死，自己和舅舅侥幸捡了一条命，后来两人在矿壁上挖出凹槽，攀登上去，而将周建国的尸体遗留在矿坑里。

至于后来发现脑袋和身上被撕咬的痕迹，肯定是他和舅舅走后来了野兽，看到“猎物”便对周建国进行了啃食，野兽掉到矿坑里无法和他们一样爬出来，被人发现打死后背走卖钱了。

许梨花误会他杀害了周建国，之后采取了种种方式来逼问他，他很无奈，但许梨花当时正在气头上无法沟通，想着以后再找机会解释，没想到许梨花居然失踪了。

刘红军表示早就知道许梨花心里没有自己的位置，再强求也没意思，就想用这个和周建国做交换，答应给他的也只是一小部分钱财，完全没有必要冒着极大的风险杀死他。

马警官冷笑着说出了许思周交待的情况，告诉他许梨花早就通过威胁赵刚的孩子一事逼迫赵刚说出了他杀害周建国的真相。

岂料刘红军听完马警官的话居然哈哈大笑起来，说这个理由简直荒谬绝顶，他的舅舅当时已经四十多岁，两儿一女都已经成年，都在外地，而且都没有结婚。换而言之，那时舅舅家里根本不可能有小孩子，更不可能出现孩子被未满十八岁的许梨花劫持，再威胁赵刚的情况。

马警官闻言大惊，连忙停止审讯，安排警员前往小镇向知情人士确认。传回来的消息与刘红军所说的情况一致，赵刚当时确实只有两儿一女且都成年没有结婚，不可能出现许梨花劫持赵刚的孩子逼迫他说出真相的情况！

难道许思周还在说假话？又或者是许梨花根本没有和她这个女儿说实话？

马警官和小谢判断许思周说假话的可能性不大，很可能是许梨花对她有所隐瞒，那她隐瞒的目的是什么？

现在许梨花和赵刚已死，知道真相的唯一希望寄托在许怀建身上，许怀建和许梨花在一起时间最久，也是复仇计划的执行人，她一定比许思周知道的内幕更多！

看来余下所有的疑点，都将要在许怀建身上解开！

9. 自白

故事即将结束了，而小谢终于第一次见到了这个在刘红军家潜伏了数年并以一己之力导致刘红军家破人亡的神秘人物。

许怀建确实很漂亮，但是她最为显眼的特点是，长了一张媳妇脸，一张让人非常信任的脸，男人们一见这张脸就想跟她掏心窝子，就想把全部身家交给她打理。

许怀建坐在了审讯桌的对面，看着马警官和小谢一脸淡然，没有一丝慌张的神色，仿佛她来这里只是为了会一会老朋友。

马警官咳嗽了一声，打破了三人之间短暂的平静。

“许怀建，你是个聪明人，为什么坐到这里你心里清楚，你丈夫刘聂一家到了现在这个地步，你和你母亲的复仇计划也算是成功了，说吧，将所有一切都说出来，我们听着。”

许怀建闻言微微一笑，露出了两颗小虎牙，这张笑容，和她的母亲许梨花颇为神似，笑着笑着，脸上居然流下了两行热泪，继而放声大哭，似乎要将多年的委屈一同发泄出来。

在这一刻，她才真正像一个二十出头历经磨难的女孩。

许怀建道：“两位警官，我有两个请求，如果你们同意的话，今天我会将所有我知道的全部交待！”

马警官沉声道：“说！”

“第一个请求，所有的事情都是母亲和我策划，由我来实施，和大姐小弟没有任何关系，所有责任我一个人承担，希望你们能放过他们。第二件事，我们姐弟三个过了这么多年受人歧视的日子，到现在还是黑户，希望您能帮我们上个户口，让我们有个真正的家。”

马警官和小谢对视了一眼，点了点头道：“只要许思周和许忆国在这个事件中参与程度不深，我们会酌情考虑从轻处理，至于你说的上户口一事，我现在就可以答应你。”

许怀建哽咽着对马警官表示了谢意，一边回忆一边讲述所有的经过。

她说，姐姐许思周所讲述的这些，是母亲告诉他们姐弟三人的，而她所知道的真相，母亲只跟自己一个人说了，姐姐和弟弟并不知道。

在许思周的讲述中，许梨花曾软禁赵刚的小儿子，以此为筹码逼迫赵刚说出实情，其实许梨花在当时并没有采取任何手段逼迫赵刚说出事情真相，她甚至都不知道赵刚和刘红军二人在现场。她选择了直接报警，毕竟对于一个年仅十几岁的女孩子来说，遇到这样的事情，能依靠的也就只有警察叔叔了。

但警方仔细调查了现场，并没有发现有价值的线索，做出的结论也是周建国在偷矿的时候没有做好安全措施，导致了矿坑坍陷，跌落坑中，被随后跳入的野兽啃咬致死。

许梨花完全不相信警方给出的调查结果，她发誓一定要找出周建国死亡的真相，但父母却将她禁足，不允许其出门，而且还和刘红军的长辈商量好了，等此事一了，就马上将许梨花许配给刘红军，免得她整天胡思乱想。

情郎死得不明不白，许梨花怎么可能愿意嫁给他人？何况她第一个怀疑的就是刘红军，因为周建国为人老实忠厚，很少和人结怨，小镇上万人中唯一称得上仇家的就是刘红军。

被禁足数天后，许梨花趁父母不备逃了出来。

逃出家门的许梨花孤立无援、饥寒交迫，急需好心人的帮助，这个时候，她想到了一个人——矿业公司的二把手方国斌。

对于方国斌，许梨花印象很好。

方国斌和周建国一样是外地人，或许正因为这个原因，之前刘红军多次抓住周建国的小辫，要开除他时，都是方国斌拦下了。因此，许梨花希望这一次方国斌能帮周建国讨回公道。

但许梨花永远也不会想到，这一去，会让她已然暗淡的人生彻底陷入黑暗之中。

方国斌五十来岁，看上去道貌岸然，满口仁义道德，实际上却是一个坏得流脓的家伙。他对钱财不感兴趣，最能吸引他眼球的，就是女人的身子。

方国斌自然对许梨花垂涎已久，却一直不敢下手，原因很简单，他虽然是矿业公司二把手，手头上有点权力，但不敢和刘红军这种地头蛇争，而且他年近五旬，有家有室，怎么能跟一个未婚男青年争抢女人？

刘红军和周建国争抢许梨花，方国斌一直抱着看热闹不嫌事大的心态，反正自己得不到，你们两个闹得越厉害我越高兴。

甚至在刘红军给周建国穿小鞋的时候，方国斌还给予了周建国帮助。站在他的角度来看，周建国和刘红军比起来唯一强的就只有长相，其他全部处于下风，在这个婚姻以父母为主导的年代，周建国是绝对的弱者。自己自然要想办法帮一帮周建国，给刘红军上点眼药。

方国斌的一己私心却被许梨花错误地理解为好意，以为他是看在同为外来人面子上伸出援手，便放心大胆地去向方国斌求助，这也导致了悲剧的发生。

周建国出事之后，方国斌还曾暗自神伤了好一阵，因为周建国一死，许梨花就是刘红军的囊中之物了，自己很可能将永远失去和镇上最漂亮的姑娘“亲近”的机会。

不过，许梨花急着为周建国出头的行为让方国斌看到了可乘之机。许梨花急着寻找周建国死亡的真相，自己是不是可以利用一下呢？

就在方国斌处心积虑想着怎么忽悠许梨花之际，许梨花居然主动找上门来，这简直是瞌睡碰上了枕头。

他安慰许梨花说矿上的保卫处，可以考虑介入调查。

这话对许梨花来说简直如同救命稻草一般，让她喜形于色。

方国斌却面露难色，说和刘红军对着干会承担很大的风险，毕竟刘红军一家子是本地人，亲戚朋友多，是典型的地头蛇。他一个外地人势单力薄，一旦被刘红军发现说不定会客死他乡。

许梨花哭着说以后做牛做马来报答，伏地跪求方国斌一定要帮忙。方国斌“犹豫”了片刻终于答应了，他咬牙切齿道：“好吧，我豁出去了，建国是我小老弟，我不帮忙谁帮？”

许梨花感动万分……

方国斌倒是个实干家，答应了许梨花后便马上行动起来，从安保队抽调了几名心腹，并亲自带队调查周建国死亡一事。

那时，野鸡尾镇的石厂还没有承包出去多少，镇上数千居民大都是矿业公司的职工和家属，公司的安保队，等同于小镇的安保队，是一股很大的势力，而这股势力的管理者就是方国斌。

能管理安保队，除了是市里空降的领导之外，还有一个很重要的原因——方国斌以前当过侦察兵，能力极强。

经过周密的调查后，方国斌果然发现了端倪。查到了刘红军和赵刚身上。

如果和周建国一同偷矿的是刘红军和赵刚，那么极有可能对周建国见死不救，甚至有可能是刘红军亲手将周建国杀害！

方国斌马上将这个消息告诉许梨花，获取了许梨花的全盘信任。

这也解释了许思周所交待的“真相”中一个重大疑点。

当时许思周交待，许梨花始终不相信周建国是摔死的，因为那个矿坑根本摔不死人，而且矿洞壁上有临时挖出的凹洞，所以她确定当时还有另外一个人跟着周建国，有可能是这个人杀害了周建国。

于是，许梨花向镇上的小孩子们打探消息，几天时间便将和周建国同时段失踪的人调查得一清二楚。

当时我就觉得奇怪，许梨花能想到有人杀害周建国很正常，但怎么区区几天时间就能调查到刘红军和赵刚二人，而且还是从镇上的小孩子嘴里探听到？

小镇虽然不大，也有数千人，小孩子的数量也有几百吧，几天时间就能问遍这么多小孩，还要不引起旁人怀疑，未免太难了吧。

现在许怀建的口供给了答案：许梨花对许思周说谎了，她并不是一个人在暗中调查和周建国一起偷矿的人，而是借助了方国斌的力量。

当方国斌说出刘红军和赵刚的名字时，许梨花无比激动，假如是这两个人和周建国同去偷矿，一定没安好心，她马上急着想去质问刘红军和赵刚，却被方国斌叫住了。方国斌说刘红军和赵刚绝对不会认账，而且极有可能通知许梨花的父母，再次将她囚禁起来，所以必须想一个稳妥的办法。

许梨花这才冷静下来，将求助的目光转向方国斌。经过这事之后，她已经将替周建国报仇的希望全部寄托在方国斌身上。

岂料，此时的方国斌脑子里想的根本不是替她主持公道，而是如何占有她。

当天夜里，方国斌以商量下一步行动为由，将许梨花留在了家中，在讲述如何查到刘红军和赵刚身上时，方国斌将保安队员的功劳都转移到自己身上，并添油加醋强调如何的凶险，让涉世未深的许梨花信以为真，感激莫名。

最后，方国斌提议喝点小酒，庆祝第一步行动的成功。

许梨花不好意思拒绝，只能点头同意。

许梨花不胜酒力，几杯酒下肚，便醉倒过去……

第二天醒来后，许梨花发现自己赤身裸体躺在了方国斌的床上，哪里还不明白发生了什么，她伤心痛哭、满心绝望，将方国斌当成唯一值得信任的人，没想到却被如此对待。

方国斌继续在她面前表演，说自己很喜欢许梨花，加上喝多了酒，一时冲动才做出这种事情，他向许梨花保证，既然已经和许梨花发生了关系，一定会好好对她，而且还会全力帮周建国主持公道。

此刻的许梨花心都碎了。

但方国斌是个纵横花丛多年的老手，深悉女人的心理，他看出了许梨花内心的孤独和恐惧，并没有强迫许梨花，而是旁敲侧击暗示许梨花现在唯一能信任的就只有他，需要付出的，仅仅只是自己的身体而已。

而且，他还提到了具体的计划，假如周建国死于刘红军之手，一定会留下证据，警方当天只不过走了一个形式，并没有详细调查，所以没有找到证据。但他不一样，保安队都是专业人员，能力比起警方毫不逊色，他作为领导还可以要求暂缓周建国下葬，对尸体进行调查，只要多花点时间，就一定能找到确切的证据。到时候，将证据往公安局一摆，刘红军就在劫难逃！

许梨花躺在床上哭了整整一天后，终于下定了决心，事已至此只能选择相信方国斌。

就这样，许梨花在方国斌家中住了下来，她忍受着屈辱，催促方国斌尽快找到确切的证据，帮周建国主持公道。

享受许梨花身体的同时，方国斌倒也没有闲着，他确实花了心思在查案上，因为他本就对刘红军没有好印象，现在还占有了许梨花，万一被刘红军发现很有可能遭到报复，还不如找到刘红军杀害周建国的证据，先下手为强将刘红军送进监狱。

随着调查的深入，方国斌果然发现了端倪！

其一，矿坑壁上的那些凹洞显然有问题。

当时警方给出的推论是野兽在啃咬周建国尸体时被路人发现，路人打死野兽，并挖出凹洞带走了野兽，将周建国的尸体留在了矿坑中。其实这个推论有很大的问题，挖凹洞需要耗费大量的时间，为什么路人不采取其他办法带出野兽，比如利用绳子下到井底之类，一定要舍易求难挖凹洞攀爬呢？

其二，周建国身上的那些伤口表面看起来很像被野兽撕咬的，但方国斌老家在山里，非常熟悉野兽的习性，他一眼便看出伤口有伪造的痕迹。如果真的被野兽撕咬，绝对不会只在头部和身体数个部位有伤口，而应该有大面积的残缺！

结合以上两点推断，周建国很有可能是被人杀死的，凶手为了掩饰，将凶器造成的伤口伪造成野兽撕咬的痕迹。伤口散落在身体不同的部位，所以“野兽撕咬的痕迹”也星星点点，没有形成大面积的创伤。

换而言之，根本就没有什么野兽跳入坑中咬死周建国一事，纯粹就是凶手在掩饰自己的杀人行为！

这些发现让方国斌颇为欣喜，一方面可以借此换取许梨花的信任，更肆无忌惮占有她的身体，另外一方面也可以以此作为证据，将刘红军送入监狱！

但方国斌没有料到的是，他自以为调查进行得神不知鬼不觉，结果还是被刘红军发现了。

保安队抽调出来的那几个人虽然是方国斌的嫡系，值得信任，但有一个队员喜欢喝酒，酒足饭饱的时候满嘴跑火车，将方国斌暗中调查的事情说了出来，而且点出了刘红军和赵刚的名，这风声很快便传到了刘红军和赵刚耳中。

刘红军一听鸡皮疙瘩都起来了，方国斌居然暗中对周建国死亡一事进行调查，这可不是开玩笑的事情。方国斌虽然是个外来户，好歹也是矿上的二把手，一旦下决心对自己下狠手，自己必然吃不了兜着走。

赵刚胆儿本来就不大，闻讯更是吓得魂不附体，催促刘红军快点想办法解决。

刘红军百思不得其解，为什么方国斌要帮一个毫无根基而且早已归西的周建国来对付自己？

为了搞清楚原因，刘红军偷偷潜入方国斌家中，结果发现了躲藏在方国斌家的许梨花！

这下他明白了，原来一切都是许梨花在暗中搞鬼！

刘红军也是胆大包天之辈，径直找到方国斌，说既然你已经收了许梨花，我就不跟你抢了，但你必须停止对周建国死亡一事的调查，不然的话，我就将你私通许梨花一事捅出去。

方国斌大惊失色，自己虽然喜欢乱搞，但对家庭很看重，尤其是儿女都已成家立业，这事要是传出去，让他们怎么做人？

很快，方国斌便做出了决定，和刘红军达成和解。

而可怜的许梨花，始终被蒙在鼓里。

一直到两个多月后，许梨花才发现方国斌的不对劲，因为这两个多月来方国斌的“调查”非但没有进展，而且好像在为刘红军开脱。

之后的日子里，许梨花多次催促方国斌报警，却始终得不到肯定答复，方国斌每次都顾左右而言他，但对自己的摧残却一日都没有停歇，许梨花意识到方国斌在欺骗自己，一气之下自己偷跑到公安局举报刘红军，说他就是杀害周建国的真凶，理由就是方国斌已经调查到的那些线索。

警员找来方国斌问情况，方国斌却说许梨花是一派胡言，自己这段时间根本就没有见过许梨花，更没有滥用职权对周建国死亡一事进行调查。

许梨花见方国斌如此无耻，当场抛出了一颗原子弹！

她说这段时间方国斌几乎天天都会和自己发生关系，证据就是自己已经怀上了方国斌的孩子！

医生很快赶到，证实许梨花确实怀有身孕，本以为方国斌无话可说，没想到他面不改色道：“鬼知道你怀了谁的孩子，说不定是周建国留下来的野种！我和老赵（赵刚）是知交好友，周建国出事那几天是我安排两人去县城出差，怎么会胡言乱语说红军是杀人凶手呢？许梨花，你怕是被鬼上身，魔障了吧？”

许梨花完全惊呆了，她万万没想到方国斌居然会这么无耻！

当时没有亲子鉴定一说，无法证明许梨花肚里孩子是谁的，为了核实情况，警员叫来了赵刚和刘红军，两人说那几天确实去了县城，有住在县城的一个亲戚作证，而且方国斌也确实拜托他们代买了一些东西，买的什么、买了多少，说得秋毫无差，滴水不漏。

随后警员又询问了“那个住在县城的亲戚”，对方也证实了赵刚和刘红军那几天确实住在他家。

这下清楚了，是许梨花在报假警！她很可能因为情郎的死受到刺激，产生了幻觉。

听到警员结论的那一刻，许梨花几乎崩溃了，她这个时候才知道，原来方国斌和刘红军早就沆瀣一气狼狈为奸。

悲痛至极的许梨花在公安局大哭大闹，状若疯癫。

警员摇头叹息，将许梨花送回了家中，还说考虑到她的悲惨遭遇，就不对她报假警一事进行处罚了。

当许怀建说到这里时，泪流满脸。

一贯镇静自若的小谢也禁不住摇头叹息，一个未满十八岁的女孩居然经受了这么多的苦难，可想而知当时许梨花痛苦到何种程度。

可悲的是，苦难还没有结束。

乡亲和许梨花的亲生父母，给了她最后一击。

许梨花被公安送回了家，而且还怀着身孕，这让许梨花的父母情何以堪？于是在许梨花最脆弱的时候，唯一能给予她安慰的父母，却对她恶语相加。

许梨花彻底绝望了，就找了一个机会，逃出了家门。从此之后，她再也没有回过家，直到死了之后，才算是跟家里人和解了。

诉说这些往事的时候，许怀建的目光一直比较涣散，但说到这里的时候，许怀建突然直勾勾地盯着马警官，问道："如果是你有了这样的遭遇，你会怎么办？你能怎么办？"

但是她并没有想要马警官的回答，而是自己接着往下叙述。

母亲怀着几个月的身孕离家出走了。那个孩子最后有没有生下来，母亲没有再提过。

至于这中间母亲经历了什么苦难，她实在是无法想象。

看到母亲年轻时候的照片，是那样的美丽、灵动、阳光、快乐，她根本不敢去设想母亲究竟经历了什么，才变成后来那个恶毒的女人。

很小的时候，她就很奇怪自己家为什么和别人家不一样，没有父亲，没有亲戚，没有朋友。

等长大后，逐渐明白了，知道不是所有人家里的母亲，都像自己的母亲这样。她开始对这样的生活产生了怀疑，也对母亲一直念叨的复仇产生了怀疑。

她开始劝说妈妈，让她放下仇恨，但换来的往往是一顿训斥。她拗不过母亲，只好表面上顺从，听母亲安排，还跟母亲一起筹划复仇的计划。

但是在她的心里，对复仇非常不以为然，更向往的是别人家里的正常生活。她非常想要一个父亲，想要一个正常的家庭。

正如所有在豆蔻年华的女孩一样，许怀建也对爱情充满了美好的憧憬。而且，她还真找到了自己的白马王子，一位老实、可爱的男孩。这个男孩，是母亲一个老乡的孩子，在一个偶然的机会下认识，两人一见钟情，陷入了热恋。

爱情让许怀建对未来充满了期望，让她有了脱离现在生活的强烈愿望。

她把这件事告诉了母亲，母亲自然是坚决反对。但这一次，一向顺从母亲的她非常坚决，她告诉母亲说，她已经决定了，不会再让母亲沉沦在复仇的迷梦中了，她要带着姐姐、弟弟，当然，还有母亲，一起脱离这种不正常的畸形的生活，全家人一起团团圆圆地过正常生活。

母亲见她如此坚决，只好把真相告诉了她。

许思周、许怀建姐妹两个，是许梨花与赵强的孩子。

而许怀建喜欢的这个男人，不巧也是赵强的孩子。

原来，母亲沉沦了几年之后，从那些男人贪婪的目光中想明白了一个道理，自己的身体是最有力的武器！

于是她做出了一个大胆的计划，她决定接近赵刚的小儿子赵强，采用种种手段，拿到刘红军杀死周建国的证据。

赵强很小的年纪就到了省城求学，一年难得回几次家，对她并不熟悉，就算她是小镇上长得最漂亮的女孩，但这几年风里来雨里去变化也挺大，赵强应该认不出来。

接近的过程不费吹灰之力，虽然赵强当时已经结婚有了自己的家庭，但控制不住体内的荷尔蒙，与青春靓丽的许梨花发生了关系，许梨花成为了他的“二奶”。

之后，许梨花与赵强生下了两个孩子。

说到这里时，许怀建激动起来，她说，姐姐和自己的出生，就是一个错误，是一个悲剧。自己一家，全都是一个悲剧。而这出悲剧的起因，就是因为刘红军。

她很爱母亲，但更恨她，恨她偏执，恨她自私，恨她的傻，恨她毁了自己，恨她毁了全家……

许怀建的希望破灭了，她崩溃了，也愤怒到极点，她大声地责骂母亲，把母亲血淋淋的伤口一次又一次撕开。

她说，她是一个自私的人，是一个懦弱的人，一个傻到透顶、坏到流脓的人，是一个毁掉自己，也毁掉所有孩子的人……

她把这些年积攒的对母亲的怨恨都骂了出来，她把母亲所做过的丑事都一桩一件地说出来……

终于，她骂痛快了，停了下来。

刚才怒骂母亲的时候，只怕骂得不够狠，伤得不够深，但现在，她有些后悔了……

但是，很奇怪，母亲居然很平静，出奇的平静。

说到这里的时候，许怀建哭着说：“母亲经历了这么多的痛苦，这么多磨难，还能够活下去，全靠复仇这个信念支撑着。”

但她的这一次怒骂，把母亲骂醒了。

母亲不再提复仇的事情，很平静地照顾她和弟弟。

几天之后，许怀建回到家，发现母亲在屋顶上吊着，已经死了。

母亲自杀了。

许怀建悲痛万分地收殓了母亲，并遵照母亲的意愿，把骨灰带给自己的姥姥。

母亲临死前留下了两封信，一封是给姥姥的，一封是给他们姐弟三个的。给姥姥的那封信，前文已经讲过，这里主要说一下给他们姐弟三人的那封信。这封信许怀建并没有给姐姐弟弟看，因为她决定由自己结束这件事情。

信中，许梨花把自己一生经历都给写了出来，把自己最初对生活的美好向往，把后来对生活的愤怒以及绝望，全部诉说了一遍。母亲与方国斌的纠葛，与赵强的关系，离家出走那几年的遭遇，这些难以对孩子启齿的事情，全部都写在信里。

信的最后说，这几天她感觉就好像一个做了几十年的噩梦突然醒了一样，才发现自己过去这些年，做了太多太多的错事了，太对不起他们姐弟三个了，感觉真的没脸再在这个世上活下去了，再也没有脸见他们了。最后要姐弟三个赶快把她忘掉，以后要好好生活。

许怀建悲痛欲绝。没想到自己一时冲动竟然导致母亲与自己诀别。母亲的死，自己难辞其咎。她觉得自己应该为母亲做点什么，否则此生无法安心。

母亲嘱托他们要好好活下去，过正常的生活，但那可能吗？许怀建觉得很难，尤其是看到还不到十岁的弟弟由于母亲的影响，经常赌咒发誓要杀死刘红军一家的时候。

母亲当年之所以要孩子，就是想让孩子帮自己复仇。她们姐妹两个出生时，母亲是非常失望的，自然，弟弟许忆国的降生让母亲惊喜万分，他也就成了母亲复仇最大的希望。因此，在弟弟还很小的时候，母亲就开始给他灌输仇恨思想，比如刘红军是一个极其恶毒的人，一定要让他受到最严重的惩罚之类。

从小受这种思想洗脑长大的弟弟，将来会怎么办？他能回归正常生活吗？

许怀建说，她想了很久很久。母亲其实是一个非常善良的人，也是一个非常懦弱的人，这些年一直念念叨叨要复仇，但是除了把自己的人生折腾得一团糟，以及把自己孩子的人生折腾废了，实际上并没有伤害到仇人的一根汗毛。

说起来，母亲的这一生实在是太可怜了。

母亲的这些遭遇，姐弟三人的悲惨遭遇，一切都是由三十年前那件事情引起的，都是刘红军造成的。这件事情没有得到解决，刘红军没有得到惩罚，他们姐弟三个是无法回归正常生活的。尤其是看到弟弟，她更是确认了这一点。她非常爱自己的弟弟，她不想让弟弟再像母亲一样，像自己一样，背负着仇恨长大，那他的人生会非常悲惨，甚至比母亲更悲惨。

她决定让这一切都在自己这里结束，她要让姐姐弟弟清清白白地过上正常人的生活。

讲到这里的时候，许怀建又一次向马警官他们强调，整个复仇计划的制订，复仇的全过程，跟姐姐和弟弟没有一点关系，完全是母亲和自己制订，自己单独执行的。

母亲之所以选择她来执行复仇计划，是因为姐姐和母亲长得实在太像，这样是无法接近刘红军的，只有她长得漂亮又不像母亲，是最好的“复仇工具”！

母亲之前制订的复仇计划，已经非常完善了。如果一个人花三十年来观察一个人，那这个人必然会对观察目标非常了解，比其家人都要了解。如果一个人，花三十年来研究一件事情，那这个人必然会成为这件事情的专家。母亲花三十年制订好的这个计划，极其完善，甚至想好了所有细节，而且每一种细节都准备了预案。

想起当初，天真的母亲还想着要自己成为“武林高手”来手刃仇人，真是有天壤之别。

母亲的复仇计划，就像是修建起一条高速公路，自己不用想太多，只要顺着这条路笔直地开下去，就一定能到达终点。唯一的缺憾是，中间不能回头。

于是，她按照母亲之前设计好的，认识了刘红军一家。之后，按照母亲的计划，用了三年的时间，将刘红军一家推向了灭亡的深渊。

许怀建向马警官交待了另一件事：废矿山小镇祭祀周建国的供桌是她摆的，刘最的头颅也是她砍下来的。

在举行刘最葬礼的时候，她偷取了刘聂身上的钥匙，趁着刘红军夫妇在葬礼现场陪伴亲友的时候，偷偷挖出了刘最的尸体，并砍下了刘最的头颅，再将尸体重新埋了下去。

当时刘最尸体刚刚掩埋不久，土质疏松，而且她知道尸体的位置，所以整个过程很快，没有任何人发现。

警方曾经怀疑过许怀建，但又马上排除了，因为刘最的头颅是被一刀剁下，手法熟练，许怀建一个手无缚鸡之力的年轻女孩按理说是不可能做到的。

但许怀建不是普通人，她从小习武，一刀剁下一个死人的头颅，对她而言不是难事。

其实，当时她祭奠的是母亲与周建国两个人。周建国是母亲一生最美好的回忆，他的死也是母亲命运转折的开始。对于这个从未见过而又非常熟悉的人，许怀建的感情也是非常复杂的，既同情可怜他的遭遇，也恨他为什么要招惹自己的母亲。

在祭奠这一对苦命鸳鸯的时候，她把自己也祭奠了，自己的未来，自己的良知，也全都埋葬在了这里。

许怀建还交待了另外一件事：刘聂的两次一氧化碳中毒，都是许怀建本人亲自动手的。因为刘最死亡的真相被隐瞒起来，刘聂就安稳无恙了，对刘红军的打击也远没有想象的大，于是她选择让刘聂两次一氧化碳中毒，目的是杀死刘聂。

第一次，她在晚上偷偷回来动了手脚致使刘聂一氧化碳中毒，但第二天被上工的工友及时发现。

第二次选择了刘聂休息的时候动手，却意外被阿琴发现救回一命。

许怀建是如何让刘聂在不知不觉中一氧化碳中毒的呢？

当时警方调查的时候，无论如何去找，都没有发现房间里面有一氧化碳的散发源。

其实秘密就藏在新房子的架空层里，新房是许怀建盯着施工队修的，她要求施工队将架空层整个封闭，但遗留了一个入口。

在这个架空层下面，连接着下水管道，通向化粪池，因为房子比较大，所以刘聂的这一边设计了两个厕所，一个是临近客厅，一个是在卧室里面。

就在卧室内卫生间的下水管道里面，许怀建暗中设计了一个隐藏的开口，平时处于封闭状态，使用时可以打开。

只要打开这个隐藏的开口，然后再在架空层里面烧煤炉或者木炭，那么燃烧不充分的煤炉就会散发出一氧化碳，没有其他出口只能从这个隐藏的开口处通过下水管道蔓延到整个卧室里。

农村的新房子修建架空层的比较多，都是为了防止地面潮湿，不过一般也就二十厘米左右，二十厘米高的空间是无法容纳一个成年人在里面活动的。许怀建在修建新房的时候特意交代装修师傅将架空层加高一些，达到了将近四十厘米，目的就是为了方便自己暗中动手释放一氧化碳。

而且这个房子修建的时候，刘聂没有杀死刘最，所以我们可以推断许怀建这样做的目的不单只是为了毒死刘聂，更是做好了如果刘最刘聂两兄弟不发生内部争斗，她就将两兄弟一起熏死的打算！

审讯到了这里，事情也就到了真相大白的时候了。这个“复仇计划”环环相扣，每一步都做了详细考虑并准备了后手！

建新房一事首先是刘最提出的，许怀建也承认是她诱使刘最提出来的，否则就刘最那个只要有钱赌博、日子得过且过的性格不会想到要去建新房，但他万万没有想到这个新房居然是许怀建为他和弟弟准备好的“坟墓”！

而他却在这个“坟墓”建好之前就被弟弟杀死，不知道是应该庆幸还是应该悲哀。

刘最刘红军两父子分别和许怀建发生关系，都是许怀建主动引诱的，在她看来，自己漂亮的脸蛋和身体就是最好的“武器”！

她选择和刘聂结婚而没有选择刘最，不是偶然，而是在分析了两兄弟的性格之后，觉得刘最是那种霸道外向的性格，而刘聂是那种老好人的性格。

如果自己和刘最结婚，那么就算去引诱刘聂，刘聂也不一定会上钩，但如果自己嫁给刘聂，那么刘最一定经受不住自己的引诱，所以最后她才会选择嫁给刘聂。

果然如她所料，婚后略施小计刘最就上钩了，在她的潜移默化下，刘最对刘聂产生了怨恨，认为他抢了原本属于自己的女人。

如果不是刘聂被刘最欺压太狠先动手，可能不久之后刘最也会对弟弟刘聂动手，那时候杀人的就会变成刘最，被杀的就是刘聂了。

不过无论谁死谁活，对于许怀建来说都完全一样，因为她的目的只有一个——让刘红军家破人亡！

她和刘红军发生关系怀上孩子，也是为了防备万一刘聂和刘最两兄弟闹不起来，就让刘聂和刘红军产生矛盾，这是一招暗棋，不过最后没有用上罢了。

至于方国斌，她也想过去报复，但是一打听才发现他去世二十几年了。而且方国斌是外地人，其家人也无从寻找，这件事情只好作罢。

似乎，该交待的都已经交待完了。

但是马警官还不罢休，他察觉到一个问题，那就是许怀建看似知无不言，但是她在刻意回避一个人。想必看到这里的时候大家也明白了，那就是孩子。

对自己的孩子，许怀建如何下得去毒手？如果说，她对刘红军一家的复仇，虽然逃不过法网的惩罚，但人们还会对她抱有一丝同情的话，那她对孩子痛下毒手，就不能被人们所容忍了！

于是，马警官问出了这个问题："刘聂第二次中毒的时候，你特意让阿琴把孩子带回来，是怎么想的？"

当这个问题提出来的时候，明显看到从审讯开始以来一直很冷静的许怀建脸色刷地一下就变了。

沉默了许久，许怀建沙哑着嗓子说道："宝儿的出生，就是一个错误，是罪孽，我不想让宝儿再留在这个世上受罪。他几乎所有的亲人都在自相残杀，他几乎所有的亲人都要去监狱。他如果留在这个世上，只有仇恨陪着他。仇恨对一个人的人生有多残酷，我想我应该知道。我不想让他再经历这一切。"

说完，就低下了头，不再言语。

其实，可以从许怀建两次设计一氧化碳中毒的变化中看出来，她的内心确实经过很久的挣扎。她可能真的想过，是不是让孩子活下去？但是，背负着如此沉重的情感负担的孩子如果长大了，该会如何痛苦？

我疯狂地告诫自己不要去顺着这个疯女人的思路去思考，要谴责她的恶毒心肠，但是，我还是控制不住自己的思绪。

10. 一张白纸

审讯完许怀建之后，马警官等人都陷入了沉思。

世间就像是一个深不见底的深渊，所有人都在这个深渊里挣扎。有的人挣扎的时间久一点，有的人则很快就坠落向无尽的黑暗。

很快，马警官就严肃起来：“我知道，许怀建讲述的经历让大家感触很深，但是我们作为警察，这时候应该考虑的一个问题是：许怀建说的是真话吗？”

马警官停顿了片刻，等大家的思绪转入了这个方向，才接着说：“许怀建所说的刘红军杀死周建国的事情，没有任何证据支持。刘红军是不是杀死周建国的凶手，是接下来我们要做的最重要的工作。这可是一块难啃的骨头，而且时间紧迫，我们必须在七天之内找出刘红军犯罪的证据，否则就只能把他放走。”

警方从两个方向对刘红军展开了调查，一是对刘红军的审讯，二是对知情人的走访。但是，七天过去了，两个方面都没有任何进展。

刘红军一口咬定，是和舅舅赵刚一起去县城出差了，而且是矿上的领导安排的，对周建国的死因毫不知情。

这个骨头确实不好啃，因为时间实在是太久远了，当事人、知情人都已经去世（除了方国斌，赵刚也已经去世十几年了），证据也已经被时间腐蚀得无影无踪了。就连刘红军说当年出差时住的旅馆，都已经拆了很多年了。

七天之后，刘红军被放出来了。

刘红军回家之前先去医院看了下妻子。她已经疯了。

她是这个故事中最无辜的人。但其实也不算很无辜，她也扮演了一个并不光彩的角色。

当事情的真相传到刘母耳中，她整个人都崩溃了，一把一把扯着自己的头发，扇着自己的耳光，说自己为什么那么傻，一开始不阻止刘最，说如果自己一开始阻止刘最和许怀建发生关系，就不会让她的诡计得逞。

原来在孩子没有出生之前，刘母在一次给刘最送饭的时候，就发现了刘最和许怀建的秘密，刘最告诉她说是因为弟弟性无能才去帮助弟媳怀上孩子，希望她这个母亲理解。

刘母自幼就娇惯这个大儿子，大儿子沉迷赌博没有媳妇生活过得很差，她从来不去从刘最的人品上找原因，反倒觉得自己亏欠了大儿子，于是她对这个事情睁一只眼闭一只眼，甚至一开始还帮忙瞒着丈夫和刘聂。对她来说孩子是谁的都没关系，反正是她的孙子，却万万没有想到事情发展到最后竟然导致她家破人亡。

于是她疯掉了。

然后，刘红军便回家了。

我无法想象刘红军回家之后看到空荡荡的新房子心里会有什么样的心理活动。几个月之前，新房子建起来了；孙子也抱上了；大儿子开始攒钱戒赌相亲；小儿子一家三口恩恩爱爱；一派红红火火的气象。现在呢？大儿子死了；小儿子杀人了，很可能也是死；孙子死了；儿媳妇就别提了；老伴儿疯了……即便是自己，也身陷杀人的嫌疑。

这一家子人，本来都好好的，怎么转眼间就成这样了呢？

至于自己，虽然被警察暂时放回来了，但久经世事的他当然明白这只是警察的缓兵之计，只要他们找到线索，马上就会再次把自己抓起来。

这样的生活，还有一丝指望吗？

当天夜里，刘红军上吊自杀了。

第二天一早，接到邻居报案的马警官一行人就赶了过来。

仔细检查后，确认刘红军是自杀。

有一个细节让马警官感慨良深：刘红军的桌子上有一张白纸，旁边还有一支笔。

这应该是刘红军想要写遗书来着。但是，在信的开头就卡壳了，这封信该写给谁呢？儿子，老伴儿，孙子，儿媳？从这张白纸的痕迹上，可以看出刘红军犹豫了很久，最后还是停笔了。

在刘红军自杀的那天，小谢传给我一张照片，这张照片的背景是许家姐弟三人在马警官帮助下正式落户，摆脱了黑户的身份。

照片里是许思周和许怀建两姐妹抱头痛哭的模样，弟弟许忆国也和她们依偎在一起，脸上的表情却很是淡然，显然年幼的他还不知道黑户和拥有正式户口有什么区别，但他的两个姐姐却因此喜极而泣。

因为她们直到那一天，才终于摆脱仇恨，才成为正常的一家人。

一个家消失了，另一个家新生了，世事莫测。

读到这里的朋友们可能会产生一个疑问，刘红军到底是不是杀死周建国的凶手？

这个问题，我也问过马警官，他是这样回答的：“不管他是否杀了周建国，他都已经受到了最残酷的惩罚。”